La bodega

La bodega

Noah Gordon

Traducción de Enrique de Hériz

Rocaeditorial

Título original: *The Bodega*
© 2007 by Noah Gordon

Primera edición: octubre de 2008

© de la traducción: Enrique de Hériz
© de esta edición: Roca Editorial de Libros, S.L.
Marquès de l'Argentera, 17. Pral.
08003 Barcelona
correo@rocaeditorial.com
www.rocaeditorial.com

Impreso por Brosmac, S.L.
Carretera Villaviciosa - Móstoles, km 1
Villaviciosa de Odón (Madrid)

ISBN: 978-84-92429-65-3
Depósito legal: M. 34.846-2008

Índice

TERCERA PARTE
En el mundo

Madrid
28 de diciembre de 1870

CUARTA PARTE
La tierra de los Álvarez

Pueblo de Santa Eulàlia
2 de octubre de 1874

QUINTA PARTE
La sangre de la uva

Pueblo de Santa Eulàlia
12 de enero de 1876

Para Lorraine, siempre

Ya en Babilonia impía, ya en Naishapur, mi cuna,
ya la copa os ofrezca dulce o amargo vino,
el de la vida filtra con tarde importuna,
y las hojas sin savia van cayendo una a una.

Rubaiyat,
OMAR KHAYYAM

La tierra es casi lo único
que no se puede escapar volando.

Última crónica de Barset,
ANTHONY TROLLOPE

Bendito aquel que encontró su trabajo;
no pida más bendición.

Pasado y presente,
THOMAS CARLYLE

¿Dónde están los jóvenes?
Se han hecho todos soldados.
¿Cuándo van a aprender?
¿Cuándo van a aprender?

Where Have All the Flowers Gone?,
PETE SEEGER

PRIMERA PARTE

El regreso

En las afueras del pueblo de Roquebrun,
provincia de Languedoc, sur de Francia

22 de febrero de 1874

1

De vuelta a casa

El día en que todo empezó, Josep estaba trabajando en el viñedo de los Mendes y a media mañana había entrado ya en una especie de trance que lo llevaba de una vid a la siguiente para podar las ramas secas y agotadas que habían soportado la fruta cosechada en octubre, cuando cada grano de uva parecía jugoso como una mujer carnosa. Podaba con mano implacable, dejando reducidas las vides que producirían la siguiente generación de uvas. Era un raro día encantador en un febrero áspero y, pese al frío, el sol parecía imponerse en el vasto cielo francés. A veces, cuando daba con un grano arrugado que había pasado inadvertido a los recolectores, rescataba la uva Fer Servadou y se deleitaba con su sabrosa dulzura. Al llegar al final de cada hilera, armaba una pira con los sarmientos podados y tomaba una rama encendida de la hoguera anterior para prender una nueva. El acre olor del humo se sumaba al placer del trabajo.

Acababa de encender una pira cuando, al alzar la mirada, vio que Léon Mendes se abría paso entre las viñas, sin detenerse a hablar con ninguno de los otros cuatro trabajadores.

—Monsieur —saludó con respeto cuando Mendes llegó a su altura.

—Señor. —Era una broma entre ellos, según la cual el propietario se dirigía a Josep como si éste lo fuera también, y no fuese sólo un simple peón. Sin embargo, Mendes no sonreía. Fue amable, pero directo como siempre—: Esta mañana he hablado con Henri Fontaine, que ha regresado hace poco de Cataluña. Josep, tengo muy malas noticias. Tu padre ha muerto.

Josep se sintió como si lo hubieran golpeado, incapaz de articular palabra. «¿Mi padre? ¿Cómo puede haber muerto mi padre?»

—¿Qué causó su muerte? —preguntó al fin, como un estúpido.

Mendes meneó la cabeza.

—Henri sólo oyó que había muerto a finales de agosto. No sabía nada más.

—… Volveré a España, monsieur.

—¿Estás seguro? —preguntó Mendes—. Al fin y al cabo, él ya no está…

—No, tengo que volver.

—¿Y podrás regresar… a salvo? —preguntó con amabilidad.

—Creo que sí, señor. Llevo mucho tiempo pensando en volver. Le agradezco su amabilidad, monsieur Mendes. Por acogerme. Y por enseñarme.

Mendes se encogió de hombros.

—No ha sido nada. Nunca se termina de aprender sobre vinos. Lamento profundamente la pérdida de tu padre, Josep. Creo recordar que tienes un hermano mayor, ¿no?

—Sí. Donat.

—En la zona de donde tú eres, ¿el primogénito es el heredero? ¿Heredará Donat la viña de tu padre?

—En nuestra zona, es costumbre que el primogénito herede dos tercios y que los siguientes se repartan lo que quede y obtengan un trabajo del que vivir. Pero en mi familia, dada la escasez de nuestras tierras, la costumbre es que el mayor se lo quede todo. Mi padre siempre dejó claro que mi futuro estaba en el Ejército o en la Iglesia. Por desgracia, no valgo para ninguno de ambos.

Mendes sonrió, aunque con tristeza.

—No puedo decir que me parezca mal. En Francia, el reparto de propiedades entre los hijos ha provocado la existencia de explotaciones ridículamente pequeñas.

—Nuestra viña se compone sólo de cuatro hectáreas. Apenas daría para mantener a una familia, teniendo en cuenta que se cultiva en ella una clase de uva que sólo sirve para hacer vinagre.

—Tu uva no está mal del todo. Tiene sabores agradables y prometedores. De hecho, es demasiado buena para hacer vinagre barato. Cuatro hectáreas, manejadas adecuadamente, pueden proporcionar una cosecha digna de un buen vino. Sin embargo, tenéis que cavar bodegas para que el caldo no se amargue con el calor del verano —explicó Mendes gentilmente.

Josep sentía un gran respeto por Mendes. Sin embargo, ¿qué sabía el vinatero francés de Cataluña, o del cultivo de uvas destinadas al vinagre?

—Monsieur, usted ha visto nuestras casitas, con sus suelos de tierra —dijo en un tono demasiado impaciente, alelado como estaba de pensar en su padre—. No tenemos grandes castillos. No hay dinero para construir grandes bodegas con sótanos para conservar el vino.

Era obvio que monsieur Mendes no quería discutir.

—Ya que no vas a heredar el viñedo, ¿a qué te dedicarás en España?

Josep se encogió de hombros.

—Buscaré trabajo.

«Casi seguro que no será con mi hermano Donat», pensó.

—¿Tal vez en otra zona? La región de La Rioja tiene unos pocos viñedos en los que deberían considerarse afortunados de poder contratarte, porque tienes un talento natural para la uva. Eres capaz de percibir sus necesidades, y tus manos son felices con el contacto de la tierra. Por supuesto, La Rioja no es Burdeos, pero allí se hacen algunos vinos aceptables —añadió en tono altivo—. Aunque si alguna vez quieres volver a trabajar aquí, enseguida encontrarás empleo conmigo.

Josep le dio de nuevo las gracias.

—No creo que vaya a La Rioja ni que vuelva a trabajar en Languedoc, monsieur. Cataluña es mi lugar.

Mendes asintió con la cabeza, demostrando que lo comprendía.

—La llamada del hogar siempre es poderosa. Ve con Dios, Josep —dijo con una sonrisa—. Y dile a tu hermano Donat que cave una bodega en el sótano.

Josep sonrió también, y meneó la cabeza. Se dijo a sí mismo que Donat no sería capaz de cavar ni un agujero para cagar.

—¿Te vas? Ah…, pues buena suerte.

Margit Fontaine, la casera de Josep, recibió la noticia de la marcha de éste con su sonrisilla íntima, casi pícara, e incluso, según sospechaba él, con cierto placer. Para ser una viuda de mediana edad, tenía aún un rostro hermoso y un cuerpo que había provocado un acelerón en el corazón de Josep al verla por primera vez, aunque estaba tan poseída de sí misma que al cabo de un tiempo había perdido todo su atractivo. Ella le había proporcionado comidas descuidadas y un lecho blando que en alguna ocasión se había dignado a compartir con desdén, tratándolo como si fuera un torpe alumno de su estricta academia sexual. «Despacio, con determinación. ¡Con suavidad! ¡Jesús, muchacho, que no estás en una carrera!» Era cierto que le había enseñado meticulosamente lo que un hombre podía hacer. A él le habían intrigado las lecciones y su belleza, pero no habían intercambiado ninguna ternura y, como ella terminó desagradándole, el placer era limitado. Sabía que ella lo veía como un huesudo joven campestre al que debía enseñar todo acerca de cómo satisfacer a una mujer, un español sin el menor interés, que hablaba mal el occitano, idioma de la región, y no conocía el francés.

Así que, sin despedidas románticas, Josep se fue a primera hora del día siguiente tal como había llegado a Francia: en silencio y sin llamar la atención, sin molestar a nadie. Llevaba al hombro una bolsa de tela que contenía salchichas, una baguete y una

botella de agua. En el otro, sostenía una manta enrolla[da], regalo de monsieur Mendes: una pequeña bota de vino [con]
una correa. El sol había vuelto a desaparecer y el cielo p[arecía]
como el cuello de una paloma; era un día frío pero sec[o] y la superficie del camino de tierra era firme; buenas condiciones para
caminar. Por suerte, sus piernas y sus pies se habían endureci-
do con el trabajo. Tenía mucho camino por delante y se obligó a
mantener un ritmo decidido, pero tranquilo.

Su objetivo para el primer día consistía en llegar a un castillo del pueblo de Sainte Claire. Cuando llegó, a última hora de
la tarde, se detuvo en la pequeña iglesia de Saint Nazare y pidió
a un sacerdote que lo orientara para llegar a la viña de un hombre llamado Charles Houdon, amigo de Léon Mendes. Tras encontrar el viñedo y transmitir al señor Houdon las felicitacio-
nes de monsieur Mendes, obtuvo permiso para dormir aquella
noche en la sala de los toneles.

Al caer el crepúsculo, se sentó en el suelo cerca de unos barriles y se comió las salchichas con pan. La limpieza de la sala de
toneles de Houdon era impecable. El dulzor intenso del fer-
mento de uvas no llegaba a imponerse al duro aroma del roble
nuevo y al sulfuro que los franceses quemaban en sus barriles y
botellas para mantenerlos puros. En el sur de Francia se que-
maba mucho sulfuro por miedo a una serie de males, sobre todo
la filoxera, una plaga que estaba arruinando los viñedos del norte, causada por un piojo minúsculo que se comía las raíces de las
cepas. Aquella sala de toneles le recordó la de la bodega de los
Mendes, aunque Léon hacía vino tinto y a Josep le habían contado que Houdon sólo hacía vino blanco con uva Chardonnay.
Josep prefería el tinto y en aquel momento se concedió la indulgencia de dar un solo trago de la bota. Era un pequeño estallido,
agudo y limpio: *vin ordinaire*, un vino común que en Francia
podían permitirse hasta los jornaleros y, sin embargo, mejor que
cualquier vino que Josep hubiera probado en su pueblo.

Había pasado dos años trabajando en las viñas de Mendes,
más otro como suplente del bodeguero y un cuarto en la sala de

toneles, bendecido por la oportunidad de probar vinos cuya calidad ni siquiera había imaginado jamás.

—Languedoc es conocido por producir un *vin ordinaire* decente. Yo hago vinos honestos, algo mejores que los comunes. De vez en cuando, por mala suerte o por estupidez, hago un vino tirando a malo —le había dicho en una ocasión monsieur Mendes—. Pero, por lo general, gracias a Dios, mi vino es bueno. Claro que nunca he producido ninguno que fuera grande de verdad, un vino que marque una era, como las cosechas que crearon míticos viticultores como Lafite y Haut-Brion.

Sin embargo, nunca había dejado de intentarlo. En su implacable búsqueda del *cru* definitivo —una perfección a la que se refería como «el vino de Dios»—, cuando lograba una cosecha capaz de derramar su gloria por el paladar y el gaznate, exhibía una sonrisa brillante durante una semana.

—¿Notas la fragancia? —preguntaba a Josep—. ¿Sientes la profundidad, el perfume oscuro que juguetea con el alma, el aroma floral, el sabor a ciruelas?

Mendes le había enseñado lo que el vino podía llegar a ser. Hubiera sido más compasivo dejarlo en la ignorancia. Ahora se daba cuenta de que aquel líquido claro y amargo creado por los viticultores de su pueblo era un mal vino. «Meado de caballo», se decía a sí mismo con aire taciturno; probablemente hubiera sido mejor para él quedarse en Francia con Mendes y luchar por lograr vinos mejores, en vez de correr riesgos al regresar a España. Se consoló con la certeza de que a esas alturas ya podría llegar a casa sin peligro. Habían pasado más de tres años sin la menor señal de que las autoridades españolas lo buscaran.

Le disgustaba la amarga conciencia de que varias generaciones de su familia habían pasado la vida haciendo malos vinos. Aun así, era buena gente. Gente trabajadora. Con eso, volvió a pensar en su padre. Intentó imaginarse a Marcel Álvarez, pero sólo lograba recordar algunos detalles menores, domésticos: las manos grandes de su padre, su escasez de sonrisas. Un diente caído le dejaba un hueco entre los incisivos inferiores; los dos contiguos estaban retorcidos. Su padre tenía también un dedo del pie torcido, el pequeño del izquierdo, de tanto llevar mal calzado. A veces trabajaba sin zapatos: le gustaba la sensación del suelo bajo los pies y entre sus dedos nudosos. Tumbado, Josep se dejó llevar por los recuerdos y por primera vez se permitió entrar en un verdadero estado de duelo a medida que la oscuridad se filtraba en la sala por sus dos altas ventanas. Al fin, destrozado, se durmió entre los toneles.

Al día siguiente el aire se volvió cortante. Esa noche, Josep se envolvió en su manta y se encajó en un montón de heno en una granja. El heno podrido estaba caliente y le hizo sentir una especie de comunión con todas las criaturas que se encierran en sus madrigueras a esperar que salga el sol. Esa noche tuvo dos sueños. Primero la pesadilla, un sueño terrible. Luego, afortunadamente, soñó con Teresa Gallego y al despertarse tenía un recuerdo muy claro, lleno de detalles deliciosos y torturadores. «Qué desperdicio de sueño», se dijo. Después de cuatro años, seguro que se había casado o se había ido a trabajar lejos del pueblo. O las dos cosas.

A media mañana tuvo un golpe de suerte cuando un carretero lo transportó con su carga de leña, tirada por dos bueyes con unas bolas rojas de madera clavadas en la afilada punta de sus cuernos. Si caía algún leño, Josep bajaba de un salto y lo volvía a colocar. Por lo demás, recorrió más de ocho leguas montado en la carga con un lujo relativo. Por desgracia, esa noche, la tercera que pasaba en el camino, no encontró ninguna comodidad. La oscuridad lo asaltó caminando por zonas boscosas, sin ningún pueblo ni granja a la vista.

Le parecía que había salido ya de Languedoc y que el bosque en que se encontraba pertenecía a la provincia de Rosellón. De día no le disgustaban los bosques; desde luego, mientras existió el grupo de caza él había disfrutado de sus incursiones entre los árboles. Pero la oscuridad en una zona boscosa no le gustaba demasiado. No había luna ni estrellas en el cielo y no tenía sentido recorrer el sendero del bosque sin ver nada. Al principio se sentó en el suelo con la espalda apoyada en el tronco de un pino grande, pero pronto lo amedrentó el fuerte siseo del viento al colarse entre tantos árboles y optó por trepar a las ramas bajas del pino y seguir subiendo hasta que se vio bien lejos del suelo.

Se encajó en una horquilla entre dos ramas y trató de taparse cuanto fuera posible con la manta, pero el intento fue vano y el viento lo derrotó mientras permanecía colgado del árbol en posición bien incómoda. Entre la oscuridad que lo rodeaba sonaba de vez en cuando algún ruido. El ulular de algún búho lejano. Un lúgubre arrullo de pichones. Un… sonido agudo que imaginó como el chillido de un conejo, o de cualquier otra criatura a punto de ser asesinada.

Luego, desde el suelo directamente a sus pies, un frotar de cuerpos entre sí. Gruñidos, resoplidos, un fuerte bufido, pezuñas que rasgaban el suelo. Sabía que eran jabalíes. No los veía. Tal vez fueran sólo unos pocos, aunque en su imaginación parecía una enorme piara. Si se caía, uno solo podía resultar letal, con aquellos terribles colmillos y sus pezuñas tan afiladas. Sin duda, las bestias habían olido las salchichas y el queso, aunque Josep sabía que podían comer cualquier cosa. Su padre le había contado en una ocasión que de joven había visto cómo unos jabalíes desgarraban las entrañas de un caballo herido en una pata para comérselo.

Josep se agarró con fuerza a la rama. Al cabo de un rato oyó que los animales se alejaban. Todo quedó de nuevo sumido en el silencio y en un gélido frío. Le pareció que la oscuridad era eterna.

Cuando al fin llegó la luz del día, no vio ni oyó ningún animal y descendió del árbol para desayunarse una salchicha mientras caminaba por el estrecho sendero. Aunque estaba agotado tras pasar la noche sin dormir, mantuvo su ritmo habitual. Hacia el mediodía, los árboles se fueron aclarando y aparecieron campos y hasta un buen atisbo de las montañas que se alzaban más allá. Al cabo de una hora, cuando ya llegaba a los Pirineos, empezó a llover con fuerza y Josep se refugió en un establo adjunto a una hermosa granja, que tenía la puerta abierta.

El padre y el hijo que se esforzaban por recoger el estiércol de los lechos de las vacas dentro del establo dejaron de trabajar y lo miraron fijamente.

—Bueno, ¿qué pasa? —preguntó bruscamente el hombre.

—Voy de paso, señor. ¿Puedo esperar un rato aquí, hasta que pase lo peor de la lluvia?

Josep vio que el hombre lo repasaba cuidadosamente con la mirada. Quedaba claro que no le complacía el regalo que le había traído la lluvia.

—Está bien —dijo el granjero, y se movió un poco para seguir usando su afilada horca sin dejar de vigilar al extraño.

Seguía diluviando. Al cabo de un ratito, en vez de permanecer quieto, Josep tomó una pala que estaba apoyada en la pared y se puso a ayudar a los otros dos. Poco después, lo escuchaban con interés mientras él les hablaba de los jabalíes.

El granjero asintió:

—Qué cabrones, esos cerdos malditos. Y se reproducen como las ratas. Están por todas partes.

Josep trabajó con ellos hasta que todo el establo quedó libre de estiércol. Para entonces el granjero ya se había ablandado y le dispensaba un trato amistoso y le dijo que, si quería, podía quedarse a dormir allí. Así que pasó aquella noche cómodo y sin pesadillas, con tres vacas grandes que lo abrigaban a un lado y un enorme montón de excrementos calientes al otro. Por la mañana, mientras llenaba su botella de agua en un manantial que corría detrás de la casa, el granjero le explicó que estaba justo al oeste de un paso muy usado para cruzar la frontera.

—Es la parte más estrecha de la montaña. Es un paso bajo y podrías cruzar la frontera caminando en tres días y medio. Si no, si vas hacia el oeste unas cinco leguas, llegarás a un paso más alto. Lo usa poca gente porque se tarda más que por el otro.

Te llevará un par de días más y tendrás que caminar sobre nieve, aunque no muy espesa. Además, en el paso alto no hay guardias en la frontera —añadió el granjero, buen conocedor.

Josep temía a los guardias fronterizos. Cuatro años antes, con la intención de evitarlos, se había colado en Francia siguiendo senderos desdibujados por las montañas boscosas y había perdido mucho tiempo, convencido de que en cualquier momento se despeñaría por una sima, suponiendo que no le disparasen antes los guardias. Entonces había aprendido que la gente que vivía cerca de la frontera conocía los mejores caminos para el contrabando, y ahora aceptó el consejo de aquel hombre.

—Hay cuatro pueblos a lo largo del paso alto en los que podrás buscar comida y refugio —le explicó—. Deberías detenerte en cada uno de ellos a pasar una noche, incluso si te sobran horas de luz y te parece que podrías seguir caminando, pues fuera de esos pueblos no hay comida ni ningún lugar protegido donde dormir. El único segmento del paso en el que deberás apresurarte para evitar que te atrape la oscuridad es la larga caminata que lleva hasta el cuarto pueblo.

El granjero le explicó a Josep que por aquel paso alto entraría en España por el este de Aragón.

—Comprobarás que está libre de las milicias carlistas, aunque de vez en cuando los guerreros de la gorra roja se adentran en el territorio del Ejército español. El pasado mes de julio llegaron hasta Alpens y mataron a ochocientos soldados —dijo. Miró a Josep—. Por cierto, ¿tienes algo que ver con ese conflicto? —preguntó en tono cuidadoso.

Josep estuvo tentado de decirle que había estado a punto de llevar él mismo la gorra roja, pero negó con la cabeza y dijo:

—No.

—Bien hecho. Por Dios, los españoles no tenéis peor enemigo que vosotros mismos cuando os da por pelearos.

Josep estuvo a punto de tomarlo como una ofensa, pero, al fin y al cabo, ¿no era cierto? Se contentó con decir que la guerra civil era muy dura.

—¿A qué vienen todos esos muertos? —preguntó el hombre.

Josep se encontró dándole una lección de historia de España a aquel granjero. Durante mucho tiempo, sólo a los hijos primogénitos de los reyes se les había permitido heredar la corona. Antes de nacer Josep, el rey Fernando VII, tras ver cómo tres esposas se le morían sin descendencia, tuvo dos hijas seguidas de su cuarta esposa y persuadió a sus ministros para que cambiaran la ley, de modo que pudiera designar como futura reina a su primera hija, Isabel. Eso había enloquecido de rabia a su hermano menor, el infante Carlos María Isidro, que hubiera heredado el trono en el caso de que Fernando no dejara sucesor.

Le contó que Carlos se había rebelado y había huido a Francia, mientras que en España sus fieles conservadores se habían unido para formar una milicia armada que desde entonces no había dejado de luchar.

Lo que no explicó Josep fue que él mismo había decidido huir de España por culpa de aquel conflicto y que eso le había costado los cuatro años más solitarios de su vida.

—Me trae sin cuidado de quién sea el culo real que se sienta en el trono —dijo con amargura.

—Ah, sí, ¿de qué le sirve a un hombre común y sensato preocuparse por esas cosas?

El granjero le vendió a muy buen precio un pequeño queso de bola hecho con leche de sus vacas.

Cuando echó a andar por los Pirineos, el paso alto resultó ser poco más que un sendero estrecho y retorcido que no hacía sino subir y bajar una y otra vez. Josep era una mota en la vastedad infinita. Las montañas se alargaban ante él, salvajes y reales, picos agudos y marrones cuyas cumbres blancas se fundían en el azul antes del horizonte. Había pinares poco densos, interrumpidos por riscos pelados, rocas tumbadas, tierra retorcida. A veces, en puntos de mucha altitud, se detenía a mirar, como si estuviera soñando, la increíble vista que se le revelaba. Temía a los osos y a los jabalíes, pero no se topó con ningún animal; una vez, desde lejos, vio dos grupos de ciervos.

El primer pueblo al que llegó no era más que un pequeño racimo de casas. Josep pagó una moneda por dormir en el suelo de la cabaña de un cabrero, cerca del fuego. Pasó una noche desgraciada por culpa de unos bichitos negros que se cebaron en él a placer. Al día siguiente, mientras caminaba, se iba rascando una docena de picaduras.

El segundo y el tercer pueblo eran mejores, más grandes. Durmió una noche cerca de una estufa de cocina y la siguiente en el banco de trabajo de un zapatero remendón, sin bichos y con el fuerte y recio aroma de cuero en las narices.

La cuarta mañana arrancó pronto y con energías, consciente de la advertencia que le había hecho el granjero. En algunas zonas era difícil seguir el sendero, aunque, tal como le había dicho aquel hombre, sólo un breve espacio, en la parte más alta, estaba cubierto de nieve. Josep no estaba acostumbrado a la nieve y no le gustaba. Imaginaba que se partía una pierna y moría congelado o de hambre en aquella horrible extensión blanca. De pie sobre la nieve hizo una única comida fría con su atesorado queso y se lo tragó todo como si ya muriera de hambre, permitiendo que cada valioso bocado se le deshiciera, delicioso, en la boca. Sin embargo, ni murió de hambre ni se partió una pierna; la nieve, poco profunda, frenó su marcha pero no supuso mayor apuro.

Le parecía que las montañas azules seguirían desfilando eternamente por delante de él.

No vio a sus enemigos, los carlistas con sus gorras rojas.

No vio a sus enemigos, las tropas gubernamentales.

Ni vio a ningún francés o español, y no tuvo ni idea de dónde estaba la frontera.

Seguía marchando por los Pirineos, como una hormiga sola en el mundo, cansado y ansioso, cuando la luz del día empezó a flojear. Sin embargo, antes del anochecer llegó a un pueblo en el que encontró a unos ancianos sentados en un banco frente a la posada, junto a dos jóvenes que lanzaban palos a un famélico perro amarillo que ni siquiera se movía.

—Ve a buscarlo, vago de mierda —gritó uno de ellos. Las palabras sonaron en la variedad de catalán propia de Josep, y así supo que estaba cerca de España.

2

El cartel

Siete días después, un domingo por la mañana, Josep llegó al pueblo de Santa Eulàlia, donde podía entrar al amparo de la oscuridad, pues conocía cada campo, masía o árbol. No parecía haber ningún cambio. Al cruzar el puentecillo de madera sobre el río Pedregós, se fijó en la escasez del hilillo de agua que corría por su lecho, resultado de media docena de años de sequía. Bajó por una calle estrecha y cruzó la pequeña plaza flanqueada por el pozo del pueblo, la prensa de vino comunal, la forja del herrero, la tienda de comestibles de Nivaldo, el amigo de su padre, y la iglesia, cuya santa patrona daba nombre al pueblo. No se cruzó con nadie, aunque algunos estaban ya en la iglesia de Santa Eulàlia; al pasar por delante oyó el murmullo quedo de sus voces en misa. Más allá de la iglesia había unas pocas casas y la granja agrícola de la familia Casals. Luego, el viñedo de los Freixa. Tras éste, el de los Roca. Y al fin Josep alcanzó la viña de su padre, encajada entre el viñedo de uvas blancas de la familia Fortuny y la plantación de uvas negras de Quim Torras.

Había un pequeño cartel de madera en una estaca corta clavada en la tierra.

EN VENTA

—Ah, Donat —dijo con amargura.

Hubiera podido adivinar que su hermano no querría conservar la tierra. No empezó a enfadarse hasta que vio el estado del viñedo, pues las cepas estaban en una condición lamentable. Nadie las había podado y estaban demasiado crecidas, sin ningún control. En los abandonados espacios entre cada una de las parras campeaban la hierba, los cardos y las semillas.

Era casi seguro que la masía no había cambiado de aspecto desde que la construyera el bisabuelo de Josep. Formaba parte del paisaje, un pequeño edificio de piedras y arcilla que parecía crecer de la tierra misma, con la cocina y una pequeña despensa en la planta baja, una escalera de piedra que llevaba a las dos pequeñas habitaciones de la superior y un desván bajo cuyos aleros se almacenaba el grano. El suelo de la cocina era de tierra, mientras que en las habitaciones superiores estaba enyesado. El yeso, teñido de rojo por la sangre de los cerdos y encerado una y otra vez con el paso de los años, parecía ahora una piedra oscura y pulida. Todos los techos tenían las vigas a la vista, troncos obtenidos de los árboles que había talado José Álvarez para despejar la tierra antes de plantar las vides. El propio techo era de cañas largas y huecas que crecían en las orillas de los ríos. Una vez partidas en canal y entretejidas, constituían un buen soporte para las tejas de arcilla gris del río.

Dentro, había mugre por todas partes. Encima de la chimenea, el reloj francés de caoba —regalo del padre de Josep a su madre cuando se casaron, el 12 de diciembre de 1848— permanecía en silencio, sin que nadie le hubiera dado cuerda. Los únicos objetos de la casa a los que Josep también concedía algún valor eran el catre y el baúl de su padre; los había creado su abuelo, Enric Álvarez, y ambos estaban decorados con tallas de vid. Ahora las tallas estaban grises de tanto polvo. Había ropa de trabajo sucia en el suelo, en la mesa y en las sillas, todas de burda factura, junto a platos sucios llenos de motas dejadas por los ratones y restos de viejas comidas. Josep llevaba cuatro días caminando y estaba demasiado cansado para pensar o decir nada. Arriba, no se le ocurrió usar la habitación y la cama de su padre. Se quitó los zapatos de una patada, se dejó caer en la delgada y rugosa esterilla que su cuerpo llevaba cuatro años sin tocar y casi de inmediato lo olvidó todo.

Pasó el día y la noche enteros durmiendo y se despertó a la mañana siguiente con un hambre terrible. No había ni rastro de Donat. A Josep apenas le quedaba en la botella agua suficiente para un trago. De camino a la plaza, con una cesta vacía y un balde, vio a los tres hijos del alcalde en el campo de Àngel Casals. Los dos mayores, Tonio y Jaume, estaban extendiendo el estiércol, mientras el tercero —cuyo nombre no recordaba— araba con una mula. Concentrados en el trabajo, no lo vieron pasar hacia la tienda de comestibles. En la penumbra del establecimiento estaba Nivaldo Machado, casi igual a como Josep lo recordaba, aunque no del todo. Estaba más delgado si cabe, y más calvo; el poco cabello que le quedaba se había vuelto gris por completo. Nivaldo, que estaba pasando alubias de un saco grande a unas cuantas bolsas pequeñas, se detuvo y lo miró con el ojo bueno. El malo, el izquierdo, estaba medio cerrado.

—¿Josep? ¡Alabado sea Dios! Josep, ¡estás vivo! Maldita sea, ¿eres tú, Tigre? —dijo al fin, usando el apodo que él mismo, y nadie más que él, había usado toda la vida para referirse a Josep.

Éste se animó al percibir la alegría en la voz de Nivaldo y las lágrimas que asomaban a sus ojos. Sus labios curtidos le dieron dos besos y sus brazos enjutos lo rodearon en un abrazo.

—Soy yo, Nivaldo. ¿Cómo estás?

—Mejor que nunca. ¿Sigues siendo soldado? Todos te dábamos por muerto. ¿Te han herido? ¿Has matado a medio ejército español?

—El ejército español y los carlistas están a salvo por lo que a mí respecta, Nivaldo. No he sido soldado. He estado en Francia, haciendo vino. En el Languedoc.

—¿De verdad, en el Languedoc? ¿Y qué tal?

—Muy francés. La comida estaba bien. Ahora mismo estoy muerto de hambre, Nivaldo.

Nivaldo sonrió con una alegría aparente. El anciano echó dos palos al fuego y arrimó una olla a la lumbre.

—Siéntate.

Josep cogió una de las dos sillas desvencijadas mientras Nivaldo ponía dos tazas en la mesa y las llenaba con una jarra.

—Salud. Bienvenido a casa.

—Gracias. Salud.

«No es tan malo», pensó Josep al probar el vino. Bueno… Era tan aguado, amargo y áspero como lo recordaba, y sin embargo, reconfortantemente familiar al mismo tiempo.

—Es el vino de tu padre.

—Sí. ¿Cómo murió, Nivaldo?

—Bueno, Marcel… Durante los últimos meses parecía muy cansado. Y entonces, una mañana, estábamos sentados aquí mismo, jugando a las damas. Le empezó a doler un brazo. Aguantó hasta ganar la partida y luego dijo que se iba a casa. Debió de caer muerto a medio trayecto. Tu hermano Donat se lo encontró por el camino.

Josep asintió con sobriedad y bebió un poco de vino.

—Donat. ¿Dónde está Donat?

—En Barcelona.

—¿Y qué hace allí?

—Vive allí. Se casó. Se quedó con una mujer que trabajaba con él en una fábrica textil. —Nivaldo lo miró—. Tu padre siempre dijo que cuando llegara la hora Donat aceptaría su responsabilidad con la viña. Bueno, llegó la hora, pero Donat no quiere la viña, Josep. Ya sabes que nunca le gustó ese trabajo.

Josep asintió. Lo sabía. El olor del guiso que Nivaldo había puesto a calentar le arañaba las tripas.

—¿Y cómo es ella? Esa mujer con la que se ha casado.

—Una hembra bastante guapa. Se llama Rosa Sert. ¿Qué puede decir un hombre de la esposa de otro, apenas tras un vistazo? Callada, más bien casera. Vino varias veces con él por aquí.

—¿De verdad quiere vendérselo?

—Quiere el dinero. —Nivaldo se encogió de hombros—. Cuando un hombre se casa, siempre necesita dinero.

Nivaldo sacó la olla de la lumbre, alzó la tapa y sirvió una buena porción de guiso en un plato. Cuando le llevó un pedazo de pan y rellenó los vasos de vino, Josep engullía ya la comida y saboreaba las alubias negras, la butifarra, la buena dosis de ajo. En verano hubiera habido guisantes, berenjena, tal vez colinabo. En cambio ahora sabía a jamón, algún pedazo de conejo correoso, cebollas, patatas. Se decía que Nivaldo casi nunca lavaba la olla porque a medida que su contenido se iba reduciendo siempre se añadían nuevos ingredientes al guiso.

Josep vació el plato y aceptó una segunda ración.

—¿Hay alguien interesado en comprar?

—Siempre hay unos cuantos que se interesan. Roca mataría por esa tierra, pero no hay ni la menor posibilidad de que logre comprarla. Lo mismo le ocurre a la mayoría: no hay dinero. Pero Àngel Casals quiere la tierra para su hijo Tonio.

—¿El alcalde? Pero ¡si Tonio es su primogénito!

—Se ha entregado al coñac y pasa la mayor parte del tiempo borracho. Àngel no se lleva bien con Tonio y no confía en él para que se encargue de la granja. Como los dos hermanos menores son buenos trabajadores, les dejará todo y está buscando tierras para Tonio.

—¿Ha hecho una oferta?

—Todavía no. Àngel está esperando y haciéndose rogar para poderse quedar la tierra al mejor precio. Àngel Casals es el único que conozco que puede permitirse comprar tierras para dejar a su hijo instalado. En este pueblo cada vez somos más pobres. Todos los hijos menores se van a vivir a otros sitios, tal como hiciste tú. Aquí ya no queda ninguno de tus amigos.

—¿Manel Calderón? —preguntó como quien no quiere la cosa.

—No. Tampoco he sabido de él desde hace tres años —contestó Nivaldo. Josep sintió un miedo conocido.

—¿Guillem Parera? —dijo, por nombrar al miembro del grupo de cazadores que en otro tiempo fuera su mejor amigo.

—Mierda, Josep. Guillem murió.

«¿Muerto?»

—Ah, no.

«Te lo dije. Tendrías que haberte quedado conmigo, jodido Guillem.»

—¿Estás bien, Tigre? —preguntó Nivaldo bruscamente.

—¿Qué le pasó? —preguntó Josep, aunque temía la respuesta.

—Es evidente que, después de irse contigo y con los otros, también dejó el Ejército. Supimos que apareció en Valencia y que encontró trabajo en la restauración de la catedral, trasladaba esos bloques enormes de piedra. Uno de ellos resbaló y lo aplastó.

—Oh… Qué mala manera de morir.

—Sí. Éste es un mundo de muerte, amigo.

Joder, pobre Guillem. Nervioso y desanimado, Josep logró al fin levantarse.

—Necesito alubias y arroz. Chorizo. Un pedazo bien grande, Nivaldo, por favor. Y aceite y manteca.

El anciano fue reuniendo lo que le había pedido y añadió a la cesta una col pequeña como regalo de bienvenida. Nunca cobraba nada por el guiso y el vino; Josep pagó unas pocas monedas de más. Con Nivaldo siempre se hacía así.

No pudo evitarlo:

—¿Teresa Gallego sigue aquí?

—No. Se casó hace un par de años con un zapatero remendón. Luis… Montres, Mondres…, algo así. Un primo de los Calderón que vino en larga visita al pueblo desde Salamanca. Llevaba un traje blanco en la boda y habla español como los portugueses. Se la llevó a Barcelona, donde tiene una zapatería en la calle Sant Domènec del Call.

Una vez confirmado lo que temía, Josep asintió y saboreó la amargura del arrepentimiento. Replegó su sueño de Teresa y lo guardó.

—¿Recuerdas a Maria del Mar Orriols? —preguntó Nivaldo.

—¿La novia de Jordi Arnau?

—Sí. La dejó con el vientre preñado cuando se fue con vosotros. Ella tuvo un crío que se llama Francesc. Luego se casó con tu vecino, Ferran Valls, y éste dio al niño sus apellidos.

—¿Ferran?

Un hombre mayor, silencioso. Bajo, de cuerpo ancho, cabeza grande. Viudo, sin hijos.

—Ferran Valls murió también. Se cortó una mano y la fiebre se lo llevó deprisa. Aún no había pasado un año desde que se casaran.

—¿De qué vive ella?

—El viñedo de los Valls ahora es suyo. El año pasado, durante un tiempo, Tonio Casals vivió con ella. Algunos temían que se casaran, pero ella se dio cuenta pronto de que Tonio se vuelve peor que una serpiente cuando bebe. Lo echó. Ella y el niño apenas salen. Maria del Mar trabaja mucho, se ocupa de la tierra como si fuera un hombre. Cultiva uvas y las vende para hacer vinagre, como todo el mundo —explicó Nivaldo. Luego se lo quedó mirando—. Yo también me aparté del Ejército en otro tiempo. ¿Quieres que hablemos de lo que te pasó?

—No.

—En Madrid ha cambiado todo, pero no como tu padre y yo esperábamos. Te montamos en el caballo que no ganó —dijo Nivaldo con pesadumbre, y Josep asintió—. ¿Hay algo que pueda hacer para darte la bienvenida?

—No me iría mal otro plato de tu guiso —contestó Josep.

El anciano sonrió y se levantó para servírselo.

Josep fue al cementerio y encontró la tumba donde le había dicho Nivaldo. No habían podido enterrarlo junto a su madre por falta de sitio. La tumba de ella tenía el mismo aspecto de siempre.

Maria Rosa Huertas
Esposa y Madre
2 de enero de 1835 – 20 de mayo de 1860

A su padre lo habían enterrado en un extremo, en el rincón del sudeste, justo a la izquierda del cerezo. Aquel árbol ofrecía cada año unas cerezas gruesas, moradas, pura tentación. Los aldeanos las evitaban, temerosos de que se hubieran nutrido de los cuerpos que yacían en las tumbas, pero su padre y Nivaldo siempre las recogían.

La tierra bajo la que descansaba su padre había tenido tiempo ya de asentarse, pero aún no había crecido en ella la hierba. Josep se entristeció y arrancó unas pocas malas hierbas con aspecto distraído. Si estuviera ante la tumba de Guillem, podría hablar con su viejo amigo; en cambio, no sentía ninguna conexión con sus padres muertos, ambos presentes en aquel cementerio. Cuando murió su madre él tenía ocho años. Ahora se daba cuenta de que él y su padre nunca habían compartido palabras con demasiado significado.

En la tumba de su padre no había lápida. Tendría que preparar una.

Al fin salió del cementerio y se fue a la plaza. Ató su balde a la cuerda, lo soltó dentro del pozo y se fijó en lo mucho que tardaba en sonar la primera salpicadura. Tal como había observado en el río, había poca agua. Cuando recuperó el balde lleno, bebió a grandes sorbos y lo volvió a llenar para llevárselo a casa con sumo cuidado y guardar el agua en los dos cántaros que la mantendrían fresca.

Esta vez, cuando pasó por el terreno del alcalde, sí que notaron su presencia. Tonio y Jaume abandonaron lo que estuvieran haciendo y lo miraron fijamente. Jaume alzó una mano en dirección a él. Josep tenía las dos manos ocupadas con la cesta y el balde, pero gritó un alegre «¡Hola!» para saludarlos. A los pocos minutos, en cuanto soltó el balde para flexionar la mano, que ya se le acalambraba, miró hacia atrás y vio que habían enviado al más joven de los hermanos Casals —de pronto recordó que aquel muchacho se llamaba Jordi— para que lo siguiera y se asegurara de que, efectivamente, Josep Álvarez había vuelto a casa.

Al llegar a la masía de los Álvarez dejó la cesta y el balde en el suelo. No le costó arrancar el cartel de EN VENTA para luego voltearlo por encima de su cabeza y lanzarlo al vuelo hacia un montón de espesa maleza.

Después miró camino abajo y sonrió al ver que el joven Jordi Casals se escabullía como animal en estampida para contar a su padre y a sus hermanos lo que acababa de presenciar.

3

Limpiar el nido

Aunque a Josep le molestaban las muestras del desaliño con que Donat se había ocupado de la casa, a la hora de ponerse a trabajar lo que le atrajo no fue el interior del edificio, sino la viña. Desbrozó las malas hierbas y podó las cepas, el mismo trabajo que había hecho en su etapa final en el viñedo de los Mendes, mucho más grande. Le proporcionaba un placer sobrecogedor hacer en aquella parcela de tierra pequeña y destartalada, que pertenecía a su familia desde hacía ciento ocho años, lo mismo que, en su última etapa en Francia, había hecho bien y con orgullo a cambio de un sueldo. En tiempos lejanos de la agricultura en España, sus ancestros habían sido siervos primero, y más adelante jornaleros, en los campos de cultivo de la Galicia asediada por la pobreza. En el año 1766 las cosas cambiaron para la familia Álvarez cuando el rey Carlos III se dio cuenta de que gran parte del campo se mantenía en barbecho y sin trabajadores, mientras que en las aldeas se apiñaba la gente desposeída de tierras: gente descontenta y, por lo tanto, políticamente peligrosa. El Rey había nombrado entonces al conde Pedro Pablo de Aranda, un líder militar que se había distinguido como capitán general de los ejércitos, para supervisar un programa ambicioso de reforma de la tierra que consistía en parcelar y redistribuir tierras públicas, así como algunas extensiones que habían pasado a ser propiedad de la Corona al comprar vastos terrenos de los que se deshacía la Iglesia.

Una de las primeras transacciones de esa clase incluía 51 hectáreas de montes aislados y ondulados junto al río Pedregós, en Cataluña. Eran tierras deshabitadas y Aranda ordenó que se dividieran en doce secciones de cuatro hectáreas cada una, quedando las tres sobrantes alrededor de un pequeño edificio de piedra, el priorato de Santa Eulàlia, abandonado desde hacía mucho tiempo, y designado por él como iglesia local. Como receptores de las tierras, el capitán general escogió a doce combatientes veteranos retirados, sargentos ancianos que habían dirigido tropas bajo su mando. En su juventud, todos ellos habían luchado en escaramuzas y en insurrecciones sangrientas. A todos aquellos sargentos se les debían pagas atrasadas. No eran grandes cantidades, pero sumadas alcanzaban un monto respetable. Salvo por pequeñas prestaciones entregadas a cada nuevo agricultor para que pudiera plantar el primer cultivo, los pactos de entrega de las tierras implicaban la renuncia a reclamar aquellos pagos atrasados, consecuencia derivada del programa que complacía mucho a Aranda en un año de dificultades financieras para la Corona.

Sólo una de las doce parcelas destacaba verdaderamente por su potencial como tierra de cultivo. Ese único campo bueno estaba situado en el rincón del sudoeste del nuevo pueblo, en el antiguo curso del río. Durante siglos, en los raros años de abundancia de agua, las corrientes crecidas habían arrastrado las capas superiores del suelo de la parte anterior de su curso y las habían depositado en un recodo del río, creando así una espesa capa de rica tierra de aluvión. El primer beneficiado que inspeccionó la nueva aldea fue Pere-Felip Casals, quien escogió aquel rincón fértil con entusiasmo y sin ninguna duda, asegurando así una prosperidad que había conferido a sus descendientes el suficiente poder político para convertirse, una generación tras otra, en alcaldes de Santa Eulàlia.

El abuelo de Josep, José Álvarez, fue el cuarto soldado retirado que inspeccionó Santa Eulàlia y aceptó las tierras. Soñaba con convertirse en un próspero granjero de trigo, pero tanto él como los demás sargentos, todos de origen campesino, eran capaces de reconocer un buen suelo y habían comprobado que todas las tierras restantes eran pizarrosas o estaban llenas de tierra caliza, un medio calcáreo y pedroso.

Hablaron mucho y con gravedad acerca de aquel asunto. Pere-Felip Casals había empezado ya a plantar patatas y cebada en su parcela fértil. Los demás sabían que tendrían que pasar penurias:

—No hay muchos cultivos que puedan prosperar en una mierda tan inhóspita como ésta —dijo un cansino José Álvarez. Los demás sargentos estaban de acuerdo.

Desde la primera plantación, todos ellos habían cultivado una planta que prosperaba bajo el sol ardiente del verano y se renovaba en el descanso ofrecido por los suaves inviernos del norte de España. Una planta que podía hundirse en aquella tierra seca y pedregosa hasta que sus raíces lograran chupar y tragar la exigua humedad que hubiera retenido la tierra.

Todos plantaron vides.

La reforma de la tierra no llegó muy lejos. Pronto, la Corona decidió apoyar un sistema que concedía grandes extensiones a terratenientes que a su vez arrendaban fragmentos minúsculos a campesinos indigentes. Al cabo de menos de dos años, Aranda había dejado ya de regalar tierras, pero los campesinos de Santa Eulàlia habían recibido sus títulos formales y eran, por lo tanto, propietarios.

Ahora, más de un siglo después del reparto de tierras, menos de la mitad de las parcelas de Santa Eulàlia pertenecían todavía a los descendientes de aquellos soldados jubilados. Las demás tierras se habían vendido a propietarios que las dejaban en manos de los payeses, cultivadores de viñas que pagaban por el uso de aquellos pedazos de tierra. Las condiciones de vida apenas diferían entre quienes poseían las tierras y quienes las habían arrendado, salvo en que —además de ocuparse de tierras más extensas— los que tenían título de propiedad disfrutaban al menos de la seguridad de que no había un dueño que pudiera subirles el arriendo y obligarlos, en consecuencia, a abandonar la tierra. Con las rodillas hincadas en el suelo para arrancar las malas hierbas, Josep hundió los dedos en la arcilla cálida y llena de guijarros y bendijo la sensación que le producía el tacto arenoso bajo las uñas. «Esta tierra.» Qué maravilla ser el dueño de aquella extensión, desde la superficie tostada por el sol hasta cualquier profundidad que pudiera alcanzarse con una pala. No le importó que esa tierra produjera vino amargo en vez de trigo. Ser propietario implicaba poseer un fragmento de España, un pedazo del mundo.

A última hora de la tarde entró en la casa y empezó a ponerla en condiciones. Sacó los platos y cubiertos sucios y los fregó para arrancarles la suciedad y el moho, primero con un puñado de arena y luego con agua jabonosa. Dio cuerda al reloj francés y, para ponerlo en hora, recordó la última que había visto en el reloj de la tienda de Nivaldo y le sumó los minutos que calculaba haber tardado en llegar a casa. Luego barrió los suelos, aquella tierra apisonada que los Álvarez habían ido puliendo con sus pisadas durante un siglo. Se dijo que al día siguiente iría a lavar su ropa al Pedregós, así como toda la ropa sucia que había dejado Donat. Era consciente de que su cuerpo apestaba. El aire no era ya muy cálido, pero Josep necesitaba concederse el lujo de un baño completo. Al recoger la escoba se dio cuenta de que los mangos de madera de los aperos de la viña estaban secos y se tomó el tiempo necesario para engrasarlos cuidadosamente. Sólo entonces, con el sol ya en retirada, se permitió coger la exigua pastilla de jabón oscuro y encaminarse hacia el río.

Al pasar por el terreno de los Torras vio que aún lo cultivaba alguien, aunque con pocos cuidados. Las vides, muchas de ellas sin podar, parecían pedir fertilizante a gritos.

El siguiente viñedo era el que había pertenecido antaño a Ferran Valls. Había cuatro olivos grandes y retorcidos al borde de la carretera, con raíces gruesas como un brazo de Josep. Un crío jugaba entre las raíces del segundo árbol.

El muchacho lo miró acercarse. Era un crío hermoso, de ojos azules y cabello oscuro, con unos brazos finos, huesudos y bronceados. Josep se fijó en que llevaba el pelo muy largo, casi como una niña.

Se detuvo y carraspeó.

—Buenas tardes. Supongo que eres Francesc. Yo soy Josep.

Sin embargo, el niño se levantó de un salto y se escabulló por detrás de los árboles. Corría un tanto ladeado; algo le pasaba en las piernas. Al pasar junto al último árbol, Josep obtuvo una mejor vista de la viña y pudo comprobar que el muchacho progresaba torpemente hacia una figura que trabajaba entre las vides con su azada.

Maria del Mar Orriols. La llamaban Marimar. «La muchacha a la que recordaba como novia de Jordi es ahora su viuda», pensó. Y se sintió extraño.

Cuando el muchacho señaló hacia él, la madre detuvo su actividad y miró fijamente al hombre que se acercaba por el camino. Parecía más fornida de lo que él recordaba, casi como un hombre, salvo por el vestido manchado y el pañuelo que le cubría la cabeza.

—¡Hola, Maria del Mar! —saludó.

Sin embargo, ella no respondió. Era obvio que no reconocía su figura. Josep se detuvo y esperó un momento, pero ella no dio un paso hacia él, ni le habló ni dio muestra alguna de desear que se acercara.

Josep se despidió con la mano y siguió andando hacia el río. Al final del terreno de Maria del Mar, un recodo en el camino le llevó hacia la orilla del Pedregós, donde ella no podía verle.

4

La santa de las vírgenes

*E*n Santa Eulàlia, Josep veía a Teresa Gallego donde quiera que mirase. Se llevaban un año de diferencia. Cuando eran pequeños, Teresa era una más entre los muchos críos que correteaban por el pueblo y que empezaron a trabajar en las tierras siendo aún muy jóvenes. Su padre, Eusebi Gallego, tenía una hectárea arrendada y a duras penas se ganaba la vida cultivando uva blanca. Josep la había visto siempre por ahí, pero no la registró en su conciencia, a pesar de lo pequeño que era el pueblo, hasta los siete años. Prieta para su edad, pero rápida y fuerte, era la mascota de los *castellers* de Santa Eulàlia. Joven favorita de la comunidad, era la criatura que todos hubieran escogido —¡si llega a ser varón!— para coronar la estructura humana de los *castellers* que, vestidos con camisa verde y pantalón rojo, honraban en ocasiones públicas a Dios y a Cataluña alzándose hacia el cielo sobre el soporte recíproco de sus hombros.

Había quien decía que los *castellers* recuperaban la figura de la ascensión de Cristo. Mientras los músicos tocaban antiguas canciones con sus tambores y ese oboe tradicional catalán al que llaman *gralla*, aparecía primero un cuarteto de hombres fornidos. Envueltos en fajines con una apretura de ahogo para reforzar la espalda y el abdomen, los rodeaban cientos de entusiastas voluntarios, una multitud que se apretujaba con ellos y los sostenía, docenas de manos que los mantenían en su lugar para reforzar la firmeza de la base, que en la jerga de los *castellers* se llamaba *baixos*. Otros cuatro hombres fuertes se aupaban sobre los primeros, con los pies descalzos apoyados en sus hombros. Luego subían otros cuatro, y aún cuatro más. Así seguían hasta lograr ocho capas de hombres, cada una algo más ligera que la anterior porque también era menor el peso que iba a soportar. Los niveles superiores estaban conformados por jóvenes y el último en ascender el castillo era un niño al que llamaban *enxaneta*, la cumbre.

La pequeña Teresa Gallego era fuerte y ágil como un mono, mucho mejor que cualquier chico del pueblo cuando se trataba de ascender. Asistía a todos los ensayos de los *castellers* porque su padre, Eusebi, aportaba su impagable fuerza en el cuarto nivel. Aunque una mujer no podía subir a la cumbre, la pequeña Teresa era querida y admirada y a veces le permitían coronar el quinto nivel durante los ensayos; escalaba una altura de cuatro cuerpos como si cada uno de ellos fuera una escalera, pisando pantorrillas, nalgas, espaldas, brazos estirados, sin hacer ningún movimiento brusco que provocara el cimbreo del castillo, aunque a menudo se cimbreaba igualmente y se estremecía mientras ella subía. Una rápida orden de retirada voceada por el director del grupo desde el suelo la obligaba a bajar, deslizándose de nuevo sobre las espaldas y los brazos mientras el castillo temblaba y se torcía. Una vez, en un ensayo, se desplomó la estructura y ella cayó al suelo, como una pequeña fruta humana desprendida entre los golpes sordos de los duros cuerpos de los adultos. La caída le provocó lesiones menores, pero Dios la protegió de cualquier daño importante.

Aunque se sabía que era la mejor escaladora entre los niños, en los espléndidos momentos de éxito en público durante las apariciones de los *castellers* programadas en festivales, siempre subía algún muchacho más lento y menos talentoso para alcanzar lo más alto, convirtiéndose en el noveno nivel tras subir por la última espalda del octavo y levantar un brazo en señal de victoria, convertido en la cumbre, como la guinda de un pastel de muchas capas, mientras la muchedumbre lanzaba vítores enloquecidos. En esos momentos, Teresa permanecía firme en la tierra y miraba hacia arriba con frustración y anhelo, al tiempo que la música de los tambores y las grallas le provocaba escalofríos y todo el castillo humano se deshacía triunfante hacia abajo, victorioso y perfectamente ordenado, capa a capa.

Teresa ascendió en los ensayos durante sólo dos años. A mitad de la segunda temporada, su padre empezó a dar signos de precoz flaqueza de salud y cada vez le costaba más aguantar el peso en la torre. Fue reemplazado y Teresa dejó de ir a los ensayos. Había ido perdiendo encanto a medida que crecía y ya no era la niña mimada por todos, pero Josep seguía estudiándola de lejos.

No tenía ni idea de por qué la encontraba tan interesante. La vio cambiar desde la infancia a medida que se iba volviendo alta y fuerte. Al cumplir los dieciséis años tenía el pecho pequeño, pero su cuerpo era femenino, y Josep empezó a mirarla fijamente cuando creía que ella no se daba cuenta; rápidos vistazos a las piernas cuando la veía encajar el borde de la falda en la cintura para que no la ensuciaran las vides. Ella sabía que Josep la observaba, pero nunca hablaron.

Entonces, ese mismo año, el día de Santa Eulàlia, se encontraron los dos junto a la forja del herrero viendo pasar la procesión.

Había una cierta controversia con respecto al día de la patrona, pues había dos santas llamadas Eulàlia: la patrona de Barcelona y santa Eulàlia de Mérida. No se ponían de acuerdo al respecto de cuál de ellas había dado su nombre al pueblo. Ambas habían sido mártires y habían sufrido muertes agónicas por su fe. Santa Eulàlia de Mérida era el 10 de diciembre, pero el pueblo celebraba sus fiestas el 12 de febrero, día de la patrona de Barcelona, sólo porque esta ciudad quedaba más cerca que Mérida. Algunos aldeanos terminaban mezclando en sus mentes los estimables poderes de ambas santas para crear una santa Eulàlia propia, resultado de una combinación más poderosa que cualquiera de las otras dos. La Eulàlia del pueblo era la santa patrona de toda una serie de cosas: la lluvia, las viudas, los pescadores, la virginidad y la protección contra los abortos espontáneos. Uno podía rezarle a santa Eulàlia por casi todos los problemas importantes de la vida.

Cincuenta años antes, algunos habitantes del pueblo habían observado que los restos de una de esas Eulàlias estaban enterrados en la catedral de Barcelona, mientras que los adeptos de Mérida tenían reliquias de su santa en la basílica de su iglesia. Los habitantes de Santa Eulàlia también querían honrar a su santa, pero no tenían reliquia alguna, ni siquiera un simple hueso de un dedo, así que juntaron sus precarios ahorros y encargaron una estatua para su iglesia. El escultor al que contrataron se dedicaba a esculpir lápidas y era un hombre de talento limitado. La estatua le quedó larga y torpe, con un feo rostro de disgusto que la hacía muy humana, pero estaba pintada con colores brillantes y el pueblo se enorgullecía de ella. Cada día de Santa Eulàlia, las mujeres vestían a la santa con una bata blanca adornada por muchas campanillas de sonido agudo. Los hombres más fuertes de la región, incluidos aquellos que conformaban la base de las torres humanas, llevaban la estatua a empujones hasta una plataforma cuadrada, hecha de sólidos tablones. Mientras los hombres de la parte frontal de la plataforma caminaban hacia delante entre gruñidos y gemidos, los de la parte trasera caminaban de espaldas: iban despacio y se tambaleaban de un extremo a otro del pueblo para dar luego dos vueltas a la plaza mientras las campanillas de la estatua tañían su santa aprobación. Los niños y los perros se perseguían tras la estela de la plataforma. Berreaban los críos, los perros ladraban entre la marea de aplausos que señalaba el avance de Santa Eulàlia, procedente de una multitud de gente que había acudido vestida de domingo, algunos de ellos desde distancias considerables, para unirse a las fiestas y rendir homenaje a la santa.

Josep era muy consciente de que la chica estaba a su lado. Ambos permanecían sin hablar, él con la vista decididamente fija en un edificio del otro lado de la estrecha calle para no mirarla a ella; tal vez Teresa estuviera tan embrujada como él. Cuando quisieron darse cuenta de que se acercaba la santa, ya casi se les había echado encima. La calle era muy angosta en esa parte. Apenas quedaban unos pocos centímetros a cada lado de la plataforma, que a veces rozaba estrepitosamente las paredes de piedra de los edificios hasta que sus portadores conseguían hacer las mínimas correcciones necesarias para pasar limpiamente.

Josep miró hacia delante y vio de inmediato que más allá de la forja la calle se ensanchaba, aunque ya estaba ocupada por una multitud de mirones.

—Señorita —dijo para avisarle, dirigiéndose a ella por primera vez.

En la pared de la forja del herrero había un hueco estrecho, y Josep, tomando a la chica del brazo, la empujó hacia allí y se apretó con ella justo cuando la plataforma pasaba a su altura. Si llegan a estar todavía al nivel de la calle, el peso brutal de la plataforma los hubiera aplastado y machacado. Pese a estar refugiados, notó que el borde de la plataforma le rozaba el pantalón en la parte trasera de los muslos. Si alguien le daba un empujón, podían lesionarse.

Sin embargo, apenas se daba cuenta del peligro. Estaba apretujado contra el cuerpo de la chica, tan cerca de ella, increíblemente consciente de todas sus sensaciones.

Por primera vez le examinó la cara de cerca y sin verse obligado a apartar la mirada a los dos segundos. Se dijo que nadie la tomaría por una de las famosas bellezas del mundo. Sin embargo, para él su cara era incluso algo mejor que eso.

Tenía los ojos de un tamaño corriente, de un marrón suave; las pestañas eran largas, las cejas amplias y oscuras. La nariz, pequeña y recta, con las fosas finas. Los labios eran gruesos; el superior, rasgado. Los dientes, fuertes y blancos, más bien grandes. Olió el ajo que Teresa había comido. Tenía una barbilla muy agradable. Bajo la mandíbula, en el lado izquierdo, había un lunar marrón casi redondo y Josep quiso tocarlo.

Quería tocar todo lo que veía.

Ella no pestañeó. Sus ojos se encadenaron. No había nada más que mirar.

Santa Eulàlia ya había pasado. Josep dio un paso atrás. Sin decir palabra, la chica se escabulló y huyó calle abajo.

Josep se quedó quieto, sin saber adónde mirar, seguro de que todo el vecindario lo observaba fijamente por haber apretado su endurecida virilidad contra la pureza de aquella hembra. Pero cuando alzó los ojos avergonzados y miró en derredor, vio que nadie lo estaba mirando con ningún interés ni parecía haberse dado cuenta de nada, así que procedió a alejarse también de allí.

Durante las semanas siguientes evitó a la niña, incapaz de enfrentarse a su mirada. Pensó que era inevitable que ella no deseara tener nada que ver con él. Lamentó amargamente haber ido a la forja el día de la santa, hasta que una mañana Teresa Gallego y él se encontraron en el pozo de la plaza. Mientras iban sacando agua se pusieron a hablar.

Se miraron a los ojos y pasaron mucho rato hablando, en voz baja y con seriedad, como corresponde a dos personas unidas por santa Eulàlia.

5

Un asunto entre hermanos

*E*xactamente una semana después del regreso de Josep, su hermano Donat acudió a la masía con su mujer, Rosa Sert. Llevaba en la cara una curiosa mezcla de bienvenida y recelo. Donat siempre había sido rollizo, pero ahora le colgaba la papada bajo la mandíbula y el abdomen se le había hinchado como si tuviera levadura. Josep se dio cuenta de que Donat sería pronto un hombre gordo de verdad.

Su hermano mayor, un semidesconocido que vivía en la ciudad.

Intercambió besos con ambos. Rosa era baja y rellena, una mujer de aspecto agradable. Lo miraba todo con atención, pero le dedicó una sonrisa tentativa.

—Papá dijo que te habías hecho soldado, probablemente en el País Vasco —dijo Donat—. ¿No era ése el propósito de aquel grupo de cazadores? ¿Formarte como soldado?

—Luego no salió así.

Josep no ofreció explicaciones, pero sí les habló de sus cuatro años de trabajo en el Languedoc. Sirvió un trago, lo último que le quedaba en la bota que se había llevado de Francia, y ellos devolvieron el cumplido con *vin ordinaire*, aunque ya hacía tiempo que estaba picado.

—¿Así que trabajas en una fábrica textil? ¿Te gusta el trabajo?

—Lo suficiente. Da dinero dos veces al mes, haya granizo o sequía, o cualquier otra calamidad.

Josep asintió.

—Es bueno tener ingresos fijos. ¿Y en qué consiste tu trabajo?

—Ayudo a un operario que se encarga de vigilar los carretes de los que obtienen el hilo los telares. Si se rompe el hilo, lo reanudamos con nudos de tejedor. Cambio los carretes antes de que se les acabe el hilo. Es una fábrica grande, con muchos telares que funcionan con vapor. Hay posibilidades de prosperar. Espero llegar a ser algún día mecánico de los telares o de las máquinas de vapor.

—¿Y tú, Rosa?

—¿Yo? Examino la ropa y remiendo los defectos. Me ocupo de las manchas, y cosas por el estilo. A veces hay una imperfección o un agujerillo, y entonces uso aguja e hilo para zurcirlo y que no se vea.

—Tiene mucha maña —dijo Donat con orgullo—, pero a las mujeres hábiles les pagan menos que a un hombre torpe.

Josep asintió. Hubo una tregua momentánea.

—Bueno, ¿y ahora qué vas a hacer tú? —preguntó Donat.

Josep sabía que debían de haberse dado cuenta de que el cartel de EN VENTA había desaparecido.

—Cultivar uvas. Hacer vino para vinagre.

—¿Dónde?

—Aquí.

Los dos lo miraron horrorizados.

—Gano menos de dos pesetas al día —dijo Donat—. Durante dos años cobraré sólo media paga mientras aprenda el oficio, y necesitaré dinero. Voy a vender la tierra.

—Y yo la voy a comprar.

Donat tenía la boca abierta y Rosa los labios tan apretados que su boca se reducía a una línea de preocupación.

Josep dio explicaciones con toda la paciencia posible.

—Sólo hay una persona que quiera comprar esta tierra: Casals, que te daría un precio de pacotilla. Y de esa calderilla del alcalde, un tercio me corresponde a mí en tanto que hijo menor.

—Papá siempre lo dejó claro. ¡Todo el viñedo era para mí!

Era cierto que siempre lo había dejado claro.

—La tierra te correspondía sin reparto porque sólo una familia puede vivir de ella cultivando uvas para hacer vinagre. Pero padre no te dejó la tierra para que pudieras venderla, como sabes. Como sabes bien. Como sabes perfectamente y sin ninguna duda, Donat. —Se clavaron las miradas y fue su hermano quien la desvió primero—. De modo que debe aplicarse la regla: dos tercios para el primogénito, uno para el segundo. Te pagaré a un buen precio, mejor que Àngel Casals. A esa suma le restaremos un tercio, porque no te voy a pagar por lo que ya es mío.

—¿Y de dónde vas a sacar el dinero? —preguntó Donat, en voz demasiado baja.

—Venderé la uva, como siempre hizo padre. Te haré un pago cada tres meses hasta que haya cubierto el total.

Se quedaron los tres sentados en silencio, mirándose.

—Durante mis cuatro años de duro trabajo en Francia he ahorrado la mayor parte de mi salario. Te puedo dar el primer pago ahora mismo. Durante mucho tiempo, cada tres meses tendrás un ingreso extraordinario. Sumado a lo que podáis ganar entre los dos, las cosas os resultarán más fáciles. Y la tierra seguirá perteneciendo a la familia Álvarez.

Donat miró a Rosa y ésta se encogió de hombros.

—Tienes que firmar un papel —dijo a Josep.

—¿Un papel? ¿Por qué? Esto es un asunto entre hermanos.

—Aun así, hay que hacerlo de la manera adecuada —dijo, con tono decidido.

—¿Desde cuándo se necesita un papel entre hermanos? —preguntó Josep a Donat. Se dejó llevar por el enfado—. ¿Por qué razón tendrían que dar dinero dos hermanos a un leguleyo?

Donat guardó silencio.

—Estas cosas se hacen así —insistió Rosa—. Mi primo Carles es abogado y se encargará de los papeles por muy poco dinero.

Los dos se miraron con terquedad, y esta vez fue Josep quien desvió la mirada y se encogió de hombros.

—Muy bien. Pues traedme el maldito papel —respondió.

Volvieron al domingo siguiente. El documento era un papel blanco y terso, de aspecto importante. Donat lo sostuvo como si fuera una serpiente y se lo pasó, aliviado, a Josep.

Intentó leerlo, pero estaba demasiado nervioso e irritado: las palabras de aquellas dos páginas le flotaban ante los ojos y supo qué debía hacer.

—Esperadme aquí —dijo en tono cortante.

Los dejó sentados a la mesa que él todavía consideraba propiedad de su padre.

Nivaldo estaba en su piso, encima de la tienda, con el periódico *El Cascabel* abierto. Los domingos no abría el negocio hasta que terminaba la misa, cuando se acercaban los feligreses a comprar víveres para toda la semana. Tenía el ojo malo cerrado y achinaba ferozmente el otro ante el periódico, como hacía siempre que leía algo. A Josep le recordaba a un halcón.

Josep no había conocido a ningún hombre más listo que Nivaldo. Lo consideraba capaz de llegar a ser cualquier cosa que se propusiera. Una vez le había dicho que no recordaba haber ido a la escuela. La misma semana de 1812 en que los británicos forzaban a José Bonaparte a abandonar Madrid, Nivaldo había huido de los campos de azúcar de su Cuba natal. A sus doce años, se escondió en un bote que partía hacia Maracaibo. Fue gaucho en Argentina y soldado en el Ejército español, del cual —según había confesado a Josep su padre— había desertado. Había trabajado en barcos veleros. Por algún comentario enigmático que hacía de vez en cuando, Josep estaba seguro de que Nivaldo había sido corsario antes de instalarse como tendero en Cataluña. Josep no sabía dónde aquel hombre había aprendido a leer y escribir, pero ambas cosas se le daban tan bien que había podido enseñar a Josep y a Donat cuando eran pequeños; sentados a su mesita, les daba clases interrumpidas a veces por algún cliente que entraba en la tienda en busca de un pedazo de chorizo o unas tajadas de queso.

—¿Qué pasa, Nivaldo?

El hombre suspiró y plegó *El Cascabel*.

—Son malos tiempos para el Ejército del Gobierno, que ha sufrido una de sus peores derrotas. Tras una batalla en el norte, los carlistas han tomado dos mil prisioneros entre sus tropas. Y hay problemas en Cuba. Los americanos están regalando armas y provisiones a los rebeldes. Los americanos casi pueden mear en Cuba desde Florida, y no se contentarán hasta que la isla sea suya. No soportan que una joya como Cuba se dirija desde un país tan lejano como España. —Plegó *El Cascabel*—. Bueno, ¿qué te trae por aquí? —preguntó, malhumorado.

Josep adelantó la mano con el papel del abogado.

Nivaldo lo leyó en silencio.

—Ah, compras la viña. Está muy bien.

Volvió a leer el documento y lo estudió de nuevo desde el principio. Luego suspiró.

—¿Lo has leído?

—La verdad es que no.

—Jesús. —Se lo devolvió—. Léelo con cuidado. Y luego, lo vuelves a leer.

Esperó con paciencia hasta que Josep lo hubo terminado, y entonces cogió el papel.

—Aquí. —Su índice torcido señalaba un párrafo—. Su abogado dice que, si te saltas un solo pago, Donat recupera la tierra y la masía.

Josep gruñó.

—Tienes que decirle que hay que cambiar esa parte. Si te van a sacar el dinero, por lo menos diles que sólo perderás la tierra cuando te hayas saltado tres pagos seguidos.

—Que se vayan al diablo. Firmaré el maldito documento tal como está. Regatear y reñir con mi hermano por la tierra de la familia me hace sentir sucio.

Nivaldo se inclinó hacia delante, agarró a Josep con fuerza por la muñeca y lo miró a los ojos.

—Escúchame, Tigre —dijo con amabilidad—. Ya no eres un niño. No eres tonto. Tienes que protegerte.

Josep se sentía como un crío.

—¿Y si no aceptan el cambio? —preguntó en tono sombrío.

—Seguro que no lo aceptan. Ellos esperan que regatees. Diles... que si alguna vez te atrasas con algún pago, estás dispuesto a añadir el diez por ciento en el siguiente.

—¿Te parece que eso lo aceptarán?

Nivaldo asintió.

—Creo que sí.

Josep le dio las gracias y se levantó para salir.

—Tenéis que redactar ese cambio y luego Donat y tú tenéis que firmar con vuestro nombre junto a la corrección. Espera. —Nivaldo sacó el vino y dos vasos. Tomó la mano de Josep y la estrechó—. Te doy mi bendición. Ojalá tengas buena suerte, Josep.

Éste se lo agradeció. Se bebió el vino deprisa, como no debe beberse, y luego volvió a la masía.

Donat dio por hecho que Josep había ido a consultar a Nivaldo, a quien respetaba tanto como su hermano, y no era proclive a discutir por el cambio que le proponía. Pero, tal como esperaba Josep, Rosa objetó de inmediato:

—Es necesario que sepas que has de pagar sin falta —le dijo en tono severo.

—Y ya lo sé —gruñó él.

Cuando ofreció a cambio el pago de una penalización del diez por ciento, ella pensó un largo y doloroso rato antes de asentir.

Ellos lo miraron mientras anotaba trabajosamente los cambios y estampaba su firma dos veces en cada una de las dos copias.

—Mi primo Carles, el abogado, nos dijo que si había cambios, tenía que leerlos él antes de que firmase Donat —dijo Rosa—. ¿Vendrás a Barcelona a recoger tu copia?

Josep sabía que quería decir: «A pagarnos nuestro dinero». No tenía ningunas ganas de ir a Barcelona.

—Acabo de venir andando desde Francia —contestó fríamente.

Donat parecía avergonzado. Estaba claro que deseaba aplacar a su hermano.

—Yo volveré al pueblo cada tres meses a recoger tus pagos. Pero... ¿por qué no vienes a visitarnos el próximo sábado por la noche? —propuso a Josep—. Puedes recoger tu copia firmada, darnos el primer pago y luego montamos una buena fiesta. Te enseñaremos cómo se celebran las cosas en Barcelona.

Josep estaba harto. Sólo quería perderlos de vista y accedió a visitarlos a finales de la semana.

Cuando se fueron, se quedó sentado a la mesa en la casa silenciosa, como aturdido.

Al fin se levantó, salió y se puso a trabajar en las viñas.

Era como si de repente se hubiera transformado en el hijo mayor. Sabía que debía sentir entusiasmo y alegría, pero las dudas le pesaban como un lastre.

Caminó arriba y abajo por las hileras de vides, estudiándolas. No estaban separadas con mimo para crear líneas inmaculadas como en el viñedo de los Mendes, y trazaban curvas y se retorcían como serpientes en vez de alargarse en rectas razonables. Habían sido plantadas sin cuidado, en un batiburrillo de variedades: sus ojos distinguieron diversos grupos, mayores o menores, de Garnacha, Samso y Tempranillo, todas mezcladas. Durante generaciones, sus antepasados habían hecho vino con ellas para obtener luego un vinagre burdo e impersonal. A sus ancestros no les habían importado las variedades, siempre que se tratara de uvas negras que produjeran mosto abundante.

Así habían sobrevivido. Se dijo que él tenía que ser capaz de lograrlo del mismo modo. Pero estaba preocupado: le parecía que aquel cambio de destino había sucedido con demasiada facilidad. ¿Sería capaz de superar los retos de aquella responsabilidad?

Se dijo que no tenía familia que mantener y que, más allá de los más humildes alimentos, tenía muy pocas necesidades. Pero la viña acarrearía gastos. Se preguntó si podría permitirse comprar una mula. Su padre había vendido la suya cuando los dos hijos tuvieron la edad suficiente para cumplir con su trabajo de hombres. Con tres adultos en la viña, podían ocuparse del trabajo sin necesidad de cargar con las complicaciones que suponía el cuidado de un animal.

Pero ahora no tenía más fuerza de trabajo que la propia, y una mula sería como un regalo de los cielos.

Con el paso de los años, se habían plantado vides en todas las zonas de la tierra que resultaban fáciles de trabajar. Sin embargo, mientras caminaba vio que el último sol de la tarde acariciaba la cumbre del monte que conformaba la auténtica frontera de su propiedad. La viña llegaba sólo hasta la mitad de la cuesta; la inclinación se acercaba mucho al ángulo que, según le había contado Mendes, superaba los cuarenta y cinco grados. Demasiado para trabajar con una mula, pero el propio Josep había dedicado muchas horas en Francia a plantar y cuidar vides con sus propias manos en cuestas igual de empinadas.

La mayor parte de las vides más viejas eran de Tempranillo. En cambio, había una sección del monte en la que se había plantado Garnacha, y Josep subió a la parte en que las parras eran hermosas y ya antiguas, tal vez de unos cien años, con la parte baja retorcida y gruesa como un muslo. Había un puñado de uvas endurecidas, aferradas a los zarcillos secos y, tras arrancarlas y llevárselas a la boca, descubrió que aún estaban henchidas de un sabor duradero.

Siguió subiendo y en más de una ocasión se vio obligado a hincar una rodilla en el suelo porque sus pies no encontraban agarre suficiente en la aspereza del monte. Se iba deteniendo aquí y allá para arrancar aulagas y hierbajos. ¡Cuántas vides podían plantarse ahí! Podía aumentar considerablemente la producción de uva.

Constató que tal vez había aprendido algunas cosas que su padre ignoraba. Y estaba dispuesto a trabajar como un animal y a experimentar cosas que él ni siquiera se hubiera atrevido a probar.

A partir de esa noche dormiría en la cama de su padre.

Se dio cuenta de que lo que le había ocurrido era un milagro, tan importante para él como el día en que el Rey y el general Pedro Pablo de Aranda le habían entregado la tierra al sargento José Álvarez. En ese momento lo abandonaron las dudas y se sintió invadido por la felicidad que hasta entonces lo había eludido. Lleno de agradecimiento, se sentó en la tierra cálida de la colina y contempló cómo el sol emborronaba de rojo el horizonte antes de desaparecer entre dos colinas. Al poco, el crepúsculo se adueñó del pequeño valle de Santa Eulàlia, cubierto de viñas, y empezó a caer la noche sobre su tierra.

6

Un viaje a Barcelona

*E*l sábado por la mañana, Josep pasó la azada y cavó durante dos horas, hurgando la tierra en torno a una hilera mediocre, en la que las uvas Tempranillo estaban escuálidas y la tierra endurecida, desportillada como una piedra. Sin embargo, dejó de trabajar cuando aún era pronto, pues ignoraba cuánto le iba a costar llegar a la fábrica textil en la que trabajaba Donat. Echó a andar por la carretera hacia Barcelona. Aún tenía fresca en la memoria la larga caminata desde Francia y no quería llegar andando hasta la ciudad. Así que se detuvo y esperó a que pasara algún vehículo conveniente. Dejó pasar varios carruajes particulares; luego, al ver un carromato grande cargado de barriles nuevos y tirado por cuatro enormes caballos, alzó la mano y señaló carretera adelante.

El conductor, un hombre de complexión tan generosa como la de sus caballos y con las mejillas enrojecidas, tiró de las riendas el tiempo justo para que él trepara al carro y le deseó un buen día en tono afable. Fue un viaje afortunado. Los caballos hacían resonar con brío sus cascos y el arriero era un alma de buen carácter, contento de pasar las horas del día con una conversación ociosa que acortara el viaje. Dijo que se llamaba Emilio Rivera y que su tonelería estaba en Sitges.

—Buenos barriles —dijo Josep, tras echar una mirada a la carga que llevaban detrás—. ¿Son para algún viticultor?

Rivera sonrió.

—No. —Explicó que no vendía a los vinateros, aunque sí aportaba toneles al negocio del vinagre—. Éstos van para los pescadores de la costa de Barcelona. Llenan mis barriles con merluza, pargo, atún, arenques… A veces, sardinas o anchoas. Y sólo de vez en cuando con anguilas, porque suelen venderlas frescas. A mí me encantan pequeñitas.

Ninguno de los dos mencionó la guerra; era imposible saber si un desconocido era un carlista conservador o un liberal que apoyaba al Gobierno. Cuando Josep hizo algún comentario admirativo sobre los caballos, la conversación derivó hacia los animales de carga.

—Creo que pronto voy a necesitar una mula joven y fuerte —dijo Josep.

—Pues tienes que ir a la feria de caballos de Castelldefels, que se celebrará dentro de cuatro semanas. Mi primo, Eusebi Serrat, compra caballos y mulas. Por una módica suma te ayudará a escoger lo mejor que se venda —dijo el carretero.

Josep asintió, pensativo, y archivó el nombre en su cabeza.

Los caballos de Rivera avanzaban con buena marcha. Cuando llegaron al lugar en que se encontraba la fábrica textil, justo a las afueras de Barcelona, había pasado ya el mediodía. Sin embargo, como Josep había quedado en encontrarse con Donat a las cinco, siguió el camino con el señor Rivera hasta más allá de la población. Cuando saltó del carro del tonelero en la Plaça de la Seu, las campanas de la catedral anunciaban que ya eran las dos de la tarde.

Paseó por la basílica y por sus galerías abovedadas, se comió su pan con queso en los claustros y echó un mendrugo al grupo de ocas que picoteaban tras los nísperos, magnolias y palmeras del jardín de la catedral. Luego se sentó en un escalón de la entrada y disfrutó del fino sol que calentaba el frío aire de principios de primavera.

Sabía que estaba a escasa distancia del vecindario en el que, según Nivaldo, tenía su zapatería el marido de Teresa.

Le ponía nervioso la posibilidad de encontrársela por la calle. ¿Qué podía decirle?

Sin embargo, ella no apareció. Josep se quedó sentado y contempló a la gente que entraba y salía de la catedral: sacerdotes, miembros de las clases altas ataviados con finas ropas, monjas con distintos hábitos, obreros de rostro ajado, niños con los pies sucios. Las sombras se alargaban ya cuando abandonó la catedral y se abrió camino entre callejones y patios.

Oyó el ruido de la fábrica antes de verla. Al principio, el rugido era como una marea lejana que llenaba sus oídos con un sonido quedo y ahogado que le provocaba una extraña e incómoda aprensión.

Donat lo abrazó, alegre y deseoso de mostrarle dónde trabajaba.

—Ven —le dijo.

La fábrica era un edificio grande de ladrillos rojos y lisos. En la entrada, el rugido era más insistente. Un hombre vestido con chaqueta negra de fina confección y chaleco gris miró a Donat.

—¡Tú! Hay una bala de lana estropeada cerca de los cardadores. Está podrida y no se puede usar. Deshazte de ella, por favor.

Josep sabía que su hermano llevaba trabajando desde las cuatro de la mañana, pero Donat asintió.

—Sí, señor Serna, yo me encargo de ella. Señor, ¿puedo presentarle a mi hermano, Josep Álvarez? He terminado ya mi turno y me disponía a enseñarle nuestra fábrica.

—Sí, sí, enséñasela, pero antes deshazte de la lana estropeada. Entonces, ¿tu hermano busca trabajo?

—No, señor —contestó Josep.

El hombre se alejó con desdén.

Donat se detuvo ante un contenedor lleno de lana sin procesar y enseñó a Josep a arrancar un fragmento y metérselo en la oreja.

—Es para protegernos del ruido.

A pesar de aquellos tapones, el sonido les estalló encima en cuanto pasaron por unas puertas. Entraron en una balconada que se asomaba a la amplia planta de cemento en la que infinitas hileras de máquinas generaban un pandemonio de chasquidos que rebotaban en la piel de Josep y le rellenaban todos los huecos del cuerpo. Donat le dio un golpecito en el brazo para llamar su atención.

—Hilanderas... y... telares —silabeó sin emitir sonido alguno—. Y... más cosas.

—¿Cuántas?

—¡Trescientas!

Guio a Josep y se sumergieron en aquel mar de ruidos. Donat fue explicando por gestos cómo los carreteros vertían el carbón directamente desde sus carretas en una tolva por la que descendía hasta las dos calderas, en las que cuatro fogoneros medio desnudos echaban paladas de combustible sin pausa para generar el vapor que mantenía en marcha el enorme motor de los telares. Por un pasillo enladrillado se llegaba a una sala en la que la lana cruda se sacaba de los fardos y se separaba en función de su calidad y la largura de su fibra —Donat especificó que la de fibra más larga era mejor—, antes de introducirse en unas mesas mecánicas que la agitaban para que el polvo cayera a un contenedor inferior por medio de una rejilla. Unas máquinas batidoras lavaban la lana y la encogían para que después las cardadoras estirasen la fibra y la preparasen para hilar. En la sala de cardadoras, Donat tocó el brazo de un amigo y le sonrió.

—Mi... hermano.

Su compañero sonrió a Josep y le estrechó la mano. Luego se tocó la cara y se dio la vuelta. Josep tardó poco en descubrir que era una señal entre los trabajadores, y significaba que había algún jefe mirando. Vio al vigilante —sentado tras una mesa en una pequeña plataforma elevada en el centro de la sala—, que los miraba fijamente. A su lado, un cartel grande proclamaba:

¡TRABAJA EN SILENCIO!
¡SI HABLAS, TU TRABAJO NO SALDRÁ PERFECTO!

Donat lo sacó enseguida de aquella sala. Siguieron el mismo camino que la lana a través de los muchos procesos que llevaban del hilado de carretes al tejido y teñido de la tela. Josep estaba mareado por el ruido y la combinación de hedores de lana cruda, grasa de los motores y lámparas de carbón, más el sudor de un millar de trabajadores en acción. Mientras Donat le instaba con orgullo a acariciar los rodillos ya terminados de telas de ricos colores, Josep estaba temblando, dispuesto a hacer y decir cualquier cosa que le permitiera abandonar aquel incesante chillido combinado de maquinarias.

Ayudó a Donat a deshacerse del fardo de lana podrida en un vertedero detrás de la fábrica. El sonido de las máquinas continuaba, pero agradeció haberse alejado.

—¿Me puedo quedar una bolsa de este material? Creo que me serviría.

Donat se rio.

—¿Por qué no? Esta masa apestosa no nos sirve para nada. Puedes quedarte tanta como seas capaz de cargar.

Llenó una bolsa de tela con la lana y sonrió con indulgencia mientras su extravagante hermano cargaba con ella para alejarse del vertedero.

Donat y Rosa vivían en el conglomerado de viviendas de la fábrica, en una de las llamadas «casas baratas» que los trabajadores alquilaban por poco dinero a la compañía. Una de las muchas idénticas, ordenadas en hileras. Cada una tenía dos habitaciones minúsculas —un dormitorio y una mezcla de cocina y sala de estar—, y compartía un retrete exterior con el vecino. Rosa recibió a Josep con muestras de cariño y sacó enseguida una de las dos copias del documento de venta.

—Mi primo Carles, el abogado, dio el visto bueno a los cambios —dijo.

Miró con atención mientras su marido firmaba ambas copias. Cuando Josep aceptó una de las copias y entregó a Rosa los billetes de su primer pago por la tierra, ambos sonrieron encantados.

—Vamos a celebrarlo —propuso Donat, y se largó a toda prisa para comprar los víveres necesarios para un banquete.

Mientras él estaba fuera, Rosa dejó solo a Josep en la casa, pero regresó enseguida, acompañada por una joven de mucho pecho.

—Mi amiga Ana Zulema, de Andalucía.

Era evidente que ambas se habían preparado para la ocasión y llevaban faldas oscuras y blusas blancas almidonadas casi idénticas.

Donat volvió pronto con comida y bebida.

—He ido a la tienda de la compañía. También tenemos iglesia y sacerdote. Y un colegio para los niños. Ya ves, aquí tenemos todo lo que necesitamos. No nos hace falta salir. —Dispuso la carne adobada, las ensaladas, el bacalao, el pan y las olivas. Josep comprobó que debía de haberse gastado buena parte del primer pago en comida—. He comprado coñac y vinagre hecho por aquella gente que solía comprarle el vino a padre. ¡Puede que esta misma botella se hiciera con sus uvas!

Donat bebió un buen trago de coñac. Pese a estar en casa, parecía incapaz de dejar de hablar del trabajo.

—Esto es un mundo nuevo. Los trabajadores de esta fábrica vienen de toda España. Muchos han llegado del sur porque allí no hay trabajo. Otros vieron sus vidas truncadas por la locura de la guerra: casas arruinadas por los carlistas, cultivos quemados, comida robada por los soldados, hijos muertos de hambre. Aquí encuentran un nuevo principio, un buen futuro para ellos y para mí con todas estas máquinas. ¿No te parecen maravillosas?

—Sí, lo son —afirmó Josep, aunque vacilante, pues a él las máquinas lo intimidaban.

—Seré sólo un aprendiz hasta que lleve dos años en la fábrica y luego me convertiré en tejedor. —Donat admitió que la vida no resultaba fácil para los trabajadores—. Las normas son duras. Hay que ser prudente y pasar el tiempo necesario en el retrete. No tenemos pausa para comer, así que yo me llevo un pedazo de queso o algo de carne en el bolsillo y me lo como mientras trabajo. —Explicó que la fábrica funcionaba las veinticuatro horas, con dos largos turnos—. Sólo se detiene los domingos, para reparar y engrasar las máquinas. A eso me gustaría dedicarme algún día.

Cuando se hubieron terminado la botella de coñac entre los cuatro, Donat bostezó, tomó a su mujer de la mano y anunció que había llegado la hora de acostarse.

Josep también había bebido coñac y tenía la cabeza pesada. Se encontró tumbado al lado de Ana en el catre que Donat había desenrollado para él en el suelo. Al otro lado de la fina puerta de madera, Donat y Rosa hacían el amor con mucho ruido. Ana soltó una risilla y se acercó a él. Llevaba un maquillaje facial muy perfumado. Cuando se besaron, le pasó una pierna por encima.

Habían pasado varios meses desde que Josep estuviera por última vez con Margit en Languedoc y la fuerte necesidad de alivio debilitaba su cuerpo. Ana intentó atraerlo hacia sí, pero Josep estaba imaginando la pesadilla de que aquella extraña quedara embarazada: una boda precipitada en la iglesia de la fábrica, un empleo para él como peón en aquella fábrica rugiente y resonante.

—¿Josep?—preguntó ella al fin.

Él se obligó a hacerse el dormido y al poco rato la mujer se levantó y abandonó la casa.

Josep pasó toda la noche despierto, deseando que ella volviera y apenado por haberla dejado marchar. Escuchó la rabia de las máquinas, cargado de preocupación por la deuda que había establecido con su hermano y su cuñada. Antes del amanecer abandonó el catre, recogió la bolsa de lana de donde la habían dejado, junto a la puerta de entrada, y echó a andar de vuelta a casa.

Υ

Llegó la última hora de la tarde antes de que alcanzara Santa Eulàlia. Había conseguido transporte en cinco ocasiones, y entre una y otra había caminado. Estaba cansado, pero se fue directamente a la hilera de vides en cuya tierra endurecida había trabajado el día anterior. Derramó puñados generosos de lana en amplios círculos en torno a las vides de Tempranillo y luego cavó para enterrar el material en el fino suelo. Le parecía que la lana, ya casi podrida, podía alimentar algunos elementos que a su vez ayudarían a las parras. En cualquier caso, aquella lana mullida esponjaría el suelo y permitiría que el aire y el agua se abrieran paso hasta las raíces. Trabajó hasta vaciar el saco y lamentó no haber cargado más lana de vuelta a casa. Pensó que tal vez podría convencer a Donat para que le llevara otro saco.

Al caer el crepúsculo, entró en la vieja casa, que de pronto le parecía sólida y fiable, y cogió un trozo de chorizo, un pedazo de pan y una bota de vino. Ascendió la cuesta hasta media altura, se sentó en una piedra, se comió la cena y se echó un chorro de vino amargo a la boca. El atardecer era fresco y limpio; faltaban ya pocos días para que el aire se llenara del perfume de los cultivos verdes.

De pequeño, Nivaldo le había contado que en la profundidad de la tierra, más allá de los terrenos de su padre, vivía una población de criaturas peludas que no eran hombres ni animales: los pequeñajos. Aquellas criaturas se ocupaban de aportar humedad y alimento a las raíces de las vides de su padre, muertas de hambre y sed, según Nivaldo, y tenían como misión producir granos de uva regularmente para las parras, año tras año. A menudo Josep se las imaginaba al acostarse —asustado, pero también fascinado—: criaturas pequeñas y hurgonas, como niños, pero con pellejo y uñas duras para poder cavar, se comunicaban con chillidos y gruñidos mientras trabajaban sin cesar en la oscuridad de la tierra.

Echó un chorro de vino al suelo en sacrificio ofrecido a los pequeñajos, y mientras miraba pasó una lechuza por el cielo.

Durante un instante fugaz su silueta se recortó contra la luna, con las plumas de la punta de las alas abiertas como dedos. Luego desapareció. Quedó todo tan callado que el silencio se podía escuchar; en ese momento, Josep supo, con un tremendo alivio, que había obtenido una espléndida ganga con Donat y Rosa.

7

Vecinos

Caminaba despacio entre sus hileras para disfrutar de la visión de las pálidas protuberancias y los enérgicos zarcillos de las vides que empezaban a despertar, mientras buscaba caracoles o cualquier señal de alguna plaga que exigiera tratamiento con sulfuro.

Oyó que Maria del Mar Orriols llamaba desde su viñedo:

—Francesc, Francesc, ¿dónde estás?

Al principio lo llamaba cada dos minutos, pero pronto se puso a gritar con más frecuencia desde el camino, con voz inquieta:

—¡FRA-A-AN-CE-E-ESC!

Josep vio que el chiquillo lo miraba desde el otro extremo de la hilera de vides, como el diablillo imaginario de un jardín.

El crío no había llegado allí desde la carretera. Josep sabía que tenía que haber entrado desde la parte trasera de las tierras de su madre, pasando por los terrenos de los Torras, hasta llegar a su propia viña. No había vallas. Entre los cultivos de un agricultor y los de su vecino apenas había una separación de anchura suficiente para que cupiera una persona; todos conocían de sobra los límites de sus propiedades.

—Hola —saludó Josep, pero el niño no contestó—. Estoy caminando entre mis vides. Aprendo a reconocerlas de nuevo. Me ocupo del negocio, ¿ves?

Los ojos grandes del niño no abandonaban el rostro de Josep. Llevaba una camisa y pantalones raídos, pero cuidadosamente remendados, sin duda cosidos por su madre con los mejores retales de la ropa de alguna persona mayor, ya demasiado usada. Una de las rodilleras estaba manchada de tierra y en la otra había un desgarrón.

—¡Frannn-ce-e-sc! ¡Fra-a-nn-ce-e-scc!

—Está aquí. Está aquí, conmigo —gritó Josep. Se agachó y tomó al crío de la manita—. Será mejor que te llevemos con mamá.

Aunque Francesc no parecía distinto de cualquier otro crío de campo, en cuanto echaron a andar Josep experimentó con pena su pronunciada cojera. La pierna derecha era más corta que la otra. Cada vez que daba un paso con la pierna corta, la cabeza tiraba con fuerza hacia la derecha; luego el paso siguiente, con la izquierda, volvía a tirar de ella hacia el centro.

Se juntaron con su madre a medio camino. Josep no la conocía bien, pero pudo ver que era claramente distinta de la muchacha que recordaba. Mayor, más flaca… Más dura, con una reservada cautela en los ojos, como si en todo momento esperase malas noticias o un comportamiento desagradable por parte de los demás. Tenía buena pose. Su cuerpo parecía henchido y grande, sus largas piernas escondidas bajo una falda negra y sucia, con las rodillas enlodadas; algún esfuerzo agotador acababa de desordenarle el pelo y le había dejado la cara sonrojada y sudorosa. Cuando se arrodilló junto al niño, Josep vio un círculo oscuro y húmedo en la parte trasera de su blusa de trabajo, entre los omóplatos. Ella tomó a Francesc de la mano.

—Te he dicho que te quedes en nuestra tierra mientras yo trabajo. ¿Por qué no lo has hecho? —preguntó a su hijo con severidad.

El chiquillo sonrió.

—Hola, Maria del Mar.

—Hola, Josep.

Temía que le preguntara por Jordi. Jordi estaba muerto. Josep lo había visto por última vez con el pescuezo recién cortado. Sin embargo, cuando Maria del Mar lo miró, no había en sus ojos pregunta alguna ni nada personal.

—Si te ha molestado, lo siento —dijo.

—No, es un chico agradable, puede venir cuando quiera... Desde ahora trabajaré en las tierras de mi padre.

Ella asintió. Sin duda, a esas alturas todo el pueblo debía de saber que Josep se había convertido en propietario.

—Te deseo buena suerte —dijo ella en voz baja.

—Gracias.

Ella se dirigió de nuevo a su hijo:

—Bueno, ya sabes qué has de hacer, Francesc. Mientras yo trabajo, tienes que quedarte cerca.

Se despidió de Josep con un ademán, tomó a Francesc de la mano y se lo llevó. El hombre notó que, pese a la impaciencia, no caminaba deprisa para adaptarse al impedimento del mucha-cho. Al verlos alejarse se sintió conmovido.

Aquella tarde se sentó con Nivaldo a beber café y rumiar un poco.

—Nuestras mujeres no nos esperaron demasiado, ¿verdad?

—¿Qué te hace pensar que os podían esperar? —preguntó Nivaldo, con razón—. Os fuisteis sin decirles cuándo volveríais. Luego, no dijisteis ni palabra a nadie, así fuera sólo para anun-ciar que estabais vivos. En el pueblo todo el mundo creía que habíais desaparecido para siempre.

Josep sabía que el anciano tenía razón.

—No creo que ninguno de nosotros pudiera haber enviado unas palabras. Yo no pude. Había... razones.

Nivaldo esperó un poco por si aparecía más información. Al ver que no era así, asintió.

Si alguien podía entenderlo, era Nivaldo. Había en su propia vida cosas de las que el cubano no podía hablar.

—Bueno, a lo hecho, pecho —dijo Nivaldo—. La capacidad

de un hombre y una mujer para seguir formando pareja cuando están separados tiene un límite.

Josep no quería hablar de Teresa, pero no pudo evitar una observación llena de amargura:

—Desde luego, Maria del Mar tardó poco en casarse.

—¡Por Dios, Josep! Tuvo que inventarse una manera de sobrevivir. Su padre había muerto mucho antes y la madre estaba enferma de tisis. Apenas tenía para comer, como sin duda recordarás.

Lo recordaba.

—Su madre murió poco después de irte tú. Ella no tenía más que un cuerpo sano y un chiquillo. Muchas mujeres se hubieran ido a cualquier ciudad y lo habrían vendido en un parque. Ella escogió aceptar la oferta de matrimonio de Ferran Valls. Y tiene mucho valor esa chica, trabaja como una mula. Desde que murió Ferran, cultiva la viña ella sola. Trabaja mejor que muchos hombres, pero ha tenido una vida dura. Mucha gente cree que está bien que una mujer trabaje en el campo, pero cuando ven que es la jefa, que intenta dirigir su propio negocio… Eso no lo pueden soportar y los muy cabrones, de puros celos, dicen que es una zorra ambiciosa.

»Clemente Ramírez, que compra para la compañía del vinagre, le paga menos que a los hombres por su vino. He intentado hablar con él, pero le da por reír. Y ella no puede vender su uva a nadie más. Incluso si pudiera contactar con otra compañía, sabe que la timarían igualmente. Una mujer sin marido está a su merced. Tiene que aceptar lo que le den para dar de comer al niño.

Josep se quedó pensando.

—Me sorprende que no haya vuelto a casarse.

Nivaldo meneó la cabeza.

—No creo que quiera nada de ningún hombre, no sé si me entiendes. Ferran ya era viejo cuando se casaron. Estoy seguro de que lo que quería era sobre todo una trabajadora fuerte y dispuesta a no cobrar. Cuando murió, ella se juntó con Tonio Casals y él se quedó a vivir la mayor parte del año pasado en casa de Maria del Mar. Tonio es de esos que hacen cosas terribles a sus mulas y a las mujeres. Ella debió de ver bien pronto que sería un terrible ejemplo para el crío y al final se libró de él.

»Así que, piénsalo bien. Primero Jordi la dejó preñada y la abandonó. Luego Ferran la aceptó sólo porque es capaz de trabajar sin descanso. Y después Tonio Casals... Seguro que la maltrataba. Con un pasado así, supongo que considera una bendición no tener ningún hombre a su lado, ¿no te parece?

Josep se lo pensó y no tuvo más remedio que asentir.

El verano, como suele suceder, se deshizo de la primavera con un estallido de calor. La ola duró cinco semanas, forzó la apertura de las yemas y luego chamuscó las flores, lo que hizo presagiar otra sesión de sequía y escasa cosecha. Josep vagaba por la viña y contemplaba de cerca sus plantas. Sabía que, en su búsqueda constante de humedad, las viejas vides habían hundido sus raíces serpenteantes. Gracias a ellas lograban sobrevivir, pero al cabo del tiempo algunas empezaban a desarrollar flacidez en las puntas de los sarmientos y las hojas basales se amarilleaban, dando muestras de un intenso agotamiento.

Y entonces, una mañana lo despertó un trueno en medio de una inundación. La lluvia fustigó sin pausa durante tres días, seguida por el regreso de un calor pesado. Las parras más duras sobrevivieron y el calor y la lluvia se combinaron para producir yemas nuevas y más adelante una profusión de flores que terminarían por dar una cosecha abundante de frutos de tamaño extraordinario. Josep sabía que, si el tiempo se había comportado igual en Languedoc, Léon Mendes estaría bien triste, pues aquellas uvas grandes de crecimiento vigoroso tenían una personalidad y un sabor inferiores y eran un pobre material para elaborar vino. Pero lo que en Languedoc era una mala noticia se volvía bueno en Santa Eulàlia, donde el aumento de tamaño y peso de las uvas implicaba mayor cantidad de vino para vender a las compañías productoras de vinagre y coñac. Josep sabía que aquellas condiciones climáticas le permitirían ganar dinero en su primera temporada como propietario de la viña, y estaba agradecido. Aun así, se percató de que, en la hilera de Tempranillo en la que había enterrado la lana para airear el duro suelo, las vides estaban densamente cargadas de racimos. No pudo resistirse a tratar aquella hilera tal como sabía que lo hubiera hecho Mendes, recortándola y arrancando algunas hojas para que la esencia de cada planta se concentrara en las uvas que quedaban.

El clima lozano y la humedad habían provocado que las malas hierbas también florecieran, de modo que pronto quedó cubierto de ellas todo el espacio entre hileras. Cultivar el viñedo a mano parecía una tarea infinita. La feria de caballos de Castelldefels había pasado ya y Josep se había resistido al impulso de comprar una mula. De manera lenta pero segura, su pequeña provisión de dinero se iba reduciendo y sabía que debía conservar los ahorros.

Sin embargo, Maria del Mar Orriols tenía una mula. Se obligó a ir hasta su viñedo y abordarla.

—Buenos días, Marimar.

—Buenos días.

—Qué fuertes están las malas hierbas, ¿no? —Ella lo miró fijamente—. Si me dejas usar tu mula para arar, arrancaré las tuyas también.

Ella se lo pensó un momento y luego asintió.

—Bien —dijo Josep.

Se lo quedó mirando mientras él iba en busca del animal. Cuando se disponía a llevarse la mula, Marimar alzó una mano.

—Haz primero las mías —dijo con frialdad.

8

Una organización social

*E*n otro tiempo, Josep y Teresa Gallego habían sido insepara-
bles, lo habían tenido todo claro, el mundo y el futuro eran fáciles
de contemplar, como las carreteras de un mapa sencillo. Marcel
Álvarez parecía fuerte como un roble; Josep creía que su padre iba
a vivir largo tiempo. Sabía vagamente que, cuando al fin muriera,
Donat se quedaría con el viñedo y era más o menos consciente de
que tendría que buscar una manera de ganarse la vida. Él y Teresa
encontrarían la manera de casarse, tener hijos, trabajar mucho para ganarse el pan y luego morir, como todo el mundo, Dios nos
proteja. En eso no había complicación alguna. Ambos entendían
muy bien qué era posible en la vida y qué era necesario.

La gente del pueblo estaba acostumbrada a verlos juntos
siempre que no estaban trabajando en las viñas de sus respectivos padres. Era más fácil mantener el comportamiento apropiado durante el día, cuando todos los ojos del pueblo hacían de
testigos. Por la noche, bajo el manto de la oscuridad, era más
difícil porque la llamada de la carne se volvía más fuerte. Empezaron a tomarse de la mano mientras caminaban, un primer
contacto erótico que les hizo querer más. La oscuridad era el
cuarto privado que permitía a Josep abrazarla y darle torpes besos. Se apretujaban de tal manera que cada uno aprendía del
otro por el rastro táctil del muslo, el pecho, la entrepierna, y se
besaban largamente mientras pasaba el tiempo, hasta tal punto
que se familiarizaron el uno con el otro.

Una noche de agosto, mientras el pueblo boqueaba bajo el aire caliente y pesado, fueron al río, se quitaron la ropa, se sentaron uniendo las cinturas en el fluir amable del agua y se exploraron mutuamente con un asombro excitado, tocándose por todas partes el vello, la desnudez, músculos y curvas, suaves pliegues de la piel, duras uñas de los pies, duricias y callos, fruto del penoso trabajo. Ella lo acunó como a un niño. Él descubrió y tocó suavemente el dique, que probaba su inocencia, como si una araña hubiera entrado allí para tejer una tela virginal de fina y cálida carne. Amantes nada mundanos, disfrutaron de aquella novedad prohibida, pero no sabían muy bien qué hacer con ella. Habían visto acoplarse a los animales, pero cuando intentaron emularlo Teresa se volvió categóricamente irritada y asustada.

—¡No! No, no sería capaz de mirar a Santa Eulàlia —dijo en tono violento.

Josep movió la mano de ella hasta que brotaron de él suficientes semillas para repoblar una aldea entera y luego flotaron corriente abajo en el río Pedregós. No era el gran destino sensual que, según sabían por instinto, los esperaba en el horizonte. Pero reconocieron haber pasado un mojón en el camino y de momento les satisfizo aquella insatisfacción.

La quemazón disolvió bien pronto su complacencia en el futuro. Él sabía que la respuesta a su dilema era una boda urgente, pero para conseguirlo necesitaba encontrar trabajo. En una aldea rural de minúsculos terrenos agrícolas era imposible, pues prácticamente todos los campesinos tenían su propia mano de obra y los hijos jóvenes competirían salvajemente con Josep en el improbable caso de que apareciera alguna posibilidad de trabajar.

Anhelaba huir de aquel pueblo que lo mantenía prisionero sin esperanzas y soñaba encontrar algún lugar en el que se le permitiera trabajar con entusiasmo y aplicar todas sus fuerzas a ganarse la vida.

Mientras tanto, a Josep y a Teresa les costaba quitarse las manos de encima.

Josep se volvió irritable y tenía los ojos rojos. Tal vez su padre lo notó, porque habló con Nivaldo.

—Josep, quiero que vengas conmigo mañana por la noche —dijo Nivaldo a Josep.

Éste asintió.

—¿Adónde?

—Ya lo verás —respondió Nivaldo.

Al anochecer del día siguiente caminaron juntos cuatro leguas desde el pueblo hasta llegar a un camino desierto que llevaba a una pequeña estructura asimétrica de piedra enyesada.

—La casa de Nuria —dijo Nivaldo—. Hace años que vengo. Ahora que se ha retirado, visitamos a su hija.

Dentro, los recibió amablemente una mujer de más de mediana edad que detuvo la calceta el tiempo suficiente para aceptar de Nivaldo una botella de vino y un billete.

—Aquí está mi amigo Nivaldo, o sea que es el cuarto jueves del mes. Y… ¿dónde está Marcel Álvarez?

Nivaldo echó una mirada velada a Josep.

—No ha podido venir esta noche. Éste es su hijo, mi amigo Josep.

La mujer miró a Josep y asintió.

—¡Niña! —llamó.

Una mujer más joven abrió la tela que separaba las dos habitaciones de la casita. Al ver a Nivaldo junto a su madre, y a Josep solo y aparte, lo llamó con un dedo. Nivaldo le dio un empujón en la espalda.

La pequeña habitación que se abría tras la cortina tenía dos esterillas.

—Me llamo Renata —dijo la chica.

Tenía un cuerpo rechoncho, el cabello largo y negruzco, la cara redonda con una nariz larga.

—Yo, Josep.

Cuando la chica sonrió, Josep vio que tenía los dientes cuadrados y anchos, con algunos huecos. Pensó que tendría más o menos la misma edad que él. Se quedaron mirándose un rato, hasta que ella se quitó el vestido negro con un solo movimiento, como si fuera una segunda piel.

—Venga. Quítatelo todo. Es más divertido, ¿no?

Era una chica fea y amable. Sus pechos gruesos tenían grandes pezones. Consciente de que los otros podían oírlo todo desde el otro lado de la cortina, Josep se desnudó. Cuando ella se tumbó en el catre arrugado y abrió sus cortas piernas, él no fue capaz de mirar aquella mancha oscura. La chica lo guio con destreza para que entrase en ella y todo terminó casi de inmediato.

Luego Nivaldo aprovechó su turno en la pequeña habitación, bromeó con Renata y se rio a carcajadas mientras Josep, sentado, lo oía todo y miraba a la madre. Mientras hacía punto, Nuria tarareaba cantos religiosos, de los cuales Josep reconocía algunos.

Cuando volvían de camino a casa, Josep dio las gracias a Nivaldo.

—De nada —respondió éste—. Eres un buen muchacho, Josep. Sabemos que es duro ser el segundo hijo, con una dulce chiquilla que te vuelve loco y sin trabajo.

Guardaron silencio un rato. Josep sentía el cuerpo más relajado y aliviado, pero su mente seguía preocupada y confusa.

—Están empezando a pasar cosas importantes —explicó Nivaldo—. Habrá guerra civil, de las grandes. La reina Isabel ha huido a Francia y Carlos VII está reuniendo un ejército, una milicia que se dividirá en regimientos tocados de gorras rojas. El movimiento tiene el apoyo del pueblo por toda España y también de la Iglesia, así como de muchos soldados y oficiales del Ejército español.

Josep asintió. Apenas le interesaba la política. Nivaldo lo sabía, y lo miró atentamente.

—Esto te va a afectar —le dijo—. Afectará a toda Cataluña.

Hace ciento cincuenta años, Felipe V... —Hizo una pausa para escupir—. Felipe V prohibió el catalán, revocó la constitución catalana y se cargó el fuero, la carta que establecía los derechos y privilegios y la ley particular de Cataluña. Carlos VII ha prometido restaurar los fueros de Cataluña, Valencia y Aragón.

»El Ejército español está ocupado con los levantamientos de Cuba. Creo que Carlos tiene muchas opciones de imponerse. Si lo hace, la milicia se convertirá en ejército nacional en el futuro y ofrecerá buenas opciones para tu carrera.

»Tu padre y yo... —añadió Nivaldo con cuidado— hemos oído que va a venir un hombre a Santa Eulàlia, un oficial herido al que envían al campo para que se recupere. Mientras esté aquí, buscará hombres jóvenes que puedan convertirse en buenos soldados carlistas.

El padre de Josep le había explicado que su futuro tendría que estar en la Iglesia o en el Ejército. Nunca había deseado ser soldado, pero por otro lado tampoco anhelaba ser sacerdote.

—¿Y cuándo viene este hombre? —preguntó con cautela.

Nivaldo se encogió de hombros.

—Si me convirtiera en soldado, abandonaría el pueblo. Iría a servir en algún otro lado, ¿no?

—Bueno, claro... He oído que los regimientos de milicianos se están formando en el País Vasco.

«Bien», se dijo Josep, taciturno. Odiaba aquel pueblo que no le ofrecía nada.

—... Pero no enseguida. Primero te han de aceptar. Ese hombre... trabajará con un grupo de jóvenes y sólo escogerá a los mejores del grupo para que se conviertan en soldados. Busca jóvenes a los que pueda formar para que luego enseñen a los demás lo que hayan aprendido. Estoy seguro de que podrías conseguirlo. Creo que es una buena oportunidad, porque si uno entra en un ejército cuando está empezando a existir y luego consta en su historial que fue escogido de ese modo, por sus propios méritos, asciende de rango con rapidez.

»Los carlistas no quieren llamar la atención con su reclutamiento —continuó Nivaldo—. Cuando los jóvenes se entrenen en Santa Eulàlia, irán todos juntos como si acudieran a una reunión de amigos.

—¿Una reunión de amigos?

Nivaldo asintió.

—Dicen que es una organización social. Un grupo de cazadores.

SEGUNDA PARTE

El grupo de cazadores

Pueblo de Santa Eulàlia,
Cataluña, España

3 de abril de 1870

9

El hombre

*N*ada cambió durante unas cuantas semanas, y a Josep se le hicieron tan largas que al final no pudo evitar dirigirse a Nivaldo:

—¿Y el hombre que se suponía que iba a venir? ¿Ha pasado algo? ¿Ya no vendrá?

Nivaldo estaba abriendo un pequeño barril de bacalao.

—Creo que sí vendrá. Hay que tener paciencia. —El ojo bueno lanzó una mirada a Josep—. Entonces, ¿te has decidido? ¿Quieres ser soldado?

Josep se encogió de hombros y asintió. No tenía más perspectivas.

—Yo también lo fui durante unos cuantos años. Hay algunas cosas a tener en cuenta acerca de esa clase de vida, Tigre. A veces es un trabajo muy aburrido y los hombres se dan a la bebida, y así se condenan. Y en torno a ellos se congregan las mujeres sucias, de modo que conviene protegerse del chancro. No des un mordisco al bocado del placer hasta que estés seguro de que no lleva anzuelo. —Sonrió—. Eso lo dijo un sabio alemán… o inglés.

Partió un pedacito de bacalao y mordisqueó una punta para asegurarse de que no estaba malo.

—Otro aviso: no deberías revelar que sabes leer y escribir, porque probablemente te asignarán un trabajo de oficina, y a los oficinistas se les pega el rango bajo como a los cerdos el olor. Deja que el Ejército te enseñe a ser buen soldado, porque ésa es la manera de avanzar, y diles que sabes leer y escribir sólo cuando eso suponga una ventaja. Creo que algún día te harán oficial. ¿Por qué no? Después, todo te será posible en la vida.

A veces Josep soñaba despierto y se veía en formación con otros muchos hombres, armado con una espada y urgiendo a los demás a cargar. Intentaba no pensar en posibilidades menos agradables, como tener que luchar con otros seres humanos, herirlos, matarlos, acaso recibir alguna herida dolorosa o incluso perder la vida.

No podía entender por qué Nivaldo lo llamaba Tigre. Había tantas cosas que le daban miedo.

Había trabajo pendiente en la viña. Tenía que fregar todas las cubas grandes, así como el surtido de barriles, y una pequeña parte de la mampostería de la casa requería reparaciones. Como siempre que algún trabajo implicaba esfuerzos arduos o desagradables, Donat se había escaqueado.

Aquella tarde, él y su padre se sentaron con Nivaldo en la tienda.

—Ya está aquí —dijo Nivaldo—. El hombre.

Josep notó que se le abrían mucho los ojos.

—¿Dónde?

—Se quedará en casa de los Calderón. Dormirá en su vieja leñera.

—Como Nivaldo tiene algo de experiencia con el Ejército —explicó el padre de Josep—, le he pedido que se dirija a él en nuestro nombre.

Nivaldo asintió.

—Ya hemos hablado. Está dispuesto a permitirte probarlo —dijo a Josep—. Mañana por la mañana se reunirá con algunos jóvenes locales en un claro del bosque, detrás del viñedo de los Calderón. A la hora de la primera misa.

Y

Al día siguiente, era aún oscuro cuando Josep llegó a la viña de los Calderón. Se abrió paso lentamente entre las hileras de parras hasta el final del campo. Como no tenía la menor idea de adónde ir desde allí, se quedó donde terminaban las vides y empezaba el límite del bosque, y esperó.

Sonó una voz en la oscuridad:

—¿Cómo te llamas?

—Josep Álvarez.

El hombre apareció a su lado.

—Sígueme. —Dirigió a Josep por un estrecho sendero que se adentraba en el bosque hasta llegar a un claro—. Eres el primero en llegar. Ahora, vuelve al lugar donde te he encontrado. Tú guiarás a los demás hasta aquí.

Enseguida empezaron a llegar:

Enric Vinyes y Esteve Montroig, casi a la vez.

Manel Calderón, tropezando desde la casa y frotándose los ojos.

Xavier Miró, precedido por su coro matinal de pedos.

Jordi Arnau, tan hosco en su duermevela que ni siquiera ofreció un saludo.

El torpe Pere Mas, que tropezó con una raíz al llegar al claro.

Guillem Parera, listo, silencioso y atento.

Miquel Figueres, con una sonrisa nerviosa.

Aquellos chicos se conocían de toda la vida. Se acuclillaron en el claro bajo la luz gris del alba y contemplaron al hombre, sentado tranquilamente en el suelo y sin sonreír, con la espalda recta.

Era de mediana altura y de piel oscura, tal vez del sur de España, con un rostro enjuto, pómulos altos y una nariz ganchuda y desafiante, como de águila. Llevaba el cabello negro muy corto y su cuerpo huesudo parecía duro y fuerte. Los jóvenes percibieron su mirada fría y observadora.

Cuando llegó Lluís Julivert —el noveno que se unía al grupo—, el hombre asintió con la cabeza. Era obvio que sabía a cuántos debía esperar. Se levantó y caminó hasta el centro del claro, y Josep vio entonces lo que no había detectado mientras lo seguía en la oscuridad: caminaba con una ligera cojera.

—Soy el sargento Peña —dijo.

Se dio la vuelta al ver que otro joven entraba en el claro. Era alto y flaco, con una mata de pelos tiesos y negros, y llevaba un mosquetón largo.

—¿Qué quieres? —preguntó en voz baja el tal Peña.

Mantuvo los ojos fijos en el arma.

—¿Esto es el grupo de cazadores? —preguntó el joven flaco.

Algunos de los jóvenes se echaron a reír al ver que se trataba de Jaumet Ferrer, *el Cortito*.

—¿Cómo has sabido que estábamos aquí?

—He salido a cazar, me he encontrado a Lluís y le he preguntado adónde iba. Me ha dicho que a reunirse con una partida de caza, así que he decidido seguirlo porque soy el mejor cazador de Santa Eulàlia.

Se volvieron a reír de él, aunque cuanto había contado era cierto. Discapacitado desde la infancia, incapaz de comprender una serie de habilidades, Jaumet Ferrer se había concentrado en la caza con entusiasmo, con buenas maneras y desde muy pronto, y la gente se había acostumbrado a ver su figura de espantapájaros cuando regresaba de cazar con una brazada de pájaros, media docena de pichones o una liebre bien gorda. La carne era muy cara y las mujeres del pueblo siempre estaban felices de quedarse aquellas piezas a cambio de algo de calderilla.

El sargento Peña alargó un brazo y cogió el mosquetón, un rifle muy viejo, alisado de tanto uso. En algunos trozos el cañón se había gastado tanto que se veía el metal azulado, pero el sargento supo ver que el arma estaba limpia y muy bien cuidada. Observó la escasa luz en los ojos del muchacho y percibió la inocente confusión en su voz.

—No, jovencito, esto no es un grupo de cazadores. ¿Se te dan muy bien las matemáticas?

—¿Matemáticas? —Jaumet lo miró asombrado—. No, señor, no entiendo las matemáticas.

—Ah. Entonces esto no te gustará, porque es el club de matemáticos. —Devolvió el mosquetón al muchacho—. Entonces, tienes que volver a cazar, ¿no?

—Sí, eso es, señor —respondió Jaumet con seriedad.

Tomó su mosquetón y se alejó del claro, seguido por las risas renovadas.

—Silencio. No se tolerará la frivolidad. —El sargento no levantaba la voz, pero sabía cómo dirigirse a sus hombres—. Sólo pueden hacer nuestro trabajo los hombres inteligentes, pues hace falta una mente despierta para recibir una orden y cumplirla. Estoy aquí porque nuestro ejército necesita buenos hombres jóvenes. Vosotros estáis porque necesitáis un empleo, pues si no me equivoco no hay en este grupo ningún primogénito. Entiendo muy bien vuestra situación. Yo mismo soy el tercer hijo de mi familia.

»Se os concede una oportunidad de ganaros la elección para servir a vuestra patria, tal vez incluso para tareas mayores. Se os tratará como a hombres. El Ejército no quiere críos.

A oídos de Josep, el catalán de aquel sargento se diluía en un acento propio de otro lugar. Tal vez Castilla, pensó.

El sargento Peña les pidió que dijeran sus nombres en voz alta y los escuchó mientras lo hacían, mirándolos intensamente.

—Vendremos aquí tres veces por semana, los lunes, miércoles y viernes por la mañana, antes de que salga el sol. El entrenamiento durará muchas horas y será un trabajo difícil. Adaptaré vuestros cuerpos a los rigores de la vida militar y prepararé vuestras mentes para que podáis pensar y actuar como soldados.

Esteve Montroig tomó la palabra con entusiasmo:

—Entonces, ¿nos enseñará a disparar armas y todo eso?

—Siempre que te dirijas a mí… ¿Tú eres Montroig? Esteve Montroig. Te dirigirás a mí correctamente, llamándome «sargento».

Se hizo un silencio. Esteve lo miró confundido y luego se dio cuenta de lo que estaba esperando.

—Sí, mi sargento.

—No tendré en cuenta las preguntas ociosas o estúpidas. Ha llegado la hora de que aprendáis a obedecer. ¡Obedecer! Sin preguntar. Sin dudas y sin la menor demora. ¿Me entendéis?

—Sí, sargento —contestaron todos, vacilantes, en un coro desordenado.

—Escuchad con atención. La pregunta que debéis borrar de vuestras mentes para siempre como soldados es: «¿por qué?». Todo soldado, sea cual fuere su rango, tiene a alguien por encima a quien debe obediencia instantánea sin preguntar. Dejad que la persona que os da las órdenes se preocupe de los porqués. ¿Me entendéis?

—¡Sí, sargento!

—Hay mucho que aprender. Ahora, en pie.

Lo siguieron en una columna informal por el sendero que se adentraba en el bosque, hasta llegar a una pista más ancha que llevaba al campo. Allí les mandó correr y empezaron de buen ánimo, pues eran jóvenes y estaban llenos de vida. Eran todos campesinos; sus cuerpos estaban ya listos para el trabajo físico y la mayoría gozaban de buena salud, de modo que algunos sonreían mientras corrían casi a botes con sus largas zancadas.

Guillem ponía caras cómicas al sargento Peña y Manel disimulaba su risa con un resoplido.

Sin embargo, su vida diaria no les proporcionaba demasiadas razones para correr más que unos pocos metros, de modo que pronto empezaron a sonar sus respiraciones entrecortadas.

Pere Mas, que estaba, como Donat, bien entrado en carnes, se fue atrasando hasta el final de la columna desde el principio y pronto lo dejaron atrás. Los pies resonaban al ascender y caer sin cesar, con tan poca maña que se iban entorpeciendo entre ellos. De vez en cuando se daban empujones al correr. Josep empezó a sentir una punzada en el costado.

Las sonrisas fueron desapareciendo a medida que la respiración empezaba a exigir esfuerzo.

Al fin, el sargento los metió en un campo y les permitió desplomarse en el suelo por un breve instante, mientras boqueaban en silencio, con sus ropas de trabajo empapadas de sudor.

Luego los hizo poner de pie, alineados de cara a él, y les enseñó a ordenar la fila de manera que quedara recta de principio a fin.

A ponerse firmes en cuanto recibieran la orden.

A dirigirse a él todos a la vez y con fuerza cada vez que se le hiciera al grupo una pregunta que requiriese las respuestas: «¡Sí, sargento!» y «No, sargento».

Luego los puso a correr de nuevo, de vuelta al claro del bosque, tras las viñas de los Calderón.

Pere Mas llegó caminando, mucho más tarde que los demás. Le estallaba la cabeza y su cara redonda estaba enrojecida. Sólo acudió al grupo de cazadores el primer día.

Miquel Figueres asistió a una segunda reunión, pero luego confesó con alegría a Josep que se iba a vivir a Girona para trabajar en una granja de pollos con un tío que no tenía hijos.

—Un milagro. He rezado a Eulàlia y, bendito sea Dios, me ha concedido este milagro, un auténtico milagro.

Llenos de envidia, buena parte de los demás se pusieron a rezar a la santa. El propio Josep le dirigió sus oraciones —largas e intensas—, pero ella se mostró sorda a sus ruegos y ya nadie más abandonó el grupo. Ninguno de los demás tenía adónde ir.

10

Órdenes extrañas

*D*urante todo el cálido mes de agosto y hasta bien entrado septiembre, los miembros del grupo de cazadores sudaron y se afanaron por aquel extraño taciturno y vigilante. También ellos lo vigilaban, aunque se aseguraban de no mantener contacto visual con él. La boca del sargento era un tajo recto entre los labios delgados. Pronto aprendieron que les iba mejor cuando las comisuras no se alzaban. Su rara e inescrutable sonrisa jamás contuvo rastro de humor y aparecía sólo cuando se comportaban de un modo que él considerase verdaderamente despreciable, tras lo cual les hacía trabajar sin piedad y les mandaba correr tanto, o marchar durante tanto rato, prepararse tan a fondo y corregir sus equivocaciones con tal frecuencia que los errores causantes de aquella sonrisa y de su enfado terminaban por desaparecer.

Les doblaba en edad y, sin embargo, aguantaba más que ellos corriendo, y era capaz de marchar durante horas sin dar muestras de fatiga, a pesar de su lesión. En una ocasión en que se bañaron todos en el río tras una larga y sudorosa marcha, le vieron la pierna. Tenía un agujero de bala encima de la rodilla, como un ombligo fruncido, que debía de ser antiguo, pues estaba completamente sanado. Pero en la parte exterior de la herida que le provocaba la cojera vieron una cicatriz larga y horrenda que por su apariencia debía de ser reciente y estar curándose todavía.

Los enviaba con misiones y extraños recados, a veces solos y otras en grupo, siempre con lacónicas instrucciones que resultaban estrambóticas.

—Encontrad nueve piedras planas del tamaño de vuestro puño. Cinco han de ser grises y contener vetas de minerales negros. Las otras cuatro, perfectamente blancas, sin mancha alguna.

»Encontrad árboles sanos y cortad dos docenas de tablones de madera verde: siete de roble, seis de olivo, los demás de pino. Luego les peláis la corteza. Cada pieza ha de ser perfectamente recta y medir el doble que el pie de Jordi Arnau.

Una mañana envió a Guillem Parera y a Enric Vinyes a un olivar en busca de una llave, diciéndoles que la encontrarían al pie de un árbol. Había nueve hileras de doce olivos cada una. Empezaron por el primero: a cuatro patas, rodearon dolorosamente la base del tronco, trazando círculos cada vez más anchos al tiempo que escarbaban con los dedos entre el suelo y el detritus hasta que estuvieron seguros de que la llave no estaba escondida allí.

Luego fueron al siguiente árbol.

Más de cinco horas después, seguían arrastrándose en torno al segundo árbol de la quinta hilera. Sus sucias manos estaban rasguñadas y doloridas y a Guillem le sangraban los dedos. Luego le contó a Josep que lo que le rondaba la mente era la molesta idea de que el sargento hubiera enterrado la llave más hondo de lo que alcanzaban sus dedos; quizás estuviera por debajo de los primeros 15 o 20 centímetros del suelo, junto a alguno de los árboles que ya habían inspeccionado.

Sin embargo, en el momento en que más les preocupaba ese temor, Guillem oyó que Enric lo llamaba. Había volteado una pequeña piedra, bajo la cual había un llavín de bronce.

Se preguntaron en qué cerradura podría encajar, pero cuando regresaron tuvieron el acierto de no preguntárselo al sargento Peña. Él se la quedó y se la metió en el bolsillo.

—Ese hijo de puta está loco —le dijo Enric a Josep cuando

terminó la formación de aquel día, pero Guillem Parera negó con la cabeza.

—No. Las cosas que nos obliga a hacer son difíciles, pero ninguna es una locura imposible. Si lo piensas bien, a cada encargo corresponde una lección. El de encontrar piedras especiales y el de los trozos de madera: «Fijaos en los detalles menores». El de encontrar la llave: «No dejéis de intentarlo hasta que lo hayáis conseguido».

—Creo que nos está acostumbrando a obedecer sin pensar. A seguir cualquier orden —opinó Josep.

—¿Por muy peculiar que sea?

—Exactamente —respondió Josep.

Ya le había quedado claro que no tenía ni el talento ni las aptitudes necesarias para ser soldado, y estaba seguro de que pronto sería consciente de esa obviedad el propio hombre silencioso y decidido que los entrenaba.

El sargento Peña los llevó de marcha forzada en plena noche y bajo la arremetida del sol de mediodía. Una mañana los condujo al río y lo siguieron por el agua durante largo rato, tropezando con las rocas y arrastrando a los que no sabían nadar cuando llegaban a una charca. Los jóvenes se habían criado junto al río y lo conocían a fondo en un tramo de unas pocas leguas en torno al pueblo, pero él los llevó hasta zonas que no habían visitado jamás y terminó metiéndolos en una pequeña cueva. La entrada de la gruta era una apertura entre la maleza, apenas visible y, sin embargo, Peña los llevó hasta ella sin la menor cavilación, lo que hizo pensar a Josep que había estado allí antes.

Empapados y exhaustos, se desplomaron en el suelo rocoso.

—Tenéis que estar siempre atentos a este tipo de sitios —les dijo Peña—. España es tierra de cuevas. Hay muchos lugares en los que encontrar un escondrijo cuando te busca alguien que quiere matarte: un agujero oscuro, un tronco hueco, un montón de maleza. Os podéis esconder incluso en un hoyo del suelo. Tenéis que aprender a empequeñeceros detrás de una roca, a respirar sin hacer ruido.

Aquella tarde les enseñó a arrastrarse hacia un guardia y asaltarlo por detrás, tirar de su cabeza hacia atrás para que el cuello quedase estirado y luego cortarle el pescuezo de un solo tajo.

Les hizo practicar aquella técnica, turnándose para hacer de guardia y de asaltante. Usaban palos cortos a modo de navaja, con la punta señalando siempre hacia fuera de tal modo que lo que rozara el cuello de la «víctima» fuera el puño. Aun así, cuando Josep tuvo a Xavier Miró con la cabeza hacia atrás y el cuello expuesto, durante un mínimo momento de debilidad, no pudo siquiera forzarse a imitar el gesto de un navajazo.

Por si no estaba suficientemente nervioso, vio que aquellos ojos fríos y calculadores habían percibido sus dudas, y que la boca «sonreía».

—Mueve la mano —le dijo Peña.

Humillado, Josep recorrió con su mano el cuello de Xavier. El sargento sonrió.

—Lo más difícil de matar es pensar en ello. Pero cuando matar es necesario, necesario de verdad, cualquiera puede hacerlo y se vuelve muy fácil. No tengas miedo, Álvarez. La guerra te gustará —añadió, mostrando de nuevo su sonrisilla amarga, como si fuera capaz de leerle la mente—. Siempre que un joven con sangre caliente en las pelotas descubre el sabor de la guerra, le coge gusto.

Josep sintió que, pese a sus palabras, el sargento Peña había reconocido que la sangre no alcanzaba el calor necesario en sus pelotas, y lo vigilaba de cerca.

Más adelante, cuando estaban sentados en el bosque, empapados de sudor después de la última carrera del día, el hombre se dirigió a ellos:

—En algunas ocasiones, durante la guerra, el ejército avanza más allá de sus líneas de aprovisionamiento. Cuando eso ocurre, los soldados han de vivir de lo que dé la tierra. O bien

obtienen comida de la población civil, o se mueren de hambre...
¿Lo entiendes, Josep Álvarez?

—Sí, sargento.

—Dentro de esta próxima semana quiero que traigas dos pollos a nuestras reuniones, Álvarez.

—¿Pollos..., sargento?

—Sí. Dos pollos. Gordos.

—Señor. Sargento. No tengo dinero para comprar pollos.

El hombre lo miró con las cejas enarcadas.

—Claro que no lo tienes. Se los robarás a algún civil. Búscalos en el campo, como se ven obligados a hacer a veces los soldados.

—Sí, señor —dijo, en tono desgraciado.

11

Los visitantes

$\mathcal{A}$ la mañana siguiente, Marcel Álvarez y sus hijos empezaron la recolección de su viña, cortando los gruesos racimos oscuros de uva y llenando una cesta tras otra para vaciarlas luego en dos carretas de buen tamaño. A Josep le encantaba el aroma almizclado y dulce y el peso de aquellos racimos llenos de jugo en sus manos. Se entregó a la faena, pero sus esfuerzos no le trajeron la paz mental que ansiaba.

«Por Dios. ¿De dónde voy a robar yo esos pollos, esos dos pollos gordos?»

Era una pregunta terrible. Podía nombrar de memoria a una docena de aldeanos que criaban pollos, pero lo hacían porque los huevos y la carne eran muy valiosos. Necesitaban las aves para alimentar a sus familias.

A media mañana se distrajo de sus preocupaciones porque aparecieron dos franceses muy bien vestidos en el viñedo. Con un catalán extrañamente afrancesado y cortés, se presentaron como André Fontaine y Léon Mendes, de Languedoc. Fontaine, alto y muy esbelto, con una barbilla muy cuidada y una buena melena de un acero gris y deshilachado, compraba vino para una importante cooperativa productora de vinagre. Su compañero, Mendes, era más bajo y corpulento, tenía una calva rosada, un rostro redondo y bien afeitado y unos ojos marrones serios, aunque la sonrisa los volvía más cálidos. Como su acento catalán era mejor que el de Fontaine, se encargó él de llevar la conversación.

Reveló que él también hacía vino.

—A mi amigo Fontaine este año le ha faltado uva buena —comentó Mendes—. Tal vez se hayan enterado de que este año, en primavera, tuvimos dos granizadas desastrosas en el sur de Francia. Ustedes no padecieron el mismo infortunio, ¿verdad?

—No, gracias a Dios —respondió Marcel.

—La mayor parte de las uvas de mi propia viña se libraron, y este año el viñedo Mendes dará una cosecha parecida a la habitual. Pero algunos de los campesinos y la cooperativa del vinagre han perdido mucha uva y Fontaine y yo hemos venido a España a comprar vino joven.

Marcel asintió. Él y sus hijos seguían trabajando, aunque los visitantes permanecían con ellos y hablaban amistosamente.

Fontaine sacó una pequeña navaja del bolsillo de la cintura y cortó un racimo de una cepa de Tempranillo, y luego otro de Garnacha. Probó diversos granos de cada racimo y los mascó con aire reflexivo. Luego, con los labios apretados, miró a Mendes y asintió.

Mendes había estado mirando a Josep y se había fijado en su modo ágil y certero de llenar la cesta de fruta y vaciarla una y otra vez.

—*Dieu*, este muchacho trabaja como una máquina de movimiento perpetuo —dijo a Marcel Álvarez—. Me encantaría tener un par de trabajadores como él.

Josep lo oyó y respiró hondo. Antes de partir a su nuevo trabajo en la granja de su tío en Girona, Miquel Figueres le había contado su agradecimiento por aquel milagro que le permitía abandonar el desempleo de Santa Eulàlia. ¿Podía ser que aquel hombre regordete con su traje marrón de francés respondiera al mismo milagro y se convirtiera en fuente de trabajo para Josep?

Una de las pequeñas carretas estaba ya llena a rebosar y Marcel miró a sus hijos.

—Será mejor llevarla ya a la prensa —avisó.

Los visitantes se sumaron y ayudaron a los Álvarez a empujar la carreta llena de uva hasta la pequeña plaza.

—¿La prensa pertenece a la comunidad?

—Sí, la usamos todos. Mi padre y otros construyeron esta hermosa prensa grande hace más de cincuenta años —explicó Marcel con orgullo—. Su padre había construido una cisterna de granito para pisar la uva. Todavía existe, detrás de nuestro cobertizo. Ahora la uso para guardar provisiones. ¿En Languedoc tienen prensa propia?

—En realidad, no. Nosotros pisamos la uva. Al pisarla se produce un vino más suave con el máximo sabor, porque el pie no rompe las pepitas y así no liberan su amargura. Mientras tengamos pies, los usaremos con nuestra uva, por caro que resulte. Nos obliga a contratar mano de obra extraordinaria y convocar a los amigos para pisar las uvas de nuestras dieciocho hectáreas —explicó Mendes.

—Es más fácil y más barato hacerlo así. Y no hace falta que nadie se lave los pies —dijo Marcel.

Los visitantes se sumaron a sus risas.

Fontaine alzó uno de los racimos.

—Todavía tienen tallo, señor.

Marcel lo miró y asintió.

—Si se lo pido, ¿estaría dispuesto a cortar los tallos? —preguntó el francés.

—Los tallos no le hacen daño a nadie —dijo Marcel, lentamente—. Al fin y al cabo, señor, usted sólo quiere uva para hacer vinagre. Como nosotros.

—Hacemos un vinagre muy especial. De hecho, es un vinagre caro. Para hacerlo se necesita uva especial. Si se la comprara a usted, estaría dispuesto a pagar por el esfuerzo añadido de cortar los tallos.

Marcel se encogió de hombros y terminó por asentir.

Cuando llegaron con la carretilla hasta la prensa, los dos franceses se quedaron mirando mientras Josep y Donat iban echando paladas de uva.

Fontaine carraspeó.

—¿No hace falta lavar la prensa primero?

—Ah, la han lavado esta mañana, por supuesto. Desde entonces, no ha habido en ella más que uva.

—Pero ¡hay algo dentro! —exclamó Mendes.

Era cierto. En el fondo de la cuba había quedado un sedimento amarillo con aspecto de vómito, procedente de uvas y tallos machacados.

—Ah, mi vecino, Pau Fortuny, ha venido antes que yo y me ha dejado un regalito de uva blanca… No pasa nada, todo da su jugo —aclaró Marcel.

Fontaine vio que Donat Álvarez había encontrado media cesta de uva blanca abandonada por el descuidado Pau Fortuny y las añadía también a la prensa.

Miró a Mendes. El pequeño entendió de inmediato su mirada y expresó su lamento moviendo la cabeza.

—Bueno, amigo, le deseamos buena suerte —dijo Mendes.

Josep vio que se preparaban para irse.

—Señor —soltó de repente. Mendes se dio la vuelta y lo miró—. Me gustaría trabajar para usted y ayudarle a hacer vino en su viñedo de…, de…

—Mi viñedo está en el campo, cerca del pueblo de Roquebrun, en Languedoc. Pero… ¿trabajar para mí? Ah, lo siento. Me temo que no será posible.

—Pero, señor, usted ha dicho…, yo le he oído… que deseaba tener alguien como yo trabajando en sus vides.

—Bueno, joven… Pero sólo era una manera de hablar. Un modo de expresar un halago. —El francés había clavado su mirada en el rostro de Josep y lo que vio en él le hizo sentir vergüenza y lamentar lo que había dicho—. Eres un trabajador excelente, joven. Pero yo ya tengo mi plantilla en Languedoc, gente meritoria de Roquebrun que lleva mucho tiempo trabajando conmigo y se ha formado según mis necesidades. ¿Lo entiendes?

—Sí, señor. Por supuesto. Gente local.

Consciente de que su padre y Donat lo estaban mirando fijamente, se dio la vuelta hacia la carretilla y empezó a echar paladas de uva otra vez a la prensa.

12

Incursiones

*D*urante el resto de la cosecha, Josep volvió a concentrarse en pensamientos serios y prácticos, libres de contaminación de la esperanza infantil, sueños y milagros.

¿De dónde iba a sacar dos pollos?

Se dijo que si tenía que robarlos, habría de ser a un hombre rico cuya familia no sufriera por culpa del delito, y sólo conocía a un rico que criara pollos.

El alcalde.

—Àngel Casals —dijo en voz alta.

—¿Qué pasa con él? —preguntó Donat.

—Oh… Que… ha pasado con su mula para inspeccionar el pueblo —respondió Josep.

Donat siguió cortando racimos de uva.

—¿Y a mí qué me importa?

Era peligroso. Àngel Casals tenía un rifle del que se mostraba orgulloso, un arma larga con la culata de madera, y lo conservaba engrasado y pulido como una joya. Cuando Josep era todavía un crío, el alcalde había usado el rifle para matar a un zorro que pretendía comerse sus pollos. Los niños del pueblo habían descubierto el cadáver; Josep recordaba claramente la belleza de aquel animal, la suavidad perfecta de su pellejo lustroso, de un marrón rojizo, y la piel sedosa y blanca de la tripa, así como los ojos amarillos, inmóviles por la muerte.

Estaba seguro de que Àngel dispararía a cualquier ladrón con la misma facilidad con que había disparado al zorro.

El robo de pollos tendría que darse en plena noche, cuando todo el pueblo estuviera durmiendo profundamente el sueño propio de los trabajadores honrados. Josep pensó que todo saldría bien una vez lograra colarse en el gallinero. Las aves debían de estar acostumbradas a que los hijos del alcalde entraran a recoger huevos; si se movía despacio y en silencio, con un poco de suerte los pollos no armarían demasiado lío.

El problema más serio se presentaba justo antes de entrar en el gallinero. Àngel tenía un mastín negro, grande, malvado y ladrador. La mejor manera de encargarse del perro era matarlo, pero Josep sabía que matar a un perro le resultaría tan imposible como rajarle el gaznate a un hombre.

Y el perro le daba miedo.

Durante varios días, a la hora de cenar se comía sólo la mitad de su chorizo para guardar los restos en un bolsillo, pero pronto se dio cuenta de que no sería suficiente. Al terminar la cosecha, cuando él y Donat cogieron el barril que contenía el zumo de la última carga de uva y lo añadieron a los toneles de fermentación del cobertizo de su padre, oscurecidos por el tiempo, Josep se fue a la tienda de Nivaldo y le preguntó si le quedaba alguna salchicha tan estropeada ya que no se pudiera vender.

—¿Y para qué quieres una salchicha podrida? —preguntó Nivaldo de mal humor.

Josep le explicó que la necesitaba para un ejercicio de talla de madera que se había inventado el sargento y que requería cebo para trampas para animales. El hombre llevó a Josep hasta su almacén, donde guardaba un surtido de butifarras colgadas de una viga con cuerdas formando una hilera para secarse; algunas estaban enteras, otras con algún trozo cortado y vendido ya. Había morcillas de cebolla y pimentón, lomo con pimienta roja y sin ella, salchichón, sobrasada. Josep señaló un pedazo de lomo que empezaba claramente a verdearse, pero Nivaldo meneó la cabeza.

—¿Estás de broma? Eso es un excelente trozo de cerdo que lleva mucho tiempo adobado. Se corta la punta y el resto está espléndido. No, ese trozo es demasiado bueno para tirarlo. Espera y verás.

Se abrió paso entre una montaña de sacos de alubias y una caja de patatas arrugadas. Josep lo oyó gruñir tras el montón de alubias mientras movía sacos y cajas, y al fin regresó con un largo trozo de… algo que parecía cubierto de una capa blanca.

—Huy… ¿Y crees que a los animales…? Bueno, ya sabes. ¿Les gustará?

Nivaldo cerró los ojos.

—¿Que si les gustará? ¿Una morcilla de arroz? Es demasiado buena para ellos. Una morcilla olvidada tanto tiempo. Es justo lo que andan buscando, Tigre.

De pequeño, a Josep le había mordido un perro callejero, un chucho huesudo y amarillo de la familia Figueres. Cada vez que pasaba por su viña, el perro saltaba hacia él, ladrando como un loco. Aterrado, intentaba intimidar al animal gritándole y clavándole una mirada de supuesta amenaza en aquellos ojos que parecían la encarnación del mal, pero eso sólo servía para que el perro se excitara más todavía. Un día, cuando se le acercó gruñendo, Josep soltó una patada y el perro le clavó sus dientes aterradores y afilados en el tobillo con tal fuerza que, cuando logró soltar la pierna de un tirón, ya empezaba a sangrar. Durante dos años, hasta que murió el perro, Josep evitó acercarse a las tierras de los Figueres.

Nivaldo le había dado algunos consejos:

—Nunca mires a los ojos a un perro que no sea tuyo. Los perros entienden la mirada de un extraño como un desafío y si son fieros, responden atacando, incluso puede que quieran matarte. Hay que mirarlos sólo un instante y luego desviar la mirada sin mostrar miedo ni huir, y hablarles con calma y suavidad.

Josep no tenía ni idea de si las teorías de Nivaldo funcionaban, pero las recordó mientras frotaba la morcilla con todas sus fuerzas con un puñado de hierba para arrancarle el moho blanco. La cortó en trozos pequeños y aquella tarde, cuando caía el crepúsculo en Santa Eulàlia, fue andando hasta la plaza, más allá del campo de cultivo de los Casals. El gallinero quedaba en un extremo del campo, donde el fértil suelo estaba abonado, pero sin arar. El perro, atado con una cuerda muy larga a la destartalada estructura, dormía tumbado delante de los pollos como un dragón que vigilara su castillo.

El gallinero quedaba a la vista de la casa del alcalde, a poco más de la mitad de la extensión de sus tierras.

Josep deambuló hasta que cayó del todo la noche y entonces volvió a la tierra de los Casals.

Esta vez, sin apartar la vista del farol prendido en la ventana de la casa, caminó despacio por la viña en dirección al perro, que pronto empezó a ladrar. Aún no se había acercado lo suficiente para poderlo ver, cuando el perro se lanzó hacia él, retenido tan sólo por las limitaciones de su correa. El alcalde, agotado por las faenas del campo y de la administración, al igual que sus hijos, debía de dormir profundamente, pero Josep sabía que si el perro seguía ladrando no tardaría en acercarse alguien de la casa.

—Ya, ya, tranquilo, así está bien, guapo. Sólo he venido de visita, monstruo, perro de mierda, bestia horrorosa —añadió en un tono amistoso que hubiera aprobado el propio Nivaldo, al tiempo que sacaba un trozo de morcilla del bolsillo.

Cuando se lo lanzó, el perro lo esquivó como si le hubieran tirado una piedra, pero el fuerte olor de la morcilla llamó su atención. Devoró el pedazo de un solo bocado. Josep le tiró otro, que desapareció con la misma rapidez. Cuando se dio la vuelta y empezó a alejarse, sonaron de nuevo los ladridos, pero esta vez duraron poco, y cuando Josep abandonó aquellas tierras el silencio reinaba ya en la noche.

Volvió pasada la medianoche. Para entonces brillaba tanto la luna en lo alto que cualquiera que estuviera mirando lo habría visto, pero la casa permanecía a oscuras. Esta vez el perro volvió a ladrar al principio, aunque parecía esperar los dos trozos de morcilla que Josep le dio enseguida. Se sentó en el suelo justo al límite de longitud de la correa. Josep y el perro se miraron. Se puso a hablarle un buen rato en voz muy baja y sin pensar lo que decía, sobre uvas y cuerpos de mujer y santas patronas y el tamaño del miembro de los animales, picor de huevos y sequía, y luego le dio otro trozo de morcilla —pequeño, pues tenía que racionar las provisiones— y se fue a casa.

Volvió otras dos veces a los campos del alcalde la noche siguiente. La primera, el perro soltó dos ladridos antes de que Josep empezara a hablar. Cuando acudió por segunda vez, el animal lo esperaba en silencio.

A la noche siguiente, el perro no ladró. Cuando le llegó la hora de irse, Josep se acercó tanto a él que podría haberle mordido, sin dejar de hablarle con tono lento y regular.

—Cosa buena, horrenda bestia fea preciosa, si quieres ser mi amigo, yo quiero ser amigo tuyo…

Sacó un trozo de morcilla y se lo mostró, y la criatura reaccionó a su gesto brusco con un gruñido grave y feo. Al instante, lanzó su gran cabeza negra hacia la mano de Josep. Primero notó el morro y luego su gruesa lengua, húmeda, cosquillosa y rasposa, como si un león le lamiera la mano, hasta que no quedó ni rastro de la olorosa morcilla.

Alguien se había percatado de sus incursiones nocturnas. Josep sabía por las sonrisillas taimadas que le mostraba por la mañana, que su padre daba por hecho que él se escabullía para estar con Teresa Gallego, y no dijo nada que pudiera contradecir su convicción. Aquella noche esperó hasta que el reloj francés emitiera dos campanadas amables y asmáticas antes de abandonar su esterilla de dormir y abandonar la casa en silencio.

Vagó por la oscuridad como un espíritu. Al cabo de dos o tres horas, el pueblo empezaría a desperezarse, pero en ese momento el mundo entero dormía.

Incluso el perro.

El gallinero no tenía cerradura, pues en Santa Eulàlia nadie robaba a nadie. Sólo un palito encajado entre dos arandelas de hierro mantenía la puerta cerrada. En un instante estuvo dentro.

Hacía calor y el olor a excrementos de ave era fuerte y agudo. La mitad superior de una de las paredes era un enrejado de alambre a través del cual filtraba la luna su pálido brillo. La mayor parte de los pollos dormían, bultos oscuros bajo la luz de la luna, pero algunos escarbaban y picoteaban entre la paja del suelo. Uno miró a Josep y cloqueó con curiosidad, pero pronto perdió el interés.

Había algunas aves en unas baldas sujetas en la pared. Josep pensó que serían las gallinas ponedoras. No quería llevarse por error ningún gallo de buenos espolones. Sabía que el menor sonido que produjera al moverse podía provocar un desastre ruidoso: cloqueos, cacareos, ladridos del perro en la puerta. Bajó las manos hacia uno de los nidos. Mientras cerraba con fuerza la mano derecha en torno al cuello para evitar que el pollo graznara, con la izquierda lo apretó contra su propio cuerpo para impedir que batiera las alas. Esforzándose por no pensar en lo que hacía, retorció el cuello plumoso. Esperaba oír algo parecido a un crujido cuando se partiera, pero fue más bien un crepitar, producido por la fractura rápida de muchos huesillos. El ave se resistió unos instantes, pataleando para librarse de su agarre, pero Josep siguió retorciéndole el cuello como si pretendiera arrancarle la cabeza y al fin el pollo se estremeció y murió. Volvió a dejarlo en el nido y trató de aquietar la respiración.

Cuando cogió el segundo pollo, todo empezó como con el primero, pero con una diferencia importante. Lo apoyó en el pecho, y no en el abdomen, lo cual provocó que su mano quedara en un ángulo que le restringía los movimientos, de tal modo que apenas podía retorcer el cuello hasta un punto que resultó no bastar para que se partiera. No podía hacer más que sujetar el pollo con fuerza y seguir retorciendo el cuello plumoso con tanta fuerza que de repente empezaron a dolerle los dedos. El ave se resistió con mucha fuerza al principio y luego ya más débilmente. Las alas latían contra el cuerpo de Josep, agitadas. Cada vez más débil... Ah, Dios, le estaba estrangulando el futuro a aquella criatura. Pudo percibir cómo se ausentaba la vida, notó que el último latido de su vaga existencia ascendía por el cuello y palpitaba contra su mano de hierro como una burbuja al ascender dentro de una botella. Luego, se fue.

Se arriesgó a cambiar de posición la mano en el cuello con rapidez y lo retorció firmemente, aunque ya no era necesario.

Al salir del gallinero, el gran perro negro estaba plantado delante de él. Josep sostuvo los dos pollos bajo un brazo como si cargara con un bebé y sacó los restos de morcilla del bolsillo, seis o siete trozos que lanzó al perro del alcalde.

Se alejó con las piernas temblorosas y flojas, como un ladrón asesino en la negrura de la noche. A su alrededor, todos dormían —su padre, su hermano, Teresa, el pueblo, el mundo entero—, puros e inocentes. Sintió que había cruzado un abismo del que salía cambiado, y de repente el significado de aquella orden del sargento Peña le pareció bien claro: «Ve y mata a algún ser vivo».

Cuando el grupo de cazadores se reunió a la mañana siguiente, lo encontraron en el claro, ocupándose de dos pequeñas hogueras en las que crepitaban los dos pollos sobre dos espetones de madera sostenidos por estacas en forma de «Y».

El sargento revisó la escena con rostro meditabundo, pero los chicos estaban encantados.

Josep cortó los pollos y los repartió con generosidad, aunque se quemó un poco los dedos con la grasa ardiente.

Peña aceptó un muslo.

—Muy crujiente la piel, Álvarez.

—Los he embadurnado con un poco de aceite, sargento.

—Bien hecho.

Josep se quedó un pedazo y le pareció que aquella carne era deliciosa. Todos los jóvenes comieron y se relajaron, entre carcajadas y bocados, para disfrutar del inesperado banquete.

Cuando hubieron terminado, se limpiaron las manos de grasa en el suelo del bosque y se tumbaron despatarrados, con la espalda apoyada en los troncos de los árboles. Henchidos de bienestar, eructaban y se quejaban de los pedos de Xavier. Era como estar de vacaciones. No les hubiera sorprendido que el sargento repartiera caramelos.

En vez de eso, Peña mandó a Guillem Parera y a Josep que lo siguieran. Los guio hasta la choza en que se alojaba y les dio unas cajas para que cargaran con ellas de vuelta al claro del bosque. Eran de madera, más o menos de un metro por lado, y sorprendentemente pesadas. Al llegar al claro, el sargento abrió la caja que llevaba Josep y sacó unos paquetes abultados, envueltos en un algodón muy grasiento y rodeados de áspera cuerda de yute.

Cuando cada uno de los jóvenes hubo recibido su paquete, Peña ordenó que retirasen la cuerda y desenvolvieran la tela engrasada. Josep desató el suyo con cuidado y se metió el cordón en el bolsillo. Descubrió que bajo el envoltorio exterior había otras dos capas.

Bajo el tercer envoltorio —ahí dentro, esperando ser descubierta como el fruto seco dentro de su cáscara—, había un arma.

13

Armas

—*E*s el arma adecuada para un soldado —explicó el sargento—. Un Colt del 44. Hoy en día se ven muchos como éste, restos de la guerra de secesión americana. Hace unos agujeros tremendos y el peso no está mal para cargarla… Un kilo, o un pelo más. Si sólo disparase una bala, sería una pistola. Pero esta arma dispone de seis balas, cargadas en un cilindro giratorio, o sea, que es un revólver. ¿Entendido?

Les enseñó a quitar la pequeña cuña que había delante de la cámara, lo que permitía desencajar el barril para limpiarlo. La caja que había cargado Guillem contenía trapos y enseguida los jóvenes se concentraron en frotar la capa grasienta que hasta entonces había protegido las armas.

Josep frotó con su trapo aquel metal que había pasado ya tantas veces por los procesos sucesivos de uso y limpieza que casi la mitad de la pátina había desaparecido en manos ajenas. Experimentó la incómoda sensación instintiva de que aquella arma había sido disparada en combate, instrumento letal que había herido y matado a otros hombres, y le tuvo más miedo que al perro de Àngel.

El sargento repartió más provisiones de la caja de Guillem: dio a cada joven un calcetín relleno de pólvora; un pesado saquito de balas de plomo; un tubo de cuero vacío y cerrado por un extremo; un cuenquito de madera lleno de sebo; una varilla para limpiar; una bolsa llena de unos objetos minúsculos que parecían tazas pero apenas medían lo mismo que la uña del meñique de Josep; dos extrañas herramientas metálicas, una de las cuales tenía la punta afilada.

Todos esos objetos, incluidas las armas, quedaron guardados en bolsas de tela. Con las bolsas colgadas del cuello por medio de cintas de tela, los jóvenes se alejaron del claro del bosque aledaño a la viña de los Calderón. Como vestían ropas de trabajo en vez de uniforme, todavía parecían torpes y nada marciales, pero cargar con las armas les hacía sentir poderosos e importantes. El sargento les mandó marchar durante una hora para alejarse del pueblo hasta que llegaron a otro claro en un bosque, donde el sonido de los disparos no provocaría alarma ni comentarios.

Una vez allí, les enseñó a tirar del martillo hasta llegar al primer tope para poner así el seguro del gatillo, de modo que no pudiera dispararse.

—Para que una bala de plomo salga disparada del cañón, hace falta que estallen treinta granos de pólvora —explicó el sargento—. En mitad de un tiroteo no tendréis tiempo de contar los granos ni de bailar una sardana, así que… —Mostró el tubo medidor de cuero—. Echáis a toda prisa la pólvora en este saco, en el que cabe la cantidad correcta, y luego lo vaciáis en la cámara del arma. A continuación metéis en la cámara la bala de plomo y apretáis la palanca de carga para que se hunda firmemente entre la pólvora. Un toque de grasa por encima de la pólvora y de la bala, y luego estas tacitas, que son los pistones que estallan al recibir el golpe del martillo, se colocan por encima de la bala por medio de la herramienta destinada a tal uso. Podéis rodar el cilindro a mano y cargar todas las cámaras, de una en una.

»En pleno combate, un soldado ha de ser capaz de cargar las seis cámaras en menos de un minuto. Tenéis que practicarlo una y otra vez. Que cada uno empiece a cargar la suya.

Eran lentos y torpes y se sentían condenados al fracaso. Peña caminaba entre ellos mientras seguían todo el proceso, y a unos cuantos les obligó a vaciar las cámaras y a cargarlas de nuevo. Cuando quedó satisfecho de que todas las armas estuvieran correctamente cargadas, sacó una navaja y marcó el tronco de un árbol con un tajo. Luego se plantó a unos seis o siete metros, alzó su arma y disparó seis rápidos tiros. Aparecieron seis agujeros en el tronco. Varios de ellos habían quedado juntos y entre los demás no había más de dos dedos de separación.

—Xavier Miró. Ahora, tú —ordenó el sargento.

Xavier ocupó su lugar de cara al árbol, con el rostro pálido. Al levantar el arma, le temblaba la mano.

—Has de sostener el arma con firmeza y, sin embargo, aplicar sólo una leve presión en el gatillo. Piensa en una mariposa que se posa sobre una hoja. Piensa que la yema de tu dedo acaricia levemente a una mujer.

Aquellas palabras no funcionaban con Xavier. El dedo dio seis tirones del gatillo, el arma se sacudió y se zarandeó en su mano destemplada y las balas se hundieron en la maleza, esparcidas.

Jordi Arnau fue el siguiente y tampoco se le dio mucho mejor. Una de las balas aterrizó en el tronco, acaso por casualidad.

—Álvarez.

Josep se encaró al árbol que hacía las veces de diana. Cuando estiró el brazo, lo hizo en posición rígida de tanto como odiaba el arma, pero oyó de nuevo en su mente las palabras del sargento y pensó en Teresa al acariciar el gatillo. Tras cada detonación saltaban chispas, humo y fuego del cañón, como si Josep fuera Dios, como si su mano arrojara relámpagos para acompañar aquellos truenos. Cuatro agujeros nuevos se sumaron al grupo que había formado el sargento Peña con sus disparos. Otros dos quedaron a no más de tres centímetros.

Josep se quedó plantado, quieto.

Estaba asombrado y avergonzado por la sensación repentina

de que en sus pantalones había un bulto claramente visible para los demás, pero nadie se rio.

Lo más inquietante de todo: cuando Josep miró al sargento Peña, vio que el hombre lo estudiaba con atento interés.

14

Mayor alcance

—Lo que mejor recuerdo de cuando era soldado son los compañeros —contó Nivaldo a Josep una noche en su tienda—. Cuando luchábamos contra gente que pretendía matarnos, me sentía muy cerca de ellos, incluso de los que no me caían del todo bien.

Josep podía contar a Manel Calderón y Guillem Parera entre sus buenos amigos, y casi todos los demás miembros del grupo de cazadores le caían bastante bien, pero con algunos de aquellos jóvenes no tenía ningún deseo de congeniar.

Como Jordi Arnau.

Teresa, que en esos tiempos estaba malhumorada y quejosa, se sirvió de Jordi para hacerle saber sus deseos a Josep:

—Jordi Arnau y Maria del Mar Orriols se van a casar pronto.

—Ya lo sé —respondió Josep.

—Marimar me ha dicho que se podrán casar porque pronto Jordi será soldado. Como tú.

—No es seguro que ninguno de nosotros vaya a ser soldado. Nos tienen que elegir. Si Jordi y Marimar se van a casar pronto, es porque ella está embarazada.

Ella asintió.

—Me lo ha dicho.

—Jordi se está ufanando delante de todo el mundo. Es muy estúpido.

—No se la merece. Pero, si no lo eligen para el ejército…, ¿qué van a hacer?

Josep se encogió de hombros con gravedad. El embarazo no era ningún escándalo; muchas de las novias que recorrían el pasillo de la iglesia del pueblo lo hacían con el vientre henchido. El padre Felipe López, sacerdote del pueblo, no agravaba la situación con reprimendas; prefería darles una rápida bendición y pasar la mayor parte del tiempo con su íntimo y querido amigo Quim Torras, vecino de Josep.

Sin embargo, aunque las parejas que se unían en matrimonio «necesario» no sufrían demasiadas recriminaciones, la pretensión de formar familia sin ningún trabajo disponible era una locura y Josep sabía que para los aspirantes del grupo de cazadores el futuro estaba lleno de dudas.

Los jóvenes no tenían ni idea de quiénes serían elegidos y quiénes rechazados, ni de cómo funcionaría el proceso de selección

—Hay… Hay algo extraño —le dijo Guillem a Josep—. A estas alturas, el sargento ya ha tenido ocasión de evaluarnos uno por uno. Nos ha estudiado a todos de cerca. Sin embargo, no ha eliminado a nadie. Se tiene que haber dado cuenta enseguida, por ejemplo, de que Enric siempre es el más torpe y lento del grupo. Parece que a Peña no le importe.

—A lo mejor está esperando hasta el final de la formación y luego decidirá quién puede entrar en el Ejército —opinó Manel.

—A mí me parece un tipo raro —dijo Guillem—. Me gustaría saber más de él. Me pregunto dónde y cómo se hizo esa herida.

—No responde a ninguna pregunta. No es nada amistoso —dijo Manel—. Desde que vive en nuestra choza, mi padre lo ha invitado varias veces a la mesa, pero siempre come solo y luego se sienta a solas junto a la choza y se fuma unos cigarrillos largos, negros y muy estrechos que huelen a pis. Mi padre tiene que comprarle cada noche una jarra de coñac del tonel de Nivaldo.

—A lo mejor necesita una mujer —apuntó Guillem.

—Creo que visita a una que hay por ahí —respondió Manel—. Al menos, a veces no pasa la noche en la choza. Yo lo veo regresar a primera hora de la mañana.

—Bueno, pues ella no cumple bien su función. Tendría que aprender a hacer algo que lo deje de mejor humor —concluyó Guillem, y los tres se echaron a reír.

Hubo cinco sesiones de tiro con los revólveres Colt, cada una de ellas precedida por prácticas de carga y seguida del aprendizaje necesario para limpiarlos. Cada vez eran más rápidos y hábiles, pero nunca lo suficiente para complacer al sargento Peña.

En la sexta sesión, el sargento ordenó a Josep y a Guillem que le entregaran sus Colt. Cuando los hubo recibido, sacó otras armas de un saco.

—Éstas son sólo para vosotros dos. Seréis nuestros tiradores.

El arma nueva era más pesada que la otra y, al sostenerla en sus manos, Josep experimentó una sensación de grandeza e importancia. No sabía nada de armas de fuego, pero incluso a él le resultaba evidente que aquélla era distinta del Colt. Tenía dos cañones. El de arriba era largo y parecido al del Colt, pero justo debajo había otro más grueso y corto.

El sargento les contó que era un revólver LeMat, hecho en París.

—Tiene nueve cámaras giratorias en vez de seis, y las balas salen por el cañón superior. —Les enseñó que en la parte alta del martillo había un pivote detonador que al girar accionaba el cañón inferior, que podía llenarse de metralla para disparar hacia un objetivo amplio—. De hecho, el cañón inferior es una escopeta recortada —aclaró Peña.

Anunció que esperaba que aprendieran a cargar las nueve cámaras en el mismo tiempo que les costaba a los demás cargar seis.

Y

El LeMat provocaba sensaciones similares al Colt cuando se disparaba por el cañón superior. Pero cuando Josep probó por primera vez el inferior se sintió como si un gigante hubiera apoyado la palma en la boca del arma para darle un empujón, de modo que el tiro salió desviado y roció de perdigones de plomo las ramas altas de un pino.

Guillem tuvo la ventaja de haberlo observado y por eso usó las dos manos cuando le llegó el turno, con los brazos bien estirados antes de apretar el gatillo.

Les asombró el amplio alcance de disparo con el barril inferior. Agujereaba los troncos de cuatro pinos, en vez de uno.

—Recordadlo cuando disparéis el LeMat —dijo el sargento—. No hay excusa que justifique fallar con esta arma.

15

El sargento

$\mathcal{N}$adie vio llegar al desconocido con su caballo negro. Un miércoles por la mañana, cuando los miembros del grupo de cazadores iban caminando hacia el claro del bosque, observaron que el caballo estaba atado junto a la choza y, cuando salió el sargento para reunirse con ellos, vieron que lo acompañaba un hombre de mediana edad. Eran como un estudio de contrastes. Peña, alto y en buena forma, llevaba ropa de trabajo sucia y hecha jirones en algunas zonas. Portaba una daga enfundada en su vaina y atada a la pantorrilla izquierda por encima de la bota y en su cadera destacaba un arma de fuego grande con pistolera de cuero. El recién llegado era una cabeza más bajo que el sargento, y muy fornido. Su traje negro estaba arrugado por la cabalgata, pero se veía de buen corte y material, y a Josep le pareció que su bombín era el sombrero más elegante que había visto jamás.

El sargento Peña no lo presentó.

El hombre caminó junto a Peña mientras éste guiaba al grupo hacia el claro más lejano, en el que hacían las prácticas de tiro, y luego observó mientras se turnaban para apuntar a dianas instaladas en un árbol.

El sargento pidió a Josep y a Guillem que disparasen más rato que los demás; cuando ambos habían descargado dos veces las cámaras de los LeMat, usando ambos cañones, el desconocido habló en voz baja con el sargento y éste les ordenó que volvieran a cargar y disparasen otra ronda. Mientras lo hacían,

Peña y el hombre fornido miraron fijamente sin decir palabra.

Luego el sargento ordenó descansar al grupo. Se alejó unos pasos con el visitante, que hablaba en tono grave y urgente, y los jóvenes se alegraron de poder holgazanear en el suelo.

Cuando regresaron los dos, Peña hizo marchar al grupo de regreso al bosque cercano a la propiedad de los Calderón. Mientras se preparaban para limpiar sus armas, los jóvenes vieron que el sargento se cuadraba ante el civil, no de manera afectada como tendían a hacer ellos, sino con un solo movimiento fluido y tan automático que casi les pareció descuidado. El otro hombre pareció asustado ante aquel gesto, o quizás incluso avergonzado. Asintió secamente con un golpe de cabeza, se llevó una mano al elegante sombrero negro, montó en su caballo y se alejó. Ninguno de aquellos jóvenes volvió a verlo jamás.

16

Órdenes

*D*urante las siguientes semanas de diciembre el tiempo se volvió frío y húmedo y la lluvia se convirtió en una bruma tan fina que apenas aportaba humedad al suelo. Todo el mundo se puso una capa más de ropa para defenderse de la crudeza del invierno y trató de ocuparse en faenas que no le obligaran a salir. Josep barría la casa, quitaba el polvo y se sentaba a la mesa a afilar los machetes, azadones y palas con una lima de grano fino.

Dos semanas después de la visita del extraño dejó de llover, pero cuando los cazadores se reunieron en el bosque ninguno de ellos se sentó en la tierra húmeda.

Era el día después de Navidad; muchos seguían con ánimo vacacional y habían asistido a misa a primera hora.

El sargento Peña los asombró con un anuncio:

—Vuestra formación en Santa Eulàlia ha llegado a su fin. Mañana nos iremos de aquí para participar en un ejercicio. Luego, os convertiréis en soldados. No necesitaréis vuestras armas. Engrasadlas con una fina capa de sebo y envolvedlas con tres capas de hule, tal como estaban cuando las recibisteis. Haced otro paquete con la munición y los utensilios, con otras tres capas de la tela que os proporcionaré. Sugiero que enterréis los dos paquetes en algún lugar al que no pueda acceder el agua, porque si se cancela el ejercicio, volveremos aquí y las necesitaréis.

Jordi Arnau carraspeó y se atrevió a preguntar:

—¿Vamos todos a la milicia?

El sargento Peña exhibió su sonrisilla.

—Todos. Lo habéis hecho muy bien —dijo en tono sardónico.

Aquella noche Josep engrasó el arma y la enterró desmontada. Reposa en paz. La zona de tierra más seca que conocía quedaba detrás de la viña de los Torras, contigua a la suya, un metro más allá de donde terminaba la propiedad de su padre. Su vecino, Quim Torras, era un campesino malo y vago y pasaba tanto tiempo con el padre López que su amistad se había convertido en un escándalo para todo el pueblo. Quim trabajaba el suelo de su viña lo mínimo posible y Josep sabía que no se tomaría la molestia de remover la tierra de aquel rincón seco y olvidado.

Su familia recibió la noticia de su inminente partida con evidente asombro, como si nunca hubieran llegado a creer de verdad que el grupo de cazadores fuera a llevar a algo. Josep percibió el alivio en el rostro de Donat; siempre había sido consciente de que no le resultaba fácil tener un hermano menor que a todas luces trabajaba mejor que él. Su padre le dio una gruesa chaqueta marrón de lana que apenas tenía un año.

—Para protegerte del frío —le dijo en tono áspero.

Josep la aceptó con agradecimiento para llevarla bajo su chaqueta de abrigo. Le iba apenas un poco grande y conservaba un leve olor a Marcel Álvarez, cosa que lo reconfortó. Marcel fue también a buscar la jarra que guardaba detrás del reloj y apareció con un pequeño fajo de billetes, ocho pesetas en total, que puso en manos de Josep «para alguna emergencia».

Cuando pasó por la tienda de comestibles para despedirse, Nivaldo también le dio dinero, otras seis pesetas.

—Ahí tienes un pequeño regalo de temporada. Feliz Navidad. Págate una buena experiencia cualquier noche y piensa en este viejo soldado —dijo, al tiempo que le daba un largo abrazo.

A Josep se le hacían difíciles todas las despedidas, pero lo más duro fue enfrentarse a Teresa, que empalideció al oír sus palabras.

—Nunca volverás conmigo.

—¿Por qué dices eso? —El dolor de Teresa magnificaba el miedo a la incertidumbre ante el futuro que sentía el propio Josep y convertía su lamento en rabia—. Es nuestra oportunidad dijo bruscamente—. En la milicia ganaré dinero y regresaré a por ti en cuanto pueda, o enviaré a buscarte. En cuanto sea capaz, te haré llegar noticias.

Le resultaba imposible aceptar que estaba abandonando cuanto tuviera que ver con ella: su bondad, su presencia y espíritu práctico, aquel olor secreto a almizcle y la tierna voluptuosidad de la piel, fina como la de un bebé, que adornaba sus hombros, sus pechos, sus caderas. Cuando la besó, ella respondió con fiereza e intentó devorarlo, pero sus lágrimas le empapaban la mejilla y cuando quiso reclamar un seno con sus manos, ella lo empujó y salió corriendo hacia la viña de su padre.

A primera hora de la mañana siguiente, Peña apareció en la viña de los Calderón con un par de carros de dos ruedas, cubiertos por aros de mimbre con lonas tensadas: una nueva de color azul y la otra de un rojo desvaído y remendado. Cada uno de los carros iba tirado por dos mulas dispuestas en fila y sostenía dos bancos cortos de madera detrás del cochero, en los que cabían cuatro pasajeros. Peña se sentó en uno de los carros con Manel, Xavier, Guillem y Lluís después de instalar en el otro a Enric, Jordi, Josep y Esteve.

Así partieron de Santa Eulàlia.

Lo último que Josep vio de su pueblo entre el flamear de la tela que cubría el carro fue un atisbo de Quim Torras. En vez de trabajar en sus vides esmirriadas, que necesitaban tanta ayuda como fuera posible, Quim se esforzaba por empujar al cura gordo, el padre Felipe López, tumbado en el puente de su carromato, ambos convulsos de la risa.

El último ruido que oyó de Santa Eulàlia fue el ronco y gutural ladrido de su buen amigo, el perro del alcalde.

17

Nueve en un tren

Cuando los carros se detuvieron en la estación de tren de Barcelona, los jóvenes estaban muertos de hambre. Peña los llevó en tropel hasta un café de obreros y les compró pan y una sopa de col que consumieron con afán, disfrutando de una sensación casi vacacional en medio de la excitación por aquel cambio repentino de rutina. Luego, en el andén de la estación, Josep observó con nervios cómo se acercaba la locomotora, que se les echó encima como si fuera un dragón increíblemente estridente, eructando nubes. De todos los jóvenes, sólo Enric había tomado alguna vez un tren, así que se metieron en los vagones de tercera clase con los ojos bien abiertos. Esta vez Josep compartió uno de los bancos de listones de madera con Guillem, y Manel se sentó delante de ellos en una butaca.

Mientras el tren se estremecía y se lanzaba de nuevo hacia delante, el revisor los advirtió de que no abrieran las ventanillas para que no entraran en el vagón las centellas y el humo que soltaba la locomotora, cargado de hollín. Como hacía frío, no les molestó mantenerlas cerradas. Al cabo de poco rato, ajenos al tableteo de las ruedas y al balanceo del vagón, los jóvenes miraban embelesados el paisaje catalán que iba desfilando por la ventana.

Mucho antes de que la oscuridad empezara a clausurar el mundo, Josep se hartó de mirar por encima de la cara de su amigo Guillem, que iba sentado junto a la ventana. Peña había llevado pan y butifarras al tren y al fin les dio de comer. Pronto apareció el revisor para encender las lámparas de gas, que chisporrotearon y lanzaron por todo el vagón sombras temblorosas que Josep se dedicó a estudiar hasta que se apoderó de él un piadoso sueño.

La tensión lo había agotado más que una dura jornada de trabajo. Se fue despertando a ratos durante la incómoda noche y la última vez vio que amanecía un oscuro e inhóspito día mientras el tren traqueteaba para abandonar la estación de Guadalajara.

Peña distribuyó más butifarras y pan hasta que se terminó la provisión y ellos lo devoraron con agua del tren, que sabía a carbón y crujía entre los dientes. No hicieron más que aburrirse hasta que, tres horas después de dejar atrás Guadalajara, Enric Vinyes miró por la ventanilla y soltó un grito:

—¡Nieve!

En todos los vagones se pegaron a las ventanas para contemplar los copos blancos que caían del cielo gris. Apenas habían visto nieve unas pocas veces en toda la vida y tan sólo los breves instantes antes de que se fundiera. Ahora, dejó de caer cuando aún no se habían cansado de contemplarla, pero tres horas después, cuando se bajaron del tren en Madrid, había una fina capa blanca en el suelo.

Era obvio que Peña conocía bien la ciudad. Los guio desde la estación por un amplio paseo de edificios majestuosos hasta un laberinto de viejas callejuelas que se retorcían oscuras entre casas de piedra. En una plaza pequeña había un mercado y Peña consiguió apartar a dos vendedores del fuego en que se calentaban el tiempo suficiente para comprarles pan, queso y dos botellas de vino. Luego llevó a los muchachos por un callejón cercano hasta una puerta que se abría a un vestíbulo destartalado con una escalera tan estrecha que sólo cabía una persona por vez. Subieron al tercer piso y Peña llamó tres veces a una puerta marcada por un cartel pequeño: PENSIÓN EXCELSIOR.

Les abrió un anciano que asintió al ver a Peña.

Era difícil acomodar a tanta gente en la habitación destinada a los miembros del grupo de cazadores, pero se repartieron el espacio para sentarse en las camas y en el suelo. Peña dividió y repartió el pan y el queso y luego desapareció para regresar al poco con una pava humeante y una bandeja llena de tazas. Sirvió unos dedos de vino en cada taza y luego las llenó hasta arriba de agua caliente, y los muchachos, congelados, se bebieron la mezcla con entusiasmo.

Cuando Peña los dejó, se quedaron sentados en aquella pensión lúgubre, esperando que pasaran las horas de aquella tarde larga y extraña.

Al regresar el sargento, la luz había empezado a perder intensidad al otro lado de las ventanas. Se plantó en el centro de la habitación:

—Escuchad con atención —les dijo—. Ahora tenéis la ocasión de demostrar que podéis ser útiles. Esta noche, un traidor de nuestra causa será apresado. Vosotros ayudaréis a capturarlo.

Lo miraron todos en silencio y nerviosos.

Metió la mano bajo una de las camas y sacó una caja que resultó contener cerillas largas con gruesas cabezas de sulfuro. Pasó unas cuantas a Josep, junto con un trocito cuadrado de lija para rasparlas.

—Tienes que guardártelas en el bolsillo, donde no puedan mojarse, Álvarez. Iremos a un lugar donde ese hombre va a montar en un carruaje y lo seguiremos cuando se aleje. Si dobla alguna esquina, nos meteremos en la misma calle y cada vez que doble encenderás una cerilla. —Encendió una, que produjo un olor acre—. Cuando yo dé la señal, el grupo se movilizará para rodear el carruaje de tal manera que podamos apresarlo. Guillem Parera y Esteve Montroig, cada uno de vosotros agarrará una de las riendas y evitará que los caballos sigan andando.

»Si nos separamos, id a la estación y yo os recogeré allí. Cuando esto termine, recibiréis una distinción de honor, se os aceptará para uniros al regimiento y vuestras carreras militares habrán comenzado.

Al poco rato les hizo salir de la pensión por las escaleras y los metió por callejones estrechos. Había caído una nieve ligera a ratos durante todo el día y en aquel momento las ráfagas de copos leves arreciaban con más regularidad. En el mercado de la plaza, la acumulación había apagado el fuego y los vendedores habían dado por terminada la jornada. Josep miró fijamente los copos, cuya blancura refulgía en contraste con el cabello de Peña, negro como los cuervos. Siguiendo al sargento, el grupo de cazadores se abría camino por aquel mundo extrañamente perlado.

Pronto abandonaron los barrios antiguos y empezaron a cruzar avenidas flanqueadas por grandes estructuras. En la carrera de San Jerónimo, Peña se agachó ante un edificio grande e imponente. Cerca de la entrada, parejas de hombres y pequeños grupos charlaban en voz baja a la temblorosa luz de una farola de gas. El portero apenas dirigió una mirada por encima a los jóvenes reunidos en torno a Peña.

La pesada puerta de entrada se abrió y Josep oyó voces masculinas que sonaban al otro lado. Alguien dio unas señas y el volumen de voz subía y bajaba. En algunos momentos, cuando se callaba, sonaban gritos; a Josep le resultó imposible saber si eran expresiones de asentimiento o de rabia. En una ocasión sonó un rugido colectivo; dos veces se oyeron risas.

El grupo de cazadores esperó bajo el frío de la nieve y pasó lentamente casi una hora.

18

El espía

*D*entro del edificio, los hombres rugieron y aplaudieron.

Una anciana se metió renqueando en el campo de visión de Josep, con su cabello gris, envuelta en dos chales harapientos, y sus ojillos oscuros en medio de una cara que parecía una manzana oscura y arrugada. Con pasos cuidadosos se acercó al hombre que le quedaba más cerca y sacó una cesta.

—Una limosna… Una limosna. Deme algo, por el amor de Dios, señor… Tenga piedad, en nombre de Jesús.

Su interlocutor meneó la cabeza como si esquivara una mosca, se dio la vuelta y siguió hablando. Impertérrita, la anciana se acercó al siguiente grupo, mostró la cesta y entonó su petición. Esta vez fue premiada con una moneda y agradeció la caridad con una bendición. Durante un rato, Josep la miró abrirse paso hacia él cojeando como un animal herido.

Salieron dos hombres del edificio.

—Sí —dijo Peña en voz baja.

Uno de ellos era, evidentemente, un caballero. De mediana edad, llevaba una barba cuidada e iba vestido con una capa pesada y de aspecto fino para defenderse del frío, así como un sombrero alto y formal. Era bajo y fornido, pero de porte erguido y orgulloso.

El otro hombre, que caminaba un paso por detrás de él, era mucho más joven y vestía con sencillez. ¿Quién era el traidor? Josep estaba desconcertado.

—¿Un carruaje, excelencia?

Cuando el caballero asintió, el portero se adelantó hacia la farola y, bajo su luz, alzó un brazo. Un carruaje se apartó de la fila de vehículos que esperaban al fondo de la calle y sus dos caballos se detuvieron delante del edificio. El portero se movió para abrir la puerta, pero el hombre de ropa sencilla se le adelantó. El sirviente —no había duda de que lo era por su manera de bajar la cabeza en señal de reverencia cuando el otro hombre montó en el carruaje— cerró entonces la puerta y regresó al edificio.

Josep lo contemplaba asombrado. El carruaje iba ricamente adornado y parecía enorme. Apenas conseguía ver a su ocupante a través de las dos ventanillas altas y estrechas. Cerca, un hombre tosió, encendió una cerilla y la sostuvo en alto antes de encender su pipa. Sobresaltado, el portero echó un rápido vistazo y luego se acercó a la silla del cochero y, cuando éste se inclinó hacia él, le susurró algo al oído. Después golpeó suavemente la puerta del carruaje con los nudillos y la abrió.

—Mis más sinceras disculpas, excelencia. Parece que hay algún problema con un eje. Si me perdona la molestia, iré a buscarle otro carruaje de inmediato.

Si el hombre contestó desde dentro, Josep no lo oyó. Mientras los pasajeros desmontaban, el portero se acercó a toda prisa a la fila de carruajes y pronto llegó con un segundo transporte, aún más adornado que el anterior, pero más estrecho y con las ventanas más grandes. Antes de que el caballero montara en el nuevo vehículo, Josep vio su mirada de agotamiento y su rostro demacrado; llevaba maquillaje en las mejillas, lo cual provocaba que su rostro pareciera tan artificial como el de la estatua de Santa Eulàlia.

Dos hombres procedentes del edificio se acercaron entonces al carruaje. Su elegante atuendo no dejaba lugar a dudas: se trataba de dos caballeros. Uno de ellos abrió la puerta del carruaje.

—¿Excelencia? —dijo en voz queda—. Se ha hecho lo que usted nos pidió.

El hombre del interior murmuró algo ininteligible, y los otros dos entraron en el carruaje, cerrando la puerta tras ellos. Se sentaron frente al primer ocupante, acercando todos sus cabezas. A pesar del silencio de aquellos que los observaban desde el exterior, apenas se podía oír nada, ya que los ocupantes del carruaje se expresaban en voz queda.

Hablaron largo y tendido, durante una media hora aproximada, por lo que pudo estimar Josep. Entonces, uno de los hombres hizo una inclinación de cabeza, abrió la puerta y bajó del carruaje acompañado de su compañero. Juntos volvieron al edificio.

Casi de inmediato, regresó el sirviente que había acomodado a los caballeros en el carruaje, esta vez acompañado de un segundo lacayo. Golpeó de modo discreto la puerta con los nudillos, esperó a recibir permiso, abrió la puerta y, tras intercambiar unas palabras con el cochero, entró con su compañero en el carruaje.

Había poco tráfico por culpa del tiempo, pero los caballos, por falta de costumbre de pisar los adoquines cubiertos de nieve, echaron a andar lentamente.

A Peña y al grupo de cazadores no les costó mucho mantener el paso mientras seguían al carruaje carrera de San Jerónimo abajo. Pasaron junto a la pedigüeña, que ya se iba, y la dejaron atrás. Cuando los caballos tiraron del carruaje en la primera esquina para meterse en la calle del Sordo, Josep cumplió sus instrucciones. Le temblaron las manos cuando encendió la cerilla y la sostuvo en lo alto, un chispeante círculo azul.

Siguieron a los lentos caballos hasta que doblaron de nuevo por la calle del Turco, donde Josep encendió otra cerilla. Era más estrecha y oscura, salvo por la única luz que ofrecía una farola.

—Ahora —dijo Peña justo antes de que el carruaje entrara en la zona iluminada.

Guillem y Esteve saltaron a la calzada y agarraron las riendas mientras los demás miembros del grupo de cazadores rodeaban el carruaje. De dos carruajes, así como de la oscuridad del otro lado de la calle, surgieron otras figuras y varias se acercaron al punto en que Josep permanecía mirando fijamente la cara asustada del hombre que iba dentro. El cochero del carruaje bloqueado se puso de pie y comenzó a fustigar a Esteve con el látigo.

Al ver a los recién llegados, Josep creyó que serían agentes de la milicia y, como tres de ellos llevaban las armas listas, dio un paso atrás para dejarles el camino libre hasta la puerta.

Pero ellos apuntaron sus armas.

... Una serie de estallidos secos como toses.

El hombre del carruaje se había vuelto hacia la ventana y ofrecía un blanco fácil; dio una sacudida al recibir un disparo en el hombro izquierdo, tocándoselo con la mano del mismo costado. La mano derecha se alzó como si fuera a protestar y Josep vio cómo volaba parte del dedo anular. Luego otra bala le acertó el pecho y dejó un mordisco pequeño y oscuro en la capa, igual que los cientos de agujeros que el grupo de cazadores había marcado en los árboles.

A Josep le sorprendió observar la amargura que mostraba el rostro del hombre al darse cuenta de lo que estaba pasando.

Alguien gritó:

—¡Jesús!

Y luego soltó un chillido largo y femenino. Al principio Josep creyó que procedía de una mujer, pero luego se dio cuenta de que era la voz de Enric. De pronto todo el mundo corría en la oscuridad y Josep echó a correr también sobre el suelo nevado, alejándose de los caballos, que al respingar inclinaban el carruaje.

TERCERA PARTE

En el mundo

Madrid

28 de diciembre de 1870

19

Caminar sobre la nieve

Se cayó al suelo, mojado y frío, pero se levantó y siguió corriendo mientras le aguantó la respiración, hasta que al fin se detuvo y se apoyó en la fachada de un edificio.

Al poco retomó la huida, ahora caminando, pero dominado aún por el terror. No tenía ni la menor idea de adónde lo llevaban sus pies y, al pasar bajo una lámpara, se sobresaltó cuando lo llamó una voz desde la oscuridad:

—Josep. Espera.

Guillem.

—¿Qué ha pasado, Guillem? ¿Por qué le han disparado al pobre cabrón? ¿Por qué no se han limitado a arrestarlo tal como habían dicho?

—No lo sé… Bueno, no ha pasado tal como había predicho Peña, ¿no? Tal vez él pueda explicarlo. Nos ha dicho que si pasaba algo, fuéramos a la estación.

—Ah, sí, la estación. ¿Sabes cómo llegar? No tengo ni idea de dónde estamos.

—Creo que es por esa dirección… —dijo Guillem, impotente.

Caminaron rendidos de cansancio durante un buen rato hasta que Guillem admitió que estaba tan perdido como Josep, y cuando éste preguntó al conductor de un carruaje cómo llegar a la estación descubrieron que habían estado andando hacia el norte, en vez de hacia el sur.

El hombre les dio largas y complicadas instrucciones, tras las cuales se dieron la vuelta y empezaron a deshacer sus pasos.

Lo último que querían era volver a pasar por el barrio del asalto, y eso exigió un desvío, durante el cual Josep y Guillem olvidaron algunos detalles de la orientación que les acababan de dar. Frío y agotado, Josep señaló un cartel que anunciaba la presencia de un pequeño café llamado Metropolitano.

—Preguntemos ahí.

Una vez dentro, hasta los bajos precios anotados en la pizarra los intimidaron. Aunque apenas llevaban dinero, pidieron cada uno un café.

Su llegada interrumpió una discusión entre el alto y musculoso propietario y su anciano camarero.

—Gerardo, Gerardo. ¡Los malditos platos del almuerzo! ¡Están sin lavar! ¿Pretendes servir la comida en platos sucios?

El camarero se encogió de hombros.

—No es culpa mía, ¿no? Gabino no ha aparecido.

—¿Y por qué no has buscado a otro, imbécil? En plena época de fiestas y sin nadie que lave los platos. ¿Y ahora qué quieres que haga?

—¿Fregarlos, tal vez, señor?

El camarero volvió a encogerse de hombros, aburrido.

Cuando les sirvió el café, Guillem le preguntó cómo llegar a la estación.

—Están al oeste. Han de bajar por esta calle y tomar la segunda a la derecha. Al cabo de seis o siete manzanas verán los hangares de los trenes. El camino más corto desde aquí es cruzar los hangares para entrar en la estación por detrás.

Mientras ellos se tomaban el ansiado café caliente, el camarero añadió una advertencia:

—No hay ningún peligro en cruzar los terrenos de la estación, salvo que sean tan idiotas como para caminar por las vías.

Υ

Cuando llegaron a la zona de la estación había parado de nevar, pero no se veían estrellas. Caminaron entre barriles de carbón y pilas de leña. Los vagones de carga, pintados de blanco, parecían monstruos dormidos. Pronto vieron las lámparas de gas de la estación y tomaron el camino que llevaba hasta ellas, paralelo a un tren abandonado. Tras echar un vistazo al otro lado de la locomotora, Josep anunció:

—Ahí está Peña. Mira, y Jordi también.

Peña estaba de pie junto a un carruaje detenido, con Jordi Arnau y otros dos hombres. El sargento habló un momento con Jordi y abrió la puerta del carricoche. Al principio pareció que Jordi se disponía a entrar, pero luego vio algo dentro que lo frenó y uno de los hombres empezó a empujarlo.

—¿Qué diablos...? —exclamó Josep.

Otros tres hombres se acercaron al coche y se quedaron mirando mientras Jordi se daba la vuelta y alzaba los puños.

El más cercano a él sacó una navaja y, ante la incrédula mirada de Josep, la clavó en la garganta de Jordi y trazó un tajo por el cuello.

Josep pensó que aquello no podía estar pasando de verdad, pero Jordi estaba ya en el suelo y su sangre brillaba en contraste con la nieve bajo la amarillenta luz de la farola.

Josep se sintió como si fuera a desmayarse.

—... Guillem, tenemos que hacer algo.

Guillem le agarró ambos brazos.

—Son demasiados, y aún vienen más. Cállate, Josep —susurró—. Cállate.

Dos hombres recogieron el cuerpo de Jordi y lo tiraron dentro del carruaje. A lo lejos, por la izquierda, Josep vio que otro grupo de hombres había rodeado a Manel Calderón.

—Tienen a Manel.

Guillem tiró de Josep hacia atrás.

—Nos tenemos que largar de aquí. Ahora mismo. Pero no corras.

Se dieron la vuelta y se alejaron sin pronunciar palabra en

dirección a los terrenos. Había aparecido una esquirla de luna, alta y fría, pero la noche seguía siendo negra. Josep iba temblando. Agudizó el oído, pues temía escuchar gritos y pies a la carrera, pero no se acercó nadie. Cuando ya casi habían salido de los terrenos de la estación, se atrevió a hablar:

—Guillem, no entiendo de qué va esto. ¿Qué está pasando?

—Yo tampoco lo entiendo, Josep.

—¿Adónde vamos?

Guillem meneó la cabeza.

Volvieron a pasar por delante del Metropolitano, pero Guillem apoyó una mano en el brazo de Josep y se dio la vuelta. Josep lo siguió hasta el interior, donde el anciano camarero limpiaba las mesas con un trapo húmedo.

—Señor —dijo Guillem—, ¿podemos hablar con el dueño?

—El señor Ruiz. —El camarero señaló hacia el fondo con la barbilla.

Encontraron al dueño en la trastienda, plantado ante una tina de cobre abollada y con los brazos hundidos en el agua.

—Señor Ruiz —dijo Guillem—, ¿quiere contratarnos para fregar platos?

El rostro rojizo de aquel hombre estaba engrasado de sudor, pero se esforzó por disimular el entusiasmo que le brillaba en los ojos.

—¿Por cuánto?

El regateo duró poco. Comidas, unas pocas monedas y permiso para dormir en el suelo cuando se hubiera ido el último cliente. El propietario se secó los brazos, bajó las mangas de la camisa y huyó a la cocina. Unos segundos después Guillem y Josep ocupaban su lugar ante el fregadero.

Establecieron de buen grado una rutina en la que Guillem fregaba los platos con agua caliente y los metía en un balde de agua fría para aclararlos, tras lo cual Josep los secaba y los recogía.

El agua no se mantenía caliente mucho tiempo, de modo que a menudo se veían obligados a añadir agua hirviendo de tres grandes ollas mantenidas al calor de la cocina, y luego había que rellenar las ollas con agua de la pequeña bomba manual que había junto al fregadero. El café era un buen negocio. Cada dos por tres cambiaban la vajilla limpia por una pila nueva de platos sucios. En alguna ocasión, cuando ya no cabía más agua en la tina y la mezcla quedaba fría y asquerosa de tanta grasa, la vaciaban en el callejón trasero del café y volvían a empezar. En la pequeña trastienda hacía tanto calor que ambos se fueron desprendiendo de más de una capa de ropa.

Josep no hacía más que ver a Jordi y repasar en su mente aquel terrible momento. Al rato, dijo:

—Se están deshaciendo de los testigos.

No podía disimular el miedo en la voz. Guillem paró de trabajar.

—¿De verdad lo crees? —Parecía mareado.

—Sí.

Pálido, Guillem le clavó la mirada:

—Yo también —respondió, antes de meter de nuevo las manos en el agua y coger otro plato.

Varias horas después de la medianoche, Gerardo, el camarero, les llevó dos cuencos de un guiso de cordero y media barra de pan más bien rancio y contempló cómo lo devoraban.

—Sé a qué habéis ido a la estación —les dijo. Lo miraron en silencio—. Os queréis colar en un tren y viajar gratis, ¿no? Escuchadme bien, en Madrid no puedes colarte en el tren. Mi primo Eugenio trabaja de ferroviario y me ha contado que tienen guardas con porras y que revisan todos los vagones antes de que salgan de los hangares. Os darían una paliza y os meterían en la cárcel. Lo que tenéis que hacer es meteros en un vagón de carga cuando el tren se detenga en algún lugar fuera de la ciudad. Así es como se hace.

—Gracias, señor —consiguió responder Josep.

Gerardo asintió con gesto altivo.

—Un pequeño consejo que seguiréis si sois sabios —concluyó.

Les reconfortó dormir cerca del fuego, ya casi apagado. Cuando se apagó del todo empezó a hacer frío en el café, pero tenían el estómago lleno y era mucho mejor dormir en aquel sucio suelo que en la calle en pleno invierno.

Al día siguiente fregaron el suelo y recogieron las cenizas de la chimenea antes de que entrara Gerardo, a media mañana, y él los recompensó con un buen desayuno.

—El jefe quiere que os quedéis unos días más y echéis una mano —dijo—. Ruiz dice que si os quedáis hasta después de la Nochevieja, os sabrá estar agradecido.

Josep y Guillem se miraron.

—¿Por qué no? —dijo Josep. Guillem asintió.

Pasaron agradecidos los dos días siguientes, con sus respectivas noches, fregando platos en el café, conscientes de que aquella trastienda era el lugar ideal para esconderse. Pese a que el ruido de los clientes les llegaba en las horas de más ajetreo, sólo Gerardo entraba en aquel cuarto, y ellos no lo abandonaban más que para ir al retrete o a vaciar el agua de la tina en el callejón.

En Nochevieja, Gerardo le llevó a cada uno de ellos una tableta de turrón de Alicante. Cuando las campanas de la catedral empezaron a sonar, dejaron de trabajar y se dispusieron a comer el turrón.

Luego, con el sabor del azúcar y la miel todavía en su boca, y mientras los clientes del café se unían a la algarabía general, ellos se pusieron a fregar platos de nuevo.

Aquella noche, cuando Gerardo y Ruiz se fueron detrás de los últimos clientes del cafetín, Guillem encontró un periódico abandonado bajo una mesa. No sabía leer ni escribir, de modo que se lo llevó enseguida a Josep. Éste lo examinó a la luz de dos velas.

Era un ejemplar de *La Gaceta* del día anterior.

—¿Y…? ¿Y…? —exigía saber Guillem.

Josep estaba temblando.

—¡Dios mío, Guillem! Dios mío, Dios mío… ¿Sabes quién era?

Guillem lo observó sin pronunciar palabra.

—Juan Prim.

—Juan Prim… No puede ser. ¿Juan Prim, el presidente?

—El presidente. El general Prim.

—¿Ha muerto? —preguntó Guillem con voz queda.

—Está vivo. Herido, pero no consiguieron matarlo.

—Ah, gracias a Dios, Josep. ¡Qué bendición!

—¡El presidente del Gobierno de España! Y le dispararon. A él, que es un hombre bueno, el general Prim, volcado en España, en su pueblo. ¡No, por Dios! ¿Se alude a los carlistas?

—No. Caramba, detallan toda su vida. Figura destacada en el movimiento que forzó a la reina Isabel a abdicar y a huir a Francia. Antiguo capitán general de Puerto Rico, héroe de la guerra de Marruecos… Nacido en Reus, grande de España por dos veces: marqués y conde.

—¿Dice si le disparó la milicia?

—No, Guillem. Dice que le dispararon unos asesinos desconocidos, ayudados por un grupo de cómplices.

Guillem lo miró fijamente.

—¿Crees que los… asaltantes… eran miembros de la milicia, Josep?

—No lo sé. Un hombre como ése. ¡El presidente! Tendría grandes enemigos, ¿no te parece? Pero… quién sabe si serían de la milicia o de cualquier otra organización. Es probable que Peña no sea un verdadero sargento. Tal vez no sea carlista.

—Puede que ni siquiera se llame Peña —respondió Josep en voz baja.

20

Noticias

Al día siguiente, segundo del año 1871, Guillem propuso:

—Quizá deberíamos quedarnos un tiempo más.

Josep estuvo de acuerdo porque le gustaba la seguridad que les confería el lugar, además de tener comida y calor asegurados, pero no pudo ser.

—Ruiz os va a dar la liquidación —les anunció Gerardo—. Ha contratado a la hija de su hermano para que trabaje con nosotros. Paulina. —Se encogió de hombros—. Es una zorra, pero trabaja muy bien y Ruiz tiene mucha familia. Está empeñado en contratar algún pariente.

De todos modos, Gerardo tenía una propuesta para ellos.

—Dos hombres agradables, obviamente catalanes... ¿Tal vez interesados en volver hacia el este?

Al ver que asentían, se le iluminó una sonrisa.

—Hay un hombre, llamado Darío Rodríguez, que es cliente antiguo de este café. Se dedica a hacer jamones. ¡Y qué jamones! —Se besó las yemas de los dedos—. Llevamos años comprándoselos para servirlos a nuestros clientes. Mañana se va a Guadalajara y se detendrá a entregar sus jamones en diversos restaurantes y tiendas de comestibles por el camino. He hablado con él. A cambio de algo de trabajo, os llevará con él y os dejará en La Fuente. Es una estación de paso, un lugar en el que se detienen los trenes brevemente para repostar agua fresca y carbón. Mañana por la noche ha de pasar por ahí un tren de carga, hacia las nueve y diez. Mi primo Eugenio dice que es un lugar excelente para montarse en el tren, pues en La Fuente no hay guardias ingratos armados con porras.

Josep y Guillem dieron la bienvenida a la ocasión.

A primera hora de la mañana siguiente, modestamente enriquecidos por Ruiz y agraciados con un regalo de Gerardo —una bolsa con salchichas, pan y dos trozos de tortilla de patatas tirando a vieja—, se subieron al carromato de reparto de carnes de Darío Rodríguez. Éste, corpulento como Ruiz pero más amable, estableció las normas:

—Iréis detrás, con los jamones. En cada parada, yo cantaré la cantidad de jamones que hay que bajar. Si fuera sólo uno, os turnaréis. Si es más de uno, los cargaréis entre los dos.

Así, partieron de Madrid sentados en un rincón despejado de la parte trasera del carromato, encajados entre gruesos jamones y arropados por su olor denso y fuerte.

Era casi de noche cuando Rodríguez los dejó junto a las vías en La Fuente, en un terreno parecido al de los hangares de Madrid, pero más pequeño.

Nervioso, Josep se fijó en que había unos cuantos hombres escondidos a la sombra de los vagones sueltos, aunque nadie se adelantó a desafiarlos cuando ellos mismos se situaron detrás de un vagón.

La espera fue dura. Al fin, justo cuando la oscuridad se adueñaba del terreno, les llegó el sonido monstruoso del tren que se acercaba. Inseguros, cavilaron al ver que gruñía y se detenía, hasta que vieron que los otros hombres corrían hacia el tren y abrían las puertas.

—¡Vamos! —gritó Guillem.

Echó a correr, gruñendo por el esfuerzo, y Josep lo siguió.

Todos los vagones de carga a los que se acercaron a la carrera tenían un candado.

—Aquí hay uno —anunció al fin Josep.

La puerta protestó cuando la abrieron de un tirón. Enseguida estuvieron dentro y la cerraron de un empujón, que generó otro chirrido.

—Lo habrá oído todo el mundo —murmuró Guillem.

Guardaron silencio desesperados en la oscuridad absoluta, esperando que aparecieran los guardias con sus porras.

No acudió nadie.

Poco después el tren dio una brusca sacudida para detenerse de nuevo. Luego volvió a arrancar y ya no se detuvo más.

El fuerte olor reveló la naturaleza de la carga que aquel vagón había transportado en su último viaje.

—Cebollas —dijo Josep. Guillem se rio.

Josep recorrió con cautela el perímetro del vagón, apoyándose en las paredes que no paraban de balancearse, para asegurarse de que no compartían con nadie aquella oscuridad. En el coche no había nadie más, ni siquiera cebollas, y regresó aliviado al lado de Guillem.

Como a mediodía se habían comido tres cuencos de sopa de lentejas en la cocina de uno de los restaurantes a los que habían entregado jamones, Josep conservaba aún la bolsa de comida que les había dado Gerardo. Al rato se sentaron a comer y empezaron por las salchichas y el pan. Las tortillas se habían deshecho, pero saborearon hasta la última miga y luego se tumbaron en el suelo vibrante.

Josep se tiró un pedo.

—… Bueno, no ha sido tan grave como los de Xavier Miró —dijo Guillem, en tono diplomático. Su risa sonaba tensa—. Me pregunto dónde estará.

—Y yo dónde están todos los demás —respondió Josep.

Les preocupaba que los guardias pudieran inspeccionar el tren en Guadalajara, pero al llegar, justo después de la medianoche, nadie apareció por su vagón durante los minutos —pocos, pero largos— que pasaron en la estación. Al fin el tren volvió a arrancar con una sacudida y avanzó con su repique y su balanceo, sonido y movimiento combinados para crear un extraño ritmo musical que mantuvo despierto a Josep al principio, pero que terminó acunándolo hasta que se durmió.

Lo despertó el chirrido de la puerta cuando la abrió Guillem y permitió que la luz diluyera la oscuridad. El tren iba traqueteando con buen ritmo a campo abierto. Guillem orinó desde la puerta, sin ver gente ni más animales que un gran pájaro suspendido en el cielo.

Josep estaba descansado pero muy sediento y volvía a tener hambre. Lamentó no haber guardado algo de la comida de Gerardo. Guillem y él se sentaron a ver cómo aparecían y desaparecían ante su vista granjas, campos, bosques y pueblos. Una larga parada en Zaragoza, en la que pasaron muchos nervios, luego Caspe… Pueblos más pequeños, campo abierto, cultivos, yermos de tierra…

Josep soltó un silbido.

—Qué país tan grande, ¿no?

Guillem asintió.

Aburridos, volvieron a dormir tres o cuatro horas. Cuando Guillem le sacudió el hombro para despertarlo ya era por la tarde.

—Acabo de ver un cartel, dieciséis leguas para Barcelona.

Según les había advertido Gerardo, era probable que en Barcelona los guardias revisaran todos los vagones de carga.

Esperaron hasta que el tren inició el lento y arduo ascenso a una cuesta pronunciada y larga, y saltaron sin dificultad por la puerta abierta. Se quedaron viendo alejarse el tren y luego echaron a andar, siguiendo las vías en la misma dirección. Media hora después llegaban a una pista de tierra que discurría en paralelo a las vías, por la que resultaba más fácil caminar.

Un cartel en un olivo maltratado decía: LA CRUÏLLA, 1/2 LEGUA.

La fuerza del sol suavizó el frío y al poco se desabrocharon las pesadas chaquetas, para acabar quitándoselas y llevándolas en brazos. La Cruïlla resultó ser un pueblo, un racimo de casas encaladas, con unas pocas tiendas, crecido en un punto en que las vías y el camino por el que ellos transitaban se cruzaban con otro sendero de tierra. Había un café, y los dos tenían mucha hambre. Una vez sentados a la mesa, Josep pidió tres huevos, pan con tomate y café.

La mujer que los atendió preguntó si querían jamón y tanto Josep como Guillem sonrieron, pero dijeron que no.

Josep vio un periódico en una mesa cercana y se lanzó a por él. Era *El Cascabel*. Empezó a leerlo mientras regresaba a su mesa, caminando muy despacio y deteniéndose dos veces:

—No… No..

—¿Qué pasa? —preguntó Guillem

La noticia iba en primera página. Estaba rodeada de negro.

—Ha muerto —anunció Josep.

21

Compartir

*J*osep leyó hasta la última coma de la noticia a Guillem, en voz baja y ronca de tanta tensión.

El periódico decía que el primer ministro, Prim, había sido uno de los responsables del derrocamiento de la reina Isabel, la posterior restauración de la monarquía y la elección por parte de las cortes de un miembro de la realeza italiana —Amadeo, príncipe de Savoya y duque de Aosta— como nuevo rey de España.

Amadeo I había llegado a Madrid para asumir el trono tan sólo horas después de la muerte del general Prim, su principal apoyo. Según las órdenes del nuevo monarca, se iba a instalar su cuerpo en una capilla ardiente durante cuatro días para que el pueblo llorara su muerte. Con Prim de cuerpo presente, Amadeo había jurado obedecer la constitución española.

—Dicen que la Guardia Civil está a punto de arrestar a diversas personas de las que se cree que participaron en el asesinato —leyó Josep.

Guillem gruñó.

Devoraron la comida sin saborearla y luego deambularon sin destino, dos hombres unidos por la pesadilla que compartían.

—Creo que deberíamos ir a la policía, Guillem.

Éste movió la cabeza con gravedad para negarse.

—No se creerán que nos embaucaron. Si no han capturado a Peña, o a los otros, estarán encantados de cargarnos con el muerto.

Caminaron en silencio.

—A lo mejor eran carlistas. Quién sabe. Nos escogieron porque buscaban campesinos estúpidos para convertirlos en asesinos —dijo Josep—. Peones sin trabajo, desesperados, dispuestos a formarse para hacer cualquier cosa que les ordenaran. —Guillem asintió—. Peña nos escogió a ti y a mí como tiradores. Pero luego decidieron que no éramos fiables. Por eso buscaron a otra gente para disparar al pobre cabrón y matarlo, mientras que a nosotros apenas nos consideraron lo suficientemente listos para sujetar a los caballos y encender cerillas —dijo con amargura.

—No podemos volver al pueblo —opinó Guillem—. Puede que la gente de Peña, los carlistas, o lo que quiera que sean, nos esté buscando. ¡Tal vez nos busque la policía! ¡El ejército, la milicia!

—Y entonces, ¿qué hacemos? —preguntó Josep.

—No lo sé. Será mejor que pensemos un poco —respondió Guillem.

Cuando asomó el crepúsculo, seguían vagando sin rumbo por la carretera paralela a las vías del tren, en indeterminada dirección a Barcelona.

—Hemos de encontrar un lugar donde pasar la noche —propuso Josep.

Guillem asintió. Por suerte el tiempo era suave, pero estaban en pleno invierno en el norte de España, lo cual significaba que el aire se volvería crudo y gélido sin previo aviso.

—Lo más importante es protegerse en caso de que empiece a soplar el viento —dijo.

Pronto llegaron a un amplio túnel de alcantarillado de piedra que corría bajo el camino y estuvieron de acuerdo en que era un lugar idóneo.

—Aquí estaremos bien, salvo que caiga un chaparrón, en cuyo caso nos ahogaremos —dijo Josep.

La función de aquel conducto era canalizar las aguas de un arroyo que discurría bajo la carretera y las vías, aunque los años de sequía habían reducido su caudal. Dentro de la enorme tubería el aire se calentaba y aquietaba y en el suelo se acumulaba una arena suave y limpia.

Apenas les costó unos pocos minutos recoger un montón de leña pequeña del lecho del arroyo. Josep llevaba todavía en el bolsillo unas cuantas cerillas del puñado que le había dado Peña y enseguida tuvieron encendida una hoguera pequeña pero briosa que crepitaba y les aportaba luz y calor.

—Creo que me iré al sur. Quizás a Valencia o a Gibraltar. Incluso puede que a África —dijo Guillem.

—... Vale. Vayámonos al sur.

—No, yo prefiero irme solo, Josep. Peña sabe que somos buenos amigos. Tanto él como la policía buscarán a dos hombres que viajen juntos. Un hombre solo se puede fundir con más facilidad en cualquier entorno, o sea que será más seguro que viajemos solos. Y nos buscarán cerca de casa, así que debemos alejarnos de Cataluña. Si yo me voy al sur, tú deberías ir al norte.

Parecía de sentido común.

—Pues yo creo que no deberíamos separarnos —dijo Josep, con terquedad—. Cuando dos amigos viajan juntos, si uno de ellos se mete en algún problema, el otro está ahí para ayudarle.

Se miraron. Guillem bostezó.

—Bueno, lo consultaremos con la almohada. Mañana lo volvemos a hablar —concluyó.

Durmieron a ambos lados del fuego. Guillem se durmió enseguida y roncó con fuerza, mientras que Josep se mantuvo despierto mucho rato y de vez en cuando añadía otro palo al fuego. La pila de ramitas casi había desaparecido cuando al fin cedió al sueño, y al poco la llama se convirtió en un círculo de ceniza con el corazón encendido.

Y

Cuando se despertó, el fuego estaba tan frío y gris como el día.

—¿Guillem? —preguntó.

Estaba solo.

Pensó que Guillem se habría ido a mear y se permitió dormir un poco más.

Cuando se volvió a despertar, había algo más de calor en el aire. El sol se colaba dentro del túnel de alcantarillado.

Seguía solo.

—Eh —llamó. Se puso en pie con dificultad—. ¿Guillem? —insistió—. ¡Guillem!

Salió de la tubería y trepó hasta la carretera, pero no vio ninguna criatura viva en dirección alguna.

Llamó a Guillem unas cuantas veces más, sintiendo que el desánimo crecía en su interior.

Espoleado por una duda repentina, echó una mano al bolsillo y sintió alivio al notar que el fajo de billetes que le habían dado Nivaldo y su padre seguía allí.

Aunque... parecía distinto.

Lo sacó del bolsillo, contó los billetes y vio que habían desaparecido siete pesetas, la mitad de su dinero. ¡Se lo había robado del bolsillo!

Su «amigo».

Casi desmayado de la rabia, alzó un puño y lo agitó hacia el cielo.

—¡Vergüenza! ¡Cabrón! ¡Maldito cabrón! ¡Que te jodan, Guillem! —gritó.

22

Solo

Regresó a la alcantarilla sin razón alguna, como un animal que se arrastrara hasta su madriguera, y se sentó en la tierra, junto a las cenizas del fuego apagado.

Había confiado mucho en Guillem. No sabía leer ni escribir, pero para él era el más listo después de Nivaldo. Josep recordó que Guillem le había impedido regresar como un estúpido a manos del sargento Peña en la estación de Madrid, y que se había dado cuenta de inmediato de que el fregadero del café Metropolitano sería un buen refugio para ellos. Josep no se consideraba listo y no sabía si sería capaz de sobrevivir solo.

Mientras pasaba el fino fajo de pesetas del bolsillo a un calcetín, reparó en que a Guillem le hubiera sido muy fácil robar todo el dinero en vez de la mitad y se le ocurrió de pronto que su amigo había convertido sus problemas en una apuesta.

Era como si el propio Guillem le estuviera hablando:

«Empezamos desde aquí con el mismo dinero. A ver a quién le va mejor.»

La rabia renació y se impuso al miedo, lo que le permitió abandonar la seguridad temporal de la alcantarilla. Pestañeando para defenderse de la luz, gateó de nuevo hasta la carretera y echó a andar.

Υ

Al poco rato, llegó a un lugar en el que las vías del tren que apuntaban al este en dirección a Barcelona se cruzaban con otras que discurrían de norte a sur. Aunque le preocupaba admitirlo, Guillem había tenido razón al respecto de unas cuantas cosas en su discusión de la noche anterior. Josep no podía volver a Santa Eulàlia. Sería peligroso ir a Barcelona o incluso permanecer en cualquier parte de Cataluña.

Dobló a la izquierda y siguió las vías que iban hacia el norte.

Ahora le parecía justo seguir los consejos de Guillem; al fin y al cabo, se dijo, había pagado por ellos.

No sabía dónde paraban los trenes ni si sería seguro montar en alguno, pero al llegar a una colina larga y empinada, ascendió hasta casi el final de la cuesta y se tumbó bajo un árbol a esperar.

No había pasado una hora cuando oyó el traqueteo sordo y el distante aullido animal del silbato, y esperó con esperanzas crecientes. El avance del tren se volvió aun más lento al ascender la cuesta, tal como él deseaba. Cuando llegó a su altura vio que podía haberlo abordado con facilidad, pero estaba formado por completo por vagones de pasajeros y, por lo tanto, no le servía.

Vagón tras vagón, desde las ventanillas lo miraba la gente apiñada en la tercera clase, de camino a vidas más seguras que la suya.

Al cabo de otra hora volvió a oír el sonido del tren y esta vez sí era lo que estaba esperando, una larga hilera de vagones de carga. Cuando empezaron a pasar vio uno con la puerta abierta a medias y corrió junto a él hasta que pudo asirse y montar sin dificultad.

Tras rodar por el oscuro interior se puso en pie y pensó que prefería el olor a cebolla, porque aquel vagón apestaba a orina. Pensó que tal vez ésa fuera una de las razones por las que los guardias azotaban a los polizones con sus porras. Entonces, alguien dijo en voz baja:

—Hola.

—Hola.

Cuando sus ojos empezaron a adaptarse a la penumbra interior, vio a quien lo saludaba tumbado entre la negrura, menudo y delgado, un rostro adornado con una barba negra.

—Me llamo Ponç.

—Yo, Josep.

—Sólo voy hasta Girona.

—Yo también, aunque mi destino final es Francia. Voy a buscar trabajo allí. ¿Conoce algún pueblo en el que pueda encontrarlo?

—¿A qué clase de trabajo te dedicas?

—Todo lo que tenga que ver con viñas.

—Bueno, hay tantos viñedos… —El hombre meneó la cabeza—. Pero la cosa está mal en todas partes. —Hizo una pausa, pensativo—. ¿Conoces el valle de Orb?

—No, señor.

—He oído que ahí les va mejor. Es un valle que tiene su propio clima, más cálido que el de Cataluña en invierno, perfecto para la uva. Allí hay muchísimas viñas. Tal vez tengan trabajo, ¿no?

—¿A qué distancia queda el valle?

El otro se encogió de hombros.

—Más o menos a cinco horas de la frontera. El tren llega directo.

—¿Este tren?

El hombre resopló.

—No, con éste llegas a Girona. Los que se encargan de pensar esas cosas en Madrid hicieron nuestras vías más anchas que las de Francia para que los vecinos, si decidían invadirnos, no pudieran movilizar sus tropas ni sus armas por medio del ferrocarril. Has de cruzar la frontera a pie y colarte en otro tren en Francia.

Josep asintió y atesoró aquella información.

—Has de saber que, al final, inspeccionan todos los vagones. Sé cuidadoso y abandona el tren. Cuando veas un gran depósito de agua blanco, el tren se frenará para subir una cuesta. Allí tienes que saltar.

—Le estoy muy agradecido.

—De nada. Pero ahora quiero dormir, así que se acabó la conversación.

Josep se instaló contra la pared del vagón, cerca de la puerta abierta. En otras circunstancias él también hubiera dormido, pero estaba nervioso. Toqueteó con el dedo gordo del pie derecho las siete pesetas que llevaba encajadas en el calcetín izquierdo para asegurarse de que el dinero seguía allí. Mantuvo la mirada fija en el bulto recostado en la oscuridad, su compañero de viaje, mientras el tren coronaba la cuesta y, entre balanceos y tembleques, empezaba a ganar velocidad al descender por el otro lado de la colina.

23

Sin rumbo

*A*l cabo de unas horas abandonó el tren sin mayores incidencias y comenzó a caminar. Un hombre le invitó a subirse a su carro y juntos alcanzaron la costa. Josep se despidió entonces de él y echó a andar por una carretera de curvas que lo llevó hasta un lugar donde el Mediterráneo brillaba, deslumbrante, bajo la cálida luz del sol. Pasó junto a una docena de barcos de pesca atracados y pronto llegó a la plaza central de un pueblo, donde descubrió que los viernes había mercado. Sintió un gruñido en el estómago al caminar entre braseros en los que chisporroteaban trozos de pollo, pescado y cerdo, llenando el aire de los más deliciosos aromas.

Al fin compró un buen cuenco de un guiso especiado de guisantes y se lo comió despacio y con gran placer, sentado con la espalda apoyada en una pared.

Cerca de él había una mujer mayor que vendía mantas, apiladas en un montón, y tras terminarse el guiso y devolver el cuenco de madera, se acercó a su puesto. Tocó una de las mantas, la sopesó y palpó su suave grosor casi con reverencia. La abrió de una sacudida y comprobó que era bastante grande, lo suficiente para cubrir a dos personas. Era consciente de que una manta como aquélla podía cambiar mucho la vida de alguien obligado a dormir a la intemperie.

La mujer lo estudiaba con los ojos expertos de un comerciante.

—La lana más fina, sacada de los telares de la mejor tejedora, mi hija. Una auténtica ganga. Para usted…, una peseta.

Josep suspiró y meneó la cabeza.

—¿Cincuenta céntimos? —propuso. Ella rechazó la oferta con gesto desdeñoso y alzó una mano para frenar cualquier negociación. Josep se dio la vuelta, pero luego se detuvo—. ¿Tal vez sesenta? —Los sabios ojos le reprocharon el intento con una nueva negativa—. Bueno, ¿conoce a alguien que necesite a un buen trabajador?

—Aquí no se encuentra trabajo.

Así que Josep se alejó. En cuanto estuvo fuera de la vista de la anciana sacó las monedas que llevaba en el bolsillo y contó 75 céntimos. Regresó enseguida a su lado y le mostró el dinero.

—Es todo lo que puedo gastar. Ni uno más.

Ella se dio cuenta de que era su oferta definitiva y su mano se lanzó sobre el dinero como una garra. Lo contó y suspiró, pero terminó por asentir y, cuando Josep le pidió un trozo de cuerda que había visto detrás de las mantas, se lo regaló. Enrolló la manta y le ató la cuerda por los dos extremos para convertirla en un hatillo que pudiera echarse al hombro.

—Abuela, ¿dónde queda la estación de la frontera?

—Siga la carretera que cruza el pueblo y llegará a la estación. No está lejos.

La miró y se atrevió a dar el salto:

—No quiero cruzar la frontera por la estación.

Ella sonrió.

—Claro que no, mi joven bello. Como cualquier persona sensata. Mi nieto le enseñará el camino. Veinte céntimos.

Josep caminaba por detrás del muchachito huesudo, que se llamaba Feliu. Formaba parte del trato que le pagara el servicio por adelantado y que no caminaran juntos. Cruzaron el pueblo y se metieron en el campo, siempre con el mar a la vista, a su derecha. Al poco, Josep vio la garita de la frontera, una puerta de madera en medio de la carretera, controlada por guardias uniformados que interrogaban a los viajeros. Se preguntó si alguien les habría dado su nombre y una descripción. Incluso en caso contrario, no podía cruzar por ahí, pues le exigirían papeles y alguna identificación.

Feliu continuó andando hacia la garita y Josep lo seguía con creciente alarma. Tal vez la anciana y su nieto pensaban entregarlo directamente, ganando así, además de lo que él había pagado, cualquier recompensa que la policía estuviera dispuesta a pagar siempre que entregaban a contrabandistas.

Sin embargo, en el último instante Feliu tomó un caminito de tierra que se dirigía hacia el interior desde la carretera y Josep siguió su ejemplo al llegar a él.

Caminaron apenas unos minutos por aquel sendero hasta que Feliu se detuvo, recogió una piedra y la tiró a su derecha. Era la señal que habían acordado. El muchacho se alejó a paso acelerado y sin mirar atrás. Cuando Josep alcanzó el lugar en que Feliu había tirado la piedra, vio una pista aún más estrecha que bordeaba un campo de cebollas, mantenido en barbecho durante el invierno. Josep se adentró por él. Asomaban en la tierra los largos dedos verdes de unas pocas cebollas que habían quedado sin cosechar, y Josep se lanzó a por ellas. Se las comió sin dejar de andar y le pareció que eran fuertes y amargas.

El campo de cebollas fue el último cultivo que vio, pues el pequeño valle enseguida dio paso a unas colinas de bosque espeso. Caminó al menos durante una hora antes de llegar a un lugar en el que el camino se bifurcaba.

No había ninguna señalización ni ningún Feliu o cualquier otra persona a quien pedir consejo. Tomó el camino de la derecha y al principio no encontró diferencia alguna con el que le había llevado a través de las colinas. Luego se volvió gradualmente obvio que el sendero se estrechaba. Por momentos parecía incluso a punto de desaparecer, pero siempre terminaba por ver más adelante marcas que algún viajero anterior había dejado al pasar entre los árboles y se apresuraba a retomar el camino.

Y entonces el sendero desapareció de verdad.

Josep se adentró en el bosque, convencido de que descubriría de nuevo la pista unos pasos más allá, tal como había ocurrido ya anteriormente. Cuando al fin aceptó que no quedaba ni la menor señal del sendero entre los árboles, intentó desandar sus pasos para regresar a la bifurcación, pero por mucho esfuerzo que pusiera en la búsqueda tampoco fue capaz de encontrar de nuevo el camino que lo había llevado hasta allí.

—Mierda —protestó en voz alta.

Durante un rato anduvo sin rumbo entre los árboles sin ver ningún camino. Aún peor, estaba totalmente desorientado. Al fin llegó al hilillo de agua de un arroyo y decidió seguirlo. Pensó que a menudo las casas se construían donde hubiera agua disponible; tal vez acabara topando con una.

Fue duro viajar entre los arbustos y la maleza. Tuvo que arrastrarse para pasar por debajo y por encima de troncos caídos, y rodear algún que otro risco. En más de una ocasión superó precipicios profundos y rocosos, todo tierra retorcida y piedras recortadas. Las zarzas le arañaban los brazos y al cabo de un rato iba jadeando para respirar, alternativamente malhumorado y asustado.

Sin embargo, por fin el arroyo se metió por una tubería de madera, hecha con un gran tronco hueco.

Y el tronco se metió bajo la carretera.

Era una buena carretera, desierta en aquel momento... ¡y llevaba a algún lugar! Sintiendo un gran alivio, Josep se plantó en medio de la calzada y se fijó en las señales de vida, los surcos que dejaban las ruedas de los carros, marcas de cascos de caballo en la arena. Después de pelear con tanta maleza y árboles, caminar sin impedimentos era todo un lujo. Apenas tuvo que andar un rato, tal vez diez minutos, antes de llegar a un cartel clavado en un árbol, prueba de que ya se encontraba en Francia:

VILLE D'ELNE
2 leguas

En la parte inferior, con letras pequeñas:

Province du Roussillon

24

Compañeros de viaje

*E*ncontró de nuevo las vías del tren en Perpiñán. Era una ciudad de edificios imponentes, muchos de ellos medievales, coloreados de un rojo oscuro por los finos ladrillos que se usaban para su construcción. Había un barrio de casas elegantes junto a partes miserables de calles estrechas llenas de desperdicios y con coladas tendidas, madrigueras de gitanos y gente pobre. También tenía una catedral imponente, en uno de cuyos bancos pasó Josep la noche. Al día siguiente dedicó toda la mañana a entrar en tiendas y cafés para preguntar si había trabajo, siempre sin éxito.

A primera hora de la tarde salió de la ciudad siguiendo las vías del tren hasta que encontró un lugar adecuado, y allí se quedó esperando. Cuando apareció un tren de carga, el ritual ya le pareció de lo más natural. Escogió un vagón con la puerta parcialmente abierta y se subió a pulso.

Al ponerse en pie vio que ya había cuatro hombres en el vagón.

Tres de ellos se apiñaban en torno al cuarto, que yacía en el suelo.

Dos de los que permanecían de pie eran fuertes, con grandes cabezas redondas; el tercero era de estatura mediana, flaco, con un rostro ratonil.

El del suelo estaba postrado a cuatro patas. Uno de los gigantones, con los pantalones bajados, le agarraba la nuca con una mano, y con la otra, por debajo, le alzaba las nalgas desnudas.

En aquel primer instante, Josep los vio como si fueran un retablo. Los que estaban de pie lo miraron asombrados. El del suelo era más joven que los demás, acaso de la misma edad que él. Josep notó que tenía la boca abierta y el rostro contorsionado, como si gritara en silencio.

El que tenía agarrado al joven no lo soltó, pero los otros dos se volvieron hacia Josep, quien también se dio la vuelta.

Y saltó por la puerta.

No estaba preparado para aquel salto. Cuando sus pies tocaron el suelo había perdido ya el equilibrio y sintió como si la tierra lo golpeara con dureza. Cayó de rodillas y luego golpeó el suelo con el estómago y resbaló sobre las cenizas acumuladas junto a las vías. La caída lo había dejado sin aire hasta tal extremo que durante unos segundos aterradores tuvo que boquear en busca de oxígeno.

Luego no pudo más que permanecer tumbado en el suelo mientras los vagones pasaban con su traqueteo.

El tren entero fue pasando y se alejó mientras Josep maldecía en su interior a Guillem por haberlo dejado solo y vulnerable. Primero desapareció el ruido de la locomotora, y luego los chasquidos de los vagones se suavizaron y se desvanecieron en la lejanía.

25

Un extraño en tierras lejanas

A partir de entonces, ni se le ocurrió volver a montarse en un tren y empezó un gélido y soñoliento deambular tortuoso a pie hacia el norte, pidiendo trabajo cada vez que llegaba a algún lugar. La costumbre lo hizo inmune al rechazo y al final apenas oía las ya esperadas negativas. Dejó de centrar sus esperanzas en la idea de encontrar con qué mantenerse para construir un futuro sólido y pronto empezó a concentrarse en las necesidades diarias de encontrar comida y un lugar seguro donde dormir. Cada día se sentía más como un extraño. Al entrar en la provincia de Rosellón la gente hablaba un catalán parecido al de Santa Eulàlia, pero a medida que avanzaba hacia el norte el lenguaje adoptaba cada vez más expresiones francesas. Ya en la provincia de Languedoc, todavía era capaz de entender a los demás y hacerse entender, pero su acento y los titubeos lo señalaban de inmediato como inmigrante.

Nadie tenía problema alguno en aceptar dinero español, pero a Josep le dominaba la clara comprensión de que debía alargar al máximo sus pocas pesetas, de modo que nunca pensó en pagar alojamiento. Buscaba las catedrales, que podían estar abiertas a los feligreses por la noche y ofrecían una penumbrosa iluminación y bancos en los que tumbarse. Durmió también en algunas iglesias grandes, aunque descubrió que la mayoría estaban cerradas por la noche. En una de ellas, el sacerdote lo llevó a la mañana siguiente a la casa de la parroquia y le dio de comer unas gachas, mientras que en otra un cura furioso lo despertó con grandes sacudidas de hombro y le mandó trasladarse a la parte oscura. Cuando no tenía más remedio, se envolvía en la manta y dormía en el suelo, bajo el cielo, pero intentaba evitarlo porque toda la vida había temido a las serpientes.

De entrada decidió comprar sólo pan y buscar panaderías en las que pudieran venderle a buen precio las baguetes de días anteriores. Aquellas barras enseguida se endurecían como si fuesen de madera y Josep se veía obligado a serrar trozos con su navaja y mordisquearlos por el camino como si fueran huesos.

En una calle de Béziers se detuvo ante la visión de un gran grupo de hombres de miradas apagadas, vestidos con la ropa de listas típica de los presos. Llevaban los tobillos encadenados, arrastraban los pies y emitían un tintineo al caminar. Iban cargados con palas, mazos y pesados martillos, y unos se dedicaban a golpear las piedras para partirlas en guijarros que los demás esparcían para formar el pavimento del camino.

Había unos guardias uniformados que llevaban armas de fuego de mayor alcance que cualquiera de las que Josep había disparado en el grupo de cazadores; pensó que un balazo de aquellas armas podía partir a un hombre por la mitad. Los guardias de mirada dura parecían aburridos, mientras que sus prisioneros, bajo su constante vigilancia, trabajaban a un ritmo regular, aunque con parsimonia, con el rostro inexpresivo y el tronco superior activo, pero sin mover apenas los pies por culpa de las gruesas cadenas.

Josep se los quedó mirando, paralizado. Sabía que si lo atrapaban, lo esperaba un destino parecido.

Fue esa noche, mientras dormía en la catedral de Saint Nazaire, en Béziers, cuando tuvo por primera vez aquel sueño. Ahí estaba el gran hombre entrando en el carruaje; Josep veía sus rasgos con claridad. Ahí, los miembros del grupo de cazadores siguiendo al carruaje por los paseos oscuros y nevados; cada vez que doblaban una esquina, Josep encendía una cerilla. Entonces uno de los tiradores se ponía a su lado, disparando sin parar, y Josep veía cómo impactaban las balas y se clavaban en la carne de aquel hombre, horrorizado.

Un hombre, cuyos rezos había interrumpido Josep con sus gruñidos, lo despertó de una sacudida.

Aquel día salió de Béziers y se adentró en el campo, entre las montañas. En las zonas rurales sólo se podía comprar comida en pequeñas tiendas que a menudo no tenían pan de ninguna clase, de modo que se veía obligado a adquirir queso o embutido y le parecía que se le estaba derritiendo el dinero. En una ocasión, en una sucia y pequeña posada le dieron permiso para lavar los platos y le pagaron con tres escuálidas salchichas y un plato de lentejas hervidas pero, por lo general, estaba siempre agotado y muerto de hambre.

Cada día se fundía con el siguiente, y Josep iba confuso, caminando en la dirección que sus pies quisieran tomar. Once días después de cruzar la frontera sólo le quedaba una peseta en el calcetín, un billete arrugado y con una esquina arrancada. Encontrar trabajo antes de verse obligado a gastarla se convirtió en lo más importante de su vida.

A veces se mareaba por falta de alimentación adecuada, y le entraba un miedo creciente a que al final el hambre le obligara a robar algo que no pudiera pagar, una baguete o un trozo de queso, un inevitable robo desesperado tras el que le caerían cadenas en los tobillos y listas en la ropa.

El cartel marcaba dos direcciones: una flecha señalaba hacia el este bajo el lema BÉZIERS, 3 LEGUAS, y la otra, hacia el oeste con la inscripción ROQUEBRUN, 1 LEGUA.

Le sonaba el nombre de aquel pueblo.

Recordó a los dos franceses que habían ido a Santa Eulàlia a comprar vino a granel. Uno de ellos había dicho que era de Roquebrun. El mismo al que le había gustado su forma de trabajar. ¿Fontaine? No, así se llamaba el más alto. El otro era más bajo y fornido. ¿Cómo se llamaba?

No conseguía recordarlo.

Sin embargo, media hora después acudió a su mente y lo pronunció en voz alta:

—Mendes. Léon Mendes.

Vio Roquebrun antes de llegar, un pueblo cómodamente recostado en la ladera de una montaña pequeña. A medida que se acercaba, Josep observó que estaba rodeado por tres lados por el meandro de un río que terminó cruzando por la joroba de un puente de piedra. Corría un aire suave y el follaje era de un verde potente. Las orillas del río estaban flanqueadas por naranjos. El pueblo estaba limpio y bien cuidado, con mimosa florecida en invierno por todas partes: algunas de aquellas ligeras flores parecían aún como pájaros rosados, pero la mayoría habían adquirido ya su aspecto de blanca ventisca.

Un hombre ataviado con delantal de piel barría los adoquines delante de una zapatería, y Josep le preguntó si conocía a Léon Mendes.

—Por supuesto.

El zapatero le dijo que los viñedos de Mendes estaban en un llano del valle, a unas cuantas leguas de Roquebrun. Señaló el camino que debía tomar Josep.

La bodega, tan bien cuidada como el pueblo, estaba compuesta por una residencia y tres edificios anexos, todos ellos de piedra y cubiertos de tejas. La casa y uno de los anexos quedaban suavizados por la hiedra, y toda la tierra que se extendía desde allí —dos laderas empinadas y un valle liso— estaba sembrada de vides.

Llamó a la puerta, pero tal vez con demasiada timidez, pues nadie contestó. Mientras intentaba decidir si debía llamar de nuevo, una mujer de mediana edad, cabello blanco y rostro redondo y rojizo abrió la puerta.

—*Oui?*

—Madame, por favor, quisiera ver a Léon Mendes.

—¿De parte de quién?

—Josep Álvarez.

Lo miró con frialdad.

—Espere, por favor.

Al cabo de un rato llegó aquel hombre a la puerta, exactamente como lo recordaba Josep, un tipo bajo y rollizo, vestido con elegancia —quizás incluso algo remilgado— y peinado a la perfección. Se quedó junto a la puerta y miró a Josep con gesto interrogatorio.

—Señor Mendes, soy Josep Álvarez. —Hubo un largo silencio—. ¿Puede ser que me recuerde, monsieur? Hijo de Marcel Álvarez, de Santa Eulàlia.

—¿En España?

—Sí. Usted visitó nuestro viñedo en otoño. Me dijo que era un buen trabajador, excelente. Le pedí trabajo.

El hombre asintió lentamente. En vez de invitar a Josep a entrar en la casa, salió él y cerró la puerta firmemente. Se quedó plantado en la piedra grande y lisa que señalaba el umbral, con una mirada velada.

—Eso sí. Ahora te recuerdo. Te dije que no tenía trabajo para ti. ¿Has recorrido toda esa distancia con la esperanza de que tu aparición me haría cambiar de opinión?

—Ah, no, monsieur. Es que… Es que tenía que irme, la verdad. Le aseguro que estoy aquí por…, por casualidad.

—¿Tenías que irte? ¿O sea que has… cometido un error? ¿Has hecho algo que te haya forzado a huir?

—¡Ah, no, señor! No he hecho nada malo.

Otra larga pausa.

—¡No he hecho nada malo! —Cerró la mano en torno al brazo del hombre bajo, pero Léon Mendes no dio un paso atrás ni un respingo—. He sido testigo de algo malo hecho por otros. He visto algo muy malo, un asesinato, y quienes lo cometieron saben que lo he visto. Tuve que irme para salvar la vida.

—¿De verdad? —preguntó Mendes, en tono suave. Soltó de su brazo la mano de Josep y dio un paso hacia él. Sus ojos serios y oscuros parecían a punto de perforarlo—. Entonces, ¿eres una buena persona, Josep Álvarez?

—¡Lo soy! —exclamó Josep—. Lo soy, lo soy.

De pronto, con terror, con una enorme sensación abrumadora de vergüenza, rompió a llorar con un llanto ronco y salvaje, como un crío. Le pareció que duraba años, una eternidad. Apenas se daba cuenta de que Mendes le estaba palmeando un hombro.

—Me lo creo —le dijo con amabilidad. Esperó a que Josep recuperase el control de sí mismo—. Supongo que lo primero es que comas algo de inmediato. Luego podrás dormir. Y por último… —Arrugó la nariz y sonrió—. Te daré un trozo del jabón más fuerte que haya por ahí y en el río encontrarás una buena cantidad de agua para enjuagarte.

Al cabo de dos días, por la mañana, Josep estaba en la pronunciada ladera de una de las colinas. Tenía una nueva casera, una atractiva viuda a cuyo difunto marido pertenecía la ropa que llevaba, gastada ya, pero limpia, aunque le caía demasiado ancha en la cintura y muy corta, tanto de piernas como de mangas.

Llevaba en las manos un cuchillo de podar y una azada, y estaba estudiando las largas hileras de vides. La tierra era más rojiza que en los terrenos de su padre, pero igual de pedregosa. Léon Mendes le había contado que cabía esperar que aquellas cepas podadas echaran hojas y zarcillos antes que las de su padre, debido al clima atemperado del valle de Orb. Sabía que no conocía aquellas variedades de uva y estaba impaciente por comprobar las diferencias, tanto en las hojas como en el fruto.

Se sentía renovado.

Pensó que no se debía tan sólo al hecho de que hubiera comido y dormido bien. La fuerza le llegaba directamente del suelo, igual que en Santa Eulàlia. Estaba en una viña, bajo un sol benevolente, dedicándose a actividades que sabía hacer bien por costumbre y, de vez en cuando —si no oía hablar aquel lenguaje tan afrancesado, ni se entretenía en pensar que en aquellas tierras no había pequeñajos pellejudos que alimentaran las vides bajo la tierra rojiza—, conseguía relajarse lo suficiente para casi imaginar que estaba en su casa.

CUARTA PARTE

La tierra de los Álvarez

Pueblo de Santa Eulàlia

2 de octubre de 1874

26

Viñas pintadas

El primer otoño tras su regreso a casa, Josep sintió una nueva felicidad cuando las vides de Santa Eulàlia empezaron a cambiar. Era algo que no ocurría cada año y él no sabía qué provocaba aquella transformación: ¿las cálidas tardes de finales de otoño en España, sumadas a las noches más frías? ¿Cierta combinación del sol, el viento y la lluvia? Fuera lo que fuese, aquel octubre volvió a pasar y algo en su interior reaccionó al cambio. Las hojas de Tempranillo adquirían de pronto una variedad de tonos que iba del naranja al rojo brillante; las de Garnacha, de un verde resplandeciente, se volvían amarillas con los peciolos marrones; en las de Samso la hoja aumentaba el verdor y el peciolo se volvía rojo. Parecía como si las viñas desafiaran la muerte cercana, aunque para él era sólo un nuevo principio y se dedicaba a caminar entre las hileras dominado por un quedo entusiasmo.

Su primer cultivo propio en sus propias tierras fue mayor y más pesado de lo habitual en aquellas viñas apretujadas de su padre, pues muchas de las uvas adquirieron el grosor de un pulgar, con un oscuro color morado, y en todas las variedades estallaba el jugo aportado por la abundancia de lluvias caídas exactamente en los momentos menos apropiados. A los campesinos que vendían su vino joven a granel y bien barato no les importaba demasiado que el mosto fermentado no fuera exactamente maravilloso. Nivaldo hacía buen negocio en la tienda y aquellos con quienes Josep se cruzaba en el pueblo parecían sonreír más de lo habitual y caminaban con pasos enérgicos.

Josep habló con Quim Torras sobre la posibilidad de organizarse para trabajar juntos en la cosecha, y el vecino se encogió de hombros:

—¿Por qué no?

Tras mucha reflexión e indecisión, también se atrevió a entrar en el viñedo de los Valls, más allá del de Quim, y a hacer la misma proposición a Maria del Mar. Tardó bien poco en estar de acuerdo y, tanto por su afán como por el modo en que se le despejaba la cara, Josep supo que la perspectiva de cosechar y pisar la uva sin ayuda se le hacía muy dura.

De modo que los tres se pusieron a recoger la uva en equipo, sorteando a la carta más alta el orden en que abordarían las viñas. Quim sacó la jota de corazones, Maria del Mar el nueve de picas y Josep el siete de diamantes, de modo que corría el mayor riesgo de que una tormenta tardía de granizo, o una lluvia muy fuerte, le estropeara la fruta sin darle tiempo a pasarla por la prensa.

Sin embargo, el tiempo aguantó y empezaron a vendimiar las uvas de Quim. Aunque los tres tenían la misma extensión de tierra, la de los Torras dio una cosecha más ligera. Como agricultor, era malo y perezoso. Los hierbajos asfixiaban las vides y él siempre tenía algo que hacer que le impedía tomar la azada: pasear y jugar con su buen amigo, el padre Ricardo, o vadear el río para comprobar cuánto había bajado el agua, o sentarse en la plaza y discutir sobre lo que convenía hacer para arreglar la fea puerta de la iglesia. La mitad de sus cepas eran de Garnacha, vides muy viejas que daban una uva negra muy pequeña. Cuando Josep arrancó algunas para saciar la sed le pareció que el sabor era profundo y delicioso, pero notó que Maria del Mar se esforzaba por disimular el desdén cuando las miraba. Los tres vecinos ignoraron la asfixiante abundancia de malas hierbas; cortaron los racimos y empujaron las escasas carretillas de fruta hasta la prensa comunitaria, y Quim se dio por satisfecho.

El viñedo de Maria del Mar tenía aún mejor aspecto que cuando era Ferran Valls quien lo trabajaba, pese a que el difunto marido había sido un buen peón. Josep había arado los caminos entre las vides con la mula y Maria del Mar se había encargado de mantener las hileras libres de malas hierbas con su azada. Obtuvo una buena cosecha de uvas y trabajaron mucho para recolectarla. Francesc, tan joven que apenas recordaba nada de la cosecha del año anterior, caminaba entre ellos mirándolo todo. En más de una ocasión su madre le habló con brusquedad.

—No pasa nada con el niño, Marimar. A mí me gusta que esté por aquí —le dijo Quim Torras, exhibiendo su sonrisa fácil mientras vaciaba una cesta en la carretilla.

Ella no le devolvió la sonrisa.

—Tiene que aprender a no pisotearlo todo.

No mimaba a Francesc, pero Josep la había visto abrazarlo y hablarle con ternura. Pensó que se las arreglaba muy bien para criar al muchacho sin un padre y sin dejar de trabajar constantemente con dureza.

Poco después, cuando Quim se fue a su retrete, Josep se dirigió a ella:

—Me han dicho que el comprador de vino te tima.

Agachada sobre una parra sobrecargada de fruta, ella estiró la espalda y lo miró sin ninguna expresión.

Josep siguió adelante:

—Bueno. Cuando Clemente Ramírez venga a Santa Eulàlia con sus barriles de vinagre vacíos, me gustaría decirle que he comprado la tierra de los Valls, además de las viñas de mi padre. Así, tendrá que pagar la tarifa normal por tu vino.

—¿Y por qué quieres hacer eso?

Josep meneó la cabeza y se encogió de hombros.

—¿Y por qué no?

Ella lo miró directamente a los ojos y le hizo sentir incómodo.

—No quiero nada a cambio —dijo con brusquedad—. Ni

dinero ni… nada. Clemente es malvado. Me haría feliz hacerle pagar.

—¡Soy tan buena campesina como cualquier hombre! —dijo ella con amargura.

—Mejor que muchos. Cualquiera que tenga ojos en la cara puede ver cuánto trabajas y lo bien que te va.

—Vale —dijo ella al fin, y se dio la vuelta.

Josep sintió un curioso alivio al volver al trabajo, aunque pensó con amargura que no hubiera estado de más una simple palabra de agradecimiento.

Dos días después, por la mañana llovió durante varias horas cuando empezaban a recolectar la cosecha de Josep, pero no era más que una suave humedad que perlaba las uvas y las embellecía. Los tres vecinos colaboraron con amabilidad, familiarizados ya con sus respectivos ritmos. Acostumbrado a trabajar solo, Josep casi lamentó que todos sus racimos hubieran pasado ya por la gran prensa y el mosto estuviera a salvo en las viejas cubas de fermentación del cobertizo que quedaba detrás de su casa. Dio las gracias a sus vecinos y se dijo que tanto él como sus pequeñajos habían tenido un buen comienzo.

Cuando Ramírez y sus dos ayudantes aparecieron con su gran carromato cargado de toneles, el comprador de vino se mostró torpe en sus palabras de condolencia y efusivo al felicitar al nuevo dueño del viñedo.

Josep le dio las gracias.

—De hecho, también me he quedado la viña de los Valls.

Clemente echó atrás la cabeza y lo miró fijamente, con los labios apretados.

Josep asintió.

—Ah… ¿Tú y ella…?

—No. Le he comprado la viña.

—Y entonces, ¿adónde irá ella?

—A ningún lado. Seguirá cultivando uva aquí.

—Ah. ¿O sea que trabajará para ti?

—Eso es.

Clemente lo miró de soslayo y sonrió. Abrió la boca para decir algo más, pero captó algo en el rostro de Josep.

—Bueno —concluyó—. Voy a vaciar primero estas cubas. Tendré que hacer varios viajes y luego hay que ir a la viña de los Valls. Será mejor empezar a bombear el mosto, ¿eh?

A mediodía, cuando él y sus hombres estaban sentados a la sombra del carromato masticando pan, Josep pasó a su lado.

—¿Sabías que en una de las cubas hay un trozo de madera podrida? —le comentó con alegría.

—No —contestó Josep.

Clemente se lo enseñó, en unos cuantos listones de la cuba de roble. Era normal que no lo hubieran visto, pues toda la madera estaba oscurecida por el paso del tiempo.

—Puede que aguante sin gotear una o dos temporadas más.

—Eso espero —respondió Josep, en tono sombrío.

Maria del Mar, ocupada en sus viñas cuando llegaron a la tierra de los Valls, los saludó con un movimiento de cabeza y siguió trabajando.

Tras cargar el último mosto de las cubas, Ramírez dejó sus caballos a un lado de la carretera, y él y Josep se apoyaron en el carromato para arreglar sus asuntos. Josep repasó las cuentas varias veces antes de aceptar el fajo de billetes.

Unas cuantas horas después, cuando llegó al viñedo de los Valls, Maria de Mar seguía arrodillada en medio de una hilera de vides.

Josep puso mucho cuidado en apartar correctamente la parte de dinero que le correspondía a ella. Marimar asintió sin mirarlo y aceptó los billetes con un silencio que él entendió como una prueba más de su rabia y frialdad, tras lo cual murmuró una despedida y se alejó.

A la mañana siguiente, al salir de casa para empezar la jornada estuvo a punto de tropezar con algo que alguien había dejado ante su puerta. Era un plato grande y llano, lleno de tortilla de patatas, caliente todavía, tan recién hecha que aún olía a cebolla y a huevo. Un trozo de papel, sujeto con una piedra pequeña, descansaba sobre la tela limpia que envolvía la tortilla.

Por un lado del papel había un recibo en el que constaban los 92 céntimos que el marido de Marimar había pagado por un rastrillo de hoja estrecha en una tienda de Vilafranca.

En el centro del dorso había seis palabras garabateadas con la caligrafía apretujada e inclinada, propia de una mujer que raramente necesitaba escribir:

GRACIAS DE PARTE DE LOS DOS.

27

Invierno

*U*na mañana de invierno, Josep iba cargando tres cubos en cada mano para fregarlos en el río cuando vio a Francesc sentado al sol en la parte delantera de la propiedad de su madre.

Al muchacho se le iluminó la cara:

—¡Hola, Josep!

—Hola, Francesc. ¿Qué tal estás hoy?

—Estoy bien, Josep. Esperando que maduren las olivas para poder escalar los árboles otra vez.

—Ya lo veo —contestó Josep con gravedad.

Quienes cultivaban aceitunas de variedades tempraneras llevaban recogiéndolas desde noviembre o diciembre, pero aquéllas eran tardías. Los grandes olivos se cargaban mucho de frutos sólo cada seis o siete años, y éste era uno de los que apenas tendrían una exigua recolecta de olivas cuyos colores iban del verde claro a un morado negruzco cuando maduraban. No eran para hacer aceite, sino para comer. Maria del Mar había extendido unas telas debajo de cada árbol para capturar las que maduraban y caían al suelo, y luego usaría un palo para varear y recoger las que quedaran en los árboles. Era el modo más eficaz de recogerlas cuando ya estaban listas para conservar en sal o en salmuera, pero a Josep se le ocurrió que aquel proceso de maduración tenía que resultar de una lentitud mortificante para un muchacho que se moría de ganas de trepar por los olivos.

—¿Me puedo sentar un rato contigo? —preguntó, siguiendo un impulso repentino.

Al ver que Francesc asentía, soltó los cubos y se dejó caer al suelo.

—Necesito estos árboles. Tengo que practicar la escalada porque algún día espero ser el *enxaneta* de los *castellers* —dijo Francesc, con seriedad.

—La cumbre —respondió Josep, preguntándose si, habida cuenta la deformidad de la cadera del chico, se trataba de una ambición realista—. Espero que lo consigas. —Echó un vistazo en busca de Maria del Mar, a la que no vio por ninguna parte—. ¿Y a tu madre qué le parece esa idea?

—Dice que todo es posible si se practica mucho. Y mientras tanto, me encargo de vigilar las olivas.

—Estos árboles tardan mucho en soltarlas, ¿no?

—Sí. En cambio, son buenos para trepar.

Era cierto. Aquellos olivos eran viejos y enormes, con troncos gruesos y ramas retorcidas.

—Son muy especiales. Hay quien cree que los más viejos los plantaron los romanos.

—¿Los romanos?

—Una gente que vino a España hace mucho tiempo. Eran guerreros, pero también plantaban olivas y viñas y construían carreteras y puentes.

—¿Hace mucho tiempo?

—Mucho, casi en tiempos de Jesús.

—¿Jesucristo?

—Sí.

—Mi madre me ha hablado de él.

—Ah, ¿sí?

—Josep… ¿Jesús era un padre?

Josep sonrió y abrió la boca para decir que no, pero cuando bajó la mirada y vio en la carita del niño que estaba perplejo por el alcance de su propia ignorancia, contestó:

—No lo sé. —Luego alargó una mano con gesto de sorpresa

y le tocó la cara. Era un chiquillo flaco, pero allí, justo encima de la mandíbula, tenía la cara carnosa—. ¿Te gustaría venir al río conmigo? ¿Por qué no le preguntas a tu madre si puedes venir al río para ayudarme a lavar los cubos? —sugirió.

Al ver lo rápido que era capaz de correr el niño con su renquera, sonrió. Francesc regresó en breve.

—Ha dicho que no, que no y que no —explicó con seriedad—. Dice que tengo que vigilar las olivas. Que ése es mi trabajo.

Josep le sonrió.

—Es bueno tener trabajo, Francesc —contestó.

Recogió los cubos y se fue al río a lavarlos.

Una mañana se encontró con Jaumet Ferrer, que regresaba de cazar con dos perdices recién cobradas, y se detuvieron a hablar. Jaumet seguía tal como lo recordaba Josep, un muchacho de buen carácter y mente lenta que se había convertido en un hombre de buen carácter y mente lenta.

Jaumet no le preguntó nada. No dio muestras de ser consciente de que Josep había pasado mucho tiempo fuera del pueblo. Charlaron sobre las perdices, destinadas a la mesa de la señora Figueres para el domingo, y sobre el tiempo. Luego Jaumet sonrió y siguió su camino.

Tanto Jaumet como el gordo Pere Mas habían mostrado interés en pertenecer al grupo de cazadores, pero no reunían las condiciones para superar la formación.

¡Qué suerte habían tenido!

Aquella tarde Josep llevó a la tienda de comestibles una jarra de vino joven que se había guardado para su propio consumo antes de que Clemente Ramírez vaciara las cubas. Mientras Nivaldo cocinaba los huevos con pimientos y cebolla, bebieron el vino sin demasiada alegría, pues además de no ser buena la materia prima se había amargado ya con el calor.

—Aaagg —exclamó Josep.

Nivaldo asintió diplomáticamente.

—Bueno, no es un caldo excelente, pero… Es una buena inversión. Te da dinero para pagar a tu hermano y a Rosa, te permite financiar la cosecha del año que viene y comprar comida. Hablando de eso, Tigre, tengo que decirte que te alimentas como un animal estúpido. Sólo te concedes una comida decente cuando vienes a verme. Si no, te mantienes vivo a base de chorizo, pan duro y trozos de queso. Eres el cliente que más chorizo me compra.

Josep pensó en la tortilla de patatas, de la que había sacado dos comidas enteras.

—Soy un trabajador sin mujer en casa. No tengo tiempo que perder en comidas complicadas.

Nivaldo resopló.

—Deberías buscarte una mujer. De todas formas, yo soy un hombre que vive sin esposa y, sin embargo, cocino. Nadie necesita una mujer para preparar una comida decente. Los hombres sensatos pescan, cazan aves, aprenden a cocinar.

—… ¿Qué se ha hecho de Pere Mas? No lo veo por el pueblo —dijo Josep para cambiar de asunto.

—No. Pere ha encontrado trabajo en una fábrica textil, como Donat. En Sabadell —respondió Nivaldo.

—Ah.

A Josep le parecía que estaba tan solo en Santa Eulàlia como lo había estado en Languedoc. Los primogénitos de todo el pueblo estaban muy ocupados con sus propios asuntos. Los mejores amigos de su generación, segundos hijos de las familias, se habían ido.

—No veo que ningún hombre venga a ver a Maria del Mar.

—Creo que no ha habido nadie desde Tonio. ¿Quién sabe? A lo mejor está esperando que Jordi Arnau vuelva con ella.

—Jordi Arnau está muerto —respondió Josep.

—¿Estás seguro?

—Lo estoy, aunque a ella no se lo he dicho. No me he atrevido.

Nivaldo asintió, sin juzgarle.

—En cualquier caso, ella sabe que algunos sí vuelven —dijo, pensativo—. Tú has vuelto, ¿no? —añadió antes de beber otro sorbo del vino amargo.

28

Cocinar

El primer invierno de Josep como propietario de las tierras empezó con un clima insulso, y el brillo de la satisfacción por haber obtenido su primera cosecha fue atenuándose hasta desaparecer. Las vides habían perdido casi todas sus bellas hojas y se habían convertido en esqueletos secos y quebradizos. Estaba llegando la hora de empezar a podar en serio. Caminó hasta la viña y la miró con espíritu crítico. Vio que había cometido algunos errores y se concentró en aprender de ellos.

Por ejemplo, las vides que con tanta petulancia había plantado en la sección vacía de la ladera empinada, creyéndose más imaginativo y listo que su padre y sus antepasados, se habían secado bajo el ardiente calor del verano, pues —tal como sin duda había entendido su padre— en esa zona la insustancial capa de suelo cultivable quedaba directamente encima de una roca impenetrable. Para que las cepas sobrevivieran allí había que montar un regadío, y tanto el río como el pozo del pueblo quedaban demasiado lejos para que tal pretensión fuera pragmática.

Josep se preguntó qué otras cosas había sido incapaz de aprender sobre la tierra al hacerse mayor, de entre las muchas que su padre sí conocía.

Υ

LA BODEGA

No tenía ningún deseo de dedicarse a cazar, pero cuando volvió a encontrarse con Jaumet recordó el sermón de Nivaldo sobre la necesidad de comer mejor.

—¿Me puedes conseguir un conejo? —le preguntó.

Jaumet exhibió su lenta sonrisa y asintió. A la tarde siguiente apareció en su casa con un conejo pequeño al que había disparado en el cuello y pareció quedarse encantado con las monedas que Josep le dio a cambio. Le enseñó a despellejarlo y prepararlo.

—¿A ti cómo te gusta guisarlos? —le preguntó Josep.

—Los frío en manteca —respondió Jaumet.

Al irse, se llevó la cabeza y el pellejo como premio. Josep recordó lo que su padre solía hacer con los conejos. Fue a la tienda de comestibles y compró ajo, una zanahoria y un pimiento rojo picante bien grande. Nivaldo enarcó las cejas mientras le cobraba.

—Qué, cocinando, ¿no?

De vuelta en casa, empapó una tela en vino agrio y frotó todo el cuerpo por dentro y por fuera antes de cuartearlo. Dispuso las piezas en una olla con vino y aceite de oliva, añadió media docena de dientes de ajo aplastados y cortó las verduras antes de dejar la olla encima de una pequeña hoguera para que arrancara a hervir a fuego lento.

Horas más tarde, cuando se comió dos piezas del guiso, la carne era tan tierna y sabrosa que se sintió santificado. Rebañó la salsa especiada, permitiendo que los trozos de pan duro se ablandaran hasta quedar casi líquidos y tan suculentos que casi se los tragaba sin masticar.

Cuando hubo terminado de comer llevó la olla a la tienda, donde Nivaldo picaba una col para su guiso.

—Para que lo pruebes —le dijo

Mientras Nivaldo comía, Josep leyó *El Cascabel*.

A su pesar, como consecuencia de aquellos sucesos en los que se había visto enredado, tenía ahora más interés en cuestiones de política relacionadas con la monarquía. Siempre leía el periódico con atención, pero casi nunca encontraba la información que buscaba. Poco después de su regreso al pueblo, *El Cascabel* había publicado una noticia sobre el general Prim coincidiendo con el cuarto aniversario de su asesinato. El artículo revelaba que después del asesinato habían detenido a mucha gente, pero que la policía los había soltado después de interrogarlos.

Nivaldo masticaba y tragaba muy afanosamente.

—Aún no he leído el periódico. ¿Hay algo interesante?

—… Sigue habiendo duras luchas. Podemos dar gracias de que no hayan llegado hasta aquí. En Navarra, los carlistas atacaron a las fuerzas armadas y se hicieron con armas y piezas de artillería, además de tomar trescientos prisioneros. ¡Por Dios!

—Agitó el periódico—. Casi capturan a nuestro nuevo Rey.

Nivaldo lanzó una mirada a Josep.

—¿Y entonces? ¿Qué hace el rey Alfonso con sus tropas?

—Dice que se formó en Sandhurst, la escuela militar británica, y que participará activamente en los intentos de sofocar la guerra civil.

—Ah, ¿sí? Qué interesante —concedió Nivaldo.

Se comió el último pedazo de carne y, para mayor satisfacción de Nivaldo, empezó a chupar los huesos.

La mayor parte del tiempo que Maria del Mar pasaba trabajando en sus tierras, Francesc quedaba libre para entretenerse a su aire y con frecuencia aparecía en el viñedo de los Álvarez para seguir a Josep como una sombra. Al principio apenas conversaban; cuando sí lo hacían, siempre era acerca de cosas simples: la forma de una nube, el color de una flor, o sobre por qué no se podía permitir que las malas hierbas prosperaran y creciesen. A menudo Josep trabajaba en silencio y el chiquillo lo miraba embelesado, aunque había visto a su madre ocuparse de tareas similares una y otra vez en su propio viñedo.

Cuando parecía claro que Josep estaba a punto de terminar alguna tarea, el niño siempre decía lo mismo:

—¿Y ahora qué hacemos, Josep?

—Ahora arrancamos algunos hierbajos —contestaba Josep.

O bien «engrasamos las herramientas».

O «desenterramos una piedra».

Cualquiera que fuera su respuesta, el crío asentía como si le diera permiso y pasaban ambos a la siguiente tarea.

Josep sospechaba que, además de necesitar compañía, a Francesc le atraía oír la voz de un hombre. A veces le hablaba libre y tranquilamente sobre cosas que el niño era demasiado joven para entender, en el mismo tono en que algunas personas hablan consigo mismas mientras trabajan.

Una mañana le explicó por qué estaba trasplantando los rosales silvestres para que quedaran plantados a ambos extremos de cada hilera de las vides.

—Es algo que vi en Francia. Las flores son bonitas, pero además cumplen la función de dar la alarma. Las rosas no son tan fuertes como las vides, así que si algo está mal, si hay algún problema con el suelo, por ejemplo, las rosas darán las primeras muestras de debilidad y yo tendré tiempo de pensar en cómo arreglarlo antes de que afecte a las cepas —explicó.

El muchacho lo miró con seriedad hasta que hubo terminado de trasplantar.

—¿Y ahora qué hacemos, Josep?

Maria del Mar se acostumbró a dar por hecho que, si no veía a su hijo en casa, lo más probable era que estuviera en el viñedo de los Álvarez.

—Cuando te moleste, lo tienes que enviar a casa —le dijo.

Sin embargo, él era sincero cuando le respondió que disfrutaba con la compañía de Francesc. Josep se daba cuenta de que Maria del Mar albergaba algún resentimiento contra él. No entendía la razón, pero sabía que ella desconfiaba de aceptarle ningún favor por pura desconfianza. Él había decidido adoptar el estricto papel de vecino, una relación que los dos parecían aceptar de buen grado.

Josep se dijo que Nivaldo tenía razón. Necesitaba una esposa. En el pueblo había viudas y mujeres solteras. Tenía que dedicar atención al asunto hasta que encontrara una mujer capaz de compartir el trabajo de las viñas, llevar la casa y cocinarle comidas de verdad. Darle hijos, compartir su cama…

¡Ah, compartir su cama!

Solo y deseoso, un día echó a andar por el campo hacia la casa torcida de Nuria, pero la encontró desierta, con la puerta abierta al viento y a cualquier animal que quisiera entrar. Un hombre que esparcía fertilizante en un campo cercano le dijo que Nuria había muerto dos años antes.

—¿Y su hija Renata?

—La muerte de su madre la liberó. Se largó.

El hombre se encogió de hombros. Le contó que en aquel campo cultivaba alubias.

—El suelo es muy fino, pero tengo mucha mierda de cabra de los Llobet. ¿Conoces su granja?

—No —respondió Josep, con un repentino interés.

—Es un corral de cabras. Muy antiguo. —Sonrió—. Tienen muchas cabras, y muy grandes, y se ahogan en sus excrementos, viejos y nuevos, los tienen apilados en sus campos. Ya no tienen dónde almacenarlos. Saben que en el futuro tendrán todavía más mierda de cabra. Mucha más. Cuando vamos y nos llevamos una carga, nos besan las manos.

—¿Dónde está esa granja?

—Es un paseo corto hacia el sur, al otro lado de la colina.

Josep dio las gracias al cultivador de alubias, cuya información aceptó como un golpe de suerte, mucho mejor que si hubiera encontrado a Nuria y a Renata viviendo todavía en la casa.

29

Orejuda

*E*n las raras ocasiones en que su padre había encontrado algún fertilizante, había pedido prestado un caballo y un carro para llevarlo hasta sus tierras, pero Josep no mantenía con los amigos de su padre una relación que permitiera dar por hechos esa clase de favores. Sabía que no podía seguir usando la mula de Maria del Mar indefinidamente, y el éxito de su primera cosecha le había dado el valor de gastar algo de dinero, aunque con prudencia, de modo que una mañana emprendió el camino hacia Sitges y buscó la tonelería de Emilio Rivera. La encontró en un largo edificio bajo lleno de troncos descortezados, apilados en el almacén. Junto a uno de esos troncos encontró a Rivera, el tonelero de rostro encarnado, en compañía de un peón mayor con el que partía troncos por medio de cuñas de acero y unas mazas muy pesadas. Rivera no se acordó de Josep hasta que éste le recordó aquella mañana en la que había tenido la amabilidad de llevar a un extraño a Barcelona.

—Le dije que necesitaba comprar una mula y usted me habló de su primo, que se dedica a comprar caballos.

—Ah, sí, mi primo, Eusebi Serrat. Vive en Castelldefels.

—Sí, en Castelldefels. Me habló de una feria que se celebra allí. Entonces no pude ir, pero ahora…

—La feria se celebra cuatro veces al año y la próxima será dentro de tres semanas. Siempre tiene lugar los viernes, día de mercado. —Sonrió—. Dígale a Eusebi que va de mi parte. Por una módica cantidad le ayudará a comprar una buena mula.

—Gracias, señor —se despidió Josep.

Sin embargo, no emprendió la marcha.

—¿Algo más? —preguntó Rivera.

—Me dedico a hacer vino. Tengo una vieja cuba de fermentación en la que se están pudriendo dos listones y los he de cambiar. ¿Usted hace ese tipo de reparaciones?

Rivera parecía apenado.

—Bueno, pero… ¿no me puede traer la cuba?

—No, es muy grande.

—Y yo soy un tonelero muy ocupado, con encargos que cumplir. Si fuera con usted, le costaría demasiado. —Se volvió hacia el peón—. Juan, ya puedes empezar a apilar los troncos cuarteados… Además —dijo, dirigiéndose de nuevo a Josep—, no tengo tiempo que perder.

Josep asintió.

—Señor…, ¿cree que podría aconsejarme para que lo repare yo mismo?

Rivera meneó la cabeza.

—Imposible. Para eso hace falta mucha experiencia. No conseguiría que le quedaran bien tirantes y pronto gotearían. Ni siquiera se pueden usar planchas de troncos serrados. Las planchas han de venir de troncos como éste, partidos con los nudos íntegros para que la madera sea impermeable. —Vio la cara que ponía Josep y soltó el martillo—. Le diré lo que podemos hacer. Dígame exactamente cómo llegar a su pueblo. Algún día, cuando tenga que pasar por esa zona, me acercaré y le repararé la cuba.

—Tiene que estar arreglada en otoño, cuando prense mis uvas.

«Si no, estoy perdido.» No abrió la boca para decirlo, pero el tonelero pareció entenderlo.

—Entonces, tenemos meses por delante. Es probable que me dé tiempo.

La palabra «probable» incomodó a Josep, pero se dio cuenta de que no podía hacer nada más.

—¿Puedes usar unos buenos toneles de segunda mano, de 225 litros? Antes contenían arenques —dijo Rivera.

Josep se echó a reír.

—No. Bastante malo es ya mi vino sin necesidad de que apeste a arenque —dijo, arrancando una sonrisa al tonelero.

Castelldefels era un pueblo de mediano tamaño que se había convertido en sede de una gran feria de caballos. Allí donde Josep mirase, había animales de cuatro patas rodeados de hombres enfrascados en charlas. Consiguió no pisar los excrementos de caballo que había por todas partes, con un hedor fuerte y agudo.

La feria empezó mal para él. Se fijó en un hombre que se alejaba de él cojeando. Su manera de andar le pareció familiar, así como la estructura de su cuerpo, la forma de su cabeza y el color del pelo.

Tuvo un miedo tan fuerte que se sorprendió.

Quería huir, pero se obligó a rodear el grupo de comerciantes de caballos al que se acababa de unir aquel hombre.

Aquel tipo le llevaría como unos quince años. Tenía una complexión jovial y rojiza y la nariz larga y gruesa.

Su cara no se parecía en nada a la de Peña.

Necesitó un buen rato para calmarse. Deambuló por el recinto de la feria, perdido y anónimo entre la multitud, y al fin recuperó el control de sí mismo.

Fue una suerte que le costara un largo rato y muchas preguntas localizar la pista de Eusebi Serrat.

Le maravilló que Serrat y Emilio Rivera tuvieran alguna relación, pues en contraste con el tonelero campechano y con pinta de trabajador, su primo parecía un aristócrata digno y seguro de sí mismo, con aquel traje gris, su sombrero elegante y su camisa nívea adornada por una corbata negra de lazo.

Aun así, Serrat escuchó a Josep con educación y enseguida aceptó guiarle en su compra, a cambio de una cantidad menor. Durante las siguientes horas fueron a ver a ocho vendedores de mulas. Aunque examinaron con atención trece animales, Serrat dijo que sólo tres de ellos merecían ser tenidos en cuenta por Josep.

—Pero antes de que decidas quiero que veas una más —le dijo.

Guio a Josep entre el amasijo de hombres, caballos y mulas hasta llegar a un animal marrón con tres medias y el morro pintados de blanco.

—Un poco más grande que las demás, ¿no? —dijo Josep.

—Las otras eran mulas en sentido estricto, hijas de yeguas fecundadas por mulos. Ésta es un burdégano, cruce de una asna con un semental árabe. La conozco desde que nació y sé que es amable y capaz de trabajar más que dos caballos. Cuesta un poco más que las otras que hemos visto, pero yo le recomiendo que la compre, señor Álvarez.

—También he de comprar un carro y mis ahorros son limitados —dijo Josep, lentamente.

—¿Cuánto dinero tiene? —Al oír la respuesta de Josep, Serrat frunció el ceño—. Creo que tiene sentido gastar la mayor parte en la mula. Vale lo que cuesta. A ver qué podemos hacer.

Josep observó a Serrat mientras éste entablaba una agradable conversación con el dueño de la mula. El primo del señor Rivera era amistoso y tranquilo. No hubo nada del estridente regateo que Josep había presenciado entre otros vendedores y sus clientes. Cuando el mulero mencionó una cantidad, el rostro de Serrat mostró un educado lamento y se renovó la conversación con calma.

Al fin Serrat se acercó a él y le comunicó el precio más bajo del vendedor: más de lo que había previsto Josep, pero tampoco exageradamente.

—Y le regalará el arnés —añadió Serrat, con una sonrisa al ver que Josep asentía.

Éste entregó el dinero y recibió a cambio un recibo firmado.

—Hay algo más que quiero enseñarle —dijo Serrat.

Llevó a Josep hasta la sección de equipamientos de la feria, en la que se exhibían carromatos, carros y arados. Cuando se detuvieron ante un objeto que quedaba detrás de una caseta, Josep creyó que se trataba de una broma. El lecho de madera quedaba liso sobre el suelo. En otro tiempo habría sido el tipo de carromato que buscaba, un carro de tiro resistente con los paneles bajos. Pero había un amplio espacio abierto en el fondo porque faltaba una plancha, y la contigua al agujero tenía dos amplias rajas.

—Sólo necesita un par de tablas —dijo Serrat.

—¡No tiene ejes ni ruedas!

Se quedó mirando mientras Serrat se abría paso hasta un vendedor y hablaba con él. El comerciante escuchó, asintió y despachó a dos ayudantes.

Al cabo de pocos minutos, Josep oyó un fuerte chirrido, como de animal dolorido, y reaparecieron los ayudantes, empujando cada uno un eje unido a dos ruedas de vagón, que emitían a cada vuelta una protesta estridente.

Cuando los dos hombres acercaron más las ruedas, Serrat metió una mano en el bolsillo y sacó una navajita. La abrió, rasgó el eje y asintió.

—Óxido superficial. El metal suena bien por debajo. Durará años.

El precio total se ajustaba al presupuesto de Josep. Ayudó a un grupo de hombres a cargar el destartalado fondo y a encajarle los ejes y luego miró mientras le engrasaban las ruedas. Al poco rato, la mula estaba ya en el arnés y Josep se sentó en el banco y tomó las riendas. Serrat montó y le estrechó la mano.

—Lléveselo a mi primo Emilio. Él lo arreglará.

El señor Rivera y Juan estaban trabajando en el almacén cuando Josep llegó a la tonelería. Se acercaron al carro y lo inspeccionaron.

—¿Hay algún objeto relacionado con su viña que no esté roto? —preguntó Rivera.

Josep le sonrió.

—Mi fe en la humanidad, señor. Y en usted, pues el señor Serrat ha dicho que me arreglaría el carro.

Rivera parecía molesto.

—Eso ha dicho, ¿eh?

Hizo señas a Juan para que lo siguiera y se alejaron los dos.

Josep creyó que lo habían abandonado, pero al poco rato regresaron cargados con dos gruesas planchas.

—Tenemos algunas tablas que no sirven para los toneles, pero sí para carros. Hago un precio especial a los clientes antiguos y valiosos.

Juan tomó medidas y fue cantando números, y Rivera cortó las planchas con rapidez. El ayudante perforó los agujeros y luego atornillaron bien las planchas.

Poco después Josep abandonaba la tonelería al mando de un robusto carromato que daba la sensación de poder con cualquier carga, con apenas un mínimo chirrido en las ruedas al girar y la mula sensible a sus órdenes y manteniendo la pista con dulzura y tranquilidad. Sintió crecer el ánimo. Entre ser un muchacho montado en el carro que alguien había prestado a su padre en acto de caridad y un hombre al mando de su propio carromato, había una diferencia. Le pareció que era similar a la que se produce entre ser un joven desempleado sin perspectivas o ser el dueño de un viñedo ocupado en trabajar su propia tierra.

Cuando estaba soltando el carromato y metiendo a la mula bajo el refugio de sombra que proporcionaba el alero del tejado de la parte trasera de la casa, apareció Francesc.

—¿Es tuya?

—Sí. ¿Te gusta?

Francesc asintió.

—Es como la nuestra. El color es distinto y tiene las orejas un poco más grandes, pero por lo demás es como la nuestra. ¿Puede ser padre?

—No, no puede ser padre.

—¿No? Mi mamá dice que la nuestra tampoco. ¿Cómo se llama?

—Bueno… No lo sé. ¿La tuya tiene nombre? —preguntó, pese a que había usado la mula de Marimar para arar durante meses.

—Sí, la nuestra se llama *Mula*.

—Ya. Bueno, y a ésta… ¿por qué no la llamamos *Orejuda*?

—Es un buen nombre. ¿Tú puedes ser padre, Josep?

—Eh… Creo que sí.

—Eso está bien —respondió Francesc—. ¿Y qué hacemos ahora, Josep?

30

Una llamada a la puerta

$\mathcal{A}$ primera hora de la mañana siguiente salió con el carromato al campo, en busca de la granja de cabras de los Llobet. Oyó y olió la granja mucho antes de verla y se dejó guiar por los abundantes balidos y por un leve y acre tufillo que fueron creciendo a medida que se acercaba. Tal como le habían dicho, había estiércol disponible y los dueños de la granja estaban encantados de que se lo llevara.

En el viñedo, descargó el estiércol con una carretilla y lo esparció a paladas entre las hileras de las vides. Era viejo ya y se desmenuzaba, un material fino que no quemaría sus viñas, pero pese a la abundancia de provisiones apenas esparció una capa mínima. Su padre le había enseñado que era bueno nutrir las plantas, pero bastaba el menor exceso de fertilizante para estropearlas. También había oído a Léon Mendes decir que las vides requerían «un poco de adversidad para reafirmar su personalidad».

Al fin de una sola jornada de trabajo había fertilizado ya todo su viñedo, de modo que al día siguiente ató el arado a la mula y mezcló bien el abono con la tierra. Luego ajustó la reja del arado para que levantara un caballón de tierra contra la parte baja de cada vid a medida que él iba arando; a veces en invierno había escarcha en Santa Eulàlia, y así sus plantas estarían protegidas hasta que llegara el calor.

Sólo entonces, por fin, pudo dedicarse Josep a la poda que tanto amaba, y a medida que iba avanzando el invierno lo pasó animado y con la seguridad de que iba progresando.

Una noche, a mediados de febrero, una llamada a la puerta lo sacó del sopor en que dormía sin soñar y, tras bajar a trompicones en ropa interior por los escalones de piedra, se encontró a Maria del Mar al otro lado de la puerta con una mirada salvaje y el cabello enloquecido.

—Francesc.

Tres cuartos de luna convertían el mundo en una mezcla recortada de sombras y luz derramada. Josep corrió a casa de Marimar por el camino más corto, cruzando su viñedo y el de Quim. Dentro de la casa, subió una escalera de piedra similar a la suya y encontró al chiquillo en una habitación pequeña. Maria del Mar llegó tras él justo cuando se arrodillaba sobre el catre en que dormía Francesc. El muchacho tenía la cabeza muy caliente y se puso a temblar y a agitar las extremidades.

Maria del Mar emitió un sonido ahogado.

—Es una convulsión por la fiebre —explicó Josep.

—¿De dónde le viene? Parecía contento y se ha tomado su cena. Luego lo ha vomitado todo y se ha puesto enfermo de repente.

Josep observó al niño tembloroso. No tenía ni la menor idea de qué podía hacer para ayudarle. No había médico al que llamar. A media hora de distancia vivía un veterinario que a veces trataba a los humanos, pero era un triste recurso; la gente solía decir que bastaba que él tratara a un caballo para que se muriese.

—Dame vino y un trapo.

Cuando se lo llevó, Josep le quitó el camisón a Francesc. Empapó el trapo en vino y se puso a bañar al muchacho, que parecía un conejo recién despellejado. Se vertió un poco de vino en las manos y masajeó a Francesc, presionándole los brazos y las piernas. Su cuerpo pequeño y huesudo, con la cadera deformada, lo llenaba de tristeza e inquietud.

—¿Por qué haces eso?

—Recuerdo que mi madre me lo hacía cuando caía enfermo.

Masajeó con gentileza, pero con brío, el pecho y la espalda de Francesc con el vino y luego lo secó y volvió a ponerle el camisón. Francesc parecía dormir ahora con normalidad y Josep lo arrebujó con la manta.

—¿Le volverán a dar esos temblores?

—No lo sé. Creo que a veces se repiten. Recuerdo que Donat tuvo convulsiones cuando éramos pequeños. Los dos tuvimos fiebre varias veces.

Ella suspiró.

—Tengo café. Voy a prepararlo.

Él asintió y se instaló junto al catre. Francesc hizo algún ruidillo un par de veces; no eran gemidos, sino quedas protestas. Cuando regresó su madre, había empezado ya la segunda convulsión, algo más fuerte y larga que la anterior, y tuvo que dejar las tazas de café, coger al chiquillo, besarle la cabeza y la cara y abrazarlo y mecerlo con fuerza hasta que pasaron los temblores.

Luego Josep lo volvió a bañar con vino y lo masajeó, y esta vez Francesc se sumergió en el sueño, con la quietud total de los perros y los gatos que duermen junto al fuego, sin emitir ruido ni agitación alguna.

El café estaba frío, pero se lo bebieron igualmente y se sentaron a contemplar al muchacho un largo rato.

—Se va a quedar pegajoso e incómodo —dijo ella.

Se levantó, se marchó un momento y regresó con un balde de agua y más trapos. Josep la miró mientras bañaba a su hijo, lo secaba y le cambiaba el camisón. Tenía unos dedos largos y sensibles, con uñas oscuras, cortas y limpias.

—No puede dormir con estas sábanas —añadió.

Volvió a desaparecer y Josep la oyó en la habitación contigua, quitándole las sábanas a su propia cama. Cuando volvió, él levantó a Francesc sin que se despertara y ella puso la sábana limpia en el catre. Josep acostó de nuevo al niño y ella se arrodilló, lo tapó bien y luego se tumbó a su lado. Miró a Josep.

Vocalizó la palabra «gracias» sin pronunciarla.

—De nada —susurró Josep.

Se los quedó mirando un momento y luego, entendiendo que a partir de aquel momento se convertía en un intruso, murmuró «buenas noches» y se fue a casa.

Al día siguiente esperó a que Francesc se le acercara en el viñedo, pero el niño no apareció.

Josep temió que hubiera empeorado y al caer la tarde se acercó a la casa de los Valls y llamó a la puerta.

Maria del Mar tardó un poco en responder a la llamada.

—Buenas noches. Quería saber cómo va el niño.

—Está mejor. Pasa, pasa. —Josep la siguió hasta la cocina—. La fiebre y los temblores han desaparecido. Lo he tenido cerca todo el día y ha echado varias cabezadas. Ahora duerme como siempre.

—Buena señal.

—Sí. —Maria del Mar vaciló—. Estaba a punto de preparar una cafetera. ¿Quieres un poco?

—Sí, por favor.

El café estaba en un bote de barro, en un estante alto. Se puso de puntillas para estirarse y alcanzarlo, pero él estaba tan sólo un paso detrás y alzó una mano para bajar el bote. Cuando se lo iba a pasar, ella se dio la vuelta; sin pensarlo siquiera, Josep le dio un beso.

No fue gran cosa, pues a ambos les llegó como una sorpresa. Josep esperaba que ella lo apartara de un empujón y lo echara de casa, pero se quedaron mirándose un largo rato. Luego, sabiendo ahora perfectamente lo que hacía, la volvió a besar.

Esta vez, ella le devolvió el beso.

A los pocos segundos se besaban ambos frenéticamente, al tiempo que se exploraban con las cuatro manos, entre sonoros jadeos.

Poco después se dejaron caer al suelo. Él debió de hacer algún ruido.

—No lo despiertes —susurró ella con fuerza.

Josep asintió y siguió con lo que estaba haciendo.

Se sentaron a la mesa y se tomaron el café, que sabía a achicoria.

—¿Por qué no volviste con Teresa Gallego?

Josep esperó un momento antes de contestar.

—No podía.

—Ah, ¿no? Ella pasó un infierno esperándote. Puedes creerme.

—Lamento haberle causado tanto dolor.

—¿De verdad? ¿Y qué le impidió volver, señor?

La voz sonaba débil, pero controlada.

—… Eso no te lo puedo contar, Maria del Mar.

—Pues deja que te lo cuente yo —respondió, como si se le hubieran escapado las palabras—. Estabas solo, conociste a una mujer, tal vez a muchas, y eran más guapas que ella, quizá tenían la cara más hermosa, o mejores… —Agitó los hombros—. O tal vez sólo fuera porque estaban más disponibles. Y te dijiste que Teresa Gallego estaba muy lejos, en Santa Eulàlia, y que en realidad tampoco era para tanto. ¿Por qué ibas a volver?

Al menos, ahora ya sabía de dónde venía aquel resentimiento.

—No, no fue así para nada.

—¿No? Pues cuéntame cómo fue.

Josep bebió un sorbo de café y la miró.

—No te lo voy a contar —contestó en voz baja.

—Mira, Josep. Anoche te fui a buscar porque eres el vecino que me queda más cerca, y ayudaste a mi hijo. Te lo agradezco. Te lo agradezco mucho. Pero lo que acaba de pasar… Te pido que lo olvides para siempre.

Josep sintió alivio; se dio cuenta de que era lo mismo que

quería él. Maria del Mar era como su café: tan amarga que no había manera de disfrutar de ella.

—De acuerdo —contestó.

—Quiero un hombre en mi vida. Me han tocado algunos malos y creo que la próxima vez me merezco uno bueno, uno que me trate bien. Creo que tú eres peligroso, el tipo de hombre capaz de desaparecer como el humo.

Josep no encontró razón alguna para defenderse.

—¿Sabes si Jordi sigue vivo? —preguntó ella.

Quería decirle que había muerto. Ella merecía saberlo, pero Josep se dio cuenta de que esa información provocaría demasiadas preguntas, demasiados riesgos. Se encogió de hombros.

—Me da la sensación de que no.

No se le ocurría una respuesta mejor.

—Creo que si estuviera vivo, hubiera vuelto para ver al niño. Jordi tenía buen corazón.

—Sí —concedió Josep, acaso con demasiada sequedad.

—Tú no le caías bien —dijo Maria del Mar.

Quería decirle que a él tampoco le gustaba Jordi, pero al mirarla se dio cuenta de que estaba viendo una herida demasiado abierta. Se levantó y le dijo en tono amable que no dejara de acudir a él si Francesc lo necesitaba para algo.

31

Viejas deudas

$\mathcal{A}$l cabo de un par de días, Francesc volvía a visitarlo con regularidad, tan enérgico como siempre. A Josep le gustaba aquel niño, pero la situación era incómoda. Él y Maria del Mar se preocupaban de parecer amistosos en presencia de terceros, pero él creía que Clemente Ramírez había corrido la voz de que estaban relacionados de algún modo, y el pueblo tomó nota de que Josep pasaba mucho rato con el crío.

El pueblo se apresuraba mucho a sacar conclusiones, así fueran erradas.

Un atardecer, de camino hacia la tienda de Nivaldo, Josep se topó con Tonio Casals, que pasaba el rato delante de la iglesia con Eduardo Montroig, hermano mayor de Esteve. A Josep, Eduardo le parecía simpático, aunque demasiado serio para alguien todavía joven. Eduardo apenas sonreía y Josep pensó que en aquel momento parecía particularmente incómodo mientras Tonio le sermoneaba con voz resonante y truculenta. Tonio Casals era un hombre alto y guapo, como su padre, pero allí terminaba la similitud, pues a menudo tenía mal beber. Josep no tenía ganas de sumarse a su conversación, así que saludó con un gesto, les deseó buenas noches y se dispuso a pasar de largo.

Tonio sonrió.

—Ah, el pródigo. ¿Qué tal te sientes ahora que vuelves a arar tu propias tierras, Álvarez?

—Muy bien, Tonio.

—¿Y arando a una mujer en la que han entrado otros mejores?

Josep se tomó un instante para conservar la calma.

—Después de pasar el trocito pequeño que ya está usado, es una maravilla, Tonio —contestó con simpatía.

Tonio se le echó encima y le golpeó junto a la boca con su gran puño. Josep se revolvió furioso con dos puñetazos rápidos y duros: el puño izquierdo golpeó la mandíbula de Tonio y el derecho encontró con solvencia un punto bajo su ojo izquierdo. Tonio cayó casi de inmediato y, aunque luego se avergonzaría de ello, Josep echó un pie atrás para darle una patada. Después le escupió, igual que hubiera hecho un crío enrabietado.

—¡Eh, Josep, no, no! —exclamó Eduardo Montroig, agarrándole el brazo con mano precavida.

Miraron a Tonio. Josep notó que le sangraba la boca y se lamió los labios. Le contó a Montroig sus razones para engañar al comprador de vino.

—Maria del Mar y yo sólo somos vecinos, Eduardo. Por favor, díselo a la gente.

Eduardo asintió con seriedad.

—Maria del Mar es buena gente. Ay, Dios. Qué desagradable es éste, ¿no? Mira que era buen tipo cuando éramos jóvenes.

—¿Intentamos llevarlo a su casa?

Montroig negó con la cabeza.

—Tú vete. Yo iré a buscar a su padre y a sus hermanos. —Soltó un suspiro—. Por desgracia, ya están acostumbrados a ocuparse de Tonio cuando se pone así.

A la mañana siguiente, Josep estaba podando sus viñas cuando llegó a sus tierras Àngel Casals.

—Buenos días, alcalde.

—Buenos días, Josep.

Entre jadeos, el alcalde sacó un pañuelo rojo del bolsillo y se lo pasó por la cara.

—Le voy a traer un poco de vino —propuso Josep, pero el anciano meneó la cabeza.

—Es demasiado pronto.

—Entonces…, ¿un poco de agua?

—Sí, agua estaría bien, por favor.

Josep entró en la casa y salió con dos vasos y un cántaro. Señaló con un movimiento de cabeza el banco que había junto a la puerta y los dos se sentaron a beber allí.

—He venido para asegurarme de que estás bien.

—Ah, no pasa nada, alcalde.

—¿Tu boca?

—No es nada, sólo una señal para avergonzarme. No tenía que haberle pegado, porque estaba borracho. Tendría que haberme alejado.

—Creo que no hubieras podido. He hablado con Eduardo y conozco bien a mi hijo Tonio. Te pido perdón en su nombre. Mi hijo… Para él, cada trago de coñac es una maldición. Basta con que lo pruebe un poco para que su alma y su cuerpo le pidan más a gritos, pero con un solo trago, por desgracia, se vuelve loco y se comporta como una bestia. Le ha tocado esa cruz. A él y a su familia.

—Yo estoy bien, alcalde. Espero no haberle hecho daño de verdad.

—Él también se curará. Se le ha hinchado el ojo. Tiene peor aspecto que tú.

Compungido, Josep sonrió y notó un dolor en el labio.

—Sospecho que si alguna vez peleáramos y él estuviera sobrio, yo saldría mal parado.

—No volverás a pelear con él. Se va de Santa Eulàlia.

—Ah, ¿sí?

—Sí. Como no es capaz de asumir en nuestra granja las responsabilidades propias del hijo mayor, cada día que pasa aquí es un recordatorio de su debilidad. Tengo un amigo de toda la vida, Ignasi de Balcells, que tiene un olivar en el pueblo de Las Granyas. Durante muchos años, don Ignasi fue el alcalde de ese pueblo. Ahora es el juez de guardia y también hace las veces de alguacil, pues dirige la cárcel local. Conoce a mi hijo Tonio de toda la vida y lo adora. Ignasi está acostumbrado a tratar con las debilidades de los hombres y se ha ofrecido a acoger a Tonio en su casa. Le enseñará a cultivar olivos y a hacer aceite, y además trabajará en la cárcel. Y esperamos con ilusión que también aprenda a disciplinarse. —El alcalde sonrió—. Entre nosotros, Álvarez... Mi amigo Ignasi tiene un incentivo para arreglar a mi hijo. Tiene una hija soltera, buena chica, pero que ya ha superado la edad de merecer. Yo no me chupo el dedo. Creo que Ignasi intentará convertir a mi hijo en su yerno.

—Espero que le salga bien —respondió Josep, incómodo.

—Te creo, y te lo agradezco. —Àngel Casals alzó la cabeza y lanzó una mirada de aprobación a las vides limpiamente podadas, los rosales recién plantados, la tierra arada y acumulada en la base de las cepas—. Tú eres un campesino de verdad, Josep —opinó—. No como ese al que no voy a nombrar, que en vez de campesino parece una maldita mariposa —añadió el alcalde en tono seco, al tiempo que miraba más allá de las tierras de Josep, hacia la enmarañada y vulgar viña de Quim Torras.

Josep guardó silencio. Se sabía que al alcalde le daba rabia la relación de Quim con el cura del pueblo, pero Josep no quería hablar con Àngel Casals ni de Quim ni del padre López.

Casals se levantó del banco y Josep lo imitó.

—Un segundo más, alcalde, si no le importa —le pidió.

Entró en la casa, salió con unas monedas y se las puso en la mano a Àngel.

—Y... ¿esto?

—En pago de dos pollos... —Àngel echó la cabeza hacia atrás—... que le robé hace cinco años.

—Y una mierda —dijo Àngel con rabia—. ¿Por qué me robaste?

—Necesitaba los pollos desesperadamente y no tenía con qué pagárselos.

—¿Y por qué me los pagas ahora?

Josep se encogió de hombros y le dijo la verdad.

—Porque no soporto ni siquiera pasar junto a su maldito gallinero.

—¡Pues vaya ladrón tan sensible! —El alcalde miró las monedas—. Me estás pagando demasiado —dijo con seriedad. Echó la mano al bolsillo, buscó una moneda pequeña y se la dio—. Por honesto que sea un ladrón, no debe robarse a sí mismo, Álvarez —concluyó antes de derramar una carcajada.

32

El intruso

Afinales de febrero aparecieron las primeras yemas pálidas, de un amarillo verdoso, y en cuanto el invierno cedió paso a la primavera Josep empezó a pasar largas jornadas de trabajo en la viña para terminar de podar y retirar la tierra acumulada en la base de las vides. Al llegar abril, las tiernas hojillas estaban ya abiertas y poco después el sol empezó a calentar con más ardor y las flores llenaron la viña de un aroma embriagador.

Su padre siempre había dicho que la uva estaba lista para la recolección cien días después de la aparición de las flores. Su salida atraía a los insectos, que las polinizaban y hacían posible el nacimiento de las uvas, pero aquellas vides verdes también atraían a algunos animales perjudiciales.

Francesc estaba con él la mañana en que Josep descubrió unas cuantas parras destrozadas, con las raíces levantadas y mordisqueadas. El desastre había ocurrido en la parte trasera de su propiedad, junto a la base de la colina. Había huellas en la tierra.

—Maldita sea —murmuró.

Tuvo que frenarse para no decir algo peor en presencia del crío.

—¿Por qué están destrozadas las parras, Josep?

—Jabalíes —le respondió.

Quim Torras había perdido algunas vides también, unas ocho, pero Maria del Mar no. Aquella noche Josep salió a buscar a Jaumet Ferrer y le pidió que cazara aquel jabalí antes de que destrozara más viñas.

Jaumet pasó por allí y se acuclilló junto a las vides destrozadas.

—Son huellas de un cerdo salvaje, creo que sólo era uno. Las cerdas y los... ¿cómo se llaman?

—¿Las crías? —sugirió Josep.

—Crías. —Jaumet saboreó la palabra—. Las cerdas y las crías se juntan. Los machos deambulan en solitario. Es probable que éste se mueva por la zona del río debido a la sequía. Atacó las raíces de tus vides. Los cerdos se comen cualquier cosa. Carne muerta. Un cordero vivo o un becerro.

Josep pidió a Maria del Mar que, durante un tiempo, mantuviera a Francesc en casa y a la vista.

Jaumet apareció antes del amanecer con su larga escopeta de caza y patrulló las viñas todo el día bajo el sol ardiente. Al llegar el crepúsculo, cuando se hizo demasiado oscuro, se fue a casa.

Regresó al alba el día siguiente, y el otro. Sin embargo, explicó a Josep que al tercer día se iría a cazar conejos y aves.

—Puede que el jabalí no vuelva a molestarte.

—Ah —respondió Josep con cautela—. Puede.

A la mañana siguiente, Josep salió de casa muy temprano y al entrar en la viña oyó ruidos de algún animal entre las vides, al fondo de la plantación. Agarró una piedra en cada mano y echó a correr. Debió de hacer demasiado ruido, porque al llegar a la hilera de las vides asaltada apenas tuvo tiempo de ver el trasero y la larga cola borlada del jabalí, que huía hacia la viña de Quim.

Le tiró las dos piedras y corrió tras él, gritando cosas sin sentido, pero casi enseguida lo perdió de vista. Cuando entró corriendo en la viña de los Valls asustó a Maria del Mar y a Francesc, que no habían visto al animal.

Maria del Mar frunció el ceño mientras escuchaba la descripción de la bestia.

—Nos va a salir caro. ¿Qué hacemos? ¿Volvemos a llamar a Jaumet?

—No. Jaumet no se puede pasar la vida en nuestras viñas.

—¿Y entonces?

—Ya pensaré algo —respondió Josep.

Recordaba exactamente dónde cavar en busca de los dos paquetes que había enterrado, en aquel rincón olvidado y arenoso en que sus tierras se juntaban con las de Quim. Los encontró llamativamente intactos por las escasas lluvias que se habían drenado en aquella zona a través del suelo poroso. Cepilló los paquetes cuidadosamente con la mano para retirar la burda arena y luego se los llevó a casa, cortó el cordel y los desenvolvió encima de la mesa. La capa exterior se había oscurecido por el contacto con los minerales del suelo, pero las dos capas internas de hule parecían totalmente intactas y en excelente estado, igual que el contenido de ambos paquetes. Las piezas del revólver Le-Mat estaban tan cubiertas de grasa que no consiguió limpiarlas del todo hasta bien entrada la noche, pese a que usó todos los trapos que tenía y luego incluso sacrificó una camisa vieja, algo andrajosa pero llevable todavía. La desgarró, y apenas le quedaba un retal limpio cuando al fin tuvo el arma libre de grasa, limpia, brillante y aterradora, pues hubiera deseado no volver a verla jamás.

Extendió el contenido del segundo paquete y cargó los cartuchos lenta y cuidadosamente, inseguro al principio de recordar exactamente cómo se hacía; echó la pólvora del saco en el tubo medidor y de allí a una de las cámaras vacías.

El arma y el acto de cargarla le traían recuerdos que prefería evitar, y tuvo que parar un rato porque le temblaban las manos, pero al fin logró meter una bala de plomo en la cámara y tirar del cargador para hundirla en la pólvora. Luego echó algo de sebo por encima de la bala y la pólvora y se sirvió de la herramienta idónea para colocar una cápsula percutora por encima del conjunto. Después movió el cilindro con la mano libre y cargó todas las demás cámaras menos dos, pues descubrió que no tenía pólvora suficiente en el saco para cargar las siete.

Recogió la mesa y colocó el LeMat en la repisa de la chimenea, junto al reloj de su madre. Luego subió al piso de arriba y pasó mucho rato despierto en la cama, temeroso de que lo asaltaran los sueños si se dormía.

33

Grietas

*D*urante casi una semana el jabalí que destrozaba las parras se convirtió en tema de conversación cada vez que se encontraban dos aldeanos, pero no volvió a aparecer y pronto fue reemplazado en sus charlas por las acaloradas discusiones sobre la puerta de la iglesia, que estaba abollada, agujereada y destartalada. Según la leyenda local, la habían destrozado las culatas de los mosquetes de los soldados de Napoleón, pero el padre de Josep le había contado, con conocimiento de causa, la historia de un borracho del pueblo y la piedra que sostenía en su mano. La madera tenía también una grieta larga y dentada, una abertura superficial que no afectaba a la integridad estructural de la puerta pero sí amenazaba con dividir en dos la comunidad del pueblo. Los parroquianos habían intentado rellenarla varias veces con argamasas de diversos materiales, pero la brecha era demasiado amplia y profunda, y todos aquellos antiestéticos intentos habían fracasado. La iglesia tenía dinero suficiente para comprar una puerta nueva y algunos consideraban que debía hacerlo, mientras que otros se negaban a gastar los fondos si no se trataba de alguna urgencia de importancia mayor. Una minoría dirigida por Quim Torras consideraba que un sacerdote tan sensible como el padre López merecía que su iglesia tuviera una puerta más elegante. Quim propuso una puerta artística con tallas de motivos religiosos, y urgió al pueblo entero a reunir fondos para pagarla.

Una mañana, Josep iba a buscar agua al pozo y se encontró con Àngel Casals.

—Bueno, ¿qué opinas tú sobre la puerta de la iglesia?

Josep se frotó la nariz. En verdad, había dedicado poco tiempo a pensar en eso, pero la mera idea de que sus exiguos fondos sufrieran una derrama inesperada le asustaba. La gente decía que durante años Àngel había conservado unos pequeños ahorros del pueblo sin hacer pública la cantidad de dinero que atesoraba y sin querer gastar jamás un céntimo, porque ninguna urgencia le parecía suficientemente grave para disponer de ella.

—No creo que deba haber un impuesto para recoger fondos, alcalde.

—¡Nada de impuestos para financiar a la iglesia! —gruñó Àngel—. Nadie lo quiere pagar. Es como intentar sacar vino de una piedra.

—Creo que no necesitamos una puerta de catedral. Tenemos una bonita iglesia campestre. Necesita una puerta lisa de madera, robusta y de buen aspecto. Si dependiera de mí, gastaría algo de dinero para comprar madera. Deberíamos ser capaces de hacer una puerta adecuada y que la iglesia conserve una parte de sus ahorros.

El alcalde lo miró con interés.

—¡Tienes razón, Álvarez! ¡Mucha razón! ¿Sabes dónde comprar la madera?

—Creo que sí —respondió Josep—. Al menos, sé dónde preguntar.

—Pues pregunta, por favor —concluyó Àngel con satisfacción.

A última hora de la tarde siguiente, cuando el sol bajaba ya por el cielo y el cuerpo de Josep le advertía que pronto sería buen momento para poner fin a una larga jornada de trabajo, oyó el temido ruido.

Paró de podar de inmediato y se quedó totalmente quieto. Escuchó…

Escuchó y volvió a oír el mismo ruido, un crujido enérgico de la vegetación que le hizo salir corriendo al instante hacia la casa. Nadie había tocado el LeMat desde que lo dejara sobre la repisa de la chimenea. Llevó el revólver a la viña y empezó a recorrer aquella hilera tan silenciosamente como pudo. El ruido le llegaba ahora algo más quedo. Llevaba el revólver apuntando hacia abajo, listo para tirar, pero se dijo que tampoco debía disparar demasiado rápido, por si acaso era Francesc, o tal vez Quim, el responsable de aquel ruido.

Sin embargo, al instante siguiente vio al jabalí, más grande de lo que había imaginado por el atisbo de la última vez.

El jabalí tenía un pellejo grueso, de un negro amarronado, distinto del de los cerdos domésticos. El cuerpo era rollizo y denso, la cabeza aterradoramente desproporcionada y las piernas cortas pero gruesas y de aspecto fuerte. El animal lo miró fijamente, sin miedo aparente pero atento, con sus ojos pequeños y oscuros, justo encima de la parte plana del hocico de piel negra.

«Sólo es un cerdo», se dijo Josep.

¡Colmillos!

Josep los vio con claridad, dos colmillos pequeños que apuntaban hacia abajo desde la mandíbula superior, y otros dos más largos que se alzaban desde la inferior, de unos doce o quince centímetros, curvados y rematados por puntas malvadas. El jabalí soltó un gruñido parecido a una tos y alzó la cabeza con un largo empujón. Josep sabía que solían luchar así, sirviéndose de los colmillos para destripar a sus víctimas.

El jabalí arrancó hacia un lado para salir huyendo, pero de repente Josep se comportó con una frialdad y una crueldad perfectas.

Apenas siguió al animal, con el brazo rígido y bajo control, y el dedo apenas acarició el gatillo. El estallido fue estridente. Vio que la bala agujereaba la piel justo detrás del hombro izquierdo antes de que el jabalí se detuviera para darse la vuelta y dar un paso en su dirección, momento en que Josep le disparó de frente otros dos tiros del revólver.

Tres disparos.

«Estallidos secos como ladridos. El hombre del carruaje asaltado, con la condena ya escrita en el rostro, retorciéndose y haciendo muecas de dolor mientras las balas encontraban el camino hacia su cuerpo. Corcoveo de caballos, el carruaje inclinado. El chillido estridente de Enric, como una mujer. Correr, todo el mundo a correr.»

Había olvidado el penacho de humo que salía después de cada disparo y el olor a quemado.

El cerdo salvaje se dio la vuelta y salió corriendo hacia la única cobertura disponible, un montón de maleza al pie de la colina. De pronto se hizo un gran silencio. Josep se quedó plantado, tembloroso, y miró fijamente hacia la zona de maleza por donde había desaparecido el animal.

El tiempo pasaba muy despacio, quizá llevara media hora con la mirada nerviosamente fija en la maleza y el arma lista. Pero el jabalí no salió.

Al poco apareció por allí Jaumet con su rifle.

—He oído los disparos. —Jaumet observó el rastro de sangre brillante que se dirigía hacia la maleza—. Será mejor que esperemos.

Josep asintió, aliviado por su presencia.

—Juntos —susurró al fin Jaumet, gesticulando con el rifle.

Con las dos armas apuntadas, ambos caminaron hacia la espesura.

A Josep le latía con fuerza el corazón. Se imaginó al jabalí a punto de cargar contra ellos en cuanto Jaumet abriera el follaje.

Pero allí no había nada.

Desde la maleza, el rastro de sangre llevaba a la base de la colina, donde vieron un hueco bajo un saledizo de rocas y tierra. Jaumet señaló el refugio.

—Una especie de madriguera. Está ahí dentro.

—¿Crees que estará vivo? —Jaumet se encogió de hombros—. Dentro de un par de horas será de noche.

Estaba preocupado. Si el jabalí herido seguía vivo y se les escapaba durante la noche, podía ser muy peligroso.

—Necesitamos una vara —dijo Jaumet.

Josep fue a su casa y cogió el hacha. Caminó hasta el río, taló un pimpollo y le dio forma.

Al ver la vara, Jaumet asintió. Dejó el rifle apoyado en una parra y gesticuló para que Josep lo siguiera hasta la madriguera.

—Estate listo —dijo antes de agacharse delante del hueco.

Metió la vara, empujó y pegó un salto hacia atrás. Luego se rio, retomó la posición y empujó una y otra vez con la vara.

—El gamberro ha muerto.

—¿Estás seguro?

Jaumet alargó un brazo dentro del agujero y se puso a tironear, gruñendo de tanto esfuerzo.

Josep mantenía el LeMat apuntado hacia el cuerpo que empezaba a asomar por el agujero; primero las pezuñas de las patas traseras y la cola, luego la grupa hirsuta.

Miraron las heridas ensangrentadas.

No cabía duda de que el jabalí estaba muerto, pero de algún modo parecía inconquistable y feroz, y Josep seguía temiéndolo. Sus dientes eran verdes y parecían muy afilados. Uno de los colmillos inferiores estaba rajado como la puerta de la iglesia, con una brecha que iba desde la punta afilada hasta hundirse en la carne.

—Ese colmillo debía de dolerle —dijo Josep.

Jaumet asintió.

—Su carne es buena, Josep.

—No es buena temporada para descuartizar. Todo el mundo está ocupado en las viñas. Yo mismo lo estoy. Y si mañana hace calor…

Jaumet asintió. Sacó su navaja grande de la vaina. Josep lo observó mientras practicaba un largo corte en diagonal por la espalda del jabalí, luego dos verticales; luego arrancó un buen retal del pellejo y una capa de grasa. Recortó de debajo dos generosos fragmentos cuadrados de carne rosada.

—El lomo, la mejor parte. Una pieza para ti, la otra para mí.

Los restos ensangrentados, con dos boquetes en la espalda, parecían maltratados. Sin embargo, cuando Josep entró en su casa para guardar la carne, Jaumet encontró dos palas entre sus utensilios y lo esperaba ya para que escogiera en qué parte de su propiedad se podía cavar.

Josep dio su trozo de carne a Maria del Mar, quien al principio no parecía encantada de recibirlo. También ella había tenido una dura jornada de trabajo y no le entusiasmaba la idea de cocinar el cerdo. Sin embargo, no dejaba de suponer un alivio que hubiera desaparecido la amenaza del jabalí, o sea que fue sincera en su agradecimiento.

—Ven mañana y te lo comes con nosotros —le propuso a regañadientes.

Así que a la mañana siguiente Josep se sentó a la mesa con Maria del Mar y Francesc. Ella había estofado el lomo con tubérculos y ciruelas pasas y Josep tuvo que admitir que el resultado era incluso mejor que el obtenido por él con el conejo.

34

Madera

*U*na tarde, caminando por Santa Eulàlia, vio a un grupo de muchachos que reían, se intercambiaban insultos y se peleaban por el suelo como animales. Eran jóvenes que se adentraban a trompicones en el límite de la primera juventud, niños todavía en muchos aspectos; los que no fueran primogénitos se enfrentarían bien pronto al desempleo, a la dureza de la vida y a los problemas de afrontar el futuro.

Esa noche soñó que los muchachos del pueblo se desafiaban y armaban jaleo, pero eran «sus» muchachos. Esteve, con su sonrisa retorcida; el hosco Jordi; el serio Xavier, con su cara redonda; Manel se reía de Enric mientras lo aferraba contra el suelo; Guillem, tan espabilado, los miraba a todos en silencio. Cuando se despertó, se quedó tumbado en la cama y se preguntó por qué habían desaparecido todos, por qué habían quedado para siempre como muchachos, mientras que él había sobrevivido para pasar a preocuparse de las cosas cotidianas.

Aquella tarde estaba trabajando a la vista de la carretera y, para su sorpresa y gran placer, Emilio Rivera apareció con una pequeña carreta tirada por un solo caballo.

—Vaya, ¿o sea que tenías algo de trabajo por aquí? —dijo Josep, tras el intercambio de saludos.

Rivera negó con la cabeza.

—Ha sido por el bello tiempo de primavera —dijo con algo de vergüenza—. Tras olisquear la cálida brisa del mar, sabía que no me podía quedar dentro de la tonelería. Qué diablos, he pensado, me voy a pasear por esas hermosas colinas y arreglaré esa cuba que tanto preocupa al joven Álvarez.

Cuando Josep lo acompañó ante la cuba en cuestión, Rivera la examinó y asintió. Llevaba algunos tablones en el carro, partidos con los nudos enteros y ya laminados y hendidos. Poco después, mientras retomaba su trabajo en la viña, Josep escuchó los reconfortantes ruidos de sierras y martillos que le llegaban desde el cobertizo que quedaba detrás de su casa.

Rivera tuvo que trabajar varias horas antes de salir a la viña y dar la cuba por reparada, con garantías de que no iba a perder. Teniendo en cuenta el viaje y la cantidad de horas de trabajo de aquel hombre, Josep se preparó para recibir malas noticias cuando le preguntó qué le debía, pero la respuesta lo dejó agradecido y sintió que quedaba en deuda con Rivera. Hubiera deseado cocinarle algo al tonelero como muestra de gratitud, un conejo o un pollo, pero en su defecto le ofreció lo mejor que tenía disponible, de modo que al poco estaban los dos sentados a la mesita de Nivaldo, bebiendo vino agrio con el tendero y comiéndose un buen cuenco de su guiso.

—Hay algo que me gustaría enseñarle —dijo Josep al terminar.

Se llevó a Rivera a la puerta contigua para que examinara la destrozada entrada de la iglesia.

—¿Cuánto costaría la madera para reparar esa puerta?

Rivera gruñó:

—¡Álvarez, Álvarez! ¿Tienes alguna propuesta que me salga rentable?

Josep sonrió.

—Tal vez algún día. Tendría que haberle servido más vino antes de enseñarle esa puerta.

—¿Dices que sólo quieres la madera? ¿La mano de obra la ponéis vosotros?

—Sólo la madera.

—Bueno, tengo unas cuantas tablas de roble bueno. Son más caras que la plancha lisa que usamos para tu carro. Éstas hay que cepillarlas a fondo para poderlas lijar y teñir bien después, de manera que la puerta quede bonita... Pero, como se trata de una iglesia, os haré un buen precio por la madera.

—¿Y cómo lo hago para juntar las tablas?

—¿Que cómo las juntas? —Rivera lo miró fijamente y meneó la cabeza—. Bueno, por un poco más de dinero Juan podría cortar unos canales rectos en los costados de las planchas y hacer unas tiras de madera que se llaman espigas, del doble de anchura que los canales. Encolas un canal y le encajas la espiga. Luego, revistes el canal de otro tablón y lo encajas con la parte que aún queda libre de la espiga y lo golpeas con suavidad hasta que los bordes de los dos tablones queden bien unidos.

Josep apretó los labios y asintió.

—Luego les pones unos buenos sargentos, bien grandes, y las dejas así toda la noche, hasta que se seque la cola.

—¿Sargentos grandes?

—Sí, grandes y fuertes. ¿Hay alguien en el pueblo que tenga sargentos grandes?

—No.

Se miraron en silencio.

—... ¿Usted sí los tiene?

—Los sargentos grandes son muy caros —dijo Rivera en tono adusto—. Nunca permito que los míos salgan de la tonelería. —Suspiró—. Bueno, maldita sea. Yo los necesito durante las próximas dos semanas. Pero si pasas por la tonelería a partir de entonces... Y ven solo, por el amor de Dios, no me traigas un comité de la iglesia a la tonelería. Esa semana no me harán falta y te dejaré trabajar sin molestar, tú solito en un rincón. Allí podrás ensamblar las tablas y terminar la puerta tú mismo. Juan y yo estaremos atentos para que no te metas en un buen lío, pero, por lo demás, no nos vas a molestar. ¿De acuerdo?

—Vale, de acuerdo, señor —dijo Josep.

Y

Durante las cuatro semanas siguientes trabajó en su viña con nuevas energías, pues tenía que terminar el grueso de su trabajo para luego poder dedicarle tiempo a la puerta.

El día en que habían quedado salió de los altiplanos montado en *Orejuda* y llegó a la fábrica de toneles a mediodía.

Rivera lo recibió de malas maneras, pero a esas alturas Josep ya se había acostumbrado a su personalidad. El tonelero había cortado unas cuerdas según las medidas de la vieja puerta de la iglesia antes de irse de Santa Eulàlia, y tenía cinco tablones bien cepillados y con los canales laterales listos para él, así como cuatro espigas y un recibo para que Josep lo entregara en la iglesia. El precio de las tablas era razonable, pero cuando las tuvo apiladas sobre una mesa y en un rincón, tal como había prometido, las examinó con ansiedad y se dio cuenta de que si alguna se estropeaba por su impericia, sería responsable de su desperdicio.

De todas formas, Rivera le había dejado el material de tal manera que era difícil destrozarlo. Le sorprendió el poco tiempo que le había costado unir las dos primeras tablas según las precisas instrucciones del tonelero. Tanto al amartillar la espiga, como al unirle luego el segundo tablón, tomó la precaución de interponer un pedazo de madera abollada para que absorbiera los golpes del martillo sin estropear la madera de las tablas. Rivera no le hizo ni caso, pero Juan echó un vistazo a lo que había hecho y luego le enseñó a colocar los pesados sargentos, necesarios para que las dos tablas se mantuvieran unidas bajo presión mientras se secaba la cola. Cuando Josep abandonó la tonelería aún le quedaban unas cuantas horas a la tarde.

Ahora que ya sabía cuánto rato debía trabajar cada día en la puerta, podía dedicar cinco o seis horas a su viña antes de partir hacia Sitges. Eso implicaba que normalmente ya caía el crepúsculo cuando él salía de la tonelería y montaba en *Orejuda* para regresar hacia el sur, pero le compensaban aquellas horas de más entre sus vides y le gustaba el regreso al pueblo bajo la oscuridad y el frío aire de la noche.

La tercera noche, al salir de Sitges la ruta lo llevó por unas casitas que se alineaban ante el mar. La mayoría eran residencias de pescadores, pero delante de algunas había mujeres que invitaban a los hombres a entrar con dulces palabras.

Era fuerte la tentación, pero también el desprecio, pues la mayoría eran recias y nada atractivas y ni siquiera sus estridentes maquillajes podían disimular los maltratos que les había dispensado la vida. Sin embargo, después de pasar junto a una de aquellas mujeres, algo de sus rasgos le despertó un recuerdo y volteó a *Orejuda* para regresar hacia ella.

—¿Está solo, señor?

—¿Renata? ¿Eres tú?

Llevaba un vestido negro arrugado que se le pegaba al cuerpo y un pañuelo negro en la cabeza. Había adelgazado y su cuerpo parecía más seductor, aunque representaba más edad de la que tenía y parecía terriblemente cansada.

—Sí, soy Renata. —Lo miró con curiosidad—. ¿Y tú quién eres?

—Josep Álvarez. De Santa Eulàlia.

—De Santa Eulàlia. ¿Quiere mi compañía, Josep?

—Sí.

—Pues entre en mi habitación, mi amor.

Renata lo esperó mientras ataba a *Orejuda* a una baranda, delante de una casa contigua, y luego Josep la siguió por unas escaleras impregnadas de olor a orina. Sentado a una mesa, al final de la escalera, había un hombre de traje blanco que hizo un gesto a Renata cuando los vio pasar.

La habitación era pequeña y estaba descuidada: un catre, una lámpara de aceite, ropa sucia apilada en los rincones.

—He pasado algunos años fuera. Al volver, te fui a buscar, pero ya no estabas.

—Sí.

Renata estaba nerviosa. Hablaba rápido y le iba diciendo lo que le iba a hacer para darle placer. Era obvio que no se acordaba de él.

—Fui a tu casa para estar contigo, con Nivaldo Machado, el tendero de Santa Eulàlia.

—¡Con Nivaldo!

Josep había empezado a desnudarse y vio que Renata se acercaba a la lámpara.

—No, déjala encendida, por favor, así será igual que entonces —propuso.

Ella lo miró y se encogió de hombros. Se subió los bajos de la falda por encima de las caderas y se sentó a esperarlo en el catre.

—¿No vas a quitarte el pañuelo de la cabeza, por lo menos? —dijo.

Lo había preguntado medio en broma, pero en verdad le molestaba, así que alargó un brazo hacia ella y, como la mano con que Renata pretendía evitarlo llegó tarde, le arrancó el pañuelo.

La parte delantera del cuero cabelludo era totalmente calva, brillante de sudor, mientras que el cabello del resto estaba mortecino e irregular, como si fuera tierra seca.

—¿Qué te pasa?

—No lo sé. Alguna enfermedad sin importancia que no se te va a contagiar por estar una sola vez conmigo —dijo en tono sombrío.

Se acercó para quitarle los pantalones, pero él se apartó.

En las piernas de Renata había una erupción sanguinolenta.

—Renata… Renata, voy a esperar.

Dio otro paso atrás y vio que a ella se le contorsionaba el rostro y se le empezaban a agitar los hombros, aunque no hizo el menor ruido.

—Por favor… —Renata miró hacia la puerta—. Es que él se enfada tanto…

Josep echó mano al bolsillo y sacó todas las monedas que llevaba, y ella cerró su mano sobre la de él.

—Señor —le dijo, secándose los ojos—, esto no durará mucho. No creo que sea el chancro, pero incluso si lo fuera, es algo que se cura al cabo de uno o dos meses y luego todo queda bien. Perfecto. ¿Me vendrá a ver cuando se me haya curado?

—Claro, Renata. Claro que sí.

Salió de la habitación, bajó por la escalera y, tras montar de nuevo en *Orejuda*, le clavó los talones para que arrancara al trote y lo llevara bien lejos del pueblo.

35

Cambios

Cuando las juntas de la puerta quedaron terminadas, Josep dedicó horas y horas de trabajo a lijar la madera hasta que quedó una superficie lisa e ininterrumpida. Luego la tiñó de un denso y opulento verde, el único color que Rivera pudo ofrecerle, y la terminó con tres capas de barniz, pulidas una a una con una lija fina hasta que la capa final relucía como si fuera de cristal.

Llevó al pueblo la puerta ya terminada dentro de su carro, sobre un lecho de mantas. Tras conseguir que llegara intacta, dejó que la gente de la iglesia asumiera la responsabilidad de colgarla, cosa que hicieron con presteza por medio de los mismos soportes de bronce que habían sostenido la puerta antigua.

Josep recuperó lo que había pagado por la madera y se celebró una pequeña ceremonia de inauguración. El padre Felipe aceptó la puerta y dio las gracias con una bendición, y el alcalde habló con calidez de la contribución de Josep en tiempo y energía, con unas palabras que lo avergonzaron.

—¿Por qué lo has hecho? —le preguntó Maria del Mar al día siguiente, cuando se lo encontró por la calle—. ¡Ni siquiera vas a misa!

Josep meneó la cabeza y se encogió de hombros, incapaz de explicarle eso, como tantas otras cosas.

Para su propia sorpresa, la respuesta a aquella pregunta se le ocurrió de repente. No lo había hecho por la iglesia.

Lo había hecho por su pueblo.

Y

Cinco días después de la inauguración de la puerta nueva, llegaron al pueblo dos clérigos de mediana edad en un carruaje tirado por un par de caballos. Entraron en la iglesia y pasaron medio día dentro con el padre Felipe López, tras lo cual salieron solos y se fueron a la tienda de comestibles con el cochero. Los tres comieron pan con butifarra y bebieron agua del pozo antes de meterse de nuevo en su carruaje y desaparecer.

Aquella tarde, Nivaldo le contó a Josep la visita de los sacerdotes, pero ninguno de los dos supo nada nuevo hasta que, al cabo de tres días, el padre Felipe se despidió de algunas personas y, tras doce años de servicios como cura de la iglesia del pueblo, abandonó Santa Eulàlia para siempre.

El rumor corrió enseguida y asombró a todo el pueblo. Los visitantes eran monseñores de la Oficina de Vocaciones de la diócesis de Barcelona. Aquellos prelados habían acudido a decirle al padre Felipe que se lo transfería sumariamente, y se le daba una nueva asignación para convertirse en confesor de la congregación de religiosas del convento de las Reales Descalzas, en la diócesis de Madrid.

Durante cinco días no hubo sacerdote en la iglesia, hasta que una tarde cruzó el puente un carro de silla de alquiler, tirado por un viejo caballo cansado y cargado con un sacerdote flaco y taciturno tocado con sombrero negro de ala ancha. Cuando se bajó del carruaje, sus ojos, tras los gruesos cristales de sus anteojos, inspeccionaron lentamente la plaza antes de entrar con su bolsa en la iglesia.

El alcalde se apresuró a pasar por la casa de la parroquia para saludarlo en cuanto supo de su llegada; luego fue a la tienda de comestibles e informó a Nivaldo y a unos cuantos clientes allí presentes de que el nuevo sacerdote se llamaba Pío Domínguez, era nacido en Salamanca y llegaba a Santa Eulàlia tras pasar un decenio en Girona como adjunto de una iglesia.

Aquel domingo, a los que fueron a misa les resultó extraño comprobar que la figura de negro que consagraba la eucaristía era un extraño alto y esbelto, en vez de la visión ya familiar del orondo padre Felipe. En lugar del estilo de éste, que iba de lo alegre a lo untuoso, el cura nuevo hablaba con sobriedad y contó en su homilía una historia desconcertante sobre cómo la virgen María había enviado en una ocasión un ángel de visita a una familia pobre para transmitir a todos el amor de Jesús por medio de una jarra de agua que se convertía en vino.

Fue una mañana de domingo como otra cualquiera, salvo por el hecho de que el cura que se plantó junto a la puerta mientras la gente abandonaba la iglesia no era el de siempre. Sorprendentemente, no pareció que eso importara a muchos habitantes de Santa Eulàlia.

Durante la semana siguiente, el alcalde acompañó al padre Pío a todas las casas para visitar a las familias del pueblo de una en una. Llegaron a la de Josep el tercer día, cuando aún tenía a medias el trabajo de la tarde. Aun así, abandonó lo que estaba haciendo y los invitó a sentarse en el banco. Les sirvió vino y se fijó en el rostro del cura mientras éste bebía los primeros sorbos. El padre Pío bebía como un hombre, pero Josep comprobó con satisfacción que no intentaba halagar su terrible calado.

—Padre, creo que sería una bendición que la Madre del Señor convirtiera nuestra agua en vino de vez en cuando —le dijo.

El sacerdote no sonrió, pero sus ojos emitieron un brillo.

—Creo que usted no estaba en la iglesia el domingo, señor.

No era una acusación, sino la mera constatación de un hecho.

—No, padre, no estaba.

—Y sin embargo ¿te refieres a mi homilía?

—En este pueblo, cualquier noticia se comparte como el buen pan.

—Josep fue el que hizo la puerta nueva de nuestra iglesia —explicó Àngel—. Bonita puerta, ¿verdad, padre?

—Bonita, sí. Una puerta excelente. Y su trabajo, una generosa contribución. —Ahora sí que sonreía el sacerdote—. Espero que recuerde que esa puerta se abre de par en par. —Se terminó el vino como un valiente y se levantó—. Le vamos a dejar que retome su trabajo, señor Álvarez —dijo, como si le estuviera leyendo la mente.

Àngel movió la cabeza en dirección a las tierras de Quim.

—¿Sabes cuándo volverá? Hemos llamado a su casa, pero no ha contestado nadie.

Josep se encogió de hombros.

—No lo sé, alcalde.

—Bueno —dijo Àngel al sacerdote, en tono desagradable—, seguro que lo verá con frecuencia, padre, porque es un hombre muy religioso.

A Josep le gustaba recorrer a pie por la noche aquellas vides en las que pasaba los días trabajando. Por eso aquella noche se encontraba al borde de la viña de su familia en plena oscuridad cuando oyó aquel sonido extraño. Durante un momento le entró el pánico y creyó que se trataba de otro jabalí, pero pronto se dio cuenta de que era un sollozo amargo, un sonido humano, y salió de sus tierras para localizarlo.

Estuvo a punto de tropezar con el cuerpo entre las malas hierbas.

—Ahh, por Dios. —Las palabras sonaban heridas.

Josep conocía esa voz ronca.

—¿Quim? —El hombre siguió sollozando. Josep notó el olor a coñac y se arrodilló a su lado—. Ven, Quim. Vamos, viejo amigo, déjame llevarte a tu casa.

Josep alzó a Quim con dificultad. Medio arrastrándolo y medio cediéndole apoyo, logró trasladarlo hasta su casa pese a que las piernas de Quim, caídas como pesos muertos, no ayudaban nada. Una vez dentro, Josep tanteó en la oscuridad hasta que encontró una lámpara de aceite, pero no se le ocurrió subir a Quim al piso de arriba. Al contrario, subió él mismo a su fétida habitación, bajó con la estera de dormir y la estiró en el suelo de la cocina.

Quim había dejado de lloriquear. Se sentó con la espalda apoyada en la pared y observó con rostro inexpresivo mientras Josep armaba una pequeña hoguera, la encendía y colocaba la olla de café, acaso del día anterior, sobre una rejilla. En la panera había un mendrugo seco. Quim cogió el pan cuando se lo pasó Josep y lo sostuvo en la mano, pero no se lo comió. Cuando estuvo caliente el café, Josep sirvió una taza, sopló hasta que le pareció que ya estaba bebible y la acercó a la boca de aquel hombre.

Quim bebió un sorbo y gruñó.

Josep sabía que aquel café debía de ser horrendo, pero no apartó la taza.

—Sólo un trago más —dijo—. Y un mordisco de pan.

Pero Quim sollozaba de nuevo, ahora en silencio y con el rostro vuelto. Al cabo de un rato suspiró y se frotó los ojos con el puño que aún sostenía el pan.

—Ha sido el maldito Àngel Casals.

Josep estaba perplejo.

—¿El qué?

—Àngel Casals, ese pedazo de mierda. Fue él quien se encargó de que transfiriesen al padre Felipe.

—¡No! ¿Àngel?

—Sí, sí, el alcalde, ese ignorante, sucio, viejo cabrón que no soportaba vernos. Nosotros lo sabíamos.

—No puedes estar seguro —dijo Josep.

—¡Lo estoy! El alcalde quería que nos largáramos del pueblo. Conoce a alguien que conoce a alguien que es un pez gordo de la Iglesia en Barcelona. Con eso le bastó. Me lo han contado.

—Lo siento, Quim. —Josep se sentía incapaz de ofrecerle la curación de sus males o siquiera un consuelo—. Has de intentar hacerte fuerte, Quim. Mañana pasaré y te llamaré a la puerta. ¿Estarás bien si te dejo solo?

Quim no contestó. Luego miró a Josep y asintió con la cabeza.

Josep se dio la vuelta para irse. Le sobrevino una imagen en la que Quim tiraba la lámpara y derramaba el aceite hirviendo, y decidió recogerla. La apagó al llegar a la entrada y la dejó en un lugar seguro y apartado.

—Vale, buenas noches, Quim —se despidió antes de cerrar la puerta y salir a la silenciosa oscuridad.

Por la mañana fue a primera hora a la tienda de comestibles, compró pan, queso y olivas y dejó la comida y una jarra de agua fresca ante la puerta de Quim. De camino a casa pasó por el lugar en el que había encontrado a su vecino borracho, derramando sus penas entre las vides. Cerca de allí encontró los fragmentos de una botella vacía de coñac que se había roto al chocar con una piedra, y los recogió antes de permitirse el bendito alivio de ponerse a cumplir con su trabajo.

36

Una charla con Quim

A Josep le encantaba comprobar los efectos de la llegada del verano a sus viñas. En Languedoc había podado variedades de uvas que no eran tan robustas como las características de España. Las parras francesas tenían que sujetarse a un tutor en cada hilera, con un alambre que resultaba caro. En sus tierras, Josep podaba según se había hecho siempre en su familia con las uvas españolas, de tal modo que cada parra se aguantaba por sí misma y adquiría forma como si fueran grandes jarrones verdes llenos de ramas que se alzaban hacia el sol.

En contraste con su viñedo, atendido con tantos cuidados, el de Quim era una jungla, con las vides maltratadas a tajos, u olvidadas, y las malas hierbas crecían y campaban a sus anchas. Quim parecía evitar a Josep, quizá por vergüenza. Nivaldo le explicó que su vecino comía en su tienda con cierta regularidad. Josep se lo encontró dos veces por el camino y se detuvo como si fueran a hablar, pero Quim siguió andando con paso apresurado, los ojos rojos y la mirada esquiva; en ambos casos, Josep se percató de que sus andares no eran muy estables.

Por eso se llevó una sorpresa agradable cuando una tarde, a última hora, Quim llamó a su puerta y se presentó serio y sobrio. Josep lo saludó con amabilidad y le hizo pasar. Le ofreció pan, chorizo y queso, pero Quim lo rechazó con un gesto y le dio las gracias con voz débil.

—Necesito que hablemos de una cosa.

—Por supuesto.

Quim parecía buscar el modo idóneo de comenzar. Al fin, suspiró y soltó las palabras como un estallido:

—Me voy de Santa Eulàlia.

—¿Te vas por ahí? ¿Cuántos días?

Quim exhibió una leve sonrisa.

—Para siempre.

—¿Qué? —Josep lo miró, preocupado—. ¿Adónde vas?

—Tengo una prima en San Lorenzo del Escorial, una buena mujer a la que adoro. Tiene una lavandería en San Lorenzo, donde lava la ropa para los nobles y los ricos, un buen negocio. Se está haciendo mayor. El año pasado me insistió en que me fuera a vivir con ella y la ayudara a llevar la lavandería. Entonces le dije que no podía ir, pero ahora…

—¿Vas a permitir que Àngel te eche del pueblo?

Josep se llevaba bien con Àngel, pero no admiraba su manera de tratar a Quim.

Éste despreció la idea agitando una mano en el aire.

—Àngel Casals no tiene ninguna importancia. —Miró a Josep—. San Lorenzo no está cerca de Madrid, pero tampoco demasiado lejos, y eso me permitirá ver al padre Felipe de vez en cuando. ¿Lo entiendes?

Josep lo entendía.

—… ¿Y qué se hará de tu viña, Quim?

—La venderé.

Josep creyó entender.

—¿Quieres que negocie con Àngel en tu nombre?

—¿Àngel? Él ya no busca tierras para Tonio. Además, ese cabrón nunca se va a quedar con mi tierra.

—Pero… No hay nadie más.

—Estás tú.

Josep no sabía si reírse o romper a llorar.

—¡No tengo dinero para comprar tu tierra! —Molesto, pensó que sin duda Quim ya lo sabía—. Para cumplir con los pagos que le debo a mi hermano y a su mujer me gasto hasta la última moneda —añadió con amargura—. Después de vender la uva apenas me queda para algunos lujos, como comprar comida. ¡Despierta, hombre!

Quim lo miró con terquedad.

—Trabaja mis tierras como lo haces con las tuyas y vende la uva. Eso no te complicará mucho la vida. Ahora necesito un poco de dinero, y otro poco cuando recolectes la primera cosecha de uva de mi tierra, para que me pueda instalar en San Lorenzo. A partir de entonces, siempre que te sobre un poco, me lo envías. No me importa si te cuesta muchos años pagarme la viña.

Josep se asustó ante aquella nueva complicación, y tanteó los peligros que implicaba. Deseó que Quim no hubiera llamado a su puerta.

—¿Estás borracho, Quim? ¿Seguro que sabes lo que estás haciendo?

Quim sonrió.

—No estoy borracho. Ah, no lo estoy. —Le palmeó un brazo—. Tampoco es que tenga muchos compradores para elegir —dijo en voz baja.

Josep había aprendido algo de Rosa.

—Hay que hacer un papel. Tenemos que firmar los dos.

Quim se encogió de hombros.

—Vale, pues tráemelo —contestó.

37

Ritos de paso

*P*asó la mayor parte de la noche sentado a la mesa, bajo la luz amarillenta de la lámpara de aceite, rodeado por el baile loco de las sombras por la habitación cada vez que cambiaba de posición en la silla, mientras leía y estudiaba su copia del acuerdo que le había permitido comprarle la tierra a Rosa y a Donat.

Al fin fue a buscar tinta en polvo, una plumilla gastada con portaplumas de madera y dos hojas de papel, todo sacado de la caja pequeña en que lo había guardado su padre, a saber cuántos años antes. Una de las hojas estaba blanca; la otra, marrón y algo arrugada. No le importaba demasiado cuál debía entregar a Quim y cuál se quedaría él. Puso un poco de polvo de tinta en una taza, añadió agua y lo removió con un palito de sarmiento seco hasta que obtuvo la tinta líquida.

Luego empezó a copiar la mayor parte del documento que había preparado el primo abogado de Rosa. Josep no era un escriba experimentado. Agarraba la pluma casi con desesperación. A veces la punta de la plumilla se enganchaba en la superficie del papel y rociaba una salpicadura de tinta en torno a la palabra que estaba escribiendo, y varias veces olvidó rozar la punta contra el borde de la taza después de empaparla, dejando luego gruesas gotas negras sobre el papel que en dos ocasiones llegaron a ocultar media palabra, de modo que se veía obligado a tachar las letras restantes y escribirla de nuevo. Aún no había llegado a transcribir la mitad de la primera copia y ya estaba sudando y malhumorado en exceso.

Dedicó mucho rato a pensar cuál sería el precio justo de la tierra de Quim. Varias generaciones de agricultores habían abandonado y desatendido la viña de los Torras, así que no le pareció
justo que aquella parcela costara lo mismo que su propia tierra,
cultivada con mimo. Al mismo tiempo, sabía que Quim le estaba
traspasando su tierra en condiciones de increíble generosidad. Al
fin, valoró la viña de los Torras al mismo precio que había pagado
por la de su padre, sin el descuento fraternal que había exigido y
recibido de Donat como derecho de la parte que le tocaba, y copió
el primer acuerdo de venta palabra por palabra, salvo por cuatro
cambios. Los nombres del comprador y del vendedor cambiaban,
también la fecha, y omitió cualquier mención a la frecuencia
en que debían cumplirse los pagos y la indicación de que, en su
ausencia, se estableciera penalización alguna.

Quim no sabía leer. Josep le leyó el documento lentamente,
en voz demasiado alta. De vez en cuando se paraba y le preguntaba si tenía alguna duda, pero no tuvo ninguna. Quim había
aprendido a escribir su nombre y, cuando Josep terminó de leer,
cogió la pluma, mojó la punta en la tinta y garabateó las letras
en las dos copias.

Josep firmó también y después contó los billetes del primer
pago y se los pasó. La transacción parecía irreal y acaso injusti-
ficada; se sentía culpable, como si le estuviera estafando a su vecino la propiedad de la familia Torras.

—¿Estás seguro, Quim? Aún estamos a tiempo de romperlo
y olvidarnos de esto.

—Estoy seguro.

Josep dio a Quim la copia escrita en el papel más blanco y se
quedó la amarronada.

Dos días después, ató a *Orejuda* al arnés y llevó a Quim a
Sitges, donde éste pensaba tomar la diligencia tirada por bueyes

que salía hacia el oeste. Hacía muchas paradas y era bastante más lenta que el tren, pero también resultaba mucho más barata. La conducía su propietario, Faustino Cadafalch, viejo amigo de Quim, que se encargó de presentarlos.

—Cuando quieras hacerme llegar un mensaje —le dijo, y Josep entendió que quería decir cuando pretendiera hacerle un pago—, se lo das a Faustino y él se encargará de que llegue a mis manos.

Nunca habían sido grandes amigos, pero Josep sintió una curiosa emoción cuando se despidieron. Como agricultor, Quim era malo y descuidado, además de borrachín, pero también era buena gente, de espíritu alegre, vecino indulgente y cómodo, y representaba un eslabón en la cadena que lo unía a su padre y a su infancia. Intercambiaron un largo y fuerte abrazo.

Luego Quim dio a Faustino su bolsa y montó en la diligencia junto con otro hombre y un par de monjas ancianas. Faustino trepó a su asiento, tomó las riendas, hizo restallar el látigo y los bueyes empezaron a tirar del carruaje.

Al volver a casa, Josep se encargó de acomodar a *Orejuda* y luego entró en la viña.

Era extraño.

Un papel firmado, un poco de dinero que cambiaba de manos, y la invisible frontera entre la viña de los Álvarez y la de los Torras había desaparecido.

Sin embargo, sabía en su interior que aquella frontera permanecería allí para siempre, aunque su presencia fuera más leve y ya no implicara prohibición alguna, y seguiría marcando una división entre la tierra de su padre…

… Y su propia tierra.

Se aventuró en la viña que hasta entonces había pertenecido a su vecino e inspeccionó la ciénaga de hierbajos crecidos con renovado desánimo. Una cosa era percibir con un rechazo desapasionado el maltrato de una cosecha ajena, y otra bien distinta enfrentarse al hecho de que ahora la responsabilidad de aquellas malas hierbas desenfrenadas que chupaban la humedad y el alimento de las vides era suya.

Quim se había ido, dejando atrás múltiples problemas, con sus aperos desafilados y desengrasados, la casa hecha un apestoso desastre y las vides boqueando en busca de aire y luz.

Josep tendría que encargarse de todo, pero sabía bien cuál era su prioridad. Encontró en su cuarto de herramientas una guadaña y una lima y la afiló tanto que ya resultaba peligroso pasar el dedo por el filo para comprobarlo.

Luego se quitó la camisa y cargó con la guadaña hasta la viña de Quim. Pronto empezó a desbrozar. Alzaba bien la cuchilla y trazaba un arco con los brazos para emitir luego un zumbido al descender y cortar; levantaba de nuevo mientras la guadaña pasaba por los hierbajos y la volvía a alzar, a punto ya de dibujar un nuevo arco. Josep se movía con suavidad: zuuum... zuuum... zuuum. Avanzó lenta y regularmente, dejando a sus espaldas un espacio despejado entre las hileras de las vides.

Al día siguiente, enganchó el arado a *Orejuda* y removió y labró la tierra en las zonas que había segado. Sólo entonces pudo dedicarse a la faena más laboriosa, arrancar a mano las hierbas y la maleza que habían crecido más cerca de las vides. Poco a poco, las plantas iban saliendo a medida que él tironeaba sin cesar, y le sorprendió comprobar lo viejas que eran en su mayoría. La mayor parte de los agricultores que él conocía renovaban las cepas más o menos cada veinticinco años, cuando —desde la perspectiva de una vida humana— habían alcanzado la mediana edad y habían ofrecido ya sus años de mayor producción de uva. Su padre las había cambiado en las hileras de más fácil acceso y había conservado las antiguas en las zonas a las que resultaba difícil llegar, por empinadas o arrinconadas. La familia de Quim apenas había renovado ninguna planta. Josep estimó que algunas de las parras que iba liberando de malas hierbas tendrían cien años. Aunque todavía producían uvas pequeñas con un sabor asombrosamente profundo, las vides estaban retorcidas y llenas de nudos, como esos troncos que la marea abandona en las playas tras deslucirlos, como ancianos tumbados a tomar el sol.

Le costó unos cuantos días desbrozar a mano hasta que llegó al límite de la viña. Se detuvo para sacar un pañuelo del bolsillo y secarse el sudor de la cara, y miró hacia atrás con satisfacción al ver la viña transformada, con sus parras liberadas ya de la jungla.

Echó un vistazo al viñedo contiguo, a la limpieza de la propiedad de los Valls, similar a la suya. No había rastro de Maria del Mar ni de Francesc. El día anterior había visto cómo ella paraba de trabajar para mirarlo, y se habían saludado de lejos. Debía de estar muerta de ganas de saber por qué Josep se ocupaba ahora de la viña de los Torras, y acaso preocupada por la posibilidad de que a Quim le hubiera ocurrido alguna calamidad. Josep sabía que, si se volvían a ver, la mujer se acercaría a preguntarle. Tenía curiosidad por saber cómo se sentiría ella al saber que ahora eran vecinos.

Ahora que tenía doble faena, se acostumbró pronto a caminar por las largas hileras sin detenerse al llegar al fin de la viña de los Álvarez y a entrar en aquellas tierras que para él siempre serían de los Torras.

A medida que los días se iban volviendo más largos y calurosos, mientras crecían y se formaban las uvas, Josep entendió que era mejor enfrentarse a la casa abandonada de Quim antes de que se le echara encima la ansiosa estación de la vendimia.

La casa era un desastre.

Arrastró la basura de un sitio a otro: una cesta llena de uva estropeada y fermentada en el desván, ropa sucia, trapos tan renegridos que no merecía la pena lavarlos, dos esteras de dormir apestosas. Todo fue a parar a una pila a la que prendió fuego tras rociarla de aceite. Afiló los aperos de Quim y engrasó los mangos de azadas, palas y rastrillos. Salvó lo que pudo: un par de barriles que parecían enteros, pedazos de madera partidos para echar a la lumbre en invierno, una cesta llena de clavos, tornillos, dos punzones, un dedal y una bisagra oxidada; un saco grande medio lleno de corchos; una ollita de cobre y una sartén de hierro oxidada; y treinta y una botellas de formas y diseños distintos, algunas recubiertas todavía de lodo del río, de donde las había sacado Quim. Luego encontró una caja con siete copas de vino llenas de polvo. Una vez limpias, le parecieron antiguas y hermosas, de un frágil cristal verde. Una tenía una grieta y se vio obligado a tirarla. Guardó las otras seis como un tesoro.

Cuando la casa de Quim quedó vacía, dejó la puerta y las ventanas abiertas de par en par durante diez días y luego empezó a usarla como una mezcla de taller de herramientas y almacén. Le resultaría práctico tener más a mano lo que necesitara mientras trabajaba en la parcela de los Torras.

Fue a Sitges a comprar un saco de sulfuro y se encontró con Juan, el anciano operario de la tonelería de Emilio Rivera, y se detuvo educadamente para intercambiar un saludo. Juan habló de los aprietos del trabajo en la tonelería, del calor propio de la estación, de la falta de lluvia. Miró intensamente a Josep.

—Me dijo Emilio que no estás casado. —Josep le devolvió la mirada—. Tengo una sobrina. Pasó seis años de matrimonio, y ahora lleva seis de viuda. Juliana.

Josep carraspeó.

—¿Hijos?

—No, por desgracia.

—Eh... ¿Edad?

—Joven todavía. Fuerte. Aún puede tener hijos, entiéndeme.

Puede ayudar a un hombre a trabajar. Es muy buena trabajadora, Juliana… Le he hablado de ti.

Josep lo miró estupefacto.

—¿Qué? ¿Te gustaría verla?

—Bueno…, ¿por qué no?

—Bien. Trabaja de camarera en un café, muy cerca de aquí. Te invito a un vino —propuso Juan en tono grandilocuente.

Josep lo siguió con nerviosismo.

Era un café de obreros, y estaba lleno. Juan lo llevó hasta una mesa llena de marcas y, al cabo de un rato le tocó una mano.

—Psst.

Josep observó que era mayor que él, con un cuerpo voluptuoso que ya había empezado a decaer y un rostro agradable y jovial. La observó mientras ella intercambiaba chanzas con cuatro hombres en una mesa cercana. Tenía una risa aguda y tosca.

Cuando se volvió hacia ellos, Josep sintió un pánico creciente.

Intentó decirse a sí mismo que se trataba de una oportunidad. Hacía tiempo que quería conocer a una mujer nueva.

Ella saludó a Juan con dos besos cálidos y lo trató de tío. Él los presentó con brusquedad.

—Juliana Lozano. Josep Álvarez.

Ella asintió, sonrió y dio una pequeña cabezada a modo de reverencia. Cuando le pidieron vino, se fue enseguida y volvió con él.

—¿Te gusta el potaje de alubias blancas? —preguntó a Josep.

Él asintió, aunque no tenía hambre. Pero ella no se refería al menú del café.

—Mañana por la noche. Te haré potaje de alubias blancas, ¿vale?

Le dedicó una sonrisa cálida y natural, y Josep se la devolvió.

—Sí.

—Bien. La casa de la acera de enfrente, segundo piso —dijo ella. Al ver que Josep asentía, añadió—: La puerta del medio.

ϓ

A la noche siguiente, las nubes ocultaban la luna. La calle estaba apenas iluminada por una farola temblorosa y la escalera de la casa de Juliana resultó ser aún más oscura. Cargado con una gran hogaza de pan como contribución a la cena, subió las escaleras en penumbra hasta llegar a un pasillo estrecho, donde llamó a la puerta del medio.

Juliana le dio la bienvenida de buen humor, aceptó el pan, lo partió con un par de tirones y lo dejó en la mesa.

Le hizo sentar sin ceremonias y sirvió de inmediato la especiada sopa de alubias, que ambos comieron con entusiasmo. Josep alabó sus habilidades culinarias y ella sonrió.

—La he traído del café —aclaró, y se echaron a reír los dos.

Hablaron con moderación de su tío Juan, y Josep contó la amabilidad que le había demostrado en la tonelería.

Muy pronto, antes incluso de que él se acercara a besarla, Juliana lo llevó a la habitación con la misma naturalidad con que le había servido la sopa.

Antes de la medianoche iba ya de camino a casa, con el cuerpo ligero y aliviado, pero la mente curiosamente cargada. Le parecía que había sido algo parecido a comerse una pieza de fruta y comprobar que era comestible y sin defecto alguno, pero indiscutiblemente menos que dulce, así pues, cabalgó encorvado y pensativo a medida que se abría camino a lomos de *Orejuda* por la carretera que lo llevaba de vuelta al campo.

38

La cosecha

Josep entendía el desconcierto de algunos habitantes del pueblo. Se había ido de Santa Eulàlia sin trabajo. Al volver, para sorpresa de todos, había obtenido el control del viñedo de su padre, y ahora sumaba también la propiedad del de los Torras.

—¿Serás capaz de cultivar las dos tierras tú solo? —le preguntó Maria del Mar, con la voz llena de dudas.

Él mismo lo había estado pensando.

—Si tú y yo seguimos trabajando juntos para cosechar, como hicimos el año pasado, contrataré a alguien para recoger las uvas de Quim. Debería bastar con un vendimiador, pues la cosecha de la tierra de Torras será mucho menor que las nuestras —propuso.

Marimar estuvo de acuerdo.

Podía escoger a cualquier hijo del pueblo que no fuera primogénito y se quedó con Gabriel Taulé, un muchacho de diecisiete años, tranquilo y equilibrado, que tenía tres hermanos mayores. El joven, conocido por todos como Briel, se quedó pasmado cuando Josep se le acercó con su oferta de trabajo, y la aceptó con entusiasmo.

Josep fregó sus cubas de vino y luego se dedicó a los depósitos situados bajo un alero del tejado de la casa de Quim. Lo que vio cuando empezaba a limpiarlos le preocupó, pues dos de ellos tenían zonas que le recordaban desagradablemente al trozo podrido que no había tenido más remedio que reparar con la ayuda de Emilio Rivera. Sin embargo, se dijo que no tenía sentido preocuparse por un problema sin estar siquiera seguro de que existía y limpió los depósitos con una solución de agua y sulfuro y los preparó para recibir el jugo de las uvas.

A medida que el verano cedía paso al invierno y los racimos de uvas se iban volviendo pesados y adquirían un tono amoratado en las vides, Josep caminaba entre sus hileras todos los días, tomando muestras y probándolas: aquí la cálida sazón de una uva pequeña de una cepa Garnacha; allá la afrutada y compleja promesa de una Tempranillo; también la ácida aspereza de una de las Sumoll.

Una mañana, Josep y Maria del Mar se pusieron de acuerdo en que, en general, las uvas habían llegado a un estado de madurez perfecta, así que convocó a Briel Taulé y le dio a *Orejuda* y la carreta para que trabajara en la tierra de los Torras.

Él, Maria del Mar y Quim habían trabajado juntos, pero Josep descubrió que era incluso mejor trabajar a solas con ella, pues tenían la misma opinión sobre las tareas que debían hacer, cosechaban bien en tándem y apenas hablaban. Habían enganchado la mula de Marimar a la carreta de Josep. Sólo se oía el *snic, snic, snic* de sus afiladas cuchillas a medida que iban cortando racimos de las vides para soltarlos en sus cestas. Laboraban bajo un sol radiante y pronto se les pegaba la ropa al cuerpo para revelar manchas oscuras e íntimas. Francesc rondaba por ahí y les llevaba de vez en cuando un vaso de agua del cántaro de barro que mantenían a la sombra de la carreta, o cojeaba tras ellos cuando llevaban la carreta a la prensa, o iba montado a lomos de la mula.

En algunos momentos, Briel, a solas y absorto en el trabajo, se permitía estallar con canto fuerte y desafinado, más cercano al grito y al alarido que a una canción. Al principio, cuando les llegó aquel sonido, Josep y Maria de Mar intercambiaron sonrisas sardónicas. El carro grande representaba un lujo; pese a que tanto Marimar como Josep cortaban más rápido que Briel, la carretilla del joven se llenaba muy deprisa. Cada vez que eso ocurría, daba una voz y Josep se veía obligado a soltar el cuchillo y a apresurarse a ayudarlo a llevar la carga hasta la prensa.

Josep era consciente de que, durante sus frecuentes viajes a la prensa con la uva de la parcela de los Torras, Marimar seguía trabajando sola en su viña, una contribución de tiempo y energía que superaba con mucho los términos del acuerdo que tenían. Le pareció que debía compensarla y, al fin del día, después de enviar a Briel a su casa, cuando Maria del Mar había soltado ya a la mula y le había dejado lista la cena a su hijo, Josep siguió trabajando impasiblemente y a solas en la viña de su vecina.

Al cabo de una hora, cuando ella salió de casa para echar a los pájaros las migas del mantel, vio a Josep inclinado sobre una vid y blandiendo el cuchillo. Caminó hasta él.

—¿Qué haces?

—Mi parte del trabajo.

Al mirarla comprobó que estaba rígida de la rabia.

—Me ofendes.

—¿En qué sentido?

—Cuando necesitaba ayuda para conseguir un precio justo por mi trabajo, tú lo conseguiste. Entonces dijiste que hacías lo que hubiera hecho cualquier hombre, ésas fueron tus palabras exactas. En cambio, no permites que una mujer te ofrezca ni la mínima ayuda.

—No, no es así.

—Es exactamente así. Me faltas al respeto de un modo que no harías con un hombre —insistió ella—. Quiero que salgas de mi viña y no vuelvas hasta mañana.

Josep también sintió rabia. Aquella maldita mujer, pensó, lo retorcía todo para confundirle, como siempre.

Estaba disgustado, pero también cansado y sucio y no le quedaban ánimos para discusiones estúpidas, así que maldijo en silencio, echó la cesta al carro y se fue a casa.

Y

A la mañana siguiente, durante apenas un rato hubo cierta incomodidad entre ellos, pero los ritmos del trabajo compartido pronto disiparon las palabras irritadas que habían intercambiado la noche anterior. Josep siguió abandonando el trabajo cada vez que Briel le advertía que necesitaba ayuda, pero él y Maria del Mar funcionaban muy bien juntos y él estaba contento con la cosecha de uva que estaban obteniendo.

A media mañana, Briel caminó hasta la viña de Maria del Mar y, nada más verlo, Josep supo por su cara que ocurría algo malo.

—¿Qué?

—Es la cuba, señor —dijo Briel.

Cuando Josep vio la cuba, le dio un vuelco el corazón. No perdía a chorros, pero sí rezumaba una pérdida permanente de mosto que iba dejando su rastro por la cara exterior del contenedor. Había cinco cubas alineadas en el lado de sombra de la casa de Quim, y Josep las observó y luego señaló una que parecía menos sospechosa, aunque apenas se diferenciaban.

—Usa ésta —dijo.

A última hora de la tarde, mientras trabajaba, vio que Clemente Ramírez bajaba con su gran carromato por el sendero que llevaba al río para enjuagar sus barriles.

—Hola, Clemente —lo llamó.

Echó a correr para interceptar el carro y llevar a Clemente a que inspeccionara sus cubas estropeadas.

Ramírez examinó los contenedores de madera con atención y luego meneó la cabeza.

—Estas dos ya no sirven —señaló—. Repararlas sería como tirar el dinero. Creo que Quim Torras puede usar esta otra durante años. Puedo venir mañana y llevarme el mosto de aquí a primera hora para que fermente en la planta de vinagre. Por supuesto, eso significa que tendré que pagarle un poco menos a Quim, pero... —Se encogió de hombros.

—Quim se ha ido.

Clemente pareció visiblemente impresionado al saber que Josep era ahora el dueño de las tierras de los Torras, además de las de los Álvarez.

—Por Dios, tengo que tratarte bien, porque a este paso acabarás siendo un gran terrateniente y mandarás sobre nosotros.

Josep no se sentía como un terrateniente ni como un mandatario cuando regresó al trabajo. Acababa de descubrir que le iba a costar unas cuantas temporadas empezar a obtener rendimiento de las tierras de los Torras. Ahora, sus ingresos de la cosecha de aquel año serían incluso menores de lo que había calculado, y la información que Clemente le había dado acerca de las cubas era la peor posible.

Las cubas nuevas eran muy caras.

No tenía dinero para cubas nuevas.

Maldijo el día en que había prestado atención a las súplicas de Quim y había aceptado comprarle la viña. Era un idiota por haberse compadecido de un vecino que no era más que un borracho de toda la vida y un granjero pésimo y fracasado, se dijo con amargura, y ahora temía que Quim Torras lo hubiera arruinado antes incluso de tener ocasión de ser un verdadero agricultor de uva.

39

Problemas

Sumido en una bruma de apagada desesperanza, Josep terminó de cosechar en otros cuatro días, durante los cuales se obligó a no pensar en sus problemas. Sin embargo, al día siguiente de recolectar y prensar las últimas uvas se marchó a Sitges a lomos de *Orejuda* y encontró a Emilio Rivera comiendo en la tonelería, con una expresión de placer en el rudo rostro mientras se echaba a la barbuda boca cucharadas de una merluza a la sidra bien cargada de ajo. Emilio le señaló una silla y Josep se sentó y esperó, incómodo, a que el hombre terminara de comer.

—¿Y? —preguntó Emilio.

Josep le contó la historia entera. La marcha de Quim, su pacto y el desastroso descubrimiento de que las cubas de fermentación estaban podridas.

Emilio lo miró con gravedad.

—Ya. ¿Tan estropeadas que no merece la pena arreglarlas?

—Sí.

—¿Del mismo tamaño que la que te arreglé?

—El mismo... ¿Cuánto costarían dos cubas nuevas?

Cuando Emilio se lo dijo, cerró los ojos.

—Y es el mejor precio que puedo hacerte.

Josep meneó la cabeza.

—No tengo ese dinero. Si pudiera cambiarlas antes de la cosecha del año que viene, podría pagarle entonces —propuso.

«Creo que podría pagarle», corrigió mentalmente.

Emilio apartó el plato vacío.

—Hay algo que tienes que entender, Josep. Una cosa es que yo te eche una mano para arreglar un carro, o que te ayude a cambiar la puerta de la iglesia. Eso lo hice encantado porque vi que eras un buen tipo y me caíste bien. Pero... Yo no soy rico. Trabajo mucho para ganarme la vida, como tú. Ni aunque fueras hijo de mi hermana podría gastar mi madera de roble buena para hacer dos cubas sin recibir a cambio algo de dinero. Y —añadió con delicadeza— no eres el hijo de mi hermana.

Josep asintió.

Se quedaron sentados con la desgracia pintada en la cara.

Emilio suspiró.

—Esto es lo mejor que puedo hacer por ti. Si me pagas ahora una de las cubas por adelantado, de modo que pueda usar el dinero para pagar la madera..., te haré las dos cubas y la segunda me la pagas después de la cosecha del próximo año.

Josep asintió en silencio un buen rato.

Cuando se levantó para irse, quiso dar las gracias a Emilio. El tonelero lo despidió con un gesto, pero luego salió tras él antes de que llegara a la puerta.

—Espera un momento. Ven conmigo —le dijo. Guio a Josep por la tonelería hasta un almacén abarrotado—. ¿Éstos te sirven de algo? —preguntó, señalando una pila de barriles de la mitad del tamaño habitual.

Hombre, podría usarlos. Pero...

—Hay catorce, de cien litros cada uno. Los construí hace dos años para un hombre que los quería para conservar anchoas. Se murió y desde entonces los tengo aquí. Todo el mundo quiere barriles de 225 litros, nadie parece dispuesto a llevarse los de cien. Si te sirven de algo, sólo te cobraré un poco más.

—En realidad no los necesito. Y no me puedo permitir el gasto.

—Tampoco te puedes permitir rechazarlos, porque prácticamente te los voy a regalar. —Emilio cogió uno de los barriles pequeños y se lo puso en las manos—. He dicho un poco. Será muy poquito. Sácamelos de aquí de una maldita vez antes de irte —dijo con brusquedad, esforzándose por sonar como si estuviera acostumbrado al duro regateo.

Pasaron otras tres semanas antes de que Clemente Ramírez volviera para llevarse el resto del vino de Josep. Cuando le hubo pagado, Josep entregó su parte a Maria del Mar y viajó de inmediato a Sitges para pagar a Emilio el adelanto en metálico que habían acordado.

Tuvo una breve lucha con su conciencia a propósito del segundo pago a Quim Torras. Al fin y al cabo, era él quien le había metido en aquel problema financiero que ahora le impedía dormir por las noches. Sin embargo, le había dejado bien claro que necesitaba aquel dinero para lograr ciertos cambios en su vida, y Josep sabía que la responsabilidad derivada de no haber examinado las cubas y la casa antes de quedarse con la viña era suya.

Le preocupaba entregar el pago de manera tan confiada a Faustino Cadafalch, el amigo de Quim. Al fin y al cabo, el cochero era un desconocido para él: pero Quim había dicho que era su amigo; así pues, Josep, no viendo otra alternativa posible, fue a buscarlo a la estación.

Contó el dinero antes de ponerlo en manos de Cadafalch y luego le dio un recibo que había preparado para la transacción. También le dio unas pocas pesetas de más.

—Por favor, pídale a Quim que firme el recibo y tráigamelo de vuelta —le pidió—. Y yo le haré un pago adicional por traérmelo.

Cadafalch lo miró vivamente, pero luego mostró una sonrisa llena de dientes para demostrarle que entendía su situación. Asintió, sin darse por ofendido, metió el dinero y el recibo con cuidado en un bolso de piel y deseó un buen día a Josep.

Y

Aquella noche Josep se sentó a la mesa y puso ante sí todo su dinero. Primero separó del montoncillo los pagos que tendría que hacer a Donat y a Rosa antes de la cosecha del año siguiente; luego, una cantidad menor para comprar provisiones y comida.

Vio que lo que quedaba era escaso, insuficiente para cualquier urgencia verdadera que pudiera presentarse, y se quedó sentado mucho rato antes de echarse el dinero a la gorra con cara de disgusto y echar a andar hasta la cama.

A la tarde siguiente, se sentó en su banco y se dispuso a probar el vino que se había quedado para su propio consumo después de prensar el mosto, con la esperanza de que se hubiera producido un milagro que lo volviera espléndido. Cuando trabajaba en Languedoc, Léon Mendes había insistido con frecuencia en practicar el mismo ejercicio después de cada cosecha. Cada trabajador recibía una copa de vino y a cada sorbo anunciaban por turnos algún sabor sutil que detectara su boca o su nariz.

«Fresa.»

«Heno recién cortado.»

«Menta.»

«Café.»

«Ciruelas negras.»

Ahora, Josep bebió su propio vino y descubrió que ya estaba estropeado, agrio y desagradable, con un sabor fuerte a ceniza y la acidez de los limones podridos. También sabía a desencanto, aunque no había tenido demasiadas expectativas. Mientras devolvía a la jarra el resto del vino que quedaba en el vaso, el primer tañido de la campana de la iglesia se coló en su conciencia, estridente y alarmante.

Luego sonó otro. Y otro.

Un doblar lento, solemne, advertía a los aldeanos de Santa Eulàlia que la vida era dura, fugaz y triste, y que alguien como ellos había abandonado la comunidad de las almas.

Hizo lo que había hecho toda la vida al oír el toque de muertos; fue andando a la iglesia.

La puerta tenía ya un primer agujero que estropeaba su acabado, pues alguien había enganchado allí la nota que comunicaba el fallecimiento. Bastante gente la había leído y se había dado la vuelta. Cuando llegó Josep, vio que el nuevo sacerdote, con caligrafía fina y legible, había notificado la muerte de Carme Riera, la mujer de Eduardo Montroig.

Carme Riera había tenido tres abortos espontáneos y un cuarto embarazo en tres años y medio de matrimonio. En aquella tranquila mañana de otoño había empezado a sangrar sin dolor y al rato había dado a luz una mancha de tejido sanguinolento, de dos meses, y después el fluido claro que brotaba de su cuerpo se había convertido en un suave chorro rojo. Le había pasado lo mismo al perder el segundo hijo, pero en esta ocasión la sangre no se detuvo y murió a última hora de la tarde.

Esa noche, Josep fue a casa de los Montroig, la primera de las cuatro situadas en la plaza, justo detrás de la iglesia. Maria del Mar estaba entre la gente que, sentada en silencio en la cocina, hacía sentir su presencia.

A la luz amarillenta, emitida por dos velas a la cabeza y otras dos a los pies, Carme yacía en su cama, transformada en féretro por medio de telas negras que la iglesia conservaba para usarlas sucesivamente en las casas en que se producía algún infortunio. Tenía cinco años menos que Josep, quien apenas la conocía. Había sido una chica más bien atractiva, con algo de bizquera y mucho pecho desde la adolescencia, y ahora parecía como si fuera a bostezar en cualquier momento, con su pelo limpio y peinado, la cara blanca y dulce. La pequeña habitación estaba abarrotada por el marido y unos cuantos parientes que iban a pasar la noche sentados en torno a ella, además de un par de plañideras.

Al cabo de un rato, Josep dejó espacio a otros que quisieran verla y regresó a sentarse rígidamente en una habitación que en algunos momentos albergaba susurros estridentes y voces ahogadas. Maria del Mar se había ido ya. El espacio era limitado y había pocas sillas, así que no se quedó demasiado tiempo.

Josep estaba triste. Le caía bien Eduardo y le había resultado duro ver el dolor que contorsionaba su rostro solemne, de amplia mandíbula, desprovisto por una vez de la usual serenidad.

A la mañana siguiente nadie trabajó. La mayor parte de los aldeanos caminaron detrás del ataúd en el corto recorrido hasta la iglesia para el primer funeral que celebraba el padre Pío en Santa Eulàlia. Josep se sentó en la última fila durante la larga misa de difuntos. Cuando la voz tranquila y sonora del sacerdote recitó el rosario en latín y las palabras de plegaria fueron repetidas por las voces ahogadas de Eduardo y del padre de Carme, así como de su hermana y de sus tres hermanos, los problemas de Josep ya se habían empequeñecido.

Lo que sabía el cerdo

*S*u primera tarea en la limpieza general que siempre seguía a
la cosecha fue desmontar las dos cubas defectuosas. Las desar-
mó con el mismo cuidado con que habían sido armadas en su
tiempo, probablemente por algún antepasado de los Torras do-
tado de mucha más habilidad que él. Aquel hombre había usado
muy pocos clavos y Josep se esforzó mucho por no doblarlos al
arrancarlos de la madera. Si alguno se torcía, lo enderezaba y lo
guardaba, porque aquellos clavos —pedazos de hierro tornea-
dos a mano para que resultaran duros y eficaces, como la vida de
un campesino— eran caros.

A medida que iba liberando tablas, las separaba en dos pilas.
Pensaba cortar las que estaban teñidas por la putrefacción para
alimentar con ellas el fuego en invierno, pero había unas cuantas sanas y las amontonó aparte, tal como había visto a Emilio
apilar la madera en la tonelería, las separó con unos palitos para
que el aire las mantuviera secas y sanas.

En menos de un día desaparecieron las dos cubas estropeadas
y Josep quedó liberado para empezar la faena que más le gustaba,
caminar detrás del arado para dirigir la cuchilla mientras *Orejuda* tiraba de ella sobre el suelo pedregoso.

Casi había terminado de arar la parcela de los Álvarez cuando pasó por el cúmulo de maleza y cardos en que se había escondido el jabalí después de recibir sus disparos, y entonces se dio
cuenta de que quería trabajar allí, desbrozar el animoso sotobos-

que y arar el suelo para poder plantar unas cuantas vides más; y, ya puestos, apisonar bien el suelo en el espacio que quedaba debajo del saliente para que ninguna criatura salvaje pudiera volver a refugiarse allí y amenazar sus uvas.

Se puso a trabajar con la guadaña en la maleza, tan resistente que, cuando al fin terminó, se alegró de poder descansar. Recordó que el agujero era lo suficientemente grande como para que hubiera cabido el jabalí entero en su interior y se dio cuenta de que tendría que echarle muchas palas de tierra y luego apisonarla bien.

Se puso de rodillas, dobló la cabeza y echó un vistazo al interior, pero sólo alcanzó a ver unos pocos palmos en los que entraba la luz del día. Más allá, todo quedaba a oscuras.

Le llegó un frescor a la cara.

La vara que Jaumet había usado para atosigar al jabalí muerto estaba tirada en el suelo. Josep la empujó bajo el saliente y cupo entera en el agujero.

Algo extraño: cuando alzó la mano tanto como pudo en la oscuridad y flexionó la muñeca, pudo apuntar la vara hacia abajo, más de lo que esperaba.

Cuando apoyó la muñeca en el suelo y movió la vara para apuntar hacia arriba, también recorrió con ella una distancia considerable.

—¡Hola!

Su voz le sonó hueca.

Orejuda, con el arnés puesto todavía y atada al arado, rebuznó para protestar y Josep se obligó a alejarse de la madriguera para soltar al animal y asegurarse de que estuviera cómodo, cosa que le dio algo de tiempo para pensar. El agujero del monte era emocionante, interesante y alarmante, todo al mismo tiempo; quería compartirlo con alguien, tal vez con Jaumet. Pero también sabía que no debía dirigirse a Jaumet siempre que tuviera un problema al que no quisiera enfrentarse solo.

Fue al taller de herramientas, buscó una lámpara, se aseguró de que tuviera aceite, estiró la mecha, encendió una cerilla y salió con ella, a plena luz del día, hasta la ladera del monte. Cuando se tumbó boca abajo y la metió por el agujero, la luz llegaba bastante más allá.

El saliente natural tenía más o menos el doble de anchura que los hombros de Josep y terminaba a poco más de la distancia de un brazo. Luego empezaba un agujero bastante redondo, que se alargaba tal vez un metro.

Y más allá había un espacio negro, más ancho aún.

Probablemente había hueco suficiente para arrastrarse hacia el interior, empujando la lámpara por delante. Se dijo que el jabalí era tan ancho como él, y más gordo. Sin embargo, la mera idea de quedarse atascado en un espacio tan estrecho, solo y sin ayuda, le helaba la sangre.

Había algunas piedras visibles en el saledizo, pero por lo general parecía compuesto de tierra pedregosa, de la que brotaba toda una variedad de hierbajos. Josep fue a su casa y regresó con una barra de hierro, un cubo, un azadón y una pala, y empezó a cavar.

Tras ampliar el agujero lo suficiente para poder entrar en él de rodillas, se detuvo en la entrada, adelantó la lámpara y miró intensamente el…, ¿el qué?

Se obligó a arrastrarse hacia el interior.

Enseguida, el suelo iniciaba una leve bajada. A medida que Josep avanzaba, la tierra se iba llenando de piedras, pero consiguió levantarse, tembloroso.

No era una cueva. La lámpara revelaba un lugar más reducido que su habitación, no tan grande como para merecer el nombre de gruta: una pequeña burbuja rocosa en la colina hueca, del mismo tamaño que una cuba de fermentación. La pared que quedaba a su izquierda era de una piedra grisácea y trazaba un arco al alzarse.

La luz de la lámpara dibujó sombras alocadas cuando Josep se dio la vuelta, esforzándose por ver, consciente de que allí dentro podía haber criaturas salvajes. Serpientes.

Allí de pie, en aquella caja natural hundida en la tierra, era posible creer que las pequeñas criaturas peludas podían vivir en aquel agujero cuando no estaban ocupadas en cuidar las raíces de las parras.

Se dio la vuelta, se encaró de nuevo hacia el agujero y salió al mundo.

Fuera, el aire era más suave y cálido y empezaba a caer el crepúsculo. Josep se puso en pie, contempló asombrado el agujero y luego sopló la lámpara y recogió los aperos.

Esa noche durmió unas pocas horas y luego pasó largos ratos tumbado, pensando en el agujero de la colina. En cuanto la luz de la siguiente mañana empezó a disolver la oscuridad, se apresuró a confirmar que no había sido un sueño.

La apertura seguía allí.

La pequeña burbuja de la colina era tan pequeña que no le servía de nada.

Pero era un buen lugar para empezar. Y Josep se tomó aquel descubrimiento como un mensaje de que debía ponerse a trabajar.

Regresó a la casa, sacó las herramientas y luego estudió con una nueva mirada el monte que se alzaba sobre el agujero. Era normal y corriente hasta la altura de los ojos, donde una roca grande, más larga que un hombre pero fina y lisa, se alargaba en perpendicular, un soporte natural para el suelo que quedaría por encima del umbral. Empezó a excavar por debajo del montículo de piedra, consciente de que la puerta habría de tener la anchura suficiente para que cupiese su carreta.

Se puso a trabajar con el azadón y, cuando apareció Francesc, estaba ya ocupado en recoger la tierra suelta con la pala. Se saludaron y el muchacho se sentó en el suelo y lo miró trabajar.

—¿Qué haces, Josep? —preguntó al fin Francesc.

—Estoy cavando una bodega —respondió Josep.

QUINTA PARTE

La sangre de la uva

Pueblo de Santa Eulàlia

12 de enero de 1876

41

Cavar

El hecho de que Josep Álvarez se pasara las horas cavando en el monte pronto se convirtió en tema de conversación en Santa Eulàlia. Sus vecinos apenas tenían un interés relativo, aunque unos pocos creían que se había vuelto raro y le sonreían cuando lo atisbaban por las calles del pueblo.

El invierno era tiempo de limpiar y podar. Las vides de la parcela de los Torras necesitaban trabajos cuidadosos de saneamiento y Josep se los administró; aun así, la mayor parte de los días consiguió apartar unas pocas horas para trabajar con el pico y la pala, y más adelante, cuando todas sus vides quedaron bellamente podadas, se convirtió en excavador a tiempo completo. Dentro del agujero siempre hacía algo de fresco, pero no frío, y siempre era de noche, de modo que él cavaba junto a una lámpara chisporroteante que emitía luz amarilla y sombras negras.

Nivaldo miraba el proyecto con mala cara.

—Cuando empieces a cavar más hondo te puede matar el aire estancado. Hay malos vapores y... ¿cómo los llaman? ¿Miasmas? Como pedos venenosos del vientre de la tierra; si los respiras, te mueres. Tendrías que conseguirte un pajarillo con una jaula para que te acompañe ahí dentro, como hacen los mineros. Si se muere el pájaro, echas a correr como alma que lleva el diablo.

No tenía tiempo que perder con pajaritos. Era una máquina de cavar, se desplomaba exhausto en la cama, a menudo sin tiempo de quitarse la ropa que usaba para cavar, llena de tierra, y con la peste a sudor en las narices. Los días calurosos eran una bendición, pues podía darse un buen baño en el río y tal vez incluso lavar algo de ropa. Si no, se lavaba con un cubo de agua cuando ya le disgustaba demasiado la crudeza de su propio olor.

El espacio despejado en el interior de la colina empezó a tomar forma. Parecía más un pasadizo hacia el interior del promontorio que una bodega propiamente dicha, para la que hubiera preferido una forma cuadrada, o tal vez un rectángulo más amplio. Sin embargo, Josep cavaba a lo largo de la pared de roca y bajo el techo que había encontrado al principio en la burbuja original, la madriguera del jabalí. La pared izquierda, de roca, se alargaba sin perder su forma, levemente curvada, parecida a una sección a lo largo de un tubo al que se hubiera arrancado la parte derecha siguiendo un corte irregular. La anchura del túnel quedaba determinada por el hecho de que cuando cavaba más allá del límite marcado por el techo de roca, sólo había tierra. Josep no era minero; no sabía cómo apuntalar el enorme peso de la tierra que quedaba sobre su cabeza, por lo que se limitaba a cavar el suelo a partir de los límites marcados por el techo y la pared izquierda, e iba siguiendo la forma que éstos generaban. Lentamente empezó a formarse un túnel algo más alto que Josep y más ancho que alto; la pared izquierda y el techo, ambos de roca, se unían en una curva, mientras que la pared derecha y el suelo no tenían más que la arena de la colina.

Una tarde, en el periódico de Nivaldo, Josep leyó una noticia de un hombre condenado por asalto y robo. El delincuente era un portugués llamado Carlos Cabral, un proxeneta que seducía jovencitas a las que luego mantenía en una casa de prostitución de Sant Cugat.

Josep pensó en Renata, su desgracia, su enfermedad, en aquel burdel de Sitges, y recordó el hombre que la tenía aterrorizada, un tipo corpulento que llevaba un traje blanco sucio y estaba sentado a la entrada de su habitación.

La imaginación empezó a picotearle. Nivaldo le había dicho que el hombre que se había casado con Teresa Gallego y se la había llevado era zapatero remendón.

Se llamaba Luis Mondres, o algo parecido.

Nivaldo le había dicho que llevaba un traje blanco y fumaba puros portugueses.

Bueno, ¿y qué?

Supongamos, pensaba Josep...

Supongamos que ese zapatero, ese tal Luis, era como el proxeneta del periódico, que se había casado con las cuatro mujeres para convertirlas en putas. Supongamos que Luis se había casado con Teresa para llevársela a una casa como la de Sitges. Supongamos que, incluso ahora mismo, Teresa pudiera estar en una habitación como la de Renata.

Se obligó a descartar esa idea.

Sin embargo, a veces, mientras cavaba como un topo bajo su promontorio, o cuando estaba acostado y no conseguía dormir, Teresa se le colaba en la memoria.

Recordó lo ingenua que era. En más de una ocasión se le ocurrió que, por no haber sido capaz de regresar con ella, tal vez él fuera responsable de la vida terrible que pudiera llevar Teresa.

42

El intercambio

En un punto del túnel, Josep descubrió al cavar que la pared de roca se abría hacia la izquierda en una curva cerrada de un brazo de extensión para luego torcer a la derecha una distancia similar, dejando un hueco de medio metro de profundidad, por uno de anchura. De inmediato, en su mente lo etiquetó como «el armario del vino», pues incluso mientras lo estaba excavando lo visualizó como un espacio que debía quedar lleno de estantes con cientos de botellas.

Sin embargo, tanto la pared como el techo de roca terminaban después del «armario», hecho que determinó para Josep la dimensión final de la bodega: un espacio de longitud similar a la de un vagón de tren y apenas algo más ancho.

Había esparcido más o menos la mitad de los desechos de la excavación por la superficie del camino que llevaba al río, pero había guardado con mimo todas las piedras y rocas pequeñas de tamaño adecuado para la construcción, de modo que cargó una carretilla de barro del río y empezó a revocar la pared del fondo y la de la derecha, ambas de tierra, con una superficie de piedras porque le pareció que sería el acabado idóneo para una bodega. Sin embargo, ese proyecto no llegó muy lejos, pues Josep se daba cuenta de que el invierno estaba tocando a su fin.

Pronto se colaría el calor en aquel espacio fresco que había conseguido crear con tanto esfuerzo, salvo que encontrara una buena manera de tapar la abertura de la colina.

ϒ

Una mañana entró en la iglesia y esperó a que saliera a saludarlo el padre Pío.

Intercambiaron cortesías y enseguida Josep pasó a exponer el motivo de su visita.

—¿Qué se ha hecho de la puerta antigua de la iglesia, padre?

—¿La puerta antigua? Está en el trastero.

—Quisiera comprarla.

El padre Pío miró a Josep con rostro reflexivo durante el silencio que siguió a su propuesta.

—No, no está en venta —dijo al fin.

—Ah... ¿La guarda para algo?

—¿Guardarla? Pues la verdad es que no. Podría estar dispuesto a cambiarla por algo.

Josep empezó a molestarse con el cura. Como no tenía nada que ofrecer a cambio, guardó silencio.

—Si estás dispuesto a confesarte y estar presente en mis misas todos los domingos por la mañana, te permitiré que te lleves la puerta.

Josep se sintió incómodo.

—Yo no tengo... una fe verdadera, padre. —A esas alturas, daba por hecho que el sacerdote ya se había enterado de su historial, que incluía el detalle de haber sido criado por dos de los herejes más convencidos del pueblo, su padre y Nivaldo—. No soy creyente.

—No te pido que creas. Sólo que te confieses y vengas a misa.

Josep suspiró. Necesitaba la maldita puerta.

Asintió con amargura.

—Entonces, tenemos un trato —dijo el sacerdote.

Tomó la mano de Josep y la estrechó con brusquedad. Cogió la estola morada de la percha de la pared, se la puso por la cabeza y guio a Josep al confesionario, al fondo de la iglesia, en el que entró por la puerta lateral.

Josep se metió en el estrecho espacio oscuro que quedaba tras la cortina de terciopelo y dobló las rodillas hasta encontrar el reclinatorio. A la escasa luz que se colaba por la cortina pudo ver el medio panel cubierto por una celosía metálica de agujeros minúsculos, tras la que la mano invisible del padre Pío descorrió una cortina interior.

—Sí, hijo. ¿Qué deseas confesar?

Josep respiró hondo y las palabras brotaron desde el pozo de la memoria de su asustadiza infancia.

—Bendígame, padre, porque he pecado.

—¿Cuánto hace que no te confiesas?

—... Muchos años —contestó.

—¿Y?

—... He hecho cosas con mujeres.

—¿Has hecho el acto fuera del sacramento del matrimonio? ¿Más de una vez?

—Sí, padre.

El sacerdote quiso ayudarle:

—¿También has tenido pensamientos impuros?

—Sí, padre.

—¿Con qué frecuencia?

—... Cada día.

—Repite conmigo: Dios mío, en verdad lamento haberte ofendido y detesto todos mis pecados...

Josep le siguió con voz ahogada.

—... pues temo la pérdida del Cielo y los dolores del Infierno... Pero sobre todo porque te ofenden, Dios mío, tú que eres bueno y sólo mereces mi amor... Resuelvo con firmeza, y con la ayuda de tu gracia, confesar mis pecados, hacer penitencia y corregir mi vida.

Josep terminó la letanía como un náufrago.

—Cuando llegues a casa, recita veinticinco padrenuestros. Sé cuidadoso y penitente, hijo mío. Te absuelvo de tus pecados en el nombre del Padre, del Hijo y del Espíritu Santo. Reza para que el Señor acepte tu sacrificio. Ya podemos salir del confesionario.

Al otro lado del terciopelo rojo, parpadeando para defenderse de la luz, Josep vio que el padre Pío se quitaba la estola.

—¿Tienes el carro fuera?

—Sí, padre —dijo, sobresaltado.

—Te ayudaré a cargar la puerta.

Usó algunas planchas de las cubas desmontadas para hacer
el marco. Atornillarlo a la ladera de la colina fue todo un desafío. Por un lado de la entrada clavó la madera del marco a un par
de gruesas raíces de un árbol viejo; por el otro lado, clavó unas
púas en una grieta de la roca. La vieja puerta pesada cumplía su
propósito, tras aplicar la sierra para acortarla y estrecharla. Las
grietas que la desfiguraban no llegaban a cubrir toda la superficie y el estado destartalado de la madera, tan extraño para la
puerta de una iglesia, quedaba bien para tapar un agujero en el
monte. Además de la bisagra oxidada que había encontrado entre los despojos en casa de Quim, compró otra en el mercado de
Sitges, más larga y estrecha pero cubierta por el mismo óxido.
Una vez engrasadas e instaladas, las bisagras dispares funcionaban bien, apenas con algún chirrido de vez en cuando para aler-
tar a los pequeñajos cuando Josep entraba en su mundo.

Aquel domingo se lavó con un cubo de agua bajo el frío del
alba y luego se vistió con ropa limpia y echó a andar hacia la
iglesia. Se sentó en la última fila. Se dio cuenta de que algunos
de los que asistían a misa observaban su presencia con interés.
Francesc le sonrió y le estuvo saludando con brío hasta que su
madre le agarró el brazo y se lo retuvo.

Para sorpresa de Josep, era agradable estar allí. Él casi nunca
tenía ocasión de sentarse a descansar en ningún lugar. Ahora, el
fuerte sonido de las oraciones, la lectura de las escrituras, los
salmos, los himnos, todo se convertía en una manta de sonidos
que lo reconfortaban en una paz desprovista de pensamientos.

El sermón del cura sobre las palabras de san Francisco Javier lo acunó para echar una cabezada; al abrir los ojos vio la fría mirada de Maria del Mar y el rostro sonriente de su amiguito, que debía su nombre al santo.

Eduardo Montroig, con brazalete de luto en la manga, se acercó con el cepillo de las limosnas, al que Josep añadió con diligencia una moneda. Al rato todo el mundo se arrodilló en los bancos y el padre Pío se puso la estola blanca y se abrió paso entre los congregados para repartir el «Cuerpo» entre sus bocas expectantes.

—Éste es mi cuerpo. Tomad y comed.

Josep huyó de inmediato.

Se dijo a sí mismo, piadosamente, que la comunión no formaba parte del trato.

43

Sed

Josep sabía exactamente qué uvas quería usar: pequeñas y negras, henchidas de sabor, nacidas cada año de unas vides invictas que multiplicaban por cuatro su edad.

Nunca había contado las yemas de una vid antes de llegar a Francia, pero ahora, a medida que sus parras renacían, las iba revisando y descubrió que la mayoría producían unas sesenta, salvo las más viejas, en las que sólo brotaba una cuarentena.

Léon Mendes sólo permitía que en sus vides crecieran quince o veinte yemas, así que Josep se puso a recortar sus cepas más antiguas con ese número en mente. Maria del Mar fue a recoger a su hijo y se quedó parada.

—¿Qué haces? —preguntó, inquieta.

Sabía que, por cada yema que cortaba Josep, dejarían de crecer tres racimos de uva.

—Cuantas menos yemas, más fuerza y sabor tendrán las uvas. En las que queden, madurarán hasta las pepitas. Voy a hacer vino.

—Ya hacemos vino.

—Pretendo hacer vino de verdad, un vino que la gente quiera beber. Si soy capaz de hacerlo y venderlo bien, podré ganar más de lo que me dan por venderle esta basura de vino a Clemente.

—¿Y si resulta que no te sale tan bueno? Corres mucho riesgo al desperdiciar tantas uvas. Has conseguido poseer dos parcelas de tierra pese a ser el hermano menor, pero nunca te das por contento —lo riñó con severidad—. ¿Por qué te torturas con tus sueños de grandeza, como cavar una bodega? ¿Te olvidas de que eres un campesino? ¿De que todos los de Santa Eulàlia somos hijos de campesinos? ¿Por qué no puedes contentarte con lo que tienes, con tu vida?

En vez de esperar sus respuestas, se acercó a Francesc, que estaba jugando a la sombra, lo tomó de la mano y se lo llevó.

Josep siguió recortando yemas de sus vides. Le dolían sus palabras, pero sabía que se equivocaba. No tenía ninguna pretensión, sólo quería hacer buen vino.

Sin embargo… Si lo pensaba bien, sabía que había algo más. Si el vino resultaba ser malo, tal vez aprendiera a hacer buen vinagre. Se dio cuenta de que anhelaba ser capaz de hacer un trabajo cuyo resultado produjera algo bueno.

La muerte de uno de los ancianos del pueblo estropeó un buen día de brisas suaves y cálidas, de nubes cruzadas en el cielo para aliviar el calor. Eugenio Rius, todo huesos y piel, encorvado, con el pelo blanco, se había convertido con el tiempo en parte integrante del banco que quedaba a la sombra, frente a la tienda de comestibles, donde se encontraba dormitando cuando se le paró el corazón. Como siempre que moría uno de sus habitantes, el pueblo entero asistió a su misa de funeral.

Rius había sido miembro del Ayuntamiento. Por ley, estaba compuesto por dos concejales y el alcalde. Tres años antes, tras la muerte del otro concejal, Jaume Caralt, Àngel Casals había cometido el error de no reemplazarlo, pero al morir el único que quedaba, el alcalde entendió que tenía que convocar elecciones para cubrir los dos puestos vacantes y notificar los resultados a la oficina del gobernador, en Barcelona.

A Àngel no le gustaba tener que ocuparse de esas cosas, que exigían planificación y esfuerzo, y comprendió de entrada la necesidad de escoger a dos candidatos que tuvieran la capacidad de adquirir sabiduría con los años, pero dotados aún de la juventud y la energía necesarias para durar mucho tiempo en el cargo.

La primera persona a quien se acercó fue a Eduardo Montroig; sobrio, serio, de comportamiento agradable, líder de los *castellers* del pueblo y buen trabajador, ya fuera para sí mismo o para la Iglesia. Para la segunda plaza en el Ayuntamiento, se dirigió a otro de los jóvenes terratenientes, Josep Álvarez, que se había portado bien con el asunto de la puerta de la iglesia.

A Josep le causó sorpresa y hasta cierta gracia. Aunque le halagaba, pues no recordaba que nunca nadie lo hubiera escogido para nada, no tenía el menor deseo de aceptar la nominación de Àngel. Con dos parcelas de tierra, una bodega por terminar y planes para hacer un vino decente, no deseaba más responsabilidades, de modo que caviló para encontrar un modo diplomático de rechazarlo.

—Es necesario. El pueblo te agradecerá tus servicios, Josep —dijo Àngel.

Eso frenó a Josep, pues el comentario llevaba implícita la idea de que los vecinos se molestarían si uno de los aldeanos rechazaba ayudar al pueblo. Había pasado poco tiempo desde que Maria del Mar lo acusara de haber olvidado sus orígenes, de modo que a Josep no le quedó más posibilidad que dar su reacio asentimiento y agradecer el honor al alcalde.

Àngel convocó las elecciones para el primero de junio. Por ley, sólo podían votar los terratenientes varones que supieran leer. El alcalde sabía exactamente a quién incluía ese grupo y habló con cada uno de ellos. El primero de junio, diecisiete hombres, el uno por ciento de los votantes elegibles del pueblo de Santa Eulàlia, incluidos Josep Álvarez y Eduardo Montroig, escribieron los nombres de los dos únicos candidatos en los fragmentos de papel que les pasó Àngel al entrar en la iglesia.

Los dos nuevos concejales se consolaron pensando que el Ayuntamiento casi nunca se reunía y que se daba por hecho que cualquier reunión duraría apenas el tiempo necesario para que expresaran su aceptación de las decisiones de Àngel Casals.

Aquél fue un buen verano para la uva, días largos cargados de un calor dorado, noches llenas de brisas frescas que jugueteaban entre los bajos montes. Josep se mantenía atento a los cambios que se producían en sus uvas a medida que maduraban. La sensación de que algo extraño le estaba ocurriendo al agua del pozo del pueblo se impuso muy gradualmente. Al principio fue una leve reciedumbre del gusto, que Josep notaba al fondo de la garganta cuando paraba de trabajar y saciaba la sed.

Luego empezó a notar, cada vez que bebía, un sabor más fuerte, casi como de pescado.

Cuando el agua empezó a apestar, la mayor parte de los habitantes del pueblo estaban arrasados por una convulsión que los mantenía a todas horas en el retrete, débiles y boqueando por los terribles calambres.

Una cola continua de aldeanos empezó a pasar por la viña de Josep, siguiendo el sendero que llevaba al río Pedregós, con botellas y jarras para obtener agua potable del río, tal como habían hecho los fundadores de Santa Eulàlia antes de cavar el pozo.

El alcalde y los dos concejales se turnaban para mirar hacia el fondo del pozo, pero el agua quedaba diez metros más abajo y no veían más que oscuridad. Josep ató una lámpara encendida a una cuerda, y los tres miraron mientras descendía.

—Hay algo que flota —dijo—. ¿Lo veis?

—No —contestó Eduardo, que tenía mala vista.

—Sí —dijo Àngel—. ¿Qué es?

No lo sabían.

Josep siguió mirando. No parecía más alarmante que el agujero de la colina.

—Me voy a meter en el pozo.

—No, será más fácil enviar a un chiquillo fuerte —propuso Àngel.

Escogió a Bernat, hermano menor de Briel Taulé, que tenía catorce años. Lo ataron por debajo de los brazos con una buena cuerda, lo colocaron dentro del pozo y empezaron a soltar cuerda lenta y cuidadosamente.

—Ya basta —les dijo al cabo de un rato.

Mantuvieron fija la cuerda a ese nivel. Bernat había bajado con un cubo y la cuerda se les empezó a mover y tironear en las manos como si sostuvieran un sedal en el que hubiera picado un pez, hasta que llegó un grito hueco:

—¡Lo tengo!

Mientras lo subían les llegó un fuerte hedor y luego, al enseñarles el cubo, vieron una masa móvil de gusanos en un amasijo de plumas blancas empapadas que en algún momento había sido una paloma.

Los dos se sentaron en el banco, delante de la tienda de comestibles.

—Tenemos que vaciar el pozo para sacar el agua podrida, cubo a cubo. Nos llevará mucho tiempo —dijo Àngel.

—Creo que no es una buena idea —respondió Josep. Los otros dos lo miraron—. Podría volver a pasar lo mismo. El pozo es nuestra única fuente de agua. No podemos depender del río para tener agua potable cuando haya sequía o alguna crecida. Creo que deberíamos tapar el pozo para proteger el agua, e instalar una bomba.

—Demasiado dinero —dijo Àngel de inmediato.

—¿Cuánto dinero tiene el pueblo? —preguntó Josep.

—… Un poco. Sólo para urgencias.

—Esto es una urgencia —insistió Josep.

Se quedaron los tres sentados en silencio.

Eduardo se aclaró la garganta.

—¿Cuánto tiene el pueblo exactamente, alcalde?

Àngel se lo dijo.

No era gran cosa, pero…

—Es probable que sobre. En ese caso, creo que deberíamos comprar una bomba —insistió Josep.

—Yo también —apoyó Eduardo.

Hablaba en voz baja, pero firme.

Àngel les lanzó una dura mirada a cada uno. Luchó contra el motín apenas un instante, pero luego se rindió.

—¿De dónde sacamos una bomba?

Josep se encogió de hombros.

—Tal vez de Sitges. O de Barcelona.

—Ve tú. La idea ha sido tuya —concluyó el alcalde, malhumorado.

A la mañana siguiente, el día más caluroso del año cayó sobre Santa Eulàlia. En días así, el trabajo provocaba una gran sed, así que mientras trotaba a lomos de *Orejuda* por la carretera de Barcelona, Josep se concentró en el deseo de que el agua del río se mantuviera limpia.

En Sitges acudió sin perder tiempo a la tonelería, su infalible fuente de buenos consejos.

—En este pueblecito de pescadores no hay ningún lugar donde comprar una bomba —le explicó Emilio Rivera—. Tienes que ir a Barcelona. —Le contó que allí sí había bombas de agua—. Hay una empresa que trabaja justo detrás de la Boquería, pero no son buenos, no pierdas el tiempo con ellos. La mejor se llama Terradas, en la calle de la Fusteria.

De modo que Josep siguió camino hasta Barcelona en busca de la tienda que le había recomendado Emilio. Encontró la empresa Terradas en un taller abarrotado de maquinaria que desprendía olor a metal, aceite lubricante y pintura. Un hombre de mirada soñolienta escuchó su historia tras un alto escritorio, preguntó por la profundidad del pozo, hizo algunos cálculos en un papel y luego se lo pasó con una cifra rodeada por un círculo, tras cuya lectura Josep sintió alivio.

—¿Cuándo pueden instalarla en Santa Eulàlia?

El hombre puso una mueca.

—Tenemos tres equipos, y los tres están ocupados.

—Tiene que entenderlo —insistió Josep—. Un pueblo entero se ha quedado sin agua. Con este tiempo…

El hombre asintió, cogió un dietario encuadernado en piel, lo abrió y pasó unas cuantas páginas.

—Mala situación. Lo entiendo. Puedo entregar la bomba e instalarla dentro de tres días.

Era lo máximo que podía hacer. Josep asintió y se estrecharon las manos para sellar el acuerdo.

Una vez cumplido el encargo podía volver a casa, pero mientras cruzaba el barrio se descubrió guiando a *Orejuda* hacia Sant Domènec del Call y, una vez allí, recorrió lentamente la calle observando las tiendas.

Casi pasó de largo sin mirar el pequeño cartel pegado a un lado del edificio.

Reparación de calzado. L. Montrés

Un taller minúsculo en el lado sombreado de la calle, con la puerta abierta por el calor.

Bueno. La tienda, al menos, existía de verdad.

Josep hizo seguir a *Orejuda* un par de puertas más, desmontó y la ató a un poste. Caminó hasta la panadería de enfrente, fingió observar los panes y cuando pudo lanzó un rápido vistazo por la puerta abierta del zapatero remendón.

Luis Montrés, si es que era él, estaba sentado en un banco, recortando esquirlas de cuero de la suela nueva de un zapato. Josep se fijó en su barba desaliñada y descuidada, los ojos medio cerrados, el tranquilo rostro bronceado y concentrado en la labor. No llevaba traje blanco, sino ropa de faena bajo un delantal azul harapiento, y una gorra marrón blanda. Bajo la mirada de Josep, se puso una fila de tachuelas entre los labios y las fue sacando de una en una con rapidez para clavarlas en la suela con un golpe seco y fuerte de martillo.

Incómodo ante la posibilidad de que lo descubrieran mirando, Josep se alejó.

Regresó hasta donde había dejado a *Orejuda* y, al darse la vuelta, vio a una mujer que doblaba una esquina cercana con una cesta. Bajó por la calle Sant Domènec en dirección al taller, y Josep tardó un instante en darse cuenta de que era Teresa Gallego.

Volvió a ocupar un lugar desde el que pudiera mirar hacia el taller, oyó el saludo de Teresa y vio que el marido contestaba con un golpe de cabeza. Josep la vio sacar de la cesta el almuerzo del zapatero.

Montrés dejó a un lado el trabajo y empezó a comer justo cuando entraba en el taller una mujer mayor. Josep vio que Teresa se colocaba tras el pequeño mostrador y recibía un par de zapatos. Habló brevemente con la clienta y luego, cuando ésta se hubo ido, enseñó los zapatos al hombre, que asintió mientras ella los dejaba en un estante.

Teresa parecía tranquila, muy distinta de la chiquilla que recordaba Josep. Mayor, por supuesto. Y más gruesa, como si el matrimonio la hubiera vuelto rolliza; o tal vez, pensó, estaría esperando… Decidió que parecía contenta. Recordó haber tocado sus rincones secretos y por alguna razón se sintió como un adúltero.

Para su sorpresa, se dio cuenta de que aquella mujer era una absoluta extraña para él. Sin duda, ya no era la sensual criatura de sus sueños.

Dentro del taller, el hombre terminó de comer enseguida. Josep vio que Teresa volvía a meterlo todo en la cesta y se disponía a salir; él regresó hacia *Orejuda*, presa del pánico. Montó en ella y se alejó al paso, huyendo sin prisas para no llamar la atención.

Una vez fuera de la ciudad, se detuvo varias veces para que el animal pudiera descansar y pastar. Josep estaba tranquilo y contento, pues ahora sabía que su imaginación le había engañado. Fuera lo que fuese lo que el futuro le deparaba a Teresa Gallego, había visto lo suficiente para saber que él no le había arruinado la vida, y al fin se sentía como si pudiera permitirse cerrar una puerta de la que siempre había dejado una rendija abierta.

Cuando llegó a Sitges ya anochecía. Tanto él como la mula estaban muy cansados, y Josep decidió que era razonable quedarse a dormir allí aquella noche y terminar el viaje al día siguiente. Con un crudo y acalorado impulso se le ocurrió que podía compartir el lecho de Juliana Lozano, aunque no había vuelto a entablar contacto con ella desde su única experiencia, y cabalgó hacia el café en el que trabajaba, donde ató a *Orejuda* a un poste.

Encontró una mesa disponible dentro del local abarrotado y ruidoso. Juliana lo vio desde el otro lado de la sala y se le acercó con una sonrisa.

—¿Cómo estás, Josep? Me alegro de verte.

—¿Y tú? ¿Qué tal tú, Juliana?

—Tenemos que hablar. Te quiero contar una cosa —dijo ella—. Pero déjame que te traiga algo antes.

—Un vino —pidió él.

Se quedó mirando sus anchas caderas mientras ella iba a buscarlo.

«¿Noticias que compartir?», pensó con cierta incomodidad.

Para cuando le trajo el vaso lleno había tenido tiempo ya de empezar a preocuparse.

—¿Qué es eso que me tienes que contar?

Ella se inclinó hacia delante y susurró:

—Me voy a casar.

—¿De verdad? —contestó, con la esperanza de que ella malinterpretara su alivio y lo interpretara como un lamento—. ¿Y quién es el afortunado?

—Ése —dijo Juliana, señalando hacia una mesa en la que tres hombres bien rollizos tomaban sus bebidas.

Uno de ellos, al ver que Juliana lo señalaba, exhibió una gran sonrisa y saludó con la mano.

—Se llama Víctor Barceló. Es arriero en la curtiduría.

—Ah —dijo Josep.

Miró hacia el hombre, al otro lado de la sala, y alzó la copa. Víctor Barceló mostró una amplia sonrisa y devolvió el gesto.

Cuando al fin salió del café, llevó a *Orejuda* hasta la orilla y siguió un estrecho sendero entre varias playas abiertas hasta que llegó a una cueva en la que los pescadores habían subido sus botes sobre la arena. Ató la mula a un amarre y extendió su manta entre dos barcas. Se durmió casi de inmediato y se despertó varias veces a lo largo de la noche para añadir al mar su propia agua salada. No salió la luna. Todo estaba en silencio, oscuro y cálido, y Josep se sintió a gusto en el mundo.

Cuando llegaron a Santa Eulàlia los operarios de Barcelona, tres hombres que conocían bien su trabajo, se pusieron a la faena con rapidez y eficacia. Instalaron a toda prisa el cabestrante, la soga y la estructura de madera del pozo. Luego, uno de ellos bajó por el hueco y se aseguró de que el mecanismo quedara bien colocado bajo el agua. Después, instalaron la cañería por secciones y quedó un tubo que surgía de la tierra como si fuera a crecer.

Los mecánicos habían llevado una losa para tapar el puente. En el centro tenía un agujero del tamaño justo para que pasara por él la tubería. Algunos de los hombres fuertes que cargaban con la plataforma de la santa en las procesiones fueron escogidos ahora para ayudar en el momento más delicado de la instalación. Tenían que sostener la pesada losa sobre el puente, mientras otros pasaban el tubo por el agujero y lo encajaban en las cañerías del interior del pozo, para luego bajar la losa en torno al tubo sin dañarlo.

La caja protectora exterior y la larga manivela de hierro estaban pintadas de un azul denso. Una vez instalada, los mecánicos hicieron una demostración de cómo había que subir y bajar varias veces la manivela para que entrase agua en la cámara. El primer tirón provocaba un suspiro mecánico; el segundo, un chirrido indignado y, al fin, sonaba el chorro con suavidad.

Al principio, por supuesto, el agua apestaba. Primero hicieron turnos los concejales para purgar el pozo, y luego bombearon otros hombres. De vez en cuando, el alcalde ponía una mano bajo el chorro que salía del caño, olisqueaba y torcía el gesto.

Al fin, tras olerse la mano, se volvió hacia Josep y enarcó las cejas. Eduardo y Josep ahuecaron las manos, recogieron algo de agua y la olieron.

—Tal vez un poco más… —dijo Eduardo.

Josep asintió y ocupó su lugar junto a la bomba. Al poco cogió una taza, la sostuvo bajo el chorro y se la llevó a los labios para probarla con cuidado. Luego vació la taza de agua dulce y fresca, la aclaró y se la pasó al alcalde, quien bebió a su vez y asintió con el rostro iluminado por una sonrisa.

Cuando Eduardo se llevó la taza a los labios y empezó a beber, los aldeanos los rodearon, esperando cada uno su turno para conseguir agua y dando las gracias al alcalde.

—Decidí que esto no podía volver a pasar. Siempre cuidaré de vosotros —dijo Àngel Casals, con modestia—. Qué contento estoy de haber encontrado una solución duradera al problema.

Por encima del borde de la taza, Eduardo clavó sus ojos en los de Josep. Su cara permanecía insulsa y seria como siempre, pero para cuando paró de beber sus ojos mantenían ya una divertida camaradería con los de Josep.

44

Torres

*L*a casa de Eduardo Montroig daba a la plaza y cada mañana, en cuanto se despertaba, salía corriendo a preparar la bomba. Josep fue entablando una cómoda amistad con él, aunque no pasaban demasiado tiempo juntos porque los dos dedicaban largas y duras jornadas al trabajo. Eduardo no era pomposo, pero había en su rostro una expresión de solemne responsabilidad que lo convertía en un líder natural. Era el *cap de colla* de los *castellers* del pueblo —el que capitaneaba y dirigía al grupo— y reclutó a su colega concejal para sus filas. La buena intención hacía más agradables sus rasgos, no muy agraciados y marcados por la extensión de la mandíbula. Parecía sorprenderle que Josep no aceptara la invitación a la primera.

—Es que te necesitamos. Te necesitamos, Josep.

Resultó que lo necesitaban en el cuarto nivel. Él recordaba de su juventud que era precisamente al cuarto nivel al que ascendía Eusebi Gallego, el padre de Teresa.

Tuvo sus dudas, pero acudió a los ensayos y descubrió que la construcción de un castillo humano empezaba con un ritual.

Los miembros del grupo iban uniformados: pies descalzos, pantalones blancos abolsados, camisas infladas, pañuelos atados con fuerza en torno a la cabeza para proteger las orejas. Se ayudaban mutuamente para ceñirse la faja. Los fajines eran largos, de unos tres metros; el ayudante lo mantenía estirado, bien tenso, mientras el otro pegaba el otro extremo a su cuerpo y luego giraba como una peonza, vuelta a vuelta, hasta quedar envuelto en un apretado corsé de tela que proporcionaba un rígido soporte para la columna vertebral, además de ofrecer un buen agarre a los otros escaladores.

Eduardo pasaba muchas horas planificando la torre sobre el papel, asignando las posiciones en función de las fortalezas y debilidades de cada escalador y analizando constantemente para hacer cambios. Insistía en que hubiera música en todos los ensayos, de modo que las grallas emitían su sonido estridente en cuanto él daba la orden de empezar la escalada.

Enseguida los llamó:

—Los del cuarto, venga.

Y Josep, Albert Flores y Marc Rubió ascendieron por las espaldas de los tres niveles anteriores.

Josep no daba crédito. Cuando ascendía para ocupar su lugar, el castillo había alcanzado sólo la mitad de su altura final, pero aun así él se sentía alto como un pájaro. Se tambaleó un instante, aterrorizado, pero los fuertes brazos de Marc lo sostuvieron y recuperó a la vez el equilibrio y la confianza.

Pasó un segundo y se agarraron todos con fuerza mientras los siguientes escaladores subían por sus espaldas y los pies y el peso de Briel Taulé se asentaban sobre los hombros de Josep.

El problema llegó con el quinto nivel, y Josep lo percibió al principio como una onda que le llegaba desde arriba, luego una sacudida que amenazaba con arrancar su mano del hombro de Marc y finalmente un tirón de las manos que hasta entonces lo habían equilibrado. Notó que las uñas de los pies de Briel le rascaban la mejilla y oyó el grito gutural de Albert:

—*Merda!*

Cayeron todos juntos, cuerpo sobre cuerpo.

Josep quedó durante un momento desagradable con su cara bajo la axila de alguien, pero todo el mundo se desenredó deprisa, entre maldiciones y risas, cada uno según su personalidad. Había muchos rasguños, pero Eduardo tardó poco en comprobar que no había ninguna lesión seria.

«Qué extraño pasatiempo», pensó Josep. Sin embargo, incluso mientras lo pensaba, percibió una nueva certeza: acababa de descubrir algo que le iba a encantar.

Una cálida mañana de domingo, Donat llegó al pueblo y se sentaron los dos en el banco, cerca de la viña, a comerse un salchichón duro con un pan algo pasado.

Estaba claro que a Donat le parecía propio de un lunático cavar una bodega, pero le causó una impresión tremenda que Josep hubiera comprado las tierras de su vecino.

—Papá no se lo creería —dijo.

—Sí. Bueno, pero… no os voy a dar el pago de este cuatrimestre —dijo Josep en tono cuidadoso.

Donat lo miró alarmado.

—Tengo poco dinero, pero será como quedó arreglado en el contrato. Cuando haga el próximo pago, después de la cosecha, os daré también éste, más el diez por ciento.

—Rosa se va a enfadar —dijo Donat, con nervios.

—Tienes que explicarle que saldréis ganando con la espera, pues vais a recibir la penalización adicional.

Donat adoptó una actitud fría y distante.

—No lo entiendes. Tú no estás casado —dijo.

Josep no se lo discutió.

—¿Tienes más salchichón? —preguntó Donat, de mal humor.

—No, pero ven y pasaremos por la tienda de Nivaldo para que te quedes un buen pedazo de chorizo y te lo puedas comer de camino a casa —respondió Josep, al tiempo que daba una palmada en la espalda a su hermano.

45

Vides

*A*quel verano el tiempo fue precisamente tal como lo hubiera encargado Josep si eso fuera posible: días de un calor tolerable y noches más frescas. Pasó muchas horas en la viña, deambulando entre las parras cuando terminaba el trabajo, rondando las cepas viejas cuyas yemas había seccionado, inspeccionándolo todo como si sus ojos pudieran asegurar que la uva crecería mejor en todas sus fases. Aquellas cepas daban unas uvas muy pequeñas. En cuanto empezó a oscurecerse, Josep fue tomando muestras y comprobando sabores inmaduros todavía, pero muy prometedores.

Concentrado en otros proyectos, trabajó poco en la bodega. En julio vació la cisterna de piedra que usara antaño su bisabuelo para pisar la uva, llevó a la casa de Quim todo lo que se había almacenado dentro —herramientas, cubos y bolsas de cal— y luego fregó la cisterna y la aclaró con agua del río, tras calentarla y mezclarla con sulfuro. La cisterna aún podía rendir buen servicio, pero la espita dispuesta para vaciar el mosto de las uvas pisadas se encontraba en mal estado y Josep entendió que debía cambiarla. Acudió varios viernes al mercado de Sitges en busca de una canilla usada, pero al final se rindió y compró una nueva, de bronce brillante.

Ya entrado el mes de agosto, aparecieron Emilio y Juan en la viña con el gran carromato de la tonelería, y Josep los ayudó a descargar las dos grandes cubas de madera de roble nuevas; olían tan bien que no podía creer que fueran suyas. Era la primera vez que veía cubas nuevas, y una vez colocadas en su lugar, junto a la casa de Quim, su aspecto era todavía mejor que su olor. Pagó una a Emilio, tal como habían acordado y, aunque eso suponía una severa disminución de sus ahorros y un aumento de su deuda, estaba tan emocionado que llamó a Maria del Mar para pedirle un favor. Ella fue corriendo a la granja de Àngel, compró huevos, patatas y cebollas y, mientras los toneleros se sentaban con Josep a beber su vino malo, encendió un fuego y preparó una enorme tortilla que al poco compartieron todos con deleite.

Josep estaba agradecido a Emilio y a Juan y lo pasaba bien en su compañía, pero estaba impaciente porque se fueran. Cuando al fin arrancaron con su carromato, regresó corriendo a la parcela de los Torras y se quedó un buen rato plantado ante sus cubas nuevas, sin más tarea que contemplarlas.

A medida que pasaban los días, Josep se ponía más ansioso e inquieto, con una conciencia aguda de los riesgos que había asumido. Estudiaba mucho el cielo, en espera de que la naturaleza lo torturara con granizo, chaparrones fuertes o cualquier otra calamidad, pero sólo en una ocasión cayó la lluvia, un gentil chubasco, y permaneció un tiempo de días calurosos y noches cada vez más frescas.

Maria del Mar disfrutaba de la tradición otoñal que habían establecido y tenía ganas de jugarse de nuevo a la carta más alta el orden en que vendimiarían las viñas, pero Josep le explicó que quería recoger antes las de ella porque en sus cepas más antiguas la uva no había madurado aún lo suficiente.

—Podríamos esperar hasta que maduren del todo, y entonces pasamos a mis tierras y cosechamos toda mi uva a la vez —propuso.

Ella lo aceptó.

Como siempre, Josep disfrutó trabajando con aquella mujer. Era una viticultora tremenda, con una energía increíble, y a veces él se tenía que esforzar para seguirle el ritmo a medida que avanzaban entre las hileras, recogiendo la uva a toda velocidad.

Descubrió que disfrutaba de su proximidad y la comparó con las demás mujeres que había conocido. Era más bella que Teresa y mucho más interesante. Tuvo que admitir que era más deseable que Juliana Lozano, Renata o Margit Fontaine, y que estar con ella le resultaba mucho más fácil que con cualquiera de las demás, siempre que no lo riñera por algo.

Cuando terminaron de prensar la uva, Josep y Maria del Mar pasaron a las tierras de él y cosecharon los racimos cuyo mosto iba destinado a hacer vinagre, cargándolos hasta la prensa como habían hecho siempre. Casi toda la cosecha correspondía a la tierra de los Álvarez y con ella llenó de mosto sus viejas cubas. Aunque muchas de las vides viejas de Garnacha y Cariñena a las que había recortado las yemas estaban en sus propias tierras, las Tempranillo, más antiguas todavía, estaban en la parcela de los Torras, y Josep deambulaba entre ellas, escogiendo alguna uva de aquí y de allá para mordisquearla con aires reflexivos.

—Ya están maduras —le decía Maria del Mar.

Pero él meneaba la cabeza.

—Todavía no —negaba.

Al día siguiente, el mismo veredicto.

—Estás esperando demasiado. Se te van a pasar, Josep —insistió Maria del Mar.

—Todavía no —repitió él con firmeza.

Maria del Mar miró al cielo. Estaba despejado y azul, pero ambos sabían que el tiempo podía cambiar y traer una terrible tormenta o un viento destructor.

—Es como si retaras a Dios —dijo la mujer con frustración en la voz.

Josep no supo qué contestar. Pensó que tal vez tuviera razón. Sin embargo, respondió:

—Creo que Dios lo entenderá.

Al día siguiente, cuando se llevó una Tempranillo a la boca y los dientes partieron la gruesa piel, el sabor del zumo de aquel único grano le invadió el paladar. Josep asintió:

—Ahora sí que las recogemos —dijo.

Josep, Maria del Mar y Briel Taulé empezaron a cosechar la uva con la primera luz grisácea del día para luego esparcir todas las cestas de racimos sobre una mesa, a la sombra, y escoger las uvas de una en una, en un trabajo lento y proceloso. Si hubieran estado más verdes, Josep les hubiera pedido que cortaran todos los tallos, pero como las vides estaban tan maduras les explicó que era conveniente dejar alguno de vez en cuando. Apartaron con mucho cuidado todos los granos estropeados y los trocitos de suciedad antes de verter aquel hermoso tesoro oscuro con delicadeza en la cisterna de piedra.

Habían empezado a vendimiar con el frescor del alba y luego continuaron a última hora de la tarde, trabajando rápido y duro hasta la hora del crepúsculo para ganarle la partida a la oscuridad. Cuando ya no quedaba luz, justo antes de las diez, Josep instaló lámparas y antorchas en torno a la cisterna de piedra, y Maria del Mar llevó en brazos a su hijo y lo dejó, dormido, en la manta que Josep había extendido para tenerlo a la vista.

Se sentaron al borde de la cisterna y se lavaron los pies y las piernas antes de meterse dentro. Josep había pasado la mayor parte de su vida en aquel viñedo, pero nunca había visto pisar la uva hasta que llegó a Francia. Ahora, la húmeda sensación de las uvas estallando bajo sus pies le resultaba deliciosamente familiar y sonrió al ver la expresión en el rostro de Maria del Mar.

—¿Qué hemos de hacer? —preguntó Briel.

—Caminar, nada más —respondió Josep.

Durante una hora, resultó un placer caminar por dentro de la cisterna, al fresco, seis pasos a lo largo, tres a lo ancho. Los dos hombres iban descamisados, con las perneras del pantalón enrolladas hasta arriba, y Maria del Mar llevaba los bajos de la falda sujetos a la cintura. Al cabo de un rato se volvió más difícil y se les fueron cansando las piernas, y cada paso quedaba marcado por el sonido de succión que emitía aquel mosto de olor dulce que casi parecía lamentarse cuando los pies lo abandonaban.

Caminaban en fila para no entorpecerse. Al rato, Briel empezó a cantar una canción sobre una urraca ladrona que le robaba uvas a la mujer de un campesino. El ritmo de la música los ayudaba a caminar y, cuando el joven terminó su canción, Maria del Mar se arrancó a cantar en tono poco melodioso una canción sobre el brillo de la luna reflejado en una mujer que añora a su amante. No entonaba bien, pero fue valiente y la cantó entera, con todos sus versos, y luego Briel retomó su turno con otra canción sobre amantes, aunque esta vez no se trataba de una letra romántica como la de ella. Hablaba de un muchacho regordete que se desmayaba de pura excitación cada vez que se disponía a hacer el amor. El principio de la canción era muy divertido y los tres se echaron a reír, pero a Josep le pareció que Briel le estaba faltando el respeto a Maria del Mar.

—Creo que ya está bien de cantar —dijo con sequedad. Briel guardó silencio.

Al llegar al límite de la cisterna y darse la vuelta, Josep vio que Maria del Mar lo miraba con una sonrisa burlona, como si le hubiera leído el pensamiento.

Ya amanecía cuando Josep consideró que las uvas estaban bien pisadas. Con las luces grises del alba, Maria del Mar tomó en brazos a su hijo dormido y se lo llevó a casa, pero a Josep y a Briel aún les quedaba trabajo. Llevando un balde en cada viaje, pasaron todo el mosto de las uvas pisadas a una de las cubas instaladas en lo alto. Luego engancharon la mula a la carreta, cargaron agua del río y enjuagaron cuidadosamente la cisterna de piedra.

Cuando Josep se desplomó en la cama, el sol lucía en lo alto y apenas le quedaban unas pocas horas para dormir antes de empezar a recoger la Garnacha.

El tercer día, cuando vendimiaron las cepas de Cariñena, estaban agotados y Briel tenía un doloroso rasguño en la planta del pie izquierdo; cuando empezaron a pisar uvas en la cisterna, el joven estaba dolorido y cojeaba mucho, de modo que Josep lo envió a su casa.

Aún peor, Francesc no podía dormir y correteaba en la oscuridad. Maria del Mar suspiró.

—Hoy, mi hijo tiene que dormir en casa.

Josep asintió de buena gana.

—Las uvas de Cariñena tienen menos de la mitad de volumen que las de Tempranillo o las de Garnacha —contestó—. Puedo pisarlas yo solo.

Sin embargo, cuando ella se fue con el crío a su casa, Josep no se enfrentó precisamente con placer a la larga noche que tenía por delante. No se veía la luna. Había mucho silencio; a lo lejos ladraba un perro. El día había sido más bien caluroso, pero la noche había traído una brisa fresca que Josep agradeció, pues le habían contado que los movimientos del aire aportaban a las cubas levaduras naturales que colaboraban en el proceso de fermentación para convertir el mosto en vino.

Se agachó, tomó un puñado del dulce amasijo y lo masticó mientras pisoteaba. Agotado, caminaba cansino y a solas en la suave oscuridad, con la mente tan obtusa que apenas estaba consciente, el mundo reducido a seis pasos a lo largo, tres a lo ancho; seis a lo largo, tres a lo ancho; seis a lo...

Pasó mucho tiempo.

Josep no se había dado ni cuenta de su llegada, pero Maria del Mar estaba allí, pisando el amasijo con cuidado.

—Por fin se ha dormido.

—A ti también te hacía falta —contestó Josep, pero ella se encogió de hombros.

Caminaron juntos en silencio hasta que en una ocasión, al darse la vuelta, chocaron.

—Jesús —dijo él.

Alargó un brazo sólo para ayudarla, pero al instante se encontró besándola.

—Sabes a uva —dijo ella.

Volvieron a besarse un largo rato.

—Marimar.

Le habló con sus manos y ella tuvo un leve estremecimiento.

—Aquí, en el mosto, no —dijo.

Cuando la ayudó a salir de la cisterna, ya no estaba cansado.

46

Pequeños sorbos

*A*la mañana siguiente, tras recoger el mosto y los pellejos, se sentaron a la mesa. Josep sabía lo suficiente de cafés para entender que el de Maria del Mar era malo, pero eso no impidió que se tomaran varias tazas mientras hablaban.

—Al fin y al cabo, es una necesidad natural —dijo Maria del Mar.

—¿Crees que el hombre y la mujer lo necesitan por igual?

—¿Igual? —Se encogió de hombros—. No soy un hombre, pero… la mujer también lo necesita mucho. ¿No estás de acuerdo?

Josep le sonrió y se encogió de hombros.

—En estos momentos, tú no tienes a nadie y yo tampoco —dijo—. Así que… está bien que podamos consolarnos mutuamente. Como amigos.

—Pero que no sea muy a menudo —dijo ella con timidez—. A lo mejor tendríamos que esperar a que la necesidad sea muy fuerte, para que cuando al fin estemos juntos… Bueno, ya me entiendes, ¿no?

Él asintió con cierto recelo y bebió un sorbo de café.

Maria del Mar se acercó a la ventana y echó un vistazo.

—Francesc está trepando a los árboles —anunció.

Estuvieron de acuerdo en que era una buena oportunidad. Al fin y al cabo, tal vez pasara bastante tiempo antes de que volviera a ocurrir.

ϒ

Ahora sí que Josep se permitió a sí mismo un estado de extremo nerviosismo, porque había puesto todo su sustento en manos de la naturaleza y debía esperar a que terminara el misterioso proceso que transmutaba el mosto en vino. Tenía que hacer unas cuantas cosas vitales para echar una mano. El contenido del mosto que no era puro zumo —pieles, semillas y tallos— flotaba en la superficie del líquido y formaba una capa que enseguida se secaba. Cada pocas horas, Josep vaciaba algo de líquido de la parte inferior de la cuba, se subía a una escalerilla para poder derramarlo por encima de los residuos sólidos que flotaban y, de vez en cuando, usaba un rastrillo para empujar la capa hacia el fondo y mezclarla con el líquido.

Tenía que hacer eso una y otra vez a lo largo del día y también, si se despertaba en plena noche, iba a las cubas y repetía el ritual en la oscuridad, casi dormido.

El tiempo fresco se alargó, retrasando el proceso del jugo de las uvas, pero al cabo de una semana Josep empezó a sacar unos pocos centímetros cúbicos de las cubas cada día para probarlo.

Como estaba malhumorado y voluble no era muy buena compañía, así que Maria del Mar lo dejaba solo. Ella había vivido siempre entre vides y no hacía falta que nadie le explicara que ahora se reducía todo a una cuestión de fechas. Si Josep interrumpía demasiado pronto el proceso, se cargaría la coloración del vino y su potencial envejecimiento; pero si esperaba demasiado, sólo obtendría una materia pobre y llana. Así que ella se mantuvo en la retaguardia y confinó a Francesc en su propia viña con severidad.

Josep esperaba y los días se le hacían interminables: humedecía la capa superior y la hundía, probaba una muestra tras otra y cada trago le revelaba la creciente fortaleza de aquellos jugos y las diferencias entre ellos.

Cuando el mosto prensado llevaba dos semanas en las cubas, los azúcares que contenía se convirtieron en alcohol. Si hubiera hecho calor, el amasijo de Tempranillo se hubiera vuelto demasiado fuerte, pero la temperatura fresca había moderado la producción de alcohol y el dulzor resultante era fresco y agradable. La Tempranillo carecía de acidez, pero sus Garnachas eran ácidas y briosas, mientras que la Cariñena tenía esa fuerza verdeante y casi amarga que, Josep lo sabía perfectamente, resulta necesaria para cualquier vino que pretenda envejecer bien.

Catorce días después de llenar las cubas de zumo, estaba sentado a primera hora de la mañana a la mesa de la cocina con tres cuencos llenos y uno vacío, una jarra de agua, un vaso grande, otro muy pequeño, papel y pluma.

Para empezar llenó el vaso pequeño de Tempranillo hasta la mitad y lo vertió en el grande, al que añadió luego la misma medida de Cariñena y de Garnacha y lo mezcló todo con una cuchara. Luego dio un sorbo, se enjuagó con él la boca un buen rato y lo escupió en el cuenco vacío. Se quedó pensando un momento antes de aclararse la boca con agua y anotar su opinión sobre la mezcla.

Para obligarse a esperar hasta que el sabor de aquella muestra se diluyera en la boca, salió y se mantuvo ocupado en faenas sin importancia antes de regresar y probar una nueva mezcla que ahora sólo contenía Garnacha y Cariñena.

Cada pocas horas probaba una nueva mezcla, reflexionaba y tomaba breves notas, renovando cada vez el vino de los cuencos para que la excesiva exposición al aire no le falseara la información.

A la mañana del decimoséptimo día de fermentación, supo que los vinos estaban listos y que aquella misma tarde debía pasarlos a los toneles. Sobre la mesa había tres hojas con sus notas, aunque él sabía que todavía se podían hacer muchas más combinaciones. Para empezar el día hizo una mezcla nueva: sesenta por ciento de Tempranillo, treinta de Garnacha y diez de Cariñena. Dio un sorbo, lo hizo circular por la boca y lo escupió.

Se quedó sentado un momento, volvió a preparar la misma mezcla y repitió el ejercicio.

Esperó un poco más antes de volver a hacer exactamente lo mismo que las dos veces anteriores, con una sola excepción: en esta tercera prueba no pudo obligarse a escupir la muestra.

Había encontrado prometedoras las otras mezclas, pero aquel vino parecía llenarle la boca. Josep cerró los ojos y saboreó los mismos aromas de zarzas y ciruelas que había encontrado en los intentos anteriores. Sin embargo, aquí había también cerezas negras, un lametazo de piedra, un atisbo de salvia y el olorcillo de la madera de las cubas. Tenía almacenados en la memoria algunos de aquellos aromas, mientras que había otros rastros minúsculos de dulzura y acidez que descubría por primera vez. La mezcla tenía una nueva plenitud y Josep dejó que extendiera su suavidad por la cara interior de los carrillos, se deslizara bajo la lengua y se derramara por encima hasta que un hilillo de vino goteó garganta abajo y le administró una cálida caricia.

Al tragar, la bebida florecía por completo mientras descendía por su cuerpo, de modo que Josep se sentó y observó con atención cómo crecía su propio placer. El sabor se alargaba más y más en su boca tras desaparecer el líquido.

Los aromas ascendieron por la nariz y permanecieron allí, y Josep se echó a temblar como si le hubiera ocurrido algo malo, como si lo invadiera el vino, como si no acabara de darse cuenta de que había hecho vino de verdad.

A última hora seguía sentado a la mesa sin hacer más que contemplar el vino, como si al estudiarlo dentro del cuenco pudiera aprender sus secretos y su sabiduría. Era fuerte y oscuro, de un rojo escarlata, un color cedido por los gruesos pellejos de la uva empapada en jugos fermentados durante dos semanas y media.

Le parecía hermoso.

Y le atormentaba una necesidad abrumadora de enseñárselo a alguien.

Ojalá pudiera llenar una botella de aquel vino y enseñárselo a su padre, pensó. Quizá debiera llevárselo a Nivaldo.

Sin embargo, llenó de vino su taza manchada de café y lo llevó, por entre las hileras de vides, hasta la puerta de Maria del Mar, donde llamó con cautela para no despertar al crío.

Al fin ella abrió la puerta y pestañeó malhumorada, con preocupación en la mirada y el cabello alborotado por la almohada. Josep la siguió hasta la lámpara de aceite que prendía en la mesa antes de darle la taza, pues quería verle la cara cuando bebiera.

47

Como un hermano

*J*osep encendió una hoguera pequeña pero potente y sostuvo sobre el fuego todos los barriles vacíos de cien litros para chamuscarlos y tostarlos, tal como había visto hacer a los viticultores en Francia. Con la mezcla de vinos llenó catorce de aquellos toneles pequeños, así como dos de los cuatro de 225 litros que poseía. De vez en cuando tenía que sacar vino de los toneles grandes y rellenar los pequeños, pues la madera nueva de éstos se tragaba el líquido como un hombre sediento y, si hubiera quedado algo de aire en el interior, el vino se habría estropeado. Tras vaciar las tres cubas grandes, Josep y Briel llevaron los pellejos restantes a la prensa del pueblo y aún exprimieron medio barril más de vino. Añadida al vino sin mezclar de la uva pisada, esa segunda prensa le dio casi un barril de vino ordinario que no tenía tanta calidad como el mezclado, pero que seguía siendo mucho mejor que cualquiera que hubiese hecho su padre.

Josep y Briel empezaban a cargar los barriles hacia la bodega cuando apareció Donat caminando por la carretera; Josep lo saludó con amabilidad, aunque con una cierta cautela, pues conocía el propósito de su visita.

—Deja que te eche una mano —propuso Donat.

—No, tú siéntate a descansar. Has hecho un viaje largo —contestó Josep.

De hecho, incluso los toneles más grandes y pesados se manejaban mejor con un solo hombre a cada lado, y la presencia de un tercero no hubiera hecho más que molestar. Sin embargo, Donat los siguió mientras arrastraban un barril y examinó los detalles de la bodega.

—Esta bodega te ha dado mucho trabajo. ¿No te parece que a padre le asombraría ver algo así en esta colina?

Josep sonrió y asintió. Donat señaló el revoque de piedras, a medio terminar, de la pared de tierra:

—Si pudiera librarme del trabajo unos cuantos días, te echaría una mano con esta faena.

—Ah, no. Gracias, Donat, pero me encanta trabajar con las piedras. Lo voy haciendo a ratos —explicó Josep.

El hermano se entretuvo y los observó mientras ellos cargaban el resto de los barriles; al fin la visita se enderezó cuando Josep sacó una jarra del vino recién mezclado y se fueron con él a la tienda de Nivaldo.

El vino impresionó al anciano, que parecía encantado de estar con los dos hermanos, y los tres pasaron varias horas sentados en buena compañía junto al vino y más de un cuenco del guiso de Nivaldo. Éste dio a Donat algo de queso para que se lo llevara a Rosa.

Josep y su hermano regresaron andando a casa bajo el tranquilo frescor del anochecer.

—Qué pacífico —dijo Donat—. Buen pueblo éste, ¿eh?

—Sí.

Preparó una estera con una manta y una almohada, y Donat, afectado por el vino, se instaló en ella enseguida.

—Buenas noches, Josep —se despidió con voz cariñosa.

—Que duermas bien, Donat.

Josep lavó y secó la jarra, y al subir las escaleras oyó el sonido familiar de los ronquidos de su hermano.

Por la mañana comieron pan con queso duro; Donat eructó, se apartó de la mesa y se puso en pie.

—Será mejor que me ponga en marcha ahora que empieza

a haber tráfico, así encontraré alguien que me lleve. —Josep asintió—. Bueno, el dinero.

—Ah, ¿los pagos? Aún no tengo el dinero.

A Donat se le enrojeció el rostro.

—¿Qué quieres decir? Me dijiste: «Dos pagos después de la cosecha».

—Bueno, ya he hecho el vino. Ahora lo venderé y conseguiré el dinero.

Donat lo miró.

—¿A quién se lo vas a vender? ¿Y cuándo?

—Todavía no lo sé. Tengo que enterarme. No te preocupes, Donat. Has visto el vino y lo has probado. Es como si ya tuvieras el dinero en el bolsillo, con el diez por ciento.

—Rosa se pondrá como loca —dijo Donat con mucho genio. Cogió una silla y se volvió a sentar—. Te está costando mucho cumplir con los pagos, ¿verdad?

—Son tiempos difíciles —explicó Josep—. He tenido gastos imprevistos. Pero puedo cumplir. Sólo tienes que esperar un poco para cobrar, nada más.

—Se me ha ocurrido algo que tal vez te facilite las cosas… Me gustaría volver al pueblo. Quiero ser tu socio.

Se miraron.

—No, Donat —contestó Josep en tono amable.

—Entonces…, ¿cómo lo hacemos? Tienes dos parcelas. Nos das una a Rosa y a mí, no me importa cuál, para cancelar la deuda que tienes con nosotros. Estaría bien que fuéramos vecinos, Josep. Si quieres que hagamos buen vino, te ayudaré, así podemos trabajar los dos juntos y vender la mayor parte para vinagre, como dos hermanos que se ganan la vida.

Josep se obligó a menear la cabeza.

—¿Qué se ha hecho de tus planes? —preguntó—. Creía que te encantaba trabajar en la fábrica.

—Tengo problemas con un capataz —dijo Donat con amargura—. Me provoca, ha convertido mi vida en una desgracia. Nunca me darán la oportunidad de convertirme en mecánico.

Y las malditas máquinas me están destrozando el oído. —Suspiró—. Mira, si hace falta trabajaré para ti por un salario.

Algo se estremeció en el interior de Josep al recordar los viejos tiempos en que, aparte de las riñas constantes, él tenía que hacer siempre el trabajo de Donat además del propio.

—No funcionaría —dijo, y vio que la mirada de su hermano se endurecía—. Te voy a dar un poco del vino de segunda prensa para que te lo lleves a casa —propuso, y se ocupó de limpiar una botella y buscar un tapón de corcho.

Donat fue con él hasta donde estaba el vino.

—¿No valemos tanto como para que nos des del bueno? —preguntó con brusquedad.

Josep se sintió culpable.

—Ayer quería que probaras la mezcla, pero ni yo mismo lo bebo, y tampoco lo regalo —explicó—. Lo tengo que vender todo para poder pagarte.

Donat metió la botella llena en una bolsa y se dio la vuelta.

¿Qué significaba aquel gruñido? ¿Mezquino cabrón? ¿Gracias? ¿Adiós?

Mientras miraba a su hermano caminar lentamente por el sendero que llevaba hasta la carretera, Josep pensó que Donat andaba como un hombre cansado que pisara uvas.

48

La visita

*L*os *castellers* de Santa Eulàlia no se habían reunido durante buena parte del otoño, pero en cuanto se terminó la vendimia Eduardo convocó a sus miembros.

Josep asistió encantado al ensayo, aunque ni él mismo entendía por qué le gustaba tanto. Se preguntó qué podía hacer que a un hombre le encantara sostenerse sobre los hombros de otro, a la máxima altura posible, para construir una torre hecha de carne y hueso, en vez de piedras y mortero, y disfrutar haciéndolo una y otra vez.

Era inevitable que se produjeran percances por algún descuido momentáneo, un segundo de falta de atención, un movimiento descuidado, una agitación desesperada y seguida de un desplome masivo.

—Las caídas se pueden evitar —dijo Eduardo a sus *castellers*— si todo el mundo sabe exactamente qué debe hacer y lo hace con precisión, cada vez de la misma manera. Escuchadme y sólo conseguiremos éxitos. Necesitamos fuerza, equilibrio, valor y sentido común. Quiero que subáis y bajéis en silencio, rápidamente, con ánimo, sin perder ni un segundo, y que cada uno se ocupe de sí mismo.

»Pero si vais a caer… —Hizo una pausa, pues quería que lo escucharan bien—. Si vais a caer, intentad no hacerlo lejos de la torre, porque así es como se producen las lesiones. Caed a la base del castillo, donde la piña y el *folre* atenuarán la caída.

En la parte baja del castillo, los hombres fuertes que soportaban la mayor parte del peso estaban rodeados por una muchedumbre que se apretujaba en torno a ellos para formar la piña. Sobre los hombros de ésta se instalaba otro grupo de gente que recibía el nombre de *folre*, y que también empujaba hacia delante para añadir más soporte al segundo y tercer nivel de trepadores.

A Josep, la piña y el *folre* le parecían como un enorme amasijo de raíces que prestaba su fuerza al tronco de un árbol para que se alzara hacia el cielo.

Se había aprendido los nombres enseguida. Una estructura formada por tres o más hombres en cada nivel era un castillo. Si eran dos hombres, se llamaba torre; si uno, pilar.

—Tenemos una invitación —les dijo Eduardo—. Los *castellers* de Sitges nos han desafiado para una competición, con castillos de tres hombres por nivel, que tendrá lugar en su mercado el primer viernes después del lunes de Pascua: los pescadores de Sitges contra los viticultores de Santa Eulàlia.

Sonaron algunos murmullos de aprobación y un rápido aplauso, pero Eduardo sonrió y alzó una mano admonitoria.

—Los pescadores ofrecerán una dura competencia, porque desde niños no hacen más que balancearse en sus barcas agitadas por el mar.

Eduardo había dibujado ya los castillos en un papel y empezó a vociferar nombres; cuando sonaba el suyo, cada escalador ocupaba la posición asignada y se empezaba a levantar el castillo a ritmo lento e irregular.

A Josep le tocó una de las plazas del cuarto nivel y participó en el proceso de montar y desmontar tres veces el mismo castillo, mientras Eduardo estudiaba a los que iban trepando y hacía más de un cambio o sustitución.

Durante una pausa en el ensayo, Josep se dio cuenta de que Maria del Mar había acudido con Francesc. Se quedó al lado de Eduardo, hablando muy de cerca y con el rostro serio, hasta que él asintió.

—Súbete a mí —dijo a Francesc, mostrándole la espalda.

Francesc echó a correr con poco equilibrio y Josep notó que se le hacía un nudo en la garganta. El muchacho tenía mal aspecto, con sus trompicones de cangrejo. Sin embargo, fue cogiendo inercia, se lanzó sobre la espalda de Eduardo y trepó hasta sus hombros.

Eduardo quedó satisfecho. Se dio la vuelta, agarró a Francesc con firmeza y ordenó que se volvieran a armar las cuatro primeras capas para poder poner a prueba al muchacho.

Tras ocupar su posición, Josep ya no podía ver a Francesc. La gente charlaba con los demás miembros de su grupo relajadamente, pero los tambores y las grallas empezaron a sonar con brío, como si en vez de una prueba para evaluar a un escalador muy joven se tratara de una actuación ante la realeza.

Al poco, Josep sintió que unas manos pequeñas se agarraban a sus pantalones y se encontró al crío montado en él como si fuera un pequeño chimpancé. Francesc le rodeó el cuello con los brazos y Josep pudo oír su leve voz:

—¡Josep! —Sonó con alegría en su oído.

Luego Francesc descendió a toda prisa.

El sábado por la tarde, Josep estaba trasladando una carretilla llena de grava desde la excavación de la bodega para esparcirla por la carretera cuando observó que se acercaba un carruaje ligero tirado por un caballo gris y montado por un hombre y una mujer.

Cuando se acercaron vio que la mujer era Rosa Sert, su cuñada. El hombre era alguien a quien no había visto jamás. Rosa lo saludó con un leve movimiento de la mano mientras su acompañante dirigía el caballo hacia la viña.

—Hola —saludó Josep, y abandonó lo que estaba haciendo.

—Hola, Josep —respondió Rosa—. Éste es mi primo, Carles Sert. Están reparando las máquinas de la fábrica y me ha quedado algo de tiempo libre, y Carles quería pasar un día en el campo, así que…

Josep la miró y asintió sin más comentarios.

Su primo Carles. El abogado.

Los llevó al banco, sacó agua fresca y esperó a que se la hubieran bebido.

—Tú sigue con tu trabajo —dijo Rosa, agitando la mano en el aire—. No te preocupes por nosotros.

De modo que Josep cargó de nuevo la carretilla con grava y se fue de nuevo a esparcirla por la carretera. De vez en cuando echaba un vistazo para no perderlos de vista. Rosa le estaba enseñando la propiedad al abogado. El hombre no decía gran cosa, pero ella no paraba de hablar. Desaparecieron entre las vides y luego volvieron a aparecer y se fueron a la masía. Se detuvieron a evaluar la casa desde lejos y para terminar dieron una vuelta completa alrededor de ella, mirándola con atención.

—Qué diablos —gruñó Josep al ver que el abogado le daba un vaivén a la puerta para comprobar su solidez.

Esparció la grava y se fue a por ellos.

—Quiero que os larguéis de aquí. Ahora mismo.

—No hace falta ser desagradable —dijo el primo con frialdad.

—Estáis poniendo el carro delante de los bueyes. Tu prima puede esperar hasta que yo incumpla el tercer pago para tomar posesión. Mientras tanto, largo de mis tierras.

Se fueron sin volver a mirarle o a dirigirle la palabra. Rosa apretaba la boca en una mueca fría, como si pretendiera afearle a Josep que no supiera hablar con gente civilizada. El abogado dio un tirón de las riendas, el caballo gris arrancó y Josep se quedó junto a la casa viendo cómo desaparecían.

«¿Y ahora qué hago?», se preguntó.

49

Un viaje al mercado

Josep había heredado treinta y una botellas vacías, abandonadas por Quim, pero sólo catorce tenían la forma adecuada y una capacidad de tres cuartos de litro. Encontró otras cuatro botellas viejas guardadas entre sus herramientas y, cuando envió a Briel Taulé a recorrer el pueblo para ver cuántas conseguía recoger, el joven volvió con otras once. En total, podía usar veintinueve.

Las fregó y enjuagó hasta arrancarles brillo, las llenó con el vino oscuro y encajó los tapones de corcho con mucho cuidado. Marimar acudió en su ayuda para hacer las etiquetas. La visión de las botellas llenas tuvo el extraño efecto de ponerlos nerviosos a los dos.

—¿Dónde las vas a vender?

—Lo intentaré en Sitges. Mañana es día de mercado. Pensaba llevarme al crío, si te parece bien —propuso.

Ella accedió.

—Ah, le gustará… ¿Qué quieres que ponga en estas etiquetas?

—No sé… ¿Finca Álvarez? ¿Bodega Álvarez? No, suena demasiado pretencioso. ¿Tal vez Viña Álvarez?

Ella torció el gesto.

—No suenan del todo bien.

El plumín, con la punta recién mojada en la tinta, rasgó el papel mientras Marimar dibujaba unos círculos y un tallo.

Cuando sostuvo la etiqueta en alto, Josep la miró y se encogió de hombros. Pero estaba sonriendo.

VIDES DE JOSEP
1877

A primera hora de la mañana siguiente, Josep envolvió todas las botellas de una en una con varias hojas de periódico sacadas de ejemplares antiguos de *El Cascabel* de Nivaldo, y preparó un nido de mantas harapientas para acolchar el vino durante el viaje a Sitges. Metió pan y chorizo en un saco de tela y lo echó también al carromato, junto con un cubo y dos tazas.

Aún estaba oscuro cuando dirigió a *Orejuda* hacia la viña de los Valls, pero Francesc lo esperaba ya vestido. Llevándose la taza de café a los labios, Maria del Mar los vio partir; el chico iba sentado junto a Josep en el asiento del carro.

Francesc iba callado, pero nunca había salido de Santa Eulàlia y su rostro delataba la emoción. Enseguida entraron en territorios nuevos para él y Josep vio que no paraba de mirarlo todo para registrar las masías que aparecían de vez en cuando, los campos desconocidos, las viñas y los olivares, tres toros negros detrás de una cerca y la visión lejana de Montserrat, alzándose hacia el cielo.

Cuando salió el sol, resultaba muy agradable ir sentado en el carro con el muchacho mientras *Orejuda* avanzaba hacia el norte, haciendo resonar los cascos.

—Tengo que mear —dijo Josep al rato—. ¿Quieres mear?

Francesc asintió y Josep se detuvo junto a unos pinos. Bajó a Francesc del carro y los dos se plantaron juntos en la cuneta, dos hombres regando las plantas. Tal vez fuera su imaginación, pero a Josep le pareció notar cierto orgullo en la cojera de Francesc cuando caminaba de vuelta hacia el carro.

Υ

El sol lucía ya en lo alto cuando llegaron a Sitges; el mercado estaba abarrotado de vendedores, de modo que Josep hubo de contentarse con un espacio al fondo de todo, junto a una caseta que emitía agradables olores a calamares, gambas asadas y guiso de pescado con mucho ajo.

Uno de los dos fornidos cocineros atendía a un cliente, pero el otro se acercó al carro con una sonrisa en el rostro.

—Hola —dijo, echando un vistazo a las botellas envueltas en hojas de periódico—. ¿Qué anda vendiendo?

—Vino.

—¡Vino! ¿Es bueno?

—Bueno es poco. Especial.

—Ahhh. ¿Y a cuánto sale ese vino tan especial? —preguntó, fingiendo una mueca de terror.

Cuando Josep le dijo el precio, cerró los ojos y estiró la boca hacia abajo.

—Es el doble de lo que se suele pagar por una botella de vino.

Josep sabía que eso era cierto, pero era el precio al que necesitaba venderlo, contando con que se deshiciera de todas las botellas, para poder pagar su deuda a Rosa y Donat.

—No, es el doble de lo que se suele pagar por el vino común de la región, que es meado de mula. Esto es vino de verdad.

—¿Y dónde se hace ese vino tan maravilloso?

—Santa Eulàlia.

—¿Santa Eulàlia? Yo soy de los *castellers* de Sitges. Pronto competiremos con los de Santa Eulàlia.

Josep asintió.

—Lo sé. Yo soy *casteller* de Santa Eulàlia.

—¿De verdad? —Le dedicó una sonrisa burlona—. Ah, les vamos a destrozar, señor.

Josep le devolvió la sonrisa.

—A lo mejor no, señor.

—Me llamo Frederic Fuxà y ese que está sirviendo la comida es mi hermano Efrén. Es el ayudante del jefe de nuestro equipo, y tanto él como yo participamos en el tercer nivel de nuestros castillos.

¿Tercer nivel? Josep se asombró. Aquel hombre y su hermano eran enormes. Si les colocaban en el tercer nivel, ¿qué aspecto tendrían los de los dos primeros?

—Yo estoy en el cuarto. Me llamo Josep Álvarez y éste es Francesc Valls, que se está preparando para ser nuestro *enxaneta*.

—¿El *enxaneta*? Ah, es un trabajo muy importante. Nadie puede ganar una competición de castillos sin un excelente *enxaneta* para llegar a la cumbre —dijo Fuxà a Francesc. Éste le contestó con una sonrisa—. Bueno, que tenga buena suerte hoy.

—Gracias, señor. ¿Le interesa comprar mi vino?

—Es demasiado caro. Soy un pescador que ha de trabajar mucho, señor Álvarez, no un rico viticultor de Santa Eulàlia —respondió Fuxà con buen humor antes de regresar a su caseta.

Josep llenó el cubo con agua de la fuente pública y lo colocó en el fondo del carromato.

—Tu trabajo será aclarar las copas cuando alguien pruebe el vino —dijo.

Francesc asintió.

—¿Y ahora qué hacemos, Josep?

—¿Ahora? Esperar —contestó éste.

El chico volvió a asentir y se quedó sentado con expresión expectante, sujetando una taza en cada mano.

El tiempo pasaba muy despacio.

Había mucho ajetreo en los callejones interiores del mercado, pero poca gente caminaba hasta la última fila, en la que estaban aún vacíos la mayor parte de los espacios.

Josep miró hacia el puesto de comida, donde una mujer corpulenta compraba una ración de tortilla.

—¿Una botella de buen vino, señora? —la llamó, pero ella negó con la cabeza y se alejó.

Pocos minutos después, dos hombres compraron calamar y se lo comieron de pie ahí mismo.

—¿Una buena botella de vino? —exclamó Josep, y se acercaron caminando hasta su carro.

—¿Cuánto? —preguntó uno, sin dejar de masticar.

Cuando Josep le dijo el precio, el hombre tragó lo que mascaba y meneó la cabeza.

—Demasiado —dijo.

Su compañero se mostró de acuerdo y ambos se dieron la vuelta.

—Pruébenlo antes de irse.

Josep desenvolvió una botella y buscó su sacacorchos. Sirvió el vino cuidadosamente en las dos tazas, una cuarta parte de la dosis normal para una copa.

Los hombres aceptaron las tazas y bebieron en dos lentos tragos.

—Bueno —dijo uno de ellos a regañadientes.

Su amigo gruñó.

Se miraron.

—Si nos da un precio mejor, podríamos llevarnos una botella cada uno.

Josep sonrió, pero negó con la cabeza.

—No, no puedo.

—Entonces...

El hombre se encogió de hombros y su compañero meneó la cabeza mientras ambos devolvían las tazas.

Frederic Fuxà lo había visto todo desde su caseta y le guiñó un ojo con tristeza. «¿Lo ves? ¿No te lo había dicho?»

—Ya puedes hacer tu trabajo —dijo Josep a Francesc.

El muchacho abrió la boca en una gran sonrisa y enjuagó las tazas usadas en el cubo de agua.

Al cabo de una hora habían dado a probar otras cuatro muestras, pero no habían vendido nada y Josep empezaba a preguntarse si funcionaría el plan de vender el vino en el mercado.

Sin embargo, los dos primeros en probarlo volvieron del paseo.

—Estaba bueno, pero no estamos seguros —dijo uno de ellos—. Necesito otro traguito.

Su compañero estuvo de acuerdo.

—Ah, lo siento. Sólo puedo dar una muestra a cada cliente —contestó Josep.

—Pero luego... podríamos comprarte el vino.

—No. Lo siento, de verdad.

El hombre parecía molesto, pero su compañero intervino:

—No pasa nada. Me voy a quedar una botella.

El primero suspiró.

—Yo también me llevo una —dijo al fin.

Josep les pasó dos botellas envueltas en periódico y aceptó su dinero con manos temblorosas, sintiendo que le subía la sangre a la cara. Llevaba toda la vida acostumbrado a que su familia produjera un vino que luego recogía Clemente Ramírez, en una rutina constante y anodina. Pero aquélla era la primera ocasión en que alguien le compraba su vino por elección y le pagaba un dinero por haber conseguido una cosecha deseable.

—Gracias, señores. Espero que disfruten con mi vino —les dijo.

Frederic Fuxà lo había escuchado todo desde su caseta y se acercó al carro para felicitar a Josep.

—La primera venta del día. Pero... ¿te importa que te dé un consejo?

—Claro que no.

—Mi hermano y yo venimos desde hace diecinueve años. Somos pescadores y capturamos nosotros mismos todo lo que cocinamos en el mercado. Nos conoce todo el mundo y no necesitamos demostrar que nuestra comida es fresca y buena. En cambio, usted es nuevo en el mercado. Aquí la gente no lo conoce. ¿Qué pierde por regalar una segunda muestra de vino?

—Sólo puedo regalar dos botellas en total —explicó Josep—. Si no consigo vender todas las demás, tendré un problema terrible.

Fuxà apretó los labios y sonrió. Como hombre de negocios, podía entender la situación sin necesidad de más palabras.

—Me gustaría probar su vino, señor.

Josep vertió vino en las dos tazas.

—Llévele una a su hermano.

Frederic le compró dos botellas y luego Efrén Fuxà fue a por otra.

Media hora después llegaron dos hombres y una mujer a la caseta de comidas.

—Hola a los Bocabella. ¿Qué tal va hoy por vuestra zona? ¿Vendéis mucho? —preguntó Efrén.

—No va mal —contestó la mujer—. ¿Y vosotros?

Efrén apretó los labios y asintió.

—Nos han contado que alguien da muestras de vino —dijo uno de los hombres.

Frederic señaló hacia el carro de Josep.

—Bueno de verdad. Nosotros se lo acabamos de comprar para la Semana Santa.

Se acercaron y pidieron probarlo. La mujer chasqueó los labios.

—Muy bueno. Pero nuestro tío hace vino.

—Aaaarg. El vino que hace el tío no te lo beberías si no estuviera él delante —terció uno de los hombres, y se echaron a reír los tres.

Compraron una botella cada uno.

Frederic los miró alejarse.

—Ésa ha sido una venta afortunada. Son primos, agricultores de una familia importante de Sitges y les encanta hablar. En los días de mercado se turnan para hablar con otros vendedores e intercambiar cotilleos. Mencionarán su vino a mucha gente.

Durante la siguiente hora, media docena de personas probaron el vino sin comprar. Luego llegaron dos mercaderes a la vez, y un tercero se acercó mientras éstos probaban el vino. Josep se había dado cuenta de que los compradores del mercado tendían a detenerse donde veían que ya había gente, acaso por la necesidad humana de investigar aquello que parece agradable a los demás. En ese momento funcionó, porque se formó una corta hilera de clientes detrás de aquellos mercaderes, y la cola ya no se deshizo durante varias horas.

A media tarde, cuando Josep y Francesc consiguieron comerse el pan con chorizo, aquél había cambiado dos veces el agua en que aclaraban las tazas y al final había optado por vaciar el cubo. Pese a la norma de impedir que se repitieran las pruebas, había gastado ya las dos botellas que tenía previsto destinar a tal uso y aún le quedaban nueve por vender. Sin embargo, a esas alturas el rumor acerca de la presencia de un vendedor de vino en el mercado ya había circulado, y Josep vendió su última botella a última hora de la tarde, varias horas antes del cierre del mercado. Compró a Francesc un plato de calamares para celebrar la victoria y, mientras el muchacho se lo comía, él se fue a ver a un vendedor de objetos de segunda mano y le compró cuatro botellas de vino vacías.

De camino a casa, Francesc se sentó en el regazo de Josep y éste le enseñó a sostener las riendas. El niño se durmió mientras conducía. Durante media hora, Josep condujo el carro con aquella figurita huesuda pegada al pecho; luego, Francesc se despertó lo suficiente para que lo cambiara de sitio y durante el resto del viaje durmió entre mantas en la parte trasera del carro, junto a las botellas vacías.

El domingo volvió a entrar el abogado con el caballo gris en la viña, y esta vez iba con Donat.

El abogado se quedó sentado en el carro y no miró a Josep, quien notó que llevaba un maletín de cuero en el asiento. Pensó que sin duda contendría papeles que pensaban entregarle para tomar posesión de las tierras por impago.

El hermano lo saludó con nerviosismo.

—¿Tienes el dinero, Josep?

—Lo tengo —contestó en voz baja.

Tenía los billetes contados y listos para ellos, de modo que salió de casa con sus propios papeles, recibos aparte por cada uno de los dos pagos que se había saltado y un tercero para el que se cumplía ese mismo día. Se los dio a Donat y éste los pasó al abogado tras leerlos rápidamente.

—¿Carles?

El abogado los leyó, se encogió de hombros y asintió. Sin duda estaba decepcionado, pero se esforzó por mantener un rostro inexpresivo.

En cambio, el de Donat expresaba un inconfundible alivio mientras aceptaba y contaba el dinero. Josep sacó plumilla y tinta y Donat firmó los tres recibos.

—Lamento todo este follón, Josep —dijo, pero su hermano no respondió.

Donat se dio la vuelta y echó a andar hacia el carro, pero luego se detuvo y volvió atrás.

—No es una mala mujer. Ya sé que lo parece. Lo que pasa es que a veces nuestra situación la supera.

Josep se dio cuenta de que al primo de Rosa no le gustaban las disculpas; la desaprobación había sustituido a la inexpresividad en su rostro.

—Adiós, Donat —dijo, al tiempo que su hermano asentía y montaba en el asiento al lado de Carles Sert.

Josep se quedó junto a la casa, viéndolos partir. Le pareció extraño poder sentirse bien y mal al mismo tiempo.

50

Una decisión

*E*duardo Montroig se tomaba muy en serio las competiciones de *castellers* y el ambiente en las sesiones de ensayo del grupo de Santa Eulàlia empezaba a parecer más formal, con menos bromas y más esfuerzo por perfeccionar el equilibrio, el ritmo y la precisión de sus tareas.

Eduardo tenía mucha información sobre los *castellers* de Sitges, que eran muy expertos y consumados, y estaba convencido de que Santa Eulàlia sólo podía ganar la competición si era capaz de añadir algo especial a su castillo. Diseñó un elemento nuevo para su estructura, que requería ensayos más frecuentes y vigorosos por parte del equipo, y advirtió a sus hombres que debían mantenerlo en secreto para que supusiera una verdadera sorpresa cuando al fin se desvelara en Sitges.

Maria del Mar llevó a su hijo a varios ensayos, hasta que Josep sugirió que podía encargarse él; como tenía que acudir de todos modos, ella aceptó encantada.

Para Josep, el momento álgido de cada ensayo llegaba cuando Francesc trepaba sobre los tres primeros niveles y terminaba montado en su espalda el tiempo suficiente para susurrarle su nombre al oído. Francesc soñaba con el día en que sería capaz de ascender muchas capas formadas por adultos y jóvenes y llegar a la cumbre de un castillo ya armado del todo para alzar el brazo en señal de victoria. Josep estaba preocupado por él, porque un crío tan pequeño y frágil resultaba especialmente vulnerable si el castillo se colapsaba. Pero Eduardo iba enseñando a Francesc poco a poco y Josep sabía que el líder era un hombre equilibrado y sensato, incapaz de correr riesgos innecesarios.

Un día, sin mayores comentarios ni aspavientos, Eduardo llegó al fin de su periodo de luto y se quitó los brazaletes negros que llevaba siempre en las mangas. Mantuvo su calmosa dignidad, pero la gente del pueblo percibió un cambio —una mayor ligereza de carácter, o al menos un alivio— y empezaron a comentar con ironía que pronto estaría buscando nueva esposa.

Varias tardes más adelante, Josep estaba podando las vides cuando vio que Eduardo se acercaba por la carretera. Dejó de trabajar encantado, pues le apetecía la idea de recibir una visita. Sin embargo, para su sorpresa, Eduardo se limitó a alzar una mano para saludarlo y siguió andando.

En el camino que iba más allá de las tierras de Josep no había nada, salvo la casa y la viña de Maria del Mar. Josep se mantuvo ocupado en sus parras, sin perder de vista la carretera.

Esperó mucho rato. Ya era oscuro cuando vio que Eduardo desandaba el camino. Josep observó que Francesc lo acompañaba mientras avanzaba por el sendero.

—¡Buenas tardes, Josep! —saludó Eduardo.

—¡Buenas tardes, Josep! —repitió Francesc.

—Buenas tardes, Eduardo; buenas tardes, Francesc —contestó efusivamente, mientras su cuchillo daba tajos demasiado rápidos, casi ciegos, y dañaba una vid perfectamente sana.

Pasó casi toda la noche despierto, contemplando la oscuridad.

Intentó convencerse de que debía alegrarse por Maria del Mar. En alguna ocasión, ella le había hablado sobre el tipo de hombre que deseaba ver aparecer en su vida. Alguien que fuera amable y la tratara con bondad. Un hombre equilibrado que no saliera huyendo. Alguien bueno para el trabajo, alguien que se convirtiera en un buen padre para su hijo.

En resumen, el serio Eduardo Montroig. Quizá no tuviera

demasiado sentido del humor, pero era buena persona, un líder de la comunidad, un hombre con ascendente sobre el pueblo.

Por la mañana, Josep reemprendió la poda, pero la desesperación y la furia le iban creciendo por dentro, implacables como una marea, y a media mañana soltó el cuchillo y caminó a grandes zancadas hacia la viña de Maria del Mar.

Como no la veía por sus tierras, llamó a la puerta.

Cuando le abrió, Josep no contestó a su saludo.

—Quiero compartir tu vida. En todos los sentidos.

Ella lo miró perpleja.

—Siento… Siento cosas muy fuertes por ti. ¡Las más fuertes!

Se dio cuenta de que ahora sí le entendía. Le temblaba la boca. ¿Estaría reprimiendo una carcajada?, pensó Josep con pánico. Entonces ella cerró los ojos.

Josep siguió hablando con la voz rota, tan incapaz de controlar sus emociones o sus palabras como un toro de frenar su torpe embestida contra la punta de la espada.

—Te admiro. Quiero trabajar contigo cada día y dormir contigo cada noche. Todas las noches. No quiero volver a follar como si nos estuviéramos haciendo un favor entre amigos. Quiero compartir a tu hijo, al que también amo. Te daré más hijos. Quiero llenarte el vientre de hijos. Te ofrezco la mitad de mis dos parcelas. Están cargadas de deudas, pero son valiosas, como ya sabes. Te necesito, Marimar. Te necesito y quiero que seas mi esposa.

Ella estaba muy pálida. Josep vio que reunía fuerzas y se preparaba para destrozarlo. Sus ojos estaban húmedos, pero le contestó con voz firme:

—Ay, Josep… Claro que sí.

Él se había preparado para el rechazo y al principio fue incapaz de aceptar sus palabras.

—Tienes que calmarte, Josep. Claro que te quiero. Seguro que ya lo sabes —le dijo.

Le sonrió con un temblor en la boca y durante el resto de su vida Josep no sería capaz de decidir si aquella sonrisa era de pura ternura o si contenía también el brillo de la victoria.

51

Planes

Sostuvo sus dos manos, incapaz de soltarlas, y le cubrió el rostro con la clase de besos de aprecio que una mujer suele recibir de su padre o de su hermano. Lo que esos besos le decían era nuevo, y por eso resultaba excitante, aunque cuando al fin se encontraron sus bocas, no quedó la menor duda de que se besaban como amantes.

—Hemos de ir a ver al cura —dijo ella con un hilillo de voz—. Quiero que quedes comprometido conmigo de algún modo antes de que recuperes el sentido y te dé por huir.

Su sonrisa, sin embargo, revelaba que no le preocupaba tal posibilidad.

El padre Pío asintió sorprendido cuando le dijeron que se querían casar.

—¿Habéis sido bautizados?

Volvió a asentir cuando ambos le dijeron que habían recibido el bautismo en aquella misma iglesia.

—¿Corre prisa? —preguntó a Maria del Mar, sin bajar la mirada.

—No, padre.

—Bien. En la Iglesia hay quien cree que, cuando es posible, el compromiso entre católicos rigurosos ha de durar un año entero —explicó el sacerdote.

Maria del Mar guardó silencio. Josep gruñó y meneó la cabeza lentamente. Sostuvo la mirada del padre Pío sin retarlo, pero sin timidez. El cura se encogió de hombros.

—Cuando un matrimonio implica a un viudo, la necesidad de mantener un noviazgo largo no es tan importante —dijo con frialdad—. Pero ya llevamos dos tercios de la Cuaresma. El 2 de abril es Domingo de Pascua. Entre ahora y el final de la Semana Santa estaremos en el periodo más solemne de rezos y contemplaciones. No es una etapa en la que yo desee celebrar compromisos ni bodas.

—Entonces, ¿cuándo podrá casarnos?

—Puedo leer las amonestaciones después de Semana Santa… Supongamos que nos ponemos de acuerdo en que os casaréis el último sábado de abril —propuso el padre Pío.

Maria del Mar frunció el ceño.

—Ya estaremos metidos en la temporada en que hay más trabajo en la viña por la primavera. No quiero parar de trabajar para casarnos y luego tener que volver corriendo a las viñas.

—¿Cuándo preferirías? —preguntó el sacerdote.

—El primer sábado de junio —contestó ella.

—¿Entendéis que entre ahora y entonces no debéis habitar juntos ni mantener relaciones como hombre y mujer? —preguntó con severidad.

—Sí, padre —dijo Maria del Mar—. ¿Te parece bien la fecha? —preguntó a Josep.

—Si a ti te lo parece… —contestó él.

Estaba experimentando una sensación totalmente desconocida y le impresionó darse cuenta de que era felicidad.

Sin embargo, cuando estuvieron solos de nuevo se enfrentaron al hecho de que el tiempo de espera les iba a resultar difícil. Se dieron un casto abrazo.

—Faltan diez semanas para el 2 de junio. Es mucho tiempo.

—Ya lo sé.

Ella le lanzó una mirada mientras jugueteaba con dos piedras redondas que había a sus pies, sobre la arena, y se acercó para hablarle al oído.

—Creo que a Francesc le iría bien tener un hermano pequeño para que lo vigile mientras nosotros trabajamos, ¿no?

Él se mostró de acuerdo.

—Me encantaría tener otro hijo ya mismo.

Mientras se miraban a los ojos, Josep se permitió algunos pensamientos que no hubiera podido compartir con el sacerdote.

Tal vez ella estuviera pensando en lo mismo.

—Creo que por ahora no deberíamos pasar demasiado tiempo juntos —propuso—. Será mejor que pongamos límites a la tentación, o nos dejaremos llevar y tendremos que ir a confesarnos antes de la boda.

Él accedió, reacio, convencido de que Marimar tenía razón.

—¿Cómo se llama lo que hacen los ricos cuando ponen dinero en un negocio? —preguntó ella.

Josep estaba perplejo.

—¿Una inversión?

Ella asintió. Ésa era la palabra.

—La espera será nuestra inversión —dijo.

A Josep le caía bien Eduardo Montroig y quería tratarlo con respeto. Esa tarde se acercó a la viña de Eduardo y le dijo claramente y con tranquilidad que él y Maria del Mar habían ido a ver al cura y habían planificado su boda.

A Eduardo lo traicionó una brevísima mueca, pero luego se acarició el largo mentón y permitió que una extraña sonrisa aportara calidez a su rostro llano.

—Será una buena esposa. Os deseo buena suerte a los dos —dijo.

Josep sólo contó la novedad a otra persona, Nivaldo, que brindó con él por las buenas noticias. Su amigo estaba encantado.

52

Una competición en Sitges

El primer domingo después de la Semana Santa, Josep y Marimar se sentaron en la iglesia con Francesc entre los dos y escucharon al padre Pío.

—Doy por leídas las amonestaciones entre Josep Álvarez, miembro de esta parroquia, y Maria del Mar Orriols, viuda y asimismo miembro de la parroquia. Si alguien sabe de algún impedimento para que estas dos personas sean unidas en sagrado matrimonio, que hable ahora.

»Lo pregunto por primera vez.

Había publicado las amonestaciones en la puerta de la iglesia y las iba a leer de nuevo los dos domingos siguientes, tras lo cual quedarían comprometidos formalmente.

Después del servicio, mientras el sacerdote permanecía a la puerta de la iglesia para saludar a los feligreses, con Francesc sentado en el banco de delante de la tienda de comestibles para comerse una salchicha, Josep y Marimar se sentaron en la plaza y recibieron buenos deseos, abrazos y besos de los demás aldeanos.

Josep se entregó a una dosis regular de trabajo para llenar su vida durante los largos e impacientes días de compromiso. Terminó el trabajo en las vides y regresó a la bodega, donde completó tres cuartas partes de la pared de piedras antes del primero de abril, día de la competición de *castellers*. Había merodeado por los mercados para encontrar otras treinta botellas vacías de vino. Una vez limpias, llenas de vino oscuro y etiquetadas, las tenía envueltas en papeles de periódico y guardadas entre mantas en la parte trasera del carro, donde compartían espacio con Francesc. Marimar se sentó junto a él para acudir al mercado de Sitges.

Era el mismo viaje que Josep había hecho en otra ocasión con el niño, pero había diferencias notorias. Al llegar al pinar, Josep frenó a la mula, pero esta vez se llevó a Francesc hasta los árboles para poder orinar en privado. Cuando regresaron al carro le tocó a Marimar visitar el refugio de la intimidad de los pinos.

El viaje fue agradable. Marimar le aportaba una buena y tranquila compañía, con espíritu festivo. De alguna manera, su actitud hacía que Josep se sintiera como si ya perteneciera a una familia, y ese papel le deleitaba.

Cuando llegaron a Sitges, guio a *Orejuda* directamente al puesto cercano a la caseta de comidas de los hermanos Fuxà, que lo saludaron cálidamente, aunque con joviales descripciones de cómo pensaban aniquilar a los *castellers* de Santa Eulàlia en la inminente competición.

—Te estábamos esperando —dijo Frederic—, porque hemos consumido el vino durante las fiestas.

Cada uno de ellos le compró dos botellas casi sin darle tiempo a situar su carromato, y esta vez no tuvo que esperar demasiado a que llegaran otros clientes, pues varios vendedores se acercaron a comprar su vino y atrajeron a un pequeño grupo de clientes. Maria del Mar ayudó a Josep a vender, tarea que cumplía con naturalidad, como si hubiera pasado la vida entera vendiendo desde un carromato.

Mucha gente de Santa Eulàlia había acudido al mercado. Por supuesto, una gran cantidad de aldeanos eran miembros del grupo de *castellers*, o formaban parte de la piña y los bajos, de la multitud que aguantaba los dos niveles inferiores de los castillos. La mayor parte de los vecinos de Josep habían acudido a presenciar la competición, o incluso a participar en ella, y se acercaron a ver cómo vendía el vino hecho en su pueblo.

Tenía algunos conocidos en Sitges que habían acudido para apoyar a sus *castellers*, y algunos se acercaron al carromato para saludarlo y que les presentara a Maria del Mar y Francesc. Juliana Lozano y su marido le compraron una botella y Emilio Rivera se llevó tres.

Josep vendió la última botella de vino bastante antes de que todos los puestos quedaran cerrados durante una hora para la competición de *castellers*. Él, Marimar y Francesc se sentaron al borde de la zona de carga del carromato y se comieron el guiso de pescado de los Fuxà mientras contemplaban cómo los hermanos se ayudaban mutuamente a ponerse la faja.

Después de comer, Marimar sostuvo un extremo de la faja y Josep dio una vuelta tras otra hasta envolverse en un soporte tan apretado que apenas le dejaba espacio para respirar.

Mientras se abrían paso entre la muchedumbre, los músicos de Sitges empezaron a tocar y Francesc se cogió de la mano de Josep.

Enseguida sonó una melodía quejumbrosa para convocar la base del castillo de Sitges y, en cuanto estuvo montado, los escaladores empezaron a subir.

Josep vio enseguida que Eduardo había acertado con sus previsiones sobre cómo se desarrollaría la competición. Los *castellers* de Sitges ascendían sin perder un segundo y sin hacer ningún movimiento innecesario, y su castillo se alzó con una rápida eficacia hasta que el niño que hacía de *enxaneta* trepó para coronar la octava capa, alzó un brazo triunfante y descendió por el otro lado. A su paso, los *castellers* iban desarmando la estructura con la misma suavidad con que la habían alzado, en medio de vítores y ovaciones.

Los músicos de Santa Eulàlia, ya listos en su sitio, empezaron a tocar. Las grallas llamaron a Josep, que se quitó los zapatos y se los dio a Francesc mientras Marimar le deseaba buena suerte.

La base se formó con rapidez y pronto le llegó el turno a Josep. Subió ágilmente y con facilidad, tal como había hecho tantas veces en los ensayos, y pronto se encontró montado sobre los hombros de Leopoldo Flaquer y rodeando con sus brazos a Albert Flores y Marc Rubió, en un intercambio mutuo de equilibrio.

Luego Briel Taulé se plantó sobre sus hombros.

El cuarto nivel no era demasiado alto, pero concedía a Josep una vista aventajada. No podía ver a Maria del Mar ni a Francesc, pero bajo el espacio que le concedía el brazo alzado de Marc vio rostros vueltos hacia ellos y, más allá, gente que se movía en torno al perímetro de la muchedumbre.

Vio a un par de monjas, una bajita y la otra más alta, con hábitos negros de griñón blanco.

Un chico con la melena alocada que tiraba de un reticente perro amarillo.

Un gordo con una barra larga de pan.

Un hombre con la espalda bien tiesa, traje gris, acaso un hombre de negocios, con un sombrero de ala ancha en la mano. Cojeaba un poco.

… Josep lo conocía.

También conocía el miedo repentino que le recorrió el cuerpo mientras miraba aquella cojera familiar.

Quería correr, pero ni siquiera podía moverse, cautivo y vulnerable por completo, prisionero en pleno aire. De pronto le flaquearon tanto las piernas que tuvo que cogerse con más fuerza a sus compañeros, provocando que Albert lo mirase:

—¿Estás bien, Josep? —le preguntó.

Pero Josep no respondió.

El hombre parecía conservar su pelo negro, aunque había un pequeño círculo de calvicie en la coronilla. Bueno, habían pasado siete años.

Y desapareció.

Josep agachó la cabeza tanto como pudo sin soltarse del abrazo de los demás, mirando por debajo del brazo de Marc con la intención de no perder de vista a aquel hombre.

En vano.

—¿Pasa algo? —preguntó Marc con brusquedad.

Josep negó con la cabeza y se agarró fuerte.

Sonó un murmullo y la gente empezó a señalar hacia arriba, donde se desarrollaba la sorpresa de Eduardo —un nivel más de escaladores—, y luego el *enxaneta* trepó hacia el cielo sobre la espalda de Marc.

Josep supo que el muchacho había alzado el brazo al llegar al noveno nivel y había empezado a bajar porque se armó un murmullo entre la muchedumbre, seguido de aplausos.

Fue Bernat Taulé, el hermano de Briel, desde el séptimo nivel, quien puso demasiado afán en bajar. Al perder el equilibrio se agarró al compañero que le quedaba más cerca, Valentí Margal. Éste lo sostuvo y evitó que cayera, mientras el castillo se agitaba un instante y se cimbreaba. Eduardo les había enseñado bien. Mantuvieron el equilibrio, Bernat se recuperó y bajó algo más despacio de lo normal y el castillo se terminó de desarmar sin más incidentes.

Al tocar el suelo con los pies, en vez de echar a correr, Josep se metió descalzo entre la multitud, siguiendo la misma dirección que había tomado aquel hombre para intentar verlo de nuevo.

Buscó por todo el mercado durante media hora, pero no volvió a ver a Peña. Apenas se enteró de que los jueces habían discutido. El grupo de Sitges había ejecutado una maniobra impecable para levantar ocho niveles, pero el de Santa Eulàlia había logrado armar y desarmar con éxito un castillo de nueve. Al fin, los jueces se pusieron de acuerdo para declarar un empate.

La mayoría de la gente parecía satisfecha con esa decisión.

De vuelta a casa, Francesc durmió en la parte trasera del carromato y Josep y Marimar hablaron poco. Josep guiaba la mula con aire aturdido. Marimar estaba feliz de viajar cómodamente con su hijo y su prometido, tras un día entretenido y satisfactorio. Cuando se dirigía a Josep, él daba respuestas breves. Se dio cuenta de que a ella no le parecía extraño, acaso porque daba por hecho que lo invadía la misma alegría que a ella.

Se le ocurrió que tal vez se estuviera volviendo loco.

53

La responsabilidad de Josep

Se sentó en el banco de la viña bajo el sol alimonado de principios de primavera con los ojos cerrados, obligando a su mente a trabajar, esforzándose por encontrar la salida de aquel pánico que le paralizaba el pensamiento.

Uno: ¿estaba seguro de que aquel hombre era Peña?

Lo estaba. Lo estaba.

Dos: ¿Peña lo había visto a él, y lo había reconocido?

Aunque con reticencias, Josep decidió que debía dar por hecho que Peña lo había visto. No podía permitirse el lujo de creer en la casualidad. Lo más probable era que Peña hubiera ido a la competición de Sitges con la esperanza de atisbarlo. Tal vez se hubiera enterado de algún modo de que Josep Álvarez había regresado a Santa Eulàlia y necesitara determinar si se trataba del mismo Josep Álvarez al que había conocido y entrenado, al que llevaba tiempo buscando, el único de los muchachos del pueblo que se le había escapado.

«Escapado, de momento», se dijo Josep, desanimado.

De momento.

Tres: bueno. Alguien iría en su busca.

Cuatro: ¿qué opciones tenía?

Recordó lo terrible que había sido sentirse perseguido, sin hogar, deambulando.

Pensó que tal vez pudiera vender el vino, conseguir dinero en metálico y pagarse un billete en una diligencia de pasajeros en vez de tener que huir en el vagón de carga.

Pero sabía que no le iba a dar tiempo.

No podía pedir a Maria del Mar y Francesc que huyeran con él y compartieran su vida de fugitivo. Sin embargo, si los dejaba atrás, su vida sería un desconsuelo. Dio un respingo sólo de pensar en el dolor que provocaría a Marimar un nuevo abandono.

Sólo le quedaba una opción.

Recordó la lección que Peña había logrado enseñarle: cuando es necesario matar, cualquiera puede hacerlo. Cuando es en verdad necesario, matar se vuelve muy fácil.

El LeMat estaba tal como lo había dejado, detrás de un saco de grano bajo el alero del ático. Sólo cuatro de sus nueve cámaras estaban cargadas y Josep no tenía más pólvora. Así que tendría que arreglárselas con cuatro tiros y un cuchillo bien afilado.

Para sobrevivir al miedo, se entregó ciegamente al trabajo, que siempre había sido su mejor remedio cuando se enfrentaba a algún problema. Trabajó sin cesar para levantar un trozo más del muro de piedras que recorría el lateral inacabado de la bodega, y a última hora de la tarde pasó a la poda de sus vides. Tenía siempre a mano el LeMat, aunque no esperaba que Peña desfilara por el pueblo y le atacara a plena luz del día.

Al llegar el crepúsculo, la penumbra reunida en torno a la casa contribuyó a magnificar su miedo, así que sacó el LeMat y subió al monte, hasta un lugar que, a la clara luz de la luna, le permitía ver el trozo del sendero que llegaba hasta su viña. Casi daba gusto estar sentado allí, hasta que se dio cuenta de que, si llegaba alguien, lo más probable era que no lo hiciera por el camino. Lo más fácil era que alguien formado por Peña rodeara el pueblo para acercarse desde la colina. Josep se dio la vuelta y miró ladera arriba, sintiéndose expuesto y desprotegido.

Al fin regresó a la casa en busca de mantas y se las llevó a la bodega, donde las extendió junto a los toneles de vino y cerca de la carretilla, llena de arcilla del río. Se tumbó con la cabeza entre los ejes de la carreta, pero al poco rato notó que las piedras del suelo se le clavaban en la espalda y que la bodega era un dormitorio gélido, adecuado para el vino, pero inhóspito para la carne humana. Además, se le ocurrió que, si se presentaba algún problema, no parecía sabio enfrentarse a él como un animal acobardado en un agujero en la tierra.

De modo que cogió sus mantas y el arma y regresó nervioso a casa, donde se metió en la cama en busca de un descanso limitado e inquieto.

La calidad del sueño no varió durante las dos noches siguientes. Al alba de la tercera logró al fin alcanzar un sueño más profundo, pero al rato lo despertó una llamada a la puerta.

Consiguió ponerse los pantalones de trabajo y, sosteniendo el arma, bajó por la escalera de piedra mientras el reloj francés daba las cinco, su hora normal para despertarse. Intentó obligarse a pensar con claridad.

Se dijo que un asesino no llamaría a la puerta.

¿Era Marimar? ¿Y si el niño estaba enfermo otra vez?

Pero no conseguía atreverse a abrir la puerta.

—¿Quién es?

—¡Josep! ¡Josep! Soy Nivaldo.

Tal vez hubiera alguien detrás de él, con un arma en la mano.

Descorrió el cerrojo de la puerta, abrió apenas una rendija y miró hacia fuera, pero el cielo estaba nublado y aún era de noche, de modo que casi no se veía nada. Nivaldo metió una mano temblorosa por la rendija y le agarró la muñeca.

—Ven —le dijo.

Nivaldo meneaba la cabeza y se negaba a responder a sus preguntas mientras se apresuraban por el sendero y cruzaban la plaza. Apestaba a coñac. Antes de conseguir abrir la puerta de su tienda, chocó varias veces la llave con la cerradura.

Cuando Nivaldo rasgó una cerilla para encender la lámpara, Josep vio una botella vacía en el mostrador y luego descubrió de inmediato la causa del nerviosismo de su amigo.

El hombre estaba tumbado en el suelo, como si durmiera, pero era evidente que no se iba a despertar, por el forzado ángulo en que estaba doblado su cuello.

—Nivaldo —dijo Josep con suavidad.

Cogió la lámpara que sostenía el otro y se agachó sobre el cuerpo del suelo.

Peña estaba junto a la silla en que se había sentado, ahora caída por el suelo. No parecía el próspero hombre de negocios que Josep había creído ver en el mercado de Sitges; más bien, un soldado muerto, vestido tal como lo recordaba Josep, con su ropa de trabajo raída, botas militares de piel buena pero gastadas y una navaja enfundada en el cinto. Tenía los ojos cerrados. La cabeza colgaba en un ángulo imposible de noventa grados y un moratón enorme recubría todo un lado del cuello, de un color morado, casi negro, como el de las uvas Tempranillo, con una herida abierta en carne viva y llena de sangre coagulada.

—¿Quién se lo ha hecho?

—Yo —respondió Nivaldo.

—¿Tú? ¿Cómo?

—Con esto.

Nivaldo señaló una gruesa barra de hierro, apoyada en la pared. Siempre había formado parte de la tienda; el mismo Josep la había usado más de una vez para ayudar a Nivaldo a abrir un tonel de harina o una caja de café.

—Nada de preguntas ahora. Tienes que sacármelo de aquí.

—¿Adónde lo llevo? —preguntó Josep, como un estúpido.

—No lo sé. No lo quiero saber, no lo quiero saber —dijo Nivaldo, enloquecido. Estaba medio borracho—. Te lo tienes que llevar ahora mismo. Yo he de limpiar todo y dejar cada cosa en su sitio antes de que empiece a entrar gente por esa puerta.

Ofuscado, Josep se lo quedó mirando.

—¡Josep! ¡Te he dicho que lo saques de aquí!

El carro y la mula eran demasiado ruidosos. Se fue corriendo a casa. La carretilla estaba llena de arcilla en la bodega, pero la que había heredado de Quim, más grande, estaba vacía. Las ruedas oxidadas chirriaron en cuanto la movió, así que se vio obligado a perder un tiempo precioso en engrasarla antes de poderla empujar hasta la tienda entre la oscuridad.

Envolvieron a Peña en una manta sucia y luego Nivaldo lo agarró por los pies y Josep por los hombros. Como su cuerpo tenía ya la rigidez de la muerte, al soltarlo en la carretilla estaba tan tieso que quedó apoyado en el borde, de donde era fácil que se cayera. Josep le empujó por la cintura y, pese a la rigidez, encontró la flexibilidad suficiente para conseguir que las nalgas se encajaran en la cavidad de la carretilla.

Nivaldo entró en la tienda y cerró la puerta, y Josep se fue empujando su carga.

Todavía estaba bastante oscuro, pero los trabajadores de las viñas de todo el pueblo empezaban ya a abandonar la cama, y Josep agonizó de preocupación al pensar en la posibilidad de encontrarse con alguien que se hubiera levantado pronto y estuviera dispuesto a pasar cinco minutos de charla. En más de una ocasión había visto a Quim Torras empujar alegre y ruidosamente a su rollizo amor sacerdotal con aquella misma carretilla, dando vueltas y vueltas a la plaza. Pasó por delante de la casa de Eduardo tan rápido como pudo, muy consciente de cada ruido que producía. Las ruedas engrasadas ya no chirriaban, pero al ser de metal emitían un tintineo suave y rápido sobre los adoquines de la plaza y, una vez superada la zona pavimentada, hacían volar los guijarros del camino.

Cuando pasó por las tierras de Àngel, grajó un cuervo y el perro del alcalde, sucesor del que una vez fuera engañado por Josep, muerto tiempo ha, soltó sus alocados ladridos.

Cállate, cállate, cállate.

Avanzó aún más deprisa y al fin entró en su viña con gran alivio, pero de repente se detuvo.

¿Y ahora?

Aún faltaban horas para la primera luz grisácea del día, pero si Josep había de cumplir con la extraña responsabilidad que le había adjudicado Nivaldo, no podía enterrar el cuerpo en un lugar poco profundo o descuidado. Tampoco sabía cómo cavar una tumba si en cualquier momento podía acercarse alguien por el camino que llevaba al río o podía acudir Marimar en su busca.

Tenía que encontrar la manera de hacer que Peña desapareciera de la vista.

Llegó a la bodega, abrió la puerta y empujó la carretilla hasta dentro.

Cuando encontró la lámpara en la oscuridad y encendió una cerilla, ya sabía lo que había que hacer.

Metió las manos por debajo de los hombros de Peña y arrastró el cuerpo para sacarlo de la carretilla. El hueco curvo de la pared de piedra que en otro tiempo le había parecido como un armario brindado por la naturaleza ya no iba a contener estantes llenos de botellas de vino. Peña era un hombre alto y musculoso, de modo que Josep gruñó mientras lo encajaba de pie en aquel hueco, con la espalda apoyada en la suave pared de piedra, la cabeza suelta y la parte alta del pecho rozando una piedra nudosa que salía hacia la pared contraria, más burda. El cuerpo seguía algo doblado por la cintura, pero Josep no andaba buscando precisamente su mejor compostura.

La tarde anterior había añadido agua a la arcilla del río que había en su carreta, pero a la luz de la linterna vio que la superficie se había secado y estaba llena de grietas. Le echó el agua que conservaba para beber en un cántaro en la bodega y la amasó con la pala; mezcló la capa superficial con el interior, más húmedo. Luego llenó un cubo de arcilla, cogió un poco con la llana y lo extendió al borde del hueco. Buscó una buena piedra grande, la apretó contra la arcilla y la emparejó con otra, sirviéndose de la llana con pericia para retirar el exceso de barro en la junta, trabajando con la misma lentitud y el mismo cuidado que había aplicado para construir la pared de piedras en las demás partes de la bodega.

Después de levantar tres capas de piedras desde la parte baja del hueco, la más alta llegaba a la altura de las rodillas de Peña. Josep cogió la carretilla de Quim y salió de la bodega para recoger el montón de tierra excavada que había pensado en esparcir por el camino. Mientras llenaba la carretilla, las primeras luces del alba iluminaron el cielo.

Ya de vuelta en la bodega, echó a paladas la gravilla por detrás del cuerpo. Tiró de él para que no quedara apoyado en la pared y colocó el relleno, echándolo con cuidado por los lados de las piernas; luego lo apisonó con firmeza para que Peña permaneciera como un muerto en pie, algo torcido pero sostenido en alto como un árbol por la tierra que rodea las raíces.

Luego empezó a colocar piedras de nuevo.

La pared llegaba ya casi a la altura de la cintura de Peña cuándo Josep oyó la clara y aguda voz que sonaba al otro lado de la puerta.

—Josep.

Francesc.

—Josep. Josep.

El niño lo buscaba a voces.

Dejó de trabajar en la pared, se incorporó y escuchó. Francesc seguía llamándolo, pero la voz menguó enseguida y luego desapareció. Unos instantes después, Josep volvía a colocar piedras.

Y

A medida que iba creciendo la pared, más o menos a cada metro, Josep añadía grava de relleno hasta llegar a la última fila de piedras que hubiera colocado, y luego la presionaba. Cuando se vació la carretilla de grava, salió con mucha cautela pero no vio a nadie bajo el brillante sol del mediodía y pudo llenarla y regresar con ella a la fría oscuridad, iluminada apenas por su lámpara.

Trabajaba con metódica severidad para rellenar el espacio y levantar la pared, despreciando el hambre y la sed. Parecía que la tierra ascendiera en torno al cadáver como una lenta marea; costaba mucho llenar una tumba, por muy vertical que fuera. Josep intentaba no mirar al sargento Peña. Cuando no podía evitarlo, veía la cabeza apoyada en el hombro derecho, tapando así el horrendo moratón y la herida del cuello. No quería fijarse en el punto de calvicie propio de la mediana edad ni en los pocos cabellos plateados; eso hacía de Peña alguien demasiado humano, una víctima. Dadas las circunstancias, Josep prefería recordarlo como un cabrón asesino.

Para cuando llegó a la altura de los hombros trabajaba ya más despacio, subido a una escalerilla. Añadió una hilera más de piedras a la pared y luego echó con la pala algo de tierra mezclada con grava. Los guijarros y la arena taparon el cabello ralo y negro de Peña y escondieron para siempre la coronilla calva. Josep enterró la cabeza, añadió unos centímetros más de tierra y la apisonó.

La pared nueva llegaba sólo hasta un metro por debajo del techo de piedra cuando se le acabó la arcilla, pero ahora ya le parecía que podía salir a buscar más con una tranquilidad razonable, pues si alguien entraba en la bodega, no vería nada extraño.

Al salir vio por el sol que ya llegaba el fin de la tarde. Estaba sin comer ni beber desde el día anterior y, al bajar con la carretilla de Quim por el camino que llevaba hacia la viña de Marimar, se sintió aturdido y mareado.

Se arrodilló en la orilla del río y se lavó las manos. Se puso a beber agua fría sin parar y notó que las manos le sabían a arcilla, pero no le dio importancia. Se salpicó agua a la cara y luego echó una larga meada junto a un árbol.

La orilla de donde recogía el fango quedaba a cierta distancia del final del camino, corriente abajo, y una espesa maleza impedía el paso. Josep se quitó los zapatos, se enrolló las perneras del pantalón y empujó la carreta por el río, poco profundo. Tuvo que subirlo a pulso sobre algunas piedras, pero al poco rato lo estaba llenando de arcilla.

De vuelta, cuando pasaba por la viña de Marimar, salió ella desde detrás de su casa y lo vio empujar una carga más de barro o piedras del río, como tantas otras veces. Lo saludó con una sonrisa y Josep se la devolvió, pero no se detuvo.

Ya en sus tierras, cargó también grava para rellenar y luego volvió al trabajo, resuelto y con firmeza.

Sólo paró una vez. Siguiendo un impulso, bajó de la escalerilla y se acercó al LeMat, que descansaba en un tonel. Cogió el arma, la metió encima de la última capa de relleno y añadió varias paladas de grava.

Cuando el relleno de tierra llegó al fin hasta el techo, colocó las últimas piedras, remozó con finura el emplasto de arcilla con la llana y se bajó de la escalera.

La pared rocosa empezaba a la izquierda de la puerta y se extendía hasta el punto en que pasaba a ser un muro de piedras, donde antes había un hueco. El muro se alzaba unos tres metros hasta el techo, también rocoso, trazaba una curva hacia la derecha para tapar toda la extensión de la bodega y luego volvía a torcerse. Así, todo el lado derecho estaba alineado por piedras salvo por una estrecha sección cerca de la puerta, aún sin terminar.

Toda la mampostería parecía regular, de modo que la bodega exudaba inocencia cuando Josep la examinó a la luz de la lámpara.

—Todo tuyo —dijo en voz alta, tembloroso.

Cuando cerró la puerta al salir, no sabía si se lo había dicho a uno de los pequeñajos o a Dios.

54

Una conversación con Nivaldo

—*T*ú también estás implicado —dijo Josep.

Nivaldo lo miró.

—¿Quieres un poco de guiso?

—No.

Josep había comido y dormido, se había despertado, se había lavado, había vuelto a comer. Y a dormir otra vez.

Si uno sabía dónde mirar, se podía ver el lugar en que el suelo de tierra estaba rascado para eliminar los restos de sangre derramada. Josep se preguntó qué habría hecho Nivaldo con aquella tierra. Quizá la hubiera enterrado. Pensó que sí él tenía que deshacerse alguna vez de arena manchada de sangre, la tiraría por el agujero del retrete.

Nivaldo tenía los ojos inyectados de sangre, pero le habían desaparecido los temblores. Parecía sobrio y controlado.

—¿Quieres café?

—Quiero información.

Nivaldo asintió.

—Siéntate.

Se sentaron los dos a la mesa pequeña y se miraron.

—Vino hacia la una de la noche, como solía hacer antaño. Yo estaba despierto todavía, leyendo el periódico. Se sentó donde estás tú ahora y dijo que tenía hambre, así que le abrí una botella de coñac y le dije que le iba a calentar el guiso. Sabía que había venido a matarme. —Nivaldo hablaba en tono bajo y sombrío—. Me daba miedo usar un cuchillo porque tenía que acercarme mucho. Estoy viejo y enfermo, y él era mucho más fuerte que yo. Pero aún me quedan fuerzas para usar la barra de hierro y me fui directo a buscarla. Me acerqué por detrás cuando estaba bebiendo y le di con todas mis fuerzas. Sabía que no me iba a conceder una segunda oportunidad. Luego me senté a la mesa y me terminé la botella de coñac. Estaba borracho y no sabía qué hacer, hasta que se me ocurrió ir a buscarte. Me alegro de habérmelo cargado.

—¿De qué sirve? Vendrá algún otro asesino a buscarnos y cumplirá con su trabajo —dijo Josep con amargura.

Nivaldo negó con la cabeza.

—No, no vendrá nadie más. Si hubiera implicado a más gente, si los hubiera enviado a matarnos, luego habría tenido que cargárselos a todos. Por eso vino solo. Éramos los dos últimos hombres que podíamos causarle problemas. Vino a Santa Eulàlia para librarse de ti, pero entendió que yo lo relacionaría con tu muerte y, como yo sabía unas cuantas cosas de él, también le convenía mi desaparición. —Nivaldo suspiró—. De hecho, no sé tanto sobre él. Cuando lo conocí dijo que era un capitán, herido en el 69 cuando luchaba bajo el mando de Valeriano Weyler contra los criollos en Cuba. Una vez nos emborrachamos juntos y me contó que el general Weyler supervisaba su carrera militar de vez en cuando, pues los dos habían asistido a la Escuela Militar de Toledo. Es cierto que estuvo en Cuba, porque sabía muchas cosas de la isla. Cuando se enteró de que yo era de allí, nos pusimos a hablar de política. Al final, hablábamos bastante.

—¿Cuál era el verdadero nombre de Peña?

Nivaldo se encogió de hombros.

—¿Cómo os conocisteis?

—En una reunión.

—¿De qué clase?

—Una reunión carlista.

—Entonces, era carlista.

Nivaldo se frotó la cara con las manos.

—Bueno, a muchos oficiales y soldados carlistas les concedieron la amnistía y los pasaron al ejército gubernamental después de las dos primeras guerras. Algunos desertaron y se volvieron a pasar a los carlistas, otros se quedaron en el Ejército y trabajaron para ellos desde dentro. Unos cuantos pasaron a ser conversos políticos y espiaban a sus viejos camaradas para el Gobierno. En aquellos tiempos yo aceptaba a Peña como carlista. Ahora… Ahora ya no sé a qué bando pertenecía. Sólo sé que acudía a reuniones carlistas. Él fue quien nos informó de que para la tercera rebelión los jefes carlistas iban a reunir un verdadero ejército en el País Vasco, y me hizo saber que andaba en busca de jóvenes catalanes a los que pudiera convertir en soldados para llevar la boina roja.

—¿Tú conocías sus planes para los miembros del grupo de cazadores?

Nivaldo dudó.

—Exactamente, no. Sólo soy un tendero de pueblo, alguien que hacía cosas cuando él se lo pedía, pero sí sabía que a ti te entrenaba para algo especial. Cuando leí el asesinato del general Prim en el periódico y supe del grupo que había detenido su carruaje, me dio un escalofrío. Los tiempos coincidían. Estuve seguro de que nuestros chicos de Santa Eulàlia tenían algo que ver.

Josep lo miró.

—Manel, Guillem, Jordi, Esteve, Enric, Xavier. Todos muertos.

Nivaldo asintió.

—Triste. Pero se fueron para ser soldados y murieron como tales. En mis tiempos conocí a muchos soldados muertos.

—No murieron como soldados… Tú nos entregaste a Peña como si fuéramos carne sin valor alguno. ¿Por qué no nos contaste lo que sabías para que pudiéramos elegir?

—Piénsalo bien, Josep. Puede que algunos os hubierais apuntado, pero tal vez no. No erais más que una panda de jóvenes vaquillas torpes, sin la menor idea política.

—Creíste que yo también había muerto. ¿Cómo te sentías?

—¡Se me partió el corazón, idiota! Pero estaba tremendamente orgulloso. Prim era tan malo para este país... De acuerdo,
nos libró de Isabel, esa puta real, una desgraciada, pero invitó a
Amadeo, el italiano, a quedarse con el trono. Pensar que tú y yo
habíamos cambiado la historia y habíamos contribuido a la desaparición de Prim me hacía sentir tremendamente orgulloso.
Patriótico. —Su ojo bueno se clavó en él como un rayo—. Entre-
gué a España a la persona que más amaba del mundo, ¿sabes?

Josep estaba helado y mareado hasta la náusea.

—Maldita sea, no podías entregarme a nadie porque yo no
era tuyo. ¡No eres mi padre!

—Fui más padre para ti y para Donat de lo que jamás pudo
serlo Marcel, y lo sabes bien.

A Josep le pareció que podía romper a llorar.

—¿Cómo te metiste en algo así? Ni siquiera eres español, ni
muchos menos catalán.

—¿Te parece manera de hablarme? ¡He sido el doble de español y catalán que tú, cabrón ignorante!

De repente, Josep ya no tenía ganas de llorar. Observó la furia que brillaba en aquel único ojo bueno.

—Te puedes ir al Infierno, Nivaldo —dijo.

Durante tres días no fue capaz de entrar en la bodega. Luego, llegó el momento de comprobar los toneles para ver si había
que filtrar el vino y, como no estaba dispuesto a poner su caldo
en peligro, entró e hizo lo que tenía que hacer. No había más
que la pared limpiamente construida en lo que antes era un espacio vacío. Al otro lado de la pared —de tres de las paredes de
aquella bodega— se alzaba la vasta y profunda solidez de la colina, de la tierra. Se dijo que la tierra contenía tantos misterios
—ya fuera naturales o creados por el hombre— que no merecía
la pena detenerse a pensar en ellos.

Necesitaba terminar el trabajo en la bodega. Había usado ya
todas las piedras que había ido guardando durante la excava-

ción, así que llevó la carreta de Quim al río y recogió una buena carga de piedras. Le costó menos de media jornada completar la pequeña sección de pared que había quedado sin cubrir.

Luego se quedó ahí plantado y examinó el lugar: el techo y casi una pared entera, tal como las había conformado la naturaleza; las otras, tal como las había construido él, piedra a piedra; y sus barriles de vino, en una fila ordenada sobre el suelo de tierra. Sintió una desvergonzada satisfacción, así como alivio, al saber que ya nunca más se le haría difícil trabajar allí.

De algún modo, pensó, se parecía mucho a la capacidad de comerse las cerezas que crecían en el árbol del cementerio, detrás de la iglesia.

55

La unión

Aquella primavera empezó a llover muy pronto y con la intensidad adecuada, y hacia el mes de mayo el aire se había suavizado ya de tal modo que parecía besarle las mejillas, fresco pero cálido, cada mañana cuando salía de casa y se metía entre las verdes hileras. Unos pocos días antes de terminar el mes llegó el calor de verdad. La noche del primer viernes de junio, Marimar le dijo que se cuidara mucho de no comer de la olla, porque todo el mundo sabía que comer de la olla provocaba lluvias.

A la mañana siguiente, el aire ya parecía caluroso incluso antes de salir el sol, y Josep tomó el camino, se sentó en el río y se frotó bien para lavarse. Después de enjabonarse la cabeza, se tapó la nariz con los dedos y se tumbó en la corriente del río con los ojos abiertos, contemplando la esperanzadora y relumbrante luz del sol saliente más allá de las burbujas del agua. El río le discurría por la cara como si pretendiera llevarse a rastras su vida anterior.

Al volver a casa se puso los pantalones de misa, las botas embetunadas y una camisa nueva de traje y, pese al calor, añadió la corbata ancha, de un azul ligero, y la chaqueta azul oscuro que le había llevado Marimar.

Francesc llegó algo pronto, saltaba de pura excitación, y se agarró a la mano de Josep para caminar por el sendero, cruzar la plaza y entrar en la iglesia, donde esperaron inquietos hasta que

Briel Taulé apareció conduciendo el carro de Josep, tirado por su mula y llevando a Marimar.

Ella no era buena con la aguja, pero había pagado a Beatriu Corberó, tía de Briel, que era costurera, para que le hiciera un vestido de un azul oscuro que casi igualaba al de la chaqueta de Josep; Maria del Mar creía que el color azul les daría buena suerte. Era una compra sensata, que podía llevar durante muchos años en ocasiones especiales, un vestido pudoroso, con el cuello alto y unas mangas sencillas y de corte cómodo, algo más anchas en la muñeca. Una doble hilera de botones negros recorría la parte frontal del camisero, presionado por la amplitud de sus pechos, y aunque se había reído de la sugerencia de Beatriu acerca de que el vestido debía incluir miriñaque, la falda, al estrecharse en su caída de la cintura a las rodillas, mostraba la belleza natural de sus flancos antes de ensancharse de nuevo. Iba tocada con un sombrero negro de paja con una pequeña escarapela roja y llevaba un ramito de flores blancas de vid que Josep y Francesc habían recogido el día anterior. Josep, que nunca la había visto vestida con nada que no fuera la ropa común de trabajo, se quedó casi alelado al verla.

La iglesia se llenó enseguida: el pueblo de Santa Eulàlia se volcaba en bodas y funerales. Antes de que empezara el servicio, Josep vio entrar a Nivaldo —le pareció que cojeaba— y tomar un asiento en la última fila de bancos.

Ante el padre Pío, Josep apenas oyó las palabras entonadas, sobrecogido como estaba por la sensación de haber tenido una gran fortuna, pero pronto recuperó la atención al ver que el sacerdote cogía dos velas y les mandaba encender una cada uno. Les explicó que cada vela representaba sus vidas individuales y luego las tomó y les dio una tercera para que la encendieran juntos como símbolo de su unión. Apagó las dos primeras y anunció que desde aquel momento sus vidas quedaban fundidas.

Luego el cura los bendijo y los declaró marido y mujer, y Marimar dejó su ramo a los pies de Santa Eulàlia.

Mientras recorrían el pasillo desde el altar, Josep echó un vistazo al sitio que había ocupado Nivaldo y vio que ya estaba vacío.

Marimar había preparado comida por adelantado y había previsto pasar el primer día de casada tranquila y feliz con su marido y su hijo, pero la gente del pueblo no estaba dispuesta a aceptarlo. Eduardo encendió petardos en la plaza cuando salieron de la iglesia y los estallidos persiguieron al carromato mientras Josep los conducía a casa.

Habían instalado cuatro mesas prestadas en la viña de Marimar, cargadas con los regalos de sus vecinos y amigos: tortillas, ensaladas, chorizo y una abundancia de platos de pollo y carne. Pronto empezó a aparecer gente por el camino y se reunieron en torno a ellos. Los músicos de los *castellers* habían dejado en casa las grallas y los tambores, pero dos llevaban sus guitarras. Al cabo de media hora hacía tanto calor que Marimar tuvo que entrar en casa, quitarse su vestido nuevo y elegante y ponerse ropa de diario, y Josep se quitó la chaqueta y la corbata y se arremangó.

Contempló el rostro de Maria del Mar, en el que se alternaba la emoción con una reposada alegría, y supo que aquélla era la boda que ella siempre había deseado.

Los vecinos, con sus parabienes, llegaban y se iban, algunos para regresar más tarde. Cuando se fue el último, entre besos y abrazos, estaba ya bien entrada la noche. Francesc se había dormido un rato antes y cuando Josep lo pasó a su catre roncaba profundamente.

Fueron juntos hasta la habitación y se despojaron de la ropa. Josep dejó la lámpara encendida junto al lecho y se inspeccionaron con los ojos, con el tacto, con la humedad de sus besos y luego se echaron uno sobre el otro, en silencio pero hambrientos. Ambos se daban cuenta de que aquella vez era distinto; cuando ella notó que se acercaba el clímax lo abrazó con fuerza y lo atrajo hacia sí con las manos para impedir la retirada que en ocasiones anteriores les había parecido necesaria.

Cuando Josep la dejó sola para ir a ver si el niño dormía, había pasado una hora. Al volver a la cama no tenía sueño; Marimar se rio con suavidad cuando Josep se volvió hacia ella para hacerle de nuevo el amor lentamente. Era una unión poderosa, y en cierta medida se volvía más intensamente íntima por la imposibilidad de gritar y revolcarse, en medio de un silencio absoluto salvo por los renovados ritmos del apareamiento y un gemido ahogado, como el sonido de una agonía prolongada y jubilosa, que no despertó al muchacho.

56

Cambios

Maria del Mar no sentía gran afecto por la casa en la que ella y su hijo habían convivido con Ferran Valls después del matrimonio. Le costó bien poco trasladar sus pertenencias a la masía de Josep. Como la mesa de la cocina de Marimar era mejor que la de Josep, algo más grande y fuerte, las cambiaron. Ella admiraba el reloj francés y las tallas de madera del dormitorio de Josep, y no se llevó más muebles de la casa de los Valls, de modo que sólo hubo que cargar tres cuchillos, algunos platos, unas pocas ollas y sartenes, su ropa y la de Francesc.

Dejó todos sus aperos. Cuando Josep necesitara un azadón o una pala, irían en busca del que quedara más cerca del lugar donde estuvieran trabajando.

—Somos ricos en aperos —dijo ella con satisfacción.

Los cambios en su modo de vida se dieron con naturalidad. Dos días después de la boda, ella salió de casa tras el desayuno, anduvo hasta su viña y se puso a arrancar hierbajos. Al poco apareció Josep con su azadón y empezó a trabajar cerca de ella. Por la tarde pasaron juntos a la parcela de los Torras para podar algunos racimos recién salidos en una hilera a la que Josep no había podido acceder mientras recortaba las yemas de las vides a principio de primavera, actividad que se prolongó al día siguiente, cuando ella pasó a trabajar en la viña de los Álvarez.

Sin ninguna discusión, trabajando juntos o separados según hiciera falta, lo unieron todo para hacer suya la bodega.

Y

Unos cuantos días después de la boda, Josep fue a la tienda de comestibles. Sabía que tendría que seguir comprando allí. Era impensable desplazarse en busca de provisiones y, además, no quería incitar rumores permitiendo que el pueblo apreciara ningún cambio en su relación con Nivaldo.

Intercambiaron un saludo como si fueran desconocidos y Josep pidió lo que quería. Era la primera vez que compraba comida y provisiones para una familia, en vez de para una persona sola, pero ni él ni Nivaldo hicieron el menor comentario. En cuanto Nivaldo dejó las provisiones sobre el mostrador, Josep se las llevó al carro: manteca, sal, un saco de harina, un saco de alubias, otro de mijo, uno de café y unos cuantos caramelos para el niño.

Mientras Nivaldo preparaba las cosas, Josep notó que estaba más pálido y demacrado y que la cojera era más pronunciada, pero no le preguntó por su salud.

Nivaldo le llevó un queso pequeño y redondo, envuelto en cera, de Toledo.

—Felicidades —dijo en tono formal.

Un regalo de boda.

Josep tenía el rechazo en la punta de la lengua, pero supo que no debía hacerlo. Era normal que Nivaldo tuviera un pequeño gesto con ellos, y a Marimar le hubiera parecido extraño que no les regalara nada.

—Gracias —se obligó a decir.

Pagó la cuenta y aceptó el cambio con un mero asentimiento.

De camino a casa, iba dividido entre sentimientos contradictorios.

Peña era un ser malvado y Josep estaba encantado de que hubiera desaparecido, de no tener que temerlo ya. Pero le afectaba profundamente su muerte. Creía que, si les descubrían, Nivaldo y él compartirían condena. Ya no tenía terribles pesadillas sobre el asesinato del general Prim, sino que experimentaba momentos horrendos mientras estaba despierto. En su imaginación veía hordas de policías que caían sobre su viña y destrozaban los muros de su bodega mientras Maria del Mar y Francesc eran testigos de su vergüenza y su culpa.

En Barcelona sometían a los asesinos al garrote vil, o los colgaban de las horcas instaladas en la plaza de Sant Jaume.

Durante el tiempo más caluroso del verano se ahorró los viajes a Sitges para vender, pues no quería cocer el vino al sol, pero siguió embotellándolo en la fresca penumbra de la bodega y, a medida que las botellas se iban acumulando sobre el suelo de tierra, decidió que necesitaba poner estantes. Tenía una buena provisión de madera rescatada de las cubas desmontadas, pero le faltaban clavos. Un día, a primera hora, montó en *Orejuda* a paso tranquilo, aún en plena oscuridad, y pasó la mañana en Sitges escogiendo botellas viejas, de las que consiguió comprar diez, así como tinta en polvo, papel para hacer más etiquetas y una bolsa de clavos.

Al pasar por la terraza de un café vio un ejemplar de *El Cascabel* abandonado en una mesa y de inmediato maneó a *Orejuda* en un lugar cercano, a la sombra. Como lamentaba mucho no tener ya acceso al periódico de Nivaldo, pidió un café y se sentó a leer con ansias.

Mucho después de vaciar la taza, seguía con la atención puesta en las noticias. Tal como ya sabía, hacía tiempo que se había acabado la guerra. Los carlistas no habían perseverado y todo parecía calmarse a lo largo del país.

En Cuba seguían las luchas encarnizadas.

Antonio Cánovas del Castillo, primer ministro, había formado en Madrid un Gobierno de coalición entre las alas moderadas de conservadores y liberales, que resultaba opresor para todos sus rivales. Por su propia cuenta, había instaurado una comisión para que redactara una Constitución nueva, ratificada a continuación por las cortes y apoyada por el trono. Alfonso XII quería encabezar una monarquía constitucional estable y lo había conseguido. Un editorial del periódico observaba que, aunque no todo el mundo estaba de acuerdo con Cánovas, para el pueblo suponía un alivio olvidarse de la lucha y el derramamiento de sangre. Otro editorial comentaba la popularidad del Rey.

Aquel día, al caer la noche, Josep estaba en la plaza del pueblo, comentando con Eduardo algunos de los cambios políticos.

—Cánovas ha hecho aprobar un nuevo impuesto anual para terratenientes y hombres de negocios —dijo Josep—. Ahora los agricultores han de pagar 25 pesetas, 50 los tenderos, para que se les permita votar.

—Ya te puedes imaginar lo popular que resultará —contestó Eduardo con sequedad.

Josep asintió con una sonrisa. Eduardo también se había dado cuenta de que la salud de Nivaldo parecía empeorar y se lo comentó a Josep.

—La generación de los mayores del pueblo está desapareciendo muy rápido —dijo—. Àngel Casals sufre mucho últimamente. Ahora ya tiene gota en las dos piernas y le produce unos dolores terribles. —Dirigió una mirada incómoda a Josep—. Tuvimos una conversación interesante hace unos días. Él cree que le ha llegado la hora de renunciar como alcalde.

Josep se sorprendió. En toda su vida no había conocido otro alcalde de Santa Eulàlia que Àngel Casals.

—Han pasado cuarenta y ocho años desde que sucedió a su padre en el cargo. Le gustaría seguir un año más. Pero se da cuenta de que sus hijos no tienen la edad ni la experiencia suficientes para sucederle. —Eduardo se sonrojó—. Josep..., quiere que lo sustituya yo.

—¡Eso sería perfecto! —contestó.

—¿No te lo tomas como una ofensa? —preguntó Eduardo con ansiedad.

—Por supuesto que no.

—Àngel te admira mucho. Dice que se ha debatido durante mucho tiempo, tratando de escoger entre tú y yo, y que finalmente me escogió a mí porque soy el mayor de los dos. —Eduardo sonrió—. Y tiene la esperanza de que eso me haga algo más maduro. Sin embargo, no tenemos por qué dejar que sea él quien escoja a su sucesor. Si quieres ser tú el alcalde del pueblo, yo te apoyaré con la mayor alegría —concluyó Eduardo, y Josep supo que era sincero.

Le sonrió y meneó la cabeza para negar.

—Me hizo prometer que ocuparía el cargo durante al menos cinco años —añadió Eduardo—. Dijo que luego tal vez te tocaría a ti o a uno de sus hijos...

—Necesito que me prometas que lo ocuparás durante al menos cuarenta y cinco años. Durante ese tiempo, me gustaría seguir siendo concejal, porque será un placer trabajar contigo —dijo Josep.

Se dieron un abrazo.

Aquel encuentro animó a Josep. Le alegraba genuinamente que Eduardo se convirtiera en alcalde. Había llegado a entender que, tanto si uno era el dueño de una gran fábrica como un pequeño viticultor, el alimento y la savia de la vida dependían de tener un buen alcalde, un gobernador competente, unas cortes honestas y un primer ministro y un rey verdaderamente preocupados por la condición y el futuro de su pueblo.

Josep preparó para la bodega unos estantes capaces de soportar varios cientos de botellas de vino, pero renunció a cualquier intento de crear un mueble atractivo. Colocó las botellas tumbadas y juntas en los estantes y disfrutó al ver su disposición, con el intenso brillo del vino oscuro dentro del cristal, a la luz de la lámpara.

Un día, estaba trabajando entre las parras a última hora de la tarde cuando llegó un hombre a caballo y tomó el camino de su viñedo.

—¿Ésta es la viña de Josep?

—Sí.

—¿Josep es usted?

—Lo soy.

El hombre desmontó y se presentó como Bru Fuxà, del pueblo de Vilanova. Iba de camino a Sitges, a visitar a sus parientes.

—La última vez que fui a ver a mi primo, Frederic Fuxà, a quien usted conoce, nos terminamos juntos los últimos sorbos de una botella de su excelente vino, y ahora me gustaría mucho comprar cuatro botellas para llevárselas de regalo.

No era un día demasiado caluroso, pero Josep echó un vistazo al sol con preocupación. Ya no estaba en lo más alto del cielo, pero la combinación de calor y vino…

—¿Por qué no se queda un rato y descansa una hora conmigo? Luego podrá seguir hacia Sitges con el tiempo agradable del atardecer, cuando las brisas frescas soplan por la carretera de Barcelona.

Bru Fuxà se encogió de hombros, sonrió y ató su caballo junto a *Orejuda*, a la sombra del alero del tejado.

Se sentó en el banco de la viña y Josep le llevó agua fresca. El visitante contó que era olivarero y charlaron amistosamente sobre el cultivo de olivos. Josep lo acompañó a inspeccionar los tres olivos viejos de la parcela de los Valls, y el señor Fuxà consideró que estaban bien atendidos.

Cuando ya el sol había bajado lo suficiente, Josep lo llevó a la bodega, envolvió cuidadosamente cuatro botellas con algunas de las escasas hojas de periódico que conservaba y luego las guardaron en las alforjas.

Fuxà pagó y montó en su caballo. Mientras saludaba y daba la vuelta al caballo, le dirigió una sonrisa.

—Una hermosa bodega, señor. Una hermosa bodega. Pero… —Se inclinó hacia delante—. Le falta un cartel.

Y

A la mañana siguiente, Josep cortó un trozo cuadrado de plancha de roble y lo clavó a un poste estrecho y corto. Pidió a Marimar que se encargara ella de las letras, pues no confiaba en hacerlo con la suficiente limpieza. El resultado fue un cartel que no lucía demasiado elegante, pues se parecía al que en su tiempo había puesto Donat con la leyenda EN VENTA, destruido por el propio Josep. Sin embargo, cumplía su función, que no era otra que advertir a los extraños exactamente adónde habían llegado.

VIDES DE JOSEP

Un miércoles por la tarde, Josep fue a la tienda de comestibles a comprar chorizo y vio a su hermano —a quien imaginaba entre aquella maquinaria sonora y traqueteante— plantado tras el mostrador con un delantal blanco, sirviendo harina a la señora Corberó.

En cuanto ésta se fue, Donat se volvió hacia Josep.

—Nivaldo está enfermo. Nos hizo llamar ayer. Entendí que eso significaba que se encontraba muy mal y vinimos de inmediato. Rosa intenta cuidar de él, mientras yo me ocupo de la tienda.

Josep trató de pensar en algo apropiado para decir en aquellas circunstancias, pero no lo consiguió.

—Sólo necesito un poco de chorizo.

Donat asintió.

—¿Cuánto quieres?

—Un cuarto de kilo.

Donat cortó un trozo, lo pesó, añadió otra rodaja, lo envolvió en *El Cascabel*, periódico que todos usaban para tal efecto, el amigo de los comerciantes. Aceptó el dinero de Josep y contó el cambio.

—¿Quieres subir a verlo?

—... No, creo que no.

Donat lo miró fijamente.

—¿Por qué no? Madre de Dios, ¿con él también estás enfadado?

Josep no contestó. Recogió el paquete del chorizo y se dio la vuelta, dispuesto a irse.

—A ti nadie te cae bien, ¿verdad? —dijo Donat.

57

Extremaunción

*E*ra la época del año en que la uva empieza a cumplir su promesa, se llena de color y comienza a saber como debe, la estación en que Josep empezaba a coger de vez en cuando un racimo para echárselo a la boca y ver qué tal progresaba la vid.

La estación para estudiar el cielo, para preocuparse ante la perspectiva de que llueva demasiado, caiga el granizo o se alargue la sequía.

Josep atribuyó su malhumor a la incertidumbre estacional acerca del destino de la uva.

Pero Marimar fue de paseo a la plaza con Francesc y al regresar le dijo que se había encontrado a Rosa. Ella le había dicho que el sacerdote llevaba casi todo el día con Nivaldo.

Cuando Josep fue a la tienda de comestibles, notó que Donat tenía los ojos enrojecidos.

—¿Está muy enfermo?

—Mucho.

—¿… Puedo verlo?

Donat se encogió de hombros con gesto cansino y señaló hacia los tres escalones que llevaban al altillo, encima del almacén, espacio reservado para la vivienda de Nivaldo.

Josep caminó por el oscuro pasillo y se detuvo junto al dormitorio. El anciano estaba tumbado boca arriba, mirando el techo. El padre Pío estaba inclinado sobre él y movía los labios casi en silencio.

—Nivaldo —dijo Josep.

El sacerdote no dio muestras de haberse percatado de su presencia, pues parecía estar lejos de allí, murmurando palabras tan quedas que Josep no conseguía distinguirlas. Sostenía una taza en una mano y un cepillito en la otra. Ante la mirada de Josep, mojó el cepillo y trazó con él una crucecita en la oreja de Nivaldo, otra en los labios y una última en la nariz.

Destapó la manta, revelando las piernas de Nivaldo, arqueadas, peludas y huesudas, y le ungió el aceite en las manos y en los pies. ¡Por Dios, en la entrepierna también!

—Nivaldo, soy Josep —dijo éste en voz alta.

Sin embargo, el sacerdote ya había alargado una mano para cerrar los ojos quietos de Nivaldo.

La mano del padre Pío tuvo que repetir el gesto para bajar el párpado del ojo malo, y luego trazó la última cruz con el cepillo.

Durante años, todos los habitantes del pueblo habían acudido regularmente a la tienda de comestibles y la mayoría tenía buena opinión de Nivaldo. Incluso aquellos que no le tenían gran estima asistieron a su funeral y siguieron el ataúd hasta el cementerio.

Josep, Maria del Mar y Francesc caminaron hasta su tumba con los demás.

En el camposanto se encontró de pie junto a su hermano y Rosa. Ella lo miró con nerviosismo.

—Te acompaño en el sentimiento, Josep.

Él asintió.

—Lo mismo digo.

—Qué pena, ¿no? Que no hayan encontrado una tumba más cerca de la de padre —dijo Donat a Josep en voz baja.

«¿Por qué te da pena? —hubiera querido espetar Josep—. ¿Crees que él y padre querrán juntarse a menudo para jugar a las damas?»

Se tragó el sarcasmo, pero no estaba de humor para hablar

con Donat y Rosa, y a los pocos minutos los dejó y se acercó al punto en que se celebraba el entierro.

Su mente era un torbellino; nunca había estado tan agotado y confuso. Quisiera haber sido capaz de sostener la mano de Nivaldo en su lecho de muerte, lamentaba no haber tenido la sabiduría suficiente para ofrecerle la reconciliación y algún pequeño consuelo. Una parte de él rebullía de rabia aún al pensar en el insurgente obsesionado y manipulador, el viejo loco que había enviado a unos cuantos jóvenes a la muerte, el que entregaba a los hijos ajenos a la guerra, como un regalo personal. Pero la otra parte recordaba con claridad al amigo encantador y afectuoso de su padre, al que le había contado las historias de los pequeñajos en la infancia, el que le había enseñado a leer y escribir, el que había ayudado a aquel torpe joven a deshacerse de las cargas de la inocencia. Josep sabía que aquel hombre le había querido toda la vida, y se apartó de Marimar y Francesc para llorar por Nivaldo.

345

58

El legado

*D*os días después, todo el pueblo sabía ya que Nivaldo Machado había dejado a Àngel Casals como albacea de su testamento, y al tercer día supieron todos que la tienda de comestibles quedaba en manos de Donat Álvarez y de Rosa, su mujer.

La gente aceptó la noticia sin sorprenderse y no hubo ningún revuelo en el pueblo hasta tres semanas más tarde, cuando Donat trasladó el banco de su lugar de siempre, junto a la puerta de la tienda. Ahora quedaba en la plaza, justo antes de los últimos metros del territorio de la tienda, tan cerca de la iglesia como era posible sin llegar a invadir la propiedad de ésta. Justo enfrente de la tienda, Donat instaló una mesa redonda y pequeña de Nivaldo, y otra, igualmente redonda pero más grande, con unas sillas. Rosa dijo a la gente que las mesas de la calle quedarían descubiertas, salvo en los días festivos, en los que las pensaba cubrir con manteles.

Josep se contaba entre los que refunfuñaron.

—Nivaldo apenas se ha enfriado todavía. ¿No podrían tener la decencia de esperar un poco antes de hacer cambios?

—Se dedican a llevar un negocio, no un monumento —contestó Maria del Mar—. Me gustan los cambios que han hecho. La tienda nunca había estado tan impecable. Incluso huele mejor, ahora que han limpiado el almacén.

—No durará mucho. Mi hermano es un holgazán.

—Ya, pero su esposa no. Es una mujer enérgica y los dos trabajan mucho cada día.

—¿Te das cuenta de que tanto el banco como las mesas están en la plaza, que es terreno público? No tienen derecho...

—El banco siempre ha estado en la plaza —señaló Maria del Mar—. Y creo que es agradable que haya unas mesas ahí. Alegran la plaza y le dan una apariencia más festiva.

Era evidente que mucha gente del pueblo estaba de acuerdo con ella. Al poco tiempo, cuando pasaba por la plaza, Josep empezó a encontrar normal que una de las dos mesas, si no ambas, estuvieran ocupadas por gente que tomaba café o un plato de queso y chorizo.

Al cabo de dos semanas, Donat había añadido ya una tercera mesa y nadie del pueblo se acercó al alcalde con ninguna objeción.

En el ensayo de los *castellers* de Santa Eulàlia, Eduardo dijo a Francesc que estaba progresando bien. A partir de primeros de año, añadió, le permitirían escalar hasta el sexto nivel en los ensayos y luego ya se convertiría en la cumbre.

Francesc estaba visiblemente exultante. Cuando le llegó la hora de ensayar, ascendió a toda prisa y Josep notó sus brazos en torno al cuello. Esperó lo que ya había empezado a convertirse en un ritual, el momento en que el niño le diría su nombre al oído, pero esta vez oyó algo distinto.

Una palabra apenas pronunciada, un aliento, un suspiro, una mínima bocanada sonora, como el fantasma de un mundo sostenido por la brisa:

—Padre.

Aquella noche, cuando los tres se sentaron a la mesa de la cocina para cenar, Josep miró a Francesc.

—Me gustaría pedirte una cosa, Francesc. Un favor.

La mujer y el niño lo miraron con atención.

—Me gustaría mucho que en vez de llamarme Josep empezaras a llamarme padre. ¿Crees que será posible?

Francesc no miró a ninguno de los dos. Al contrario, miraba hacia delante y se le había subido el color a la cara. Tenía la boca llena de pan y, mientras asentía, se echó aún otro bocado.

Maria del Mar miró a su marido y sonrió.

59

Hablar y escuchar

Sus ratos de intimidad, los momentos más propios y preciados del día, llegaban cuando Francesc dormía profundamente. Una noche, Josep hizo salir a Maria del Mar a la oscuridad y se quedaron sentados juntos en el banco de la viña para charlar.

Le contó cosas de aquel grupo de jóvenes desempleados, a los que ella recordaba bien, pues se había criado con ellos. Los chicos del grupo de cazadores. Le habló de la llegada del sargento Peña al pueblo de Santa Eulàlia.

Le recordó la formación militar y las promesas, y luego le contó cosas que ella ignoraba. Marimar escuchó la historia de cómo habían usado a los chicos del pueblo como peones; cómo, sin saberlo, habían ayudado a los asesinos de un político sin identificar, por razones que ni siquiera podían aspirar a comprender.

Le contó que él y Guillem habían presenciado cómo mataban al padre de su hijo.

—¿Estás seguro de que Jordi murió?

—Le cortaron el pescuezo.

No lloró; hacía mucho ya que daba por muerto a Jordi. Sin embargo, se aferró a él con una mano.

Josep le contó los detalles de su vida de fugitivo.

—Soy el único que queda —afirmó.

—¿Corres peligro?

—No. Sólo había dos hombres que podían percibirme como

una amenaza, y los dos han desaparecido. Murieron en combate
—añadió, una cómoda mentira.

Sólo le contó eso. Sabía que nunca sería capaz de revelarle
nada más.

—Me encanta que ya no haya más secretos entre nosotros
—contestó su mujer, y le dio un beso fuerte en los labios.

Josep odiaba que hubiera zonas oscuras que nunca podría
mostrarle.

Se juró a sí mismo que la compensaría tratándola siempre,
sin excepción, con amor y ternura. Los secretos que aún conservaba le pesaban en la espalda como una joroba y anhelaba poder contárselos a alguien. Deshacerse de la carga.

Pero no tenía con quién.

Un sábado por la tarde, sin terminar de creerse lo que estaba
haciendo, pero incapaz de resistirse, abrió la puerta de la iglesia
y entró en ella.

Había ocho personas esperando, hombres y mujeres piado-
sos y fieles. Algunos iban a confesarse todos los sábados por la
tarde para acudir a misa el domingo con el alma limpia antes de
aceptar la eucaristía.

Aunque la gruesa cortina roja de terciopelo del confesionario tapaba los sonidos, con una sensibilidad dispuesta a asegurarse de que sus perversidades se mantendrían en privado, los
que esperaban turno se sentaban en la última fila de bancos, tan
lejos del confesionario como era posible. Josep encontró un sitio entre ellos.

Cuando le llegó el turno, se adentró en la penumbra e hincó
las rodillas.

—Perdóneme, padre, porque he pecado.

—¿Cuándo te confesaste por última vez?

—Hace seis… No, siete semanas.

—¿De qué naturaleza son tus pecados?

—Alguien que me resultaba... cercano... mató a un hombre. Yo le ayudé.

—¿Le ayudaste a matarlo?

—No, padre. Pero me deshice del cadáver.

—¿Por qué lo mató?

La pregunta desconcertó a Josep; no parecía tener relación alguna con su confesión.

—Vino al pueblo a matar a mi amigo. Y a mí también me habría matado.

—Entonces, ¿tu amigo lo mató para salvar su propia vida?

—Sí.

—¿Y tal vez la tuya? ¿Acaso, incluso, para evitar que tuvieras que matarlo tú?

—... Tal vez.

—En ese caso, su asesinato podría ser considerado como un acto de amor, ¿no? ¿Un acto de amor hacia ti?

Josep se dio cuenta de que el cura lo sabía.

Tal vez el sacerdote supiera más sobre Peña que el propio Josep. El padre Pío había pasado casi un día entero con Nivaldo antes de su muerte, previa confesión.

—¿Enterraste el cadáver?

Enterrado en pie, pensó Josep con un punto de locura, pero sin duda enterrado.

—Sí, padre.

—Entonces, ¿cuál es tu pecado, hijo?

—Padre... Está enterrado en tierra non santa. Sin sacramentos.

—A estas alturas, ese hombre ya se ha encontrado con su Creador y ha sido juzgado. A ti no te corresponde asegurarte de que todo el mundo reciba los últimos sacramentos. Estoy seguro de que la policía contemplaría tus actos de un modo distinto, pero yo no trabajo para la policía, sino para Dios y la Iglesia católica. Y te digo que no cometiste ningún pecado. Hiciste un trabajo físico, fruto de la piedad. Enterrar a los muertos es una obligación sagrada, de modo que no hubo pecado alguno y, por lo tanto, no puedo escuchar tu confesión —concluyó el sacerdote—. Puedes irte en paz, hijo. Ve a casa y no te atormentes más.

Al otro lado de la fina celosía, con su miríada de agujeritos minúsculos, sonó un suave pero definitivo crujido que señalaba el fin de la conversación al cerrarse la partición interior. Allí se terminaba el intento de confesión de Josep.

60

La Guardia Civil

$\mathcal{A}$media mañana del tercer miércoles de agosto, Josep estaba sentado en una de las mesas exteriores de la tienda de comestibles leyendo el periódico, mientras su hermano limpiaba las otras mesas. Los dos alzaron la vista al oír el chacoloteo de tres jinetes que cruzaban el puente en dirección a la plaza. Los tres parecían haber viajado mucho bajo el sol cobrizo. Los dos primeros, que cabalgaban a la par, eran oficiales de la Guardia Civil. Josep había visto otros guardias en Barcelona, siempre de dos en dos y cargados con escopetas, con el aspecto aterrador que les daba el tricornio, las túnicas negras de cuello alto, los pantalones de un blanco níveo y las botas relucientes. Aquellos dos llevaban tricornio, pero iban vestidos con ropa de trabajo verde y polvorienta, llena de corros húmedos y oscuros en las axilas y en la mitad de la espalda, donde cada uno llevaba su arma sujeta por una correa de cuero.

Los seguía un hombre montado en una mula. Josep se dio cuenta de que lo conocía.

—¡Hola, Tonio! —saludó Donat.

El hijo mayor de Àngel Casals dirigió una rápida mirada a Josep, y saludó con un vaivén de cabeza a Donat, pero no contestó. Cabalgaba tieso y con la espalda recta, como si imitara a los dos hombres que lo precedían.

Josep los miró por encima del periódico. Donat se quedó plantado con la bayeta en la mano y los siguió con la mirada hasta que se detuvieron cerca de la prensa de vino y ataron sus animales al raíl. Fueron directos a la bomba del pozo. Los oficiales se turnaron para beber mientras el otro sostenía las dos armas y luego esperaron a que Tonio también bebiera y se echara agua a la cara y al pelo.

—Ya que estamos aquí, empecemos por aquí —dijo Tonio—. Es esa casa, la primera después de la iglesia —añadió, señalando—. A estas horas, puede estar en casa o en la viña. Si prefieren, podemos mirar primero en la viña.

Uno de los oficiales asintió, se descargó la escopeta de la espalda y agitó los hombros.

Mientras Donat limpiaba la mesa por cuarta vez, Josep vio que los tres cruzaban la plaza y desaparecían por detrás de la casa de Eduardo Montroig.

Dos horas después, Josep y Eduardo se encontraron con Maria del Mar y Francesc entre las hileras de vid y le contaron lo de los visitantes.

—Dos oficiales de la Guardia Civil, y traían de guía a Tonio Casals —explicó Eduardo—. Me han hecho las preguntas más extrañas. Han revisado toda la casa, aunque no sé qué buscaban. El maldito Tonio, mi camarada de infancia, ha cavado dos agujeros en mis tierras. En mi viña hay dos hoyos naturales y le han dicho que cavara ahí.

»Desde mis tierras, se han ido a la viña de Àngel, hará una media hora. Cuando hemos pasado Josep y yo, ahora mismo, estaban todos sentados mirando a Tonio, que rellenaba un hoyo que había cavado cerca del gallinero. ¿Te lo imaginas? ¿Cavar en las tierras de su propio padre? ¿Qué andarán buscando?

Maria del Mar estaba mirando hacia el camino y, de repente, desvió la mirada más allá de ellos.

—Oh. Ahí están. Vienen hacia aquí —dijo.

—¿Qué buscan? —volvió a preguntar Eduardo.

Josep se obligó a no darse la vuelta para mirarlos.

—No lo sé —contestó.

Uno de los guardias era más fornido que el otro, y un palmo más bajo. Aunque era visiblemente mayor, tenía una buena melena, mientras que el más joven lucía ya algo de calvicie en la coronilla. Ninguno de los dos uniformados sonreía, pero en ningún momento fueron rudos, cosa que los volvía más amenazadores si cabe.

—¿Señor Álvarez? ¿Señora? Soy el cabo Bagés y éste es el agente Manso. Creo que ya conocen al señor Casals.

Josep asintió y Tonio lo miró sin dirigirle la palabra.

—Hola, Maria del Mar.

—Hola, Tonio —respondió ella en voz baja.

—Nos gustaría echarle un vistazo a sus propiedades, señor. ¿Tiene alguna objeción?

Josep sabía que no era en verdad una pregunta. No podía negarles el permiso y, aunque hubiera podido, lo habrían tomado como señal de culpabilidad. Con la Guardia Civil no se jugaba. Tenían todo el poder legal y se contaban muchas historias sobre los daños, tanto físicos como económicos, que algunos de aquellos agentes habían provocado en su celo por mantener la paz.

—Por supuesto que no —contestó Josep.

Empezaron por las casas. El cabo envió al agente más joven a revisar la de los Valls con Maria del Mar, mientras él mismo inspeccionaba la de la familia Álvarez, acompañado por Josep.

En aquella casa pequeña no había demasiados lugares que se antojaran como posibles escondrijos. El cabo Bagés metió la cabeza en la chimenea para mirar por la campana, revisó debajo de la cama y movió de sitio la estera en que dormía Francesc. Hacía más frío dentro de la casa de piedra que fuera, pero en el desván hacía más calor y el guardia y Josep se pusieron a sudar mientras trasladaban sacos de grano para que el agente pudiera inspeccionar los rincones que quedaban debajo del alero.

—¿Cuánto hace que conoce al coronel Julián Carmora?

Josep lamentó oír el nombre, pues había mantenido la esperanza de no conocer nunca la verdadera identidad de Peña. No quería pensar en él.

Pero miró al cabo con perplejidad.

—¿Cuál era la naturaleza de su relación con el coronel Carmora? —preguntó el cabo Bagés.

—Lo siento. No conozco a nadie que se llame así.

El guardia le sostuvo la mirada.

—¿Está seguro, señor?

—Lo estoy. Nunca he conocido a ningún coronel.

—Ja. Entonces, puede considerarse afortunado —respondió el cabo.

Cuando regresaron a la viña, Maria del Mar y Francesc estaban sentados en el banco con Eduardo.

—¿Dónde está el agente Manso? —preguntó el cabo.

—Hemos revisado juntos la casa —explicó Maria del Mar—. La otra, la del medio, está llena de aperos, dos arados, viejos arneses de cuero…, toda clase de aperos. Lo he dejado allí, repasándolo todo cuidadosamente. Esa casa, la de allí —dijo, al tiempo que señalaba.

El guardia asintió y echó a andar.

Lo vieron alejarse.

—¿Te has enterado de algo? —preguntó Eduardo.

Josep movió la cabeza para responder que no.

Poco después apareció Tonio Casals entre las hileras de parras y se acercó a ellos. Se arrodilló delante del muchacho.

—Hola, Francesc. Soy Tonio Casals. ¿Te acuerdas de mí? ¿De Tonio?

Francesc estudió su rostro y luego negó con la cabeza.

—Bueno, ha pasado mucho tiempo, pero yo te conocí cuando eras muy pequeño.

—¿Y qué tal te va ahora, Tonio? —preguntó Maria del Mar con amabilidad

—Me va... bien, Maria del Mar. Soy ayudante del alguacil de la cárcel regional que hay en las afueras de Las Granjas y me gusta ese trabajo.

—Tu padre dice que también trabajas en el negocio de la aceituna —dijo Eduardo.

—Sí, bueno, pero cultivar olivos no es más que otra forma de ser campesino. A mí no me gusta la agricultura y mi jefe es un hombre desagradable... En parte, la vida siempre es difícil, ¿no?

Eduardo se mostró de acuerdo en un susurro.

—¿Y trabajas a menudo con los guardias civiles? —preguntó a su viejo amigo.

—No, no. Pero los conozco a todos y ellos me conocen a mí, porque en algún momento han de traer algún prisionero a mi cárcel, o vienen a llevárselo para un interrogatorio. De hecho, me estoy planteando convertirme en guardia yo mismo. Es difícil porque hay muchas solicitudes y hay que tomar clases y pasar exámenes. Pero, como te iba diciendo, ahora conozco a muchos guardias, y su trabajo se parece a mi experiencia en la cárcel.

»Estos dos sabían que soy de Santa Eulàlia. Cuando los enviaron aquí, me invitaron como guía y ayudante, así que puedo asegurar a todo el pueblo que no traen mala intención.

—Pero..., Tonio —dijo Marimar con ansiedad—, ¿por qué revisan nuestras tierras?

Tonio vaciló.

—No te preocupes —contestó.

Marimar abrió mucho los ojos.

—¿Por qué me han preguntado si conocía a no sé qué coronel? —susurró.

El rostro de Tonio reveló el orgullo que sentía al ejercer la autoridad. Echó un vistazo para asegurarse de que los dos guardias estaban fuera de la vista.

—Ha desaparecido un coronel con despacho en el Ministerio de Guerra. El cabo Bagés dice que es un oficial prometedor con rango temporal de brigadista y que algún día será general.

—Pero... ¿por qué lo buscan aquí? —preguntó Eduardo.

Tonio hizo una mueca.

—Por razones poco sólidas. Entre los papeles que se encontraron en su escritorio había una lista del distrito de Cataluña con nombres de los concejales de pueblos y aldeas de la región. El nombre de Santa Eulàlia, además del de los tres miembros del Ayuntamiento, estaba rodeado por un círculo.

«Concejal del Ayuntamiento. Así me encontró», pensó Josep.

—¿Sólo por eso? ¿Un círculo dibujado en una lista de pueblos? —preguntó Eduardo, incrédulo.

Tonio asintió.

—Cuando me lo dijeron, me eché a reír. Dije que a lo mejor el coronel estaba planificando la jubilación al final de su carrera y que había pensado en instalarse en este pueblo para cultivar uva. O que tal vez planeara enviar tropas por aquí de maniobras, o quizá, quizá, quizá. Pero insistieron en enviar agentes, así que... ¡He tenido que cavar un hoyo en la tierra de mi propio padre! Es que no se les pasa nada por alto, ni el más nimio detalle. Por eso tienen tanto éxito, por eso son los mejores. —Sonrió a Marimar—. Pero ten paciencia, pronto se habrán ido.

Al poco regresó el cabo Bagés.

—Señor —dijo a Josep—. ¿Puede acompañarme?

Guio a Josep hasta la puerta encajada en el monte.

—¿Qué es esto?

—Mi bodega de vino.

—Si no le importa... —dijo.

Josep abrió la puerta y entraron en la oscuridad.

En un instante Josep encendió una cerilla, prendió con ella la lámpara y permanecieron bajo su luz temblorosa.

—Ah —dijo el guardia, con voz suave. Era un sonido de placer—. Qué fresco hace aquí. ¿Por qué no viven aquí dentro?

Josep le dirigió una sonrisa forzada.

—Porque no queremos calentar el vino —contestó.

El cabo alargó una mano y cogió la lámpara. La sostuvo en lo alto y examinó lo que tenía delante: la pared y el techo rocosos, la mampostería que empezaba detrás de la hilera de botellas llenas.

Acercó la lámpara a la mampostería y la miró intensamente, estudiándola, y Josep se percató de algo con un desánimo repentino. Se iba a notar la distinta coloración de la argamasa que sujetaba las piedras en función del tiempo que llevaba secándose. La arcilla se volvía de un gris claro al secarse, casi del mismo tono que muchas de las piedras, mientras que en estado húmedo era mucho más oscura y tenía vetas marrones.

Se podían detectar las dos últimas secciones.

El corazón le daba martillazos. Sabía exactamente qué iba a ocurrir a continuación. El cabo observaría la arcilla y empezaría a quitar las piedras de colocación más reciente.

El hombre acercó la lámpara a la pared, dio un paso adelante y en ese momento se abrió la puerta de la bodega y entró el otro oficial.

—Creo que hemos encontrado algo —dijo el agente Manso.

El cabo dio la lámpara a Josep y se fue con su colega. Josep oyó las palabras susurradas:

—Una tumba excavada.

La puerta se había quedado abierta de par en par y estaba entrando calor.

—Señores, por favor… La puerta —consiguió decir.

Pero los guardias no lo oyeron, se marcharon a toda prisa,

de modo que Josep apagó la lámpara y los siguió, tras cerrar firmemente la puerta.

No era un día extremadamente caluroso para el clima catalán, pero el contraste con la frescura de la bodega resultaba mareante.

Vio que todos se habían reunido en el límite trasero del este de la parcela de los Álvarez, incluso Àngel Casals, que debía de haberse acercado cojeando lentamente desde sus tierras. El alcalde parecía acabado y se apoyaba en Marimar.

Se oía el ruido de una pala y los leves gruñidos de quien la usaba.

Al acercarse, Josep vio que estaban todos mirando a Tonio Casals, que permanecía dentro del gran hoyo que acababa de excavar.

Josep se unió a los demás, con un histérico regocijo interno, pues la situación era exactamente la misma que había imaginado con terror, con su mujer y su hijo y los vecinos presentes como testigos del desastre y la desgracia en el momento en que se cernían sobre él.

—Aquí hay algo —dijo Tonio.

Soltó la pala y se agachó para coger algo y dar algunos tirones hasta que emergieron del suelo dos huesos unidos con trozos de tierra y de materia todavía pegados.

—Creo que es una pierna —dijo Tonio. A Josep le pareció que se daba demasiada importancia. Sin embargo, enseguida soltó un gritito—: ¡Madre de Dios! —Tiró al suelo aquel objeto espeluznante—. ¡Una pezuña hendida! ¡Es una pierna del demonio!

—No, señor —sonó la voz juvenil, emocionada y aguda de Francesc—. No es un demonio, es un cerdo.

En el breve silencio que siguió, Josep vio que Eduardo se echaba a temblar. Se le agitaban los hombros y su cara seria se retorcía.

Eduardo gruñó, con un sonido que parecía venir de una bomba de agua, y luego Eduardo vio y oyó por primera vez en su vida la verdadera risa de Eduardo Montroig. La carcajada era suave y aspirada, como el ladrido de un perro asmático después de correr mucho.

Casi al instante se sumaron los demás, incluso los guardias, seducidos a la vez por la irrefrenable alegría de Eduardo y por la situación. A Josep le resultó fácil rendirse a la histeria y a las risas que estallaron de nuevo mientras Tonio volvía a enterrar el jabalí.

Preocupado por el aspecto que lucía el alcalde, Josep lo acompañó al banco y le llevó agua fresca.

Tonio siguió ignorando a Josep, pero se dirigió a Marimar.

—Me gustaría probar vuestro vino —dijo.

Ella vaciló mientras buscaba el modo de evitar tener que servirle, pero Àngel Casals se dirigió a su hijo con brusquedad:

—Y a mí me gustaría que me llevaras a casa ahora mismo. He contratado a Beatriu Corberó para que nos cocine su paella de verano, con butifarra y verduras, una cena de pueblo para ti y tus amigos, y tengo que ir a ver cómo va.

Así que Eduardo ayudó al alcalde a montar en la mula de su hijo y Tonio se lo llevó.

Aturdido, Josep llenó una jarra del barril de vino común, ya casi vacío, y usó las copas de Quim para servírselo a los dos guardias, a Marimar y a Eduardo.

Los guardias civiles no tenían prisa por irse. Bebieron despacio, felicitaron a Josep por el vino y se dejaron convencer de que no pasaba nada porque se tomaran otra ronda, a la que él mismo se sumó.

Luego le estrecharon la mano, le desearon una cosecha abundante, montaron en sus caballos y se fueron.

61

Monsieur

$\mathcal{A}$ principios de septiembre había aparecido bastante gente en busca de la bodega para comprar vino, y cuando Josep vio que un jinete entraba en su viña desde el camino creyó que se trataba de otro cliente. Pero al acercarse vio que el hombre tiraba de las riendas para examinar el cartel.

Y entonces reconoció su cara, que lucía una sonrisa bien amplia.

—¡Monsieur! ¡Monsieur! —lo llamó.

«¡El señor Mendes podrá probar mi vino!», pensó de inmediato, con una mezcla de alegría y terror.

—Señor —le respondió Mendes.

Le encantaba poder presentar a Maria del Mar y a Francesc a Léon Mendes.

Había hablado mucho de él con su esposa y ella sabía lo que el francés significaba para él. Una vez hechas las presentaciones, Marimar se llevó a Francesc de la mano y corrió a la granja de los Casals a comprar un pollo, así como a la tienda de comestibles en busca de otros ingredientes, consciente ya de que se iba a pasar la tarde entera preparando la cena.

Josep desensilló el caballo. Cuando él estaba en Languedoc, monsieur Mendes llevaba una muy buena yegua árabe negra. Ésta también era yegua, pero se trataba de un animal marrón, de lomo jorobado y dudoso linaje, un caballo propio de sirvientes, alquilado por Mendes en Barcelona al bajar del tren. Josep se encargó de alimentarlo y darle agua. Puso dos sillas a la sombra y llevó a su visitante unos trapos mojados para que se humedeciera la cara y las manos y se quitara el polvo del camino.

Luego sacó un cántaro y dos tazas, se sentaron los dos a beber agua y empezaron a charlar.

Josep le contó a Mendes la historia de cómo había conseguido su viñedo. Que su hermano y su cuñada habían decidido vender la tierra de los Álvarez y él la había comprado. Explicó que el vecino, poseído de amor, le había forzado a asumir la responsabilidad de las tierras contiguas, de los Torras, y que al casarse con Marimar habían fundido sus propiedades.

Mendes lo escuchaba con atención y hacía alguna que otra pregunta, con los ojos abiertos de satisfacción.

Josep no quería abalanzarse sobre el francés sin darle antes la bienvenida durante el tiempo suficiente, pero le resultó imposible contenerse más.

—¿Una copa de vino, tal vez? —preguntó.

Mendes sonrió.

—Una copa de vino será bienvenida.

Sacó dos copas y fue corriendo a la bodega en busca del vino. Mendes miró la etiqueta y enarcó las cejas mientras le devolvía la botella para que la abriese.

—A ver qué le parece, monsieur —dijo Josep, mientras lo servía.

Ni se les ocurrió brindar por su recíproca salud. Ambos sabían que se trataba de una cata.

Mendes alzó el vaso para observar el color del vino, lo movió trazando leves círculos y estudió los finos rastros translúcidos que dejaba el líquido en el cristal al arremolinarse. Lo acercó a la nariz y cerró los ojos. Bebió un sorbo, conservó el vino en la boca e inspiró con los labios un poco abiertos para que el aire lo atravesara de camino a la garganta.

Luego se lo tragó y se quedó sentado con los ojos cerrados,

el rostro pétreo y muy serio. Josep no podía adivinar casi nada por su expresión.

Abrió los ojos y bebió otro trago. Sólo entonces miró a Josep.

—Ah, sí —dijo suavemente.

—Es muy delicado, como sin duda sabrás ya. Es intenso y afrutado, y al mismo tiempo bastante seco. ¿La uva es Tempranillo?

Josep estaba exultante, pero se limitó a asentir como quien no quiere la cosa.

—Sí, nuestra Tempranillo. Y algo de Garnacha. Y una cantidad menor de Cariñena.

—Tiene mucho cuerpo, pero es elegante y conserva el espíritu mucho después de tragarlo. Si yo hubiera hecho este vino, estaría enormemente orgulloso —dijo Léon Mendes.

—En cierta medida sí que lo ha hecho usted, monsieur —respondió Josep—. He intentado recordar cómo lo hacía, paso a paso.

—En ese caso, estoy orgulloso. ¿Lo vendes?

—Claro, por Dios.

—Me refiero a que me lo vendas a mí, a granel.

—Sí, monsieur.

—Enséñame tu viña —pidió Mendes.

Recorrieron juntos las parras, y recogieron de vez en cuando una uva para probar su creciente madurez y comentar cuál sería el momento óptimo de vendimia. Cuando llegaron a la puerta encajada en el monte, Josep la abrió e hizo entrar a su invitado.

A la luz de la lámpara, Léon Mendes estudió hasta el último detalle de la bodega.

—¿La has cavado tú solo?

—Sí.

Josep le contó el descubrimiento del agujero en la roca.

Mendes miró los catorce barriles de cien litros, más los tres de 225.

—¿Es todo el vino que has hecho?

Josep asintió.

—Para financiar esto tuve que vender el resto de la uva para hacer vinagre.

—¿Has hecho una segunda etiqueta?

—Sólo un barril. —Guardaba una taza encima del barril para sacar vino y, para darle una muestra a Mendes, tuvo que inclinar el tonel—. Ya sólo quedan los restos —advirtió.

Sin embargo, Mendes lo cató con atención y proclamó que se trataba de un *vin ordinaire* perfectamente correcto.

—Bueno, volvamos a nuestras sillas a la sombra —dijo—. Tenemos mucho de qué hablar.

—¿Has vendido algo de tu vino bueno?

—Relativamente pocas botellas hasta la fecha en el mercado de Sitges, desde la parte trasera del carromato.

Cuando Josep dijo a Mendes cuánto cobraba, el hombre suspiró.

—Has rebajado un vino excelente. Bueno. —Tamborileó con los dedos sobre el muslo mientras pensaba—. Me gustaría comprarte once toneles de cien litros. Te doblaré el precio que pedías para venderlo desde tu carro. —Sonrió al ver la expresión pintada en el rostro de Josep—. No es por generosidad, es el precio de mercado. En los años que han pasado desde que te fuiste de Languedoc, la filoxera lo ha invadido todo. Esa pulguilla cabrona ha destruido tres cuartas partes de los viñedos de Francia. Hay un clamor en busca de vinos bebibles, el precio está muy alto y sigue subiendo. Después de pagar el embotellado y el transporte, podré vender tu vino con excelentes beneficios. Desde un punto de vista egoísta, podría comprarte hasta la última gota, pero te dejo lo suficiente para llenar unas 900 botellas, y deberías servirte de eso para empezar a crear una clientela en tu propio territorio.

»Para vender tu buen vino has de comprar botellas nuevas y buscar una imprenta para las etiquetas. Consigue una caseta pequeña en alguno de los mercados cubiertos de Barcelona y multiplica por dos y medio el precio que pusiste en Sitges. En Barcelona hay compradores de medios reducidos, igual que en los pueblos de pescadores, pero también hay prósperos hombres de negocios y una rica aristocracia que compra lo mejor y siempre anda en busca de algo nuevo. Venderás tu vino muy rápido. ¿Cuánto planeas prensar en la próxima cosecha?

Josep frunció el ceño.

—Un poco más que el año pasado, pero volveré a vender la mayor parte del zumo fermentado para hacer vinagre. Necesito dinero en efectivo.

—Sacarás mucho más si lo vendes para vino que para vinagre.

—No tengo suficiente dinero para pasar el año, monsieur.

—Te adelantaré el dinero que necesites para trabajar, a cambio del derecho exclusivo sobre dos tercios de tus toneles de vino. —Miró a Josep—. He de decirte que si no aceptas mi oferta, no tardarás en recibir otras. Me he encontrado con una docena de viticultores franceses que intentaban comprar vino por aquí. De ahora en adelante será muy común verlos en Cataluña y en todo el resto de España.

La mente de Josep era un torbellino.

—He de tomar decisiones importantes. ¿Le importa que le deje solo un rato y me lo piense un poco?

—Claro que no —contestó Mendes—. Daré una vuelta por el resto de tu viñedo y me entretendré.

El hombre sonrió, y Josep pensó que monsieur Mendes sabía perfectamente a qué iba a dedicar él aquel intervalo.

La casa olía a ajo, hierbas y guiso de pollo.

Josep encontró a Marimar en la cocina, desvainando judías y con un copo de harina en la nariz.

—Àngel sólo ha querido venderme una vieja gallina que ya no le pone huevos —dijo—. Pero quedará bien. La estoy estofando a fuego lento con ciruelas y un poco de vino y aceite, y luego tomaremos una tortilla de espinacas con salsa de tomate, pimienta y ajo.

Se sentó con él y escuchó atentamente su descripción de la oferta de monsieur Mendes. Le interrumpió con alguna pregunta, pero se esforzó por absorber todo lo que le contaba Josep.

—Es una oportunidad para establecernos como productores de vino. Deberíamos aprovechar la situación. La filoxera, la carestía de vino en Francia...

Josep se interrumpió y la miró.

Tenía cierta aprehensión, porque sabía que ella temía los cambios y que se sentía segura en las rutinas familiares, por dolorosas que fueran.

—Tú quieres hacerlo, ¿verdad? —dijo ella al fin.

—Ah, sí. La verdad es que lo quiero hacer.

—Entonces, lo tenemos que hacer —contestó Marimar. Y siguió desvainando judías.

Fue una cena muy agradable. Cuando el visitante felicitó a Marimar y alabó con especial calidez las pastitas que había servido con el café, ella se echó a reír y le dijo con sequedad que eran de la panadería local, cuya dueña tenía mucho talento.

Cuando Francesc, adormilado, les dio las buenas noches y se fue a dormir a su catre, la conversación retomó el asunto del vino rápidamente.

—¿Corre peligro su viñedo? —preguntó Josep.

Mendes asintió.

—Tal vez nos alcance la filoxera el año que viene, o el otro.

—¿No se puede hacer nada? —quiso saber Maria del Mar.

—Sí. La plaga llegó a Europa en parras importadas de América, pero hay una cepa americana cuyas raíces los áfidos no comen. Tal vez contengan algún elemento que les resulta venenoso, o a lo mejor sencillamente no les gusta su sabor. Cuando injertamos nuestras vides condenadas con esas raíces americanas, los áfidos no las atacan.

»Durante los últimos tres años he sustituido cada año el 25 por ciento de mis viñas con cepas injertadas. Para conseguir una cosecha entera hacen falta cuatro años —explicó Mendes—. Tal vez te interese reconvertir tu propio viñedo.

—Pero, monsieur..., ¿para qué íbamos a hacerlo? —preguntó Maria del Mar lentamente—. La filoxera es un problema francés, ¿no?

—Ah, madame, pronto será medio español.

—Dudo que los áfidos sean capaces de cruzar los Pirineos —opinó Josep.

—La mayoría de los expertos creen que es inevitable —contestó Mendes—. Los áfidos no son águilas, pero con sus alitas minúsculas avanzan unas veinte leguas al año. Si hay vientos fuertes, los insectos pueden esparcirse a todo lo largo y ancho del territorio. Y el hombre los ayuda con sus viajes. Cada año, mucha gente cruza la frontera. Los áfidos se esconden en cualquier lugar, bajo el collar de un abrigo o en la crin de un caballo. Tal vez, quién sabe, haya algunos ya en algún rincón de España.

—Entonces, parece que no tenemos alternativa —dijo Josep, preocupado.

Mendes asintió con lástima.

—En cualquier caso, es algo que merece la pena pensar con atención —concluyó.

Aquella noche hicieron la cama de la casa de los Valls con sábanas limpias y Mendes durmió allí. A la mañana siguiente se levantó temprano y anunció que saldría pronto hacia Barcelona para de ahí partir hacia Francia. Mientras Maria del Mar preparaba una tortilla para desayunar, Mendes y Josep pasearon juntos por la viña bajo el fresco aire de la mañana.

Josep contó a Mendes que pensaba comprar barriles de 225 litros y guardarlos a ambos lados de la bodega, en amplios estantes.

Mendes asintió.

—Eso te servirá de momento, porque me puedes enviar los barriles cuando estén llenos, en relativamente poco tiempo. Pero el precio del vino seguirá alto durante unos cuantos años y llegará un día en que querrás embotellar hasta la última gota de vino tú mismo y venderlo embotellado. Cuando eso ocurra, necesitarás cavar otra bodega en la colina, al menos del mismo tamaño que la que tienes ahora.

Josep hizo una mueca.

—Tanto cavar…

Mendes dejó de caminar.

—Hay una cosa que tienes que aprender, quizá la lección más dura e importante. A veces has de confiar en los demás para encargarles lo que quieres hacer. Cuando la viña alcanza cierto tamaño, uno no se puede permitir el lujo de hacer todo el trabajo personalmente —concluyó.

Después de desayunar, Josep ensilló el caballo de alquiler y los dos hombres se dieron un abrazo.

—¡Monsieur! —Marimar salió corriendo de la masía con una bolsa en la que había guardado una botella de vino bueno y una porción de tortilla para que se la comiera en el tren—. Le deseo un buen viaje de regreso, monsieur.

Léon Mendes hizo una reverencia.

—Gracias. Usted y su marido han creado una bodega maravillosa, señora.

62

La discrepancia

*T*res semanas más adelante, Josep y Maria del Mar tuvieron la primera discusión seria de su vida de casados.

Ambos habían trabajado mucho y llevaban horas hablando de los problemas de la bodega y de sus planes para el futuro.

Habían decidido empezar a replantar la viña después de la cosecha del año siguiente. Iban a sustituir cada año, durante los cuatro siguientes, el 25 por ciento de las vides por cepas injertadas, tal como había hecho Mendes en Languedoc. A Josep le gustaba la idea de que, de esa manera, dispondrían de toda la cosecha de uva para la vendimia de aquel año y el siguiente. Luego, como las cepas injertadas tardarían cuatro años en ofrecer uva para la vendimia, la cosecha se reduciría en un 25 por ciento cada año. Al llegar el cuarto no habría nada que vendimiar, pero con aquellos precios tan altos habrían acumulado mucho capital para invertir. Se habían puesto de acuerdo en que dedicarían aquel cuarto año a hacer ciertas mejoras en el viñedo. Sería entonces cuando cavaran la nueva bodega en algún lugar del terreno de los Álvarez. Con tanto fregar y enjuagar, por no hablar del regadío cuando se volvía necesario, cargar agua del río representaba un malgasto constante de tiempo y esfuerzos. Una viña necesitaba tener un pozo.

Qué nuevo y extraño placer suponía tener dinero para hacer las cosas necesarias.

Una tarde, Marimar regresó de un paseo por el pueblo con un cotilleo.

—Rosa y Donat están buscando casa.

—Ah, ¿sí? —dijo Josep. Apenas la escuchaba a medias, pues estaba pensando cuándo le entregarían unas botellas que había encargado—. ¿Y para qué necesitan una casa?

—Rosa quiere poner mesas en las habitaciones del altillo de la tienda de comestibles e instalar un auténtico café en el que puedan servir comida de verdad. Es una maravillosa cocinera y pastelera. Ya viste cómo le encantaron sus pastas a monsieur Mendes.

Ausente, Josep asintió. Al fin y al cabo, iba pensando, durante muchas semanas no necesitaría aquellas botellas. Era más urgente decidir qué sección de la viña iba a cosechar antes. Para pisar tanta uva había que seguir un claro plan de vendimia. Tendría que discutirlo con Marimar.

Ella interrumpió sus meditaciones.

—Me gustaría darles la casa de los Valls.

—¿A quién?

—A Rosa y a Donat. Me gustaría darles la casa de los Valls.

—De ninguna manera —resopló Josep.

Ella lo miró fijamente.

—Donat es tu hermano.

—Y su mujer quería quedarse mis tierras. Y mi casa. Y mis vides. Y mi pastilla de jabón y mi taza. No lo olvidaré nunca.

—Rosa estaba desesperada. No tenía nada y pretendía proteger la herencia de su marido. Ahora nuestra situación es muy distinta. Creo —afirmó— que, si te tomas el esfuerzo de conocerla, te caerá bien. Es interesante. Una mujer muy trabajadora, con genio y muchas habilidades diferentes.

—Que se vaya al Infierno.

—También está embarazada —añadió Marimar. Esperó y se lo quedó mirando—. Escúchame, Josep. No tenemos más parientes. Quiero que mis hijos crezcan con una familia. La bodega tiene tres casas. Nosotros vivimos en ésta y necesitamos la de

Quim para almacenar cosas. Pero mi vieja casa está vacía y se la quiero dar a ellos.

—Ya no es tu casa —dijo él con brusquedad—. La mitad me pertenece, igual que a ti te pertenece la mitad de ésta y de la de Quim. Y escúchame bien: no puedes regalar algo que me pertenece a mí.

Vio que la expresión de su mujer cambiaba. Su cara parecía amarga, reservada y hasta algo mayor, con el mismo aspecto que había tenido cuando Josep regresó a Santa Eulàlia. Él ya había olvidado aquella expresión.

Al poco le oyó subir la escalera de piedra hacia su habitación.

Josep se quedó sentado, recapacitando.

Ella le importaba profundamente. Recordó que había hecho un voto, una promesa de no tratarla jamás con crueldad, ni con sus actos ni con sus palabras, como habían hecho otros antes que él. Se dio cuenta de que tenía poder para hacerle daño, tal vez más incluso que aquellos otros cabrones.

Mientras permanecía allí sentado, sintiéndose podrido, acusándose, repasó mentalmente las palabras de su esposa y estiró la espalda.

¿De verdad había dicho que Rosa estaba embarazada «también»?

Y, si así era, ¿se había equivocado? ¿O quería decir que, además, estaba embarazada?

Abandonó la silla y subió a saltos la escalera para reunirse con su esposa.

Unos días después, un jueves por la mañana, llegó un carro de carga tirado por dos pares de caballos. Josep guio al arriero hacia la casa de Quim y le ayudó a descargar 42 cajas de listones de madera llenas de botellas y a subirlas por la escalera. Apiladas en dos filas, ocupaban casi la mitad de lo que en otro tiempo fuera el pequeño dormitorio de Quim. Cuando se fue el conductor, Josep abrió una de las cajas y sacó una botella brillante y virginal, idéntica a las demás, todas a la espera de que él las llenara de vino.

Al abandonar la casa convertida en almacén, oyó voces. Atraído por su sonido, caminó hasta la casa de los Valls y se encontró a su hermano con Maria del Mar.

—Cuando te acuestes y cuando te despiertes —decía Maria del Mar— en esta masía, oirás el río.

—Hola —saludó Josep.

Incómodo, Donat devolvió el saludo.

—Esta mañana le estaba contando a Rosa —explicó Marimar— que quedaría precioso si plantáramos más rosales salvajes cerca de la casa. También estaría bien hacer lo mismo en la nuestra, Josep. ¿Te parece que ya has trasplantado demasiados rosales de la orilla del río?

—El río es largo —contestó Josep—. Tal vez tenga que andar un poco, pero hay muchos rosales.

—Iré contigo a arrancarlos —propuso enseguida Donat.

—A Rosa le encantan esas flores sencillas —explicó Maria del Mar—. Que se las quede todas. Yo prefiero las pequeñas, blancas, para nuestra casa.

Donat se rio.

—Tendremos que esperar a que florezcan en abril para saber cuál es cuál —dijo, pero Josep meneó la cabeza.

—Yo las distingo. La planta de las rosas es más grande. Las podemos coger en invierno, cuando tengamos más tiempo libre.

Donat asintió.

—Bueno, será mejor que vuelva a la tienda con Rosa. Sólo quería echar un vistazo a una hilera de piedras que hay que reparar en la parte trasera de la casa.

—¿Qué hilera de piedras? —preguntó Josep.

Fueron a la parte trasera y Josep vio y contó ocho piedras de buen tamaño esparcidas por el suelo.

—Yo sabía que había una piedra suelta en esa pared —dijo Maria del Mar—. Te lo pensaba contar, pero... ¿cómo ha pasado esto?

—Creo que fueron los guardias —dijo Josep—. Debieron de

notar que había una piedra suelta y la sacaron, y luego arrancaron las otras para asegurarse de que no hubiera nada escondido.
La verdad es que no pasan nada por alto.

—Ya lo repararé —se ofreció Donat.

Pero Josep meneó la cabeza.

—Lo haré yo esta tarde —dijo—. Me encanta la mampostería.

Donat asintió y se dio la vuelta para irse.

—Gracias, Josep —dijo.

Por primera vez, Josep le dedicó una buena mirada.

Vio a una persona corpulenta y afable. Donat tenía la mirada clara, el rostro tranquilo y, mientras se disponía a regresar
a un trabajo que le gustaba, parecía lleno de determinación.

Su hermano.

Algo en el interior de Josep —algo pequeño, frío y pesado,
un gélido pecado que había cargado en su corazón sin saberlo—
se derritió y desapareció.

—De nada, Donat —contestó.

El frío llegó al pueblo desde muy lejos, de las montañas, del
mar. ¿Traería el viento aullidos y destrozos? ¿Acarrearía granizo, o pequeñas motas aladas? Llovió tres veces en otoño, pero
siempre era una lluvia gentil y piadosa. El sol lució la mayor parte de los días para alejar con su calor el frescor de la noche, y las
uvas siguieron madurando.

Se dio cuenta de que la replantación sería una buena oportunidad para colocar las cepas en grandes grupos de la misma
variedad, pues hasta entonces tenía que sufrir por el descuido de
sus antepasados e ir de aquí para allá entre las hileras mezcladas
para vendimiar según la variedad de cada parra.

Josep quería que toda la cosecha alcanzara la mayor madurez posible, pero no deseaba que se pasaran las uvas en la parra,
de manera que planificó el orden de vendimia como si fuera un
general a punto de entrar en la batalla.

Las plantas más antiguas, con las uvas más pequeñas, parecían madurar más tarde, acaso por el terreno en que estaban plantadas. Eran las mismas cepas de las que había hecho su vino mezclado y sentía un cariño especial por aquellas vides arrugadas y muy viejas, que no pensaba replantar mientras no dieran muestras de estar condenadas. De momento, les concedió unos días más de maduración.

Así fue que una mañana, a primera hora, empezó a cosechar recogiendo la fruta de las vides normales, las mismas que, hasta aquel año, habían ofrecido su uva cada año sólo para que se convirtiera en vinagre.

Tenía mucha ayuda. Donat había hecho saber a todo el pueblo que durante la semana de la vendimia la tienda de comestibles sólo estaría abierta desde el mediodía hasta las cuatro, y él y Rosa se habían sumado a los vendimiadores y pensaban pasar las noches pisando uva. Briel Taulé estaba allí, como siempre, y Marimar también había contratado a Ignasi Febrer y a Adrià Taulé, primo de Briel, para vendimiar y pisar.

A última hora de la tarde, Josep llegó al abrevadero lleno de uvas y se lavó los pies y las piernas.

Pronto se le sumarían otros y establecerían turnos de trabajos, unos para cosechar y seleccionar la uva, mientras los otros la pisaban. Pero de momento estaba solo y se regocijó en la escena. El depósito estaba abarrotado de uvas de un negro amoratado, brillantes. Cerca había una mesa llena de tortillas y pastas de Rosa, cubiertas con trapos, y vasos y cántaros de agua. Había leña en una ordinaria chimenea de piedra, esperando que alguien la encendiera, y lámparas y antorchas colocadas en torno a la cisterna de piedra para aportar su calor y su luz contra el oscuro frescor cuando llegara la noche.

Apareció Francesc, con su correr disparejo, y contempló cómo Josep metía un pie primero, y luego el otro, entre las uvas.

—Yo también quiero —le dijo.

Josep sabía que el montón de uvas era tan alto que Francesc no podría ni moverse entre ellas.

—El año que viene ya habrás crecido lo suficiente —le contestó.

Lo invadió un lamento repentino por el hecho de que su padre no hubiera vivido lo suficiente para conocer a aquel muchacho y a su madre. Que su padre no hubiera sido testigo de todo lo que había pasado en la viña de los Álvarez.

Que Marcel Álvarez no fuera a probar su vino jamás.

Sabía que se sostenía sobre los hombros de su padre, así como sobre los de quienes le habían precedido. Durante tal vez mil generaciones, su gente había trabajado la tierra de España, como peones en los campos de Galicia, y antes de eso como siervos.

Tuvo una visión repentina y mareante de todos sus antepasados en un castillo humano en el que cada generación lo alzaba a él más y más arriba sobre sus hombros hasta un punto en que ya no le alcanzaba el sonido de las grallas y de los tambores. Un castillo de mil pisos.

—Y Francesc es nuestro *enxaneta*, la cumbre —dijo.

Agarró al chiquillo y se lo subió a los hombros. Francesc se quedó sentado, con los pies colgados a ambos lados de la cabeza de Josep. Le agarró el pelo con las dos manos y gritó:

—¿Y ahora qué hacemos, padre?

—¿Ahora?

Josep dio los primeros pasos. Pensó en las esperanzas, en los sueños y en el duro trabajo dedicados a la uva, el esfuerzo constante para convertirla en vino. Aspiró su aroma y notó cómo se quebraban los granos bajo su peso, sintió que el jugo vital corría en libertad y lo llamaba, que apenas una capa de piel separaba la sangre de la uva de su propia sangre.

—Ahora, caminar y cantar, Francesc. ¡Caminar y cantar!

Agradecimientos

Este libro es mi carta de amor a un país. No descubrí las glorias del buen vino hasta que, siendo ya un hombre de mediana edad, empecé a viajar a España, donde pronto desarrollé un profundo afecto por la gente, su cultura y sus vinos.

Cuando decidí escribir una historia sobre ellos, escogí centrarme en la mitad del siglo xix porque fue el período de la plaga de la filoxera y de las guerras carlistas. Ubiqué mi viña ficticia en el Penedès porque, viviendo allí, mi protagonista tenía acceso al mismo tiempo a Barcelona y a las regiones vinícolas del sur de Francia.

¿Historia o imaginación?

Es importante señalar qué elementos de esta novela se basan en hechos históricos y cuáles derivan de la invención del autor. Por desgracia las guerras carlistas corresponden a la realidad, así como el desastre de la filoxera, mientras que el pueblo de Santa Eulàlia y el río Pedregós sólo existen en *La bodega*.

Los miembros de la realeza proceden de la historia y el general Juan Prim pasó la mayor parte de su vida como militar, convertido en político y hombre de Estado cuando lo mataron. Para aprender sobre su asesinato acudí al profesor Pere Anguera, autor de la biografía definitiva del general Prim. Intenté plasmar la escena del asesinato tal como me la recreó el profesor Anguera. Los detalles —la sustitución de un carro de caballos por otro, las cerillas encendidas cada vez que el coche tomaba una nueva calle, la manera en que el paso quedó bloqueado por dos carricoches y una banda desde la que los pistoleros dispararon al presidente del Gobierno español— se presentan con la mayor cercanía posible a los hechos que tan generosamente Pere Anguera compartió conmigo. Le agradezco el haberme facilitado dicha información, así como por su posterior revisión de los pasajes dedicados al tiroteo.

Dado que el drama del asesinato en la vida real nunca concluyó con la condena y castigo de los asesinos, me sentí libre para, en la novela, añadir mis propios personajes ficticios a la escena. Es pura ficción, sin otro origen que mi imaginación, que unos jóvenes de un pueblo llamado Santa Eulàlia se contaran entre la banda de asesinos.

Otros que me ayudaron

Doy las gracias a Maria Josep Estanyol, profesora de Historia de la Universidad de Barcelona, por sus respuestas a muchas preguntas.

Para documentarme sobre la fe católica me dirigí a nuestra amiga Denise Jane Buckloh, antigua hermana Miriam de la Eucaristía, OCD, a quien estoy agradecido por ello.

Asimismo, agradezco al catedrático Pheme Perkins del Boston College por responder a mis preguntas acerca de la concepción católica de temas como el entierro, el pecado y la penitencia.

La primera visita a una bodega española para la investigación —en compañía de Lorraine, mi esposa, y de mi hijo Michael Seay Gordon— tuvo lugar en el viñedo de los Torres en el Penedès, región en que se encuentra la viña de la novela. Fue un inicio prometedor: Albert Fornos, que ha pasado allí su carrera como viticultor, nos preparó una espléndida gira y Miguel Torres Maczassek presidió una cena en la que, para acompañar cada uno de los cinco platos, se sirvieron deliciosos vinos Torres y Jean Leon.

Michael y yo hicimos varios viajes al Priorat y al Montsant, tierras de vino. He descubierto que, de modo casi infalible, las viñas suelen encontrarse en lugares hermosos a los que, a su vez, vuelven aun más impresionantes. Encajado en un pequeño y adorable valle, encontramos Mas Martinet Viticultors, la bodega de la familia Pérez. Sara Pérez Ovejero y su marido, René Barbier, cuyos padres respectivos obtuvieron premios como pioneros del vino, mantienen con esfuerzo la tradición familiar y hacen vinos deliciosos con éxito. Sara Pérez ha preparado diversos volúmenes en los que incluye y describe las hojas de las distintas variedades de uva, de modo que sus hijos puedan empezar a educarse en el cultivo de la uva desde muy pronto. Sin dejar de masticar un queso español y beber tragos de su buen vino, me convertí en un muy atento alumno mientras repasaba con ella esos libros.

En distintas ocasiones Michael y yo recorrimos una carretera estrecha y precaria que bordea un valle algo más grande y termina remontando una pequeña pero pronunciada montaña para llegar al pueblo de Torroja del Priorat, donde en 1984 María Ángeles Torra fundó la bodega de su familia en un antiguo monasterio. Lo llevan sus hijos, Albert y Jordi. Sus vides están plantadas cerca de allí, algunas en laderas pronunciadas, y algunos de sus muy preciados vinos se obtienen de uvas cuyas parras han perseverado durante más de cien años en suelos pizarrosos. Agradezco extremadamente a los hermanos Albert y Jordi Rotllan Torra su lectura del manuscrito de este libro.

En junio de 2006 obtuve un premio literario especial que otorgaba la ciudad de Zaragoza y, mientras estaba en la zona, el novelista y periodista Juan Bolea me aportó su amistad y su orientación, además de su ayuda para visitar dos bodegas. Estoy agradecido a Juan; a los miembros de la Asociación Internacional de Escritores de Misterio, que me hicieron sitio —junto con el pequeño grupo que me acompañaba— en su autobús; y a Santiago Begué Gil, presidente de la Denominación de Origen de Cariñena, por su hospitalidad y su sabiduría acerca del vino.

En la finca Aylés, una vasta propiedad de 3.100 acres en la que se empezó a hacer vino en el siglo XII, la Bodega Señorío de Aylés ha plantado 70 hectáreas de uva y los rosales señalan ambos extremos de cada hilera. Me emocionó ver águilas en repetidas ocasiones, así como saber, por boca de su dueño, Federico Ramón, que ese lugar encantador ha sido designado por la Unión Europea como zona especial para la protección de pájaros. Le agradezco su hospitalidad.

En un valle enorme que me recordaba algunos de los grandes del oeste norteamericano, visitamos las Bodegas Victoria. Agradezco a José Manuel Segura Cortés, presidente del Grupo Segura Serrano, que nos invitara a un almuerzo de comidas regionales y nos mostrara su viñedo.

Agradezco a Alfonso Mateo-Sagasta, premiado autor madrileño de novelas históricas, la información sobre cómo se celebraban las elecciones en los pueblos en el siglo XIX.

Agradezco a Delia Martínez Díaz que me llevara a la ciudad de Terrassa, donde pasé algún tiempo en uno de los museos más especiales que he conocido. Alojado en los desparramados edificios de ladrillo visto de una antigua fábrica textil, el Museu de la Ciència i de la Tècnica de Catalunya pone al visitante en contacto directo con la revolución tecnológica. Se puede caminar entre objetos expuestos que en su momento representaron las entrañas y la maquinaria de una fábrica antigua, y tuve la ocasión de ver cómo la llegada de las máquinas de vapor había generado trabajos parecidos al que desempeñaba Donat. Por su infinita paciencia a la hora de responder a mis preguntas, doy las gracias al director del museo, Eusebi Casanelles i Rahola, a la conservadora Contxa Bayó i Soler, y a todo su personal.

Agradezco a Meritxell Planas Girona, miembro de los Minyons de Terrasa, sus respuestas a mis consultas sobre los *castellers*.

Àngel Pujol Escoda respondió con dulce paciencia incontables preguntas sobre caza y naturaleza, mientras que su esposa, Magdalena Guasch i Poquet, me explicó distintas maneras de cocinar un conejo.

En el maravilloso mercado central de Sabadell, María Pérez Navarro robó tiempo a su negocio de charcutería, Cal Prat, para hacerme un dibujo y aclararme en qué parte exacta de un jabalí podían encontrar Josep y Jaumet la mejor pieza de carne.

Lorraine Gordon convivió conmigo y me aportó un sustento mejor que cualquier comida.

Mi hija Lise Gordon, se convirtió una vez más en mi primera editora, aportando razonamientos, su capacidad para pulir y sus soberbias habilidades para la corrección, gracias a las cuales este libro es mejor.

Mi hijo Michael es el mejor compañero para el camino, alegre a veces, siempre responsable, con una mente entusiasta y razonadora, además de un brazo fuerte. Nunca le da pereza hacer una llamada para averiguar algo, o perseguir un dato.

Mi hija Jaime Beth Gordon, Lorraine, Michael y mi amigo Charlie Ritz leyeron también el manuscrito y aportaron comentarios y sugerencias.

Mi nuera, Maria Palma Castillón, nunca rehuyó la investigación de un dato y le agradezco, así como al Centre de Promoció de la Cultura Popular i Tradicional Catalana, en Barcelona, las respuestas a cuantas preguntas ella les hizo en mi nombre, que podían versar sobre las campanadas de una iglesia o la práctica de contratar plañideras.

Roger Weiss, yerno y experto en tecnología, mantuvo en buen funcionamiento mi ordenador y, de vez en cuando, me rescató del fracaso y la desesperanza. Agradezco sus conocimientos y su disposición a responder a mis peticiones de auxilio.

Dan Tuccini, espléndido ebanista, me describió el proceso de creación de una puerta.

Agradezco a mis agentes literarios, Samuel Pinkus en Estados Unidos y Montse Yáñez en España, su paciencia y su orientación.

Cuando acudí a España por primera vez, la directora de la editorial era una mujer inteligente, profesional y gentil llamada Blanca Rosa Roca. Ahora, como directora de su propia editorial, se ha convertido de nuevo en responsable de mis libros. Además, se ha rodeado de una serie de gente que me permite disfrutar de una reunión editorial de amigos. Enrique de Hériz, a quien conocí por primera vez como intérprete y más adelante como director editorial, y que hoy se ha convertido en escritor premiado, me hizo el honor de traducir este libro del inglés original. Silvia Fernández Álvarez, reina de las relaciones públicas, trabaja en mi nombre con la prensa, como ha hecho ya en tantas otras ocasiones. Mi antigua y valiosa editora, Cristina Hernández Johansson, vuelve a ser mi editora española, y cuando voy a España mi intérprete es Mercè Diago, con quien he compartido ya unas cuantas campañas promocionales.

Todas las personas mencionadas hasta aquí me han ayudado. Sin embargo, este libro es mío y, si contiene defectos o errores, míos serán también. Ofrezco esta historia a cada uno de mis lectores con amor y respeto.

NOAH GORDON
Brookline, Massachusetts,
11 de julio de 2007

Este libro utiliza el tipo Aldus, que toma su nombre
del vanguardista impresor del Renacimiento
italiano, Aldus Manutius. Hermann Zapf
diseñó el tipo Aldus para la imprenta
Stempel en 1954, como una réplica
más ligera y elegante del
popular tipo
Palatino

* * *

* *

*

La bodega se acabó de imprimir en
un día de otoño de 2008, en los
talleres de Brosmac, Carretera
Villaviciosa – Móstoles, km 1
Villaviciosa de Odón
(Madrid)

* * *

* *

*